ars vivendi
Krimi

TATORT
FRANKEN

ars vivendi

Originalausgabe

1. Auflage Februar 2009

www.arsvivendi.com

Lektorat: Dr. Hanna Stegbauer
Umschlaggestaltung: Anna Ponton unter Verwendung
eines Bildes von Inka Schmidt / fotolia
Druck: Fuldaer Verlagsanstalt, Fulda
Printed in Germany

ISBN 978-3-89716-930-2

TATORT FRANKEN

Inhalt

Sigrun Arenz

Blume des Todes

Schwärzer als die nächtliche Dunkelheit draußen lag Finsternis hinter ihnen, und der Modergeruch, der sie auf ihrem vorsichtigen Weg die Treppe hinauf begleitet hatte, umfing sie noch immer. Die Taschenlampe warf einen schwachen Lichtkegel zurück auf die feuchten Steinwände des steil abfallenden Stollens, der in den Hügel gegraben war. Die Stufen waren glitschig vor Feuchtigkeit; man musste achtgeben, wie man seine Schritte setzte. Fünfzehn Minuten in dem unterirdischen Gang boten ausreichend Nervenkitzel, wenn man nur eine Taschenlampe mit Wackelkontakt dabei hatte.

»Ich gehe nicht zurück. Was, wenn die Taschenlampe auch noch ausgeht?«

Die antwortende Stimme klang ungeduldig und entschlossen: »Aber du kannst das Ding nicht da unten liegenlassen in der Feuchtigkeit. Du musst es gleich holen. Komm schon!«

»Ich geh da nicht noch einmal hinunter, das ist mein letztes Wort!«

In diesem Moment zerriss ein pfeifendes Krachen wie ein Schuss die Stille.

»Was war das?« Irina war gegen die feuchte Wand geschreckt; der Lichtkegel der Taschenlampe, die sie in der Hand hielt, schwang über Stufen und Decke des Treppengewölbes.

Johanna war ebenfalls zusammengezuckt, aber jetzt lachte sie, obwohl ihr Herz raste. »Eine Rakete. Es geht bald los.« Sie zögerte einen Augenblick lang. »Du willst wirklich nicht mehr zurück?«

»Ganz sicher«, erwiderte Irina mit Nachdruck. Die Hand, mit der sie die Sektflasche umklammert hielt, war feucht und eiskalt. Sie wollte bloß zurück ins warme und gut beleuchtete Esszimmer der Familie Winter und dann anstoßen und das Feuerwerk sehen. Einen Abstieg in die Unterwelt dunkler, modriger und wahrscheinlich einsturzgefährdeter Kellergewölbe hatte sie für diesen Abend eigentlich nicht eingeplant gehabt, aber Johanna hatte darauf bestanden. »Na gut«, meinte ihre Freundin jetzt. »Die anderen werden eh schon mit dem Essen warten. Los, bevor uns jemand sieht oder der Sekt warm wird.«

»Oder von einer Rakete getroffen«, fügte Irina an, während sie die Flaschen sicher in ihren Armbeugen bargen und aus der Öffnung des Treppengewölbes auf den laubbedeckten Weg traten. Die Luft war erfüllt vom Pfeifen des Silvesterfeuerwerks, und durch die kahlen Äste der Bäume am Hang glänzten gelegentlich bunte Lichtkaskaden hindurch. Irina war froh, dass bis Mitternacht noch eine ganze Weile hin war. Es würde irgendwie nicht gut klingen zu sagen, dass sie das neue Jahr damit begonnen hatte, in völliger Finsternis in einem verlassenen Bierbräukeller herumzustolpern.

Die Gestalt, die leise hinter ihnen die Treppe heraufgekommen war und sich nun im Schatten des Eingangs hielt, bis sie außer Sicht waren, bemerkten die beiden jungen Frauen nicht.

Philip war wieder einmal spät dran, als Irina ihn am nächsten Morgen vor dem BRK in Fürth abholen wollte. Sie hatte schon ein Rettungsfahrzeug in den Hof einfahren und eines mit Blaulicht auf die Straße herauskommen sehen, bevor Philips hochgewachsene Gestalt endlich in der Einfahrt auftauchte und ihr zuwinkte. Er sah viel munterer aus, als man nach einer langen Nachtschicht an einem Feiertag erwarten sollte; sicherlich sah er munterer aus, als Irina sich fühlte. Aber wahrscheinlich lag es daran, dass sie in der vergangenen Nacht mehr getrunken hatte. »Wie war die Party?«, fragte er fröhlich und nahm sie in die Arme. »Frohes neues Jahr noch mal!«

»Wie war die Nachtschicht?«, fragte sie zurück. »Viel los?«

»Kann man sagen. Etliche Verletzungen mit Feuerwerkskörpern, ein Jugendlicher mit Alkoholvergiftung … und gegen Morgen hatten wir dann auch noch die Kripo da.« Als Irina ihn fragend ansah, erklärte er: »Ein Typ, der im Wiesengrund an der Martinskapelle zusammengeschlagen wurde. Wir dachten eigentlich nur an eine Prügelei unter Betrunkenen, aber der Kerl war der Polizei ein Begriff, Drogendelikte und so Zeug … wurde mit Haftbefehl gesucht, und wird von uns im Sanka abtransportiert.« Er musste plötzlich lachen. »Und weißt du, was sie bei ihm gefunden haben?«

Irina zog die Brauen hoch. »Heroin?«, riet sie. »Kleine blaue Pillen? Hasch?«

Ihr Freund schüttelte belustigt den Kopf. »Nichts von alledem«, grinste er und flüsterte ihr etwas ins Ohr.

»Eine WAS?«, rief sie entgeistert.

»Eine Ikone«, wiederholte Philip geduldig. »Das ist ein russisches Heiligenbild.«

»Das musst du mir nicht erzählen«, fuhr ihn Irina an, die auf einmal blass geworden war. »Wer ist hier schließlich orthodox?«

Er murmelte eine Entschuldigung, aber sie wischte seine Worte einfach weg und starrte mit weit aufgerissenen Augen ins Leere.

»Irina, was ist los?«, fragte er endlich besorgt, weil sie überhaupt nichts mehr sagte.

»Ich frage mich, warum Johanna gestern unbedingt in diesen alten Bergbräukeller wollte«, antwortete sie langsam. »Wir hatten eigentlich genug zu trinken da, aber nein, sie musste unbedingt diese Sektflaschen aus dem Stollen da holen.« Ihre Stimme klang beinahe wie in Trance.

»Der alte Braukeller, der früher als Luftschutzbunker verwendet wurde? Wo die Kids als Mutprobe Feuer anzünden oder sich ihre Joints reinziehen?«

»Genau da«, antwortete Irina mit zittriger Stimme. »Johannas Brüder haben da mal vor längerer Zeit ein paar

Flaschen Sekt gelagert, und gestern ... Sie wollte sie unbedingt holen, dabei brauchten wir sie gar nicht.«

»Ich verstehe immer noch nicht«, meinte Phil, der sich langsam fragte, ob seine Freundin einfach in der vergangenen Nacht zu viel getrunken hatte und deshalb heute ein bisschen komisch war. Aber Irina warf ihm einen verstörten Blick zu und redete weiter: »Es ist unheimlich da unten, ein riesiges Netz von Stollen, zum Glück sind wir nicht weit rein. Ganz am Anfang, da ist noch eine alte Glühbirne angebracht, trotzdem war es echt gruselig. Und wir stehen gerade in diesem kleinen Raum, da geht das Licht aus und wir stehen im Stockfinstern da.«

Phil pfiff durch die Zähne. »Hattet ihr wenigstens eine Taschenlampe mit?«, wollte er wissen. Irina nickte. »So bescheuert sind wir auch wieder nicht«, erwiderte sie pikiert. »Aber das ist nicht der Punkt. Die Sache ist die, dass wir plötzlich in der Finsternis standen und zu Tode erschrocken waren. Und während Johanna versuchte, im Dunkeln die Taschenlampe anzuknipsen, habe ich das Gebet zum heiligen Schutzengel gesprochen und ...«

»Oh mein Gott«, stieß Philip hervor, der auf einmal begriff, wovon Irina sprach. »Deine Schutzengelikone?«

Sie nickte. »Ich hab sie da auf einen Stein gestellt und vergessen.«

Er pfiff noch einmal durch die Zähne, aber diesmal klang er nicht belustigt. »Und der Typ aus dem Wiesengrund hat sie mitgenommen!«

Das Naheliegende wäre gewesen, fand Philip, sofort zur Polizei zu gehen. Wenn der Mann, der später an der Martinskapelle niedergeschlagen worden war, zuvor in den Bergbräukellern gewesen war, würde das der Kripo eventuell bei ihren Ermittlungen weiterhelfen. Aber zu seinem Erstaunen schien Irina die Sache anders zu sehen und wollte sich nicht dazu überreden lassen, gleich in der Polizeiinspektion vorbeizuschauen, obwohl sie vom BRK aus nur ein paar hundert Meter zu gehen gehabt hätten.

»Aber pass mal auf«, erklärte Phil geduldig zum dritten Mal. »Warum sollte der Typ vom Wiesengrund im Braukeller herumlungern und dort noch eine Ikone einstecken, die ihm nicht gehört? Aber nimm an, der ist wirklich in Drogendelikte verwickelt und wollte dort irgendein Päckchen mit Stoff abholen – das würde Sinn machen, und dann ist er vielleicht deswegen zusammengeschlagen worden. Das sollte die Polizei wissen.«

Irina schüttelte den Kopf: »Kennst du die Keller da unten in der Wolfsschlucht?« Es war eine rhetorische Frage; sie wartete keine Antwort ab, sondern setzte sich in Richtung ihres Autos in Bewegung. »Ich zeig' sie dir, dann verstehst du vielleicht.«

Wolfsschlucht war der alte Name für den Einschnitt in den Berg, der zur Hardhöhe hinauf führte, und er passte viel besser als der offizielle Straßenname am Eingang der Schlucht. Zwei schmale Wege führten von der Schlucht aus nach oben, beide gesäumt von winterkahlen Bäumen und an diesem Vormittag verschmutzt von abgebrannten Silvesterkrachern und Raketen, die im feuchten Laub herumlagen. »Als Kinder haben wir hier gespielt, da war das alles noch Wildnis«, erklärte Irina und deutete auf die Neubausiedlung auf dem Kamm des Hanges.

»Trotzdem noch ziemlich abgeschieden hier, wenn man bedenkt, dass wir mitten in der Stadt sind«, erwiderte Philip. Am Eingang zum Bierbräukeller blieben sie stehen. Man hatte eine gemauerte Kammer darüber gebaut, von der aus die Treppe in die eigentlichen Keller führte. Um Unfälle zu vermeiden und unvorsichtige Jugendliche fernzuhalten, hatte die Stadt davor auch ein Gitter angebracht, das den Zugang verwehren sollte, doch geschickte und skrupellose Hände hatten es immer wieder aufgebogen oder zerschnitten, so dass ein Kind leicht, ein Erwachsener mit einiger Vorsicht hindurchschlüpfen konnte. Philip betrachtete das zerwühlte alte Laub auf dem Weg. Hier kamen immer wieder Menschen vorbei,

Bewohner aus der Siedlung oben, die zum Bus unten an der Billinganlage wollten oder ihre Hunde ausführten. Die Stollen unten im Bergbräukeller mochten abenteuerlustige Kinder und verwegene Jugendliche anziehen; ein idealer Dealertreffpunkt waren sie aber nicht. Höchstens für die Leute, die ohnehin schon hier lebten: die Bewohner der Neubausiedlung und die des einzigen Hauses, das zwischen Schlucht und Hochstraße stand. »Winters wohnen in dem Haus da drüben, oder?«, fragte er stirnrunzelnd. Irina nickte stumm. Beide dachten das Gleiche. Johanna Winter und ihre Brüder kannten die alten Stollen von klein auf. Sie hatten früher darin gespielt. Noch vor kurzem hatten sie ein paar Sektflaschen da unten gelagert. Und am vergangenen Abend hatte Johanna darauf bestanden, dass sie die unbedingt herausholen mussten. Der Mann aus dem Wiesengrund musste kurz nach ihnen da gewesen sein ...

»Kannst du mir die Stelle zeigen, wo ihr gestern wart?«, fragte Phil, den angesichts der modrigen Dunkelheit aus der Tiefe plötzlich selbst die Abenteuerlust packte. Jetzt, wo sie hier waren, wollte er sich diese Keller unbedingt selbst einmal anschauen. Vorsichtig schob er sich durch das Loch in dem Maschendrahtgitter und richtete sich langsam auf.

»Ohne Taschenlampe? Bist du verrückt?«, fragte Irina scharf, doch in diesem Moment erstrahlte ein dünner, aber heller Lichtkegel auf der anderen Seite.

»Ein alter Pfadfinder wie ich ist für alle Eventualitäten ausgerüstet«, prahlte ihr Freund. »Kommst du jetzt mit, oder muss ich mir alleine meinen Weg suchen?«

Die Stufen waren schlüpfrig wie am Abend zuvor, aber es war nicht nur die Kälte der alten Steine, die Irina frösteln ließ. Die Keller schienen ihr heute noch viel unheimlicher.

»Hast du nicht gesagt, dass es hier eine Glühbirne gibt?«, fragte Phil, als sie die Treppe hinter sich gebracht hatten und der dünne, harte Strahl der kleinen Taschenlampe die einzige Lichtquelle bildete. Er hatte die Stimme unwillkürlich zu einem Flüstern gesenkt.

»Ja, aber die ist doch kaputt«, antwortete Irina ebenso leise und drückte, wie um ihre Worte zu bestätigen, auf den Lichtschalter am Eingang zum Gewölbe. Sie zuckte zurück, als ob sie sich verbrannt hätte, als die nackte Glühlampe an der Decke anging.

»Was war das?«, zischte Philip und fuhr herum. »Hast du nichts gehört?«

Jetzt wurde es beiden wirklich unheimlich zumute. Sie lauschten in die Dunkelheit jenseits der erleuchteten Kammer, in der sie standen, und sie glaubten ganz sicher, scharrende Geräusche zu hören und dann eine lauschende, bedrohliche Stille, die ebenso beängstigend war. Erst jetzt wurde den beiden jungen Leuten klar, wie leichtsinnig sie gewesen waren. Der Mann aus dem Wiesengrund lag mit schwerer Gehirnerschütterung im Fürther Klinikum, aber wenn diese Gewölbe wirklich als Umschlagplatz für irgendwelche illegalen Geschäfte dienen sollten, dann gab es wahrscheinlich noch andere ...

Diesmal hatten sie sich das Geräusch ganz sicher nicht eingebildet. Vor ihnen in der Dunkelheit hatte sich etwas bewegt, ein Scharren war da zu hören gewesen wie von Füßen.

Philip und Irina standen wie angewurzelt da. Wieder begann das Geräusch sachte gesetzter Schritte, und dann sahen sie etwas am Rande ihres Blickfelds, genau in dem Grenzbereich zwischen Licht und Dunkelheit. Jemand schob sich vorsichtig in ihre Richtung – oder wahrscheinlicher noch, in Richtung Treppe. Ohne nachzudenken, setzte Phil sich ebenfalls in Bewegung und rief: »Wer ist da?«

Die Gestalt fuhr herum und versuchte, in den Schatten zurückzuweichen, doch dazu war es zu spät.

Irina schnappte überrascht nach Luft. »Johanna«, stieß sie hervor. »Was machst du hier?«

Das Gesicht ihrer Freundin wirkte weiß und schuldbewusst, aber vielleicht war es nur der Schreck. »Ihr seid das«, antwortete sie mit schwacher Stimme. »Ich bin fast zu Tode erschrocken. Was wollt ihr hier?« Sie zögerte einen Moment, dann setzte sie erklärend hinzu: »Ich hab mir gedacht, ich gehe noch mal runter und hole deine Ikone. Deswegen bist du wahrscheinlich auch hier ...«

Irina wusste nicht recht, was sie antworten sollte, aber sie hoffte, dass Johanna die Wahrheit sagte. Wie hatte sie überhaupt annehmen können, ihre Freundin hätte etwas mit den Geschehnissen um den geheimnisvollen Verwundeten zu tun?

Philip schien die Dinge allerdings anders zu sehen. »Wir sind nicht hier, um Irinas Ikone zu holen«, sagte er mit schneidender Stimme. »Und ich glaube, du auch nicht. Oder wo hast du sie sonst? Oder hast du vielleicht etwas ganz anderes gesucht?«

Johanna schreckte bei seinem Ton zurück und sah auf einmal viel jünger aus als sonst, fast wie ein verschrecktes Kind. »Es ist weg«, flüsterte sie. »Ich sollte es wieder holen, und jetzt ist es weg.«

»Ich hätte nie gedacht, dass du dich zu so was hergibst«, erklärte Phil so verächtlich, dass Irina unwillkürlich Johannas Partei ergriff. »Hör mal, wir haben noch nicht mal eine Ahnung, worum es eigentlich geht«, entgegnete sie ihm scharf. »Vielleicht lässt du sie erst mal erklären.«

Aber Johanna starrte sie ebenso feindselig an wie ihren Freund. »Geht mir bloß aus dem Weg«, fauchte sie. »Ich habe jetzt wirklich keine Zeit für euch. Lasst mich durch oder es passiert was!«

Philip sah sie entgeistert an, als könnte er seinen Augen nicht trauen. In Johannas Miene und Stimme lag etwas Beängstigendes, gleichermaßen verzweifelt wie gefährlich. »Wir hätten gleich zur Polizei gehen sollen«, sagte er gepresst zu Irina. Einen Moment lang herrschte angespannte Stille, dann stürzte Johanna zum Lichtschalter hinüber. Die Glühbirne an der Decke erlosch, und der Schein von Phils Taschenlampe wirkte auf einmal dünn und unzureichend. »Zu spät«, hörten sie Johannas Stimme von der Treppe her. Aber sie lief nicht hinauf, ihren Vorsprung nutzend, wie sie erwartet hatten, sondern schlich zu ihnen zurück. »Verstecken!«, flüsterte sie heiser. »Licht aus.« Und dann hörten es auch die anderen beiden. Oben am Eingang war jemand, bewegte sich am Kopf der Treppe. Phil knipste die Taschenlampe aus, und gemeinsam zogen sich die drei in die tiefe Finsternis eines niedrigen Stollens zurück, der von der Kammer wegführte. Feuchte Flechten streiften Irinas Kopf, und sie erschauerte. Die Person – oder die Personen – oben am Eingang musste noch immer dort sein; sie hörten schlurfende Schritte und glaubten ein- oder zweimal das Aufblitzen einer starken Taschenlampe zu sehen. Sie kam aber nicht näher, nicht die Treppe hinunter. »Vielleicht sucht er was«, wisperte Irina ängstlich.

»Ganz sicher«, gab Johanna ebenso leise zurück.

»Was ist es?«, wollte Phil wissen. »Drogen?«

Johanna antwortete nicht sofort, dann flüsterte sie: »Ich weiß es nicht, aber es muss sehr wertvoll und sehr gefährlich sein – und klein. Das Päckchen war ganz klein.« Wieder ein Schweigen, ein Lauschen hinauf zum Eingang, wo der Eindringling noch immer zu hören war, dann fuhr sie leise fort: »Es ist mit der Post gekommen, mit einem Brief. Ich sollte es hier unten hinlegen und niemandem davon etwas sagen, jemand würde es abholen kommen.«

»Und du hast das gemacht?«, fragte Phil ungläubig. Es war unfassbar. Er hatte Johanna immer für eine intelligente Person gehalten.

»Still«, befahl sie tonlos. »Er kommt runter.« Tatsächlich waren jetzt schwere Tritte auf der Treppe zu hören, aber sie näherten sich langsam, als ob der Herabkommende jede Stufe genau ansah, vielleicht ihre Winkel absuchte nach einem kleinen, leicht zu übersehenden Gegenstand. Die drei jungen Leute unten drückten sich tiefer in die Dunkelheit des Stollens und atmeten erst auf, als sie einen noch schmaleren Seitengang entdeckten, der ihnen Schutz vor Entdeckung bieten würde, falls der Suchende in ihren Stollen hineinleuchtete. »Ihr versteht nicht«, flüsterte Johanna dann. »Der Brief war von Jakob. Er hatte etwas entdeckt und konnte es nicht anders in Sicherheit bringen.«

Jakob Winter, Johannas erheblich älterer Halbbruder, arbeitete für eine Chemiefirma im Ausland und schickte seinen Freunden glegentlich aufschlussreiche und amüsante Berichte über sein Leben in diversen exotischen Orten des nahen oder fernen Ostens, aber zumindest Phil hatte ihn bei seinen Heimataufenthalten viel weniger interessant gefunden als seine Mails. Als einen Dealer illegaler Substanzen konnte er sich den etwas trockenen Wissenschaftler jedenfalls nicht vorstellen.

Die Geräusche auf der Treppe wurden lauter, als die Person näher kam, und nun konnten sie den Widerschein einer Lampe sehen, deren Licht allerdings nicht bis in ihren Tunnel drang. »Was machen wir jetzt?«, wollte Irina wissen.

»Raus und die Polizei anrufen«, flüsterte Phil, als ob es so einfach wäre, sich an einem Verbrecher vorbeizuschleichen, der vielleicht auch noch bewaffnet war. Er machte Anstalten, vorsichtig um die Ecke des Tunnels zu blicken, in dem sie kauerten, um festzustellen, wo sich der Eindringling gerade aufhielt. In diesem Moment fiel seine kleine Taschenlampe klappernd auf den Steinboden. Die drei erstarrten.

Aus der Kammer, die zwischen ihnen und der Freiheit lag, ertönte ein Fluchen und dann, ohne Vorwarnung, schwenkte das Licht einer starken Lampe in ihre Richtung. Es blieb ihnen nichts anderes übrig, als tiefer in den engen Seitenstollen zurückzuweichen und zu hoffen, dass der Fremde bleiben würde, wo er war. Doch das Licht kam näher, und die drei schlichen rückwärts und gebückt noch weiter, tasteten sich an den feuchten Tunnelwänden entlang, um einen weiteren Seitengang oder wenigstens eine Nische zu finden. Sie mussten sich auf ihr Gehör und ihren Tastsinn verlassen, da sie die Taschenlampe verloren hatten, und Johanna, die von allen die Bergbräukeller am besten kannte, schwankte zwischen Angst vor ihrem Verfolger und vor dem Gewirr finsterer Gänge, die in den Hügel gegraben waren, ein Labyrinth von Stollen und Schächten, von denen viele einsturzgefährdet waren. Sie zupfte die Person neben sich am Ärmel – ein antwortendes »Hm«, fast nur ein Hauch, verriet ihr, dass es Irina war – und wisperte: »Nicht weiter, wir finden sonst nie wieder raus.«

Sie blieben stehen und lauschten mit klopfenden Herzen in die Schwärze. Sie hörten noch immer den Fall schwerer Schritte, aber jetzt, wo sie nichts mehr sehen konnten, war es unmöglich auszumachen, ob sie näher kamen oder nicht. Die Laute hallten durch die Stollen wider, mal sehr laut, mal gedämpft, aber nicht zu orten. Das einzig Sichere war, dass der Suchende noch immer irgendwo in den Kellern war. Die drei kauerten an ihrem Platz, und während ihr aufgeregter Puls sich langsam wieder beruhigte, kroch ihnen die Kälte in die Knochen und mit ihr die schreckliche Gewissheit, dass sie jetzt wirklich in der Klemme saßen.

Da ertönte plötzlich ein lautes »Halt! Stehenbleiben!« unmittelbar in ihrer Nähe, und im nächsten Augenblick fuhr ihnen der Strahl einer starken Taschenlampe in die Augen. Geblendet standen sie einen Augenblick da, dann schrie Irina instinktiv laut auf: »Hilfe!«

Die Antwort kam von der anderen Seite: »Polizei. Bleiben Sie stehen. Keine Bewegung.«

Ihr Verfolger war nur wenige Meter von ihnen entfernt, aber er ließ die Taschenlampe sinken, als er die neuen Stimmen hörte.

Johanna lachte hysterisch auf, während die drei, langsam wieder imstande, etwas zu sehen, Zeugen wurden, wie die Polizei den Mann festnahm. »Wie sind Sie hierher gekommen?«, fragte sie matt, nachdem zwei Beamte sie und ihre Freunde ans Tageslicht zurückgeführt hatten. »Ich dachte schon, wir kommen hier nie wieder raus.«

»Nun, im Theater wäre es der Deus ex Machina, der die Rettung bringt«, antwortete eine fröhliche junge Stimme. »Aber die Götter waren alle beschäftigt, also musste ich das übernehmen.«

Am Eingang des Bergbräukellers stand Johannas Bruder Fynn, ein drahtiger Jugendlicher von siebzehn Jahren, und grinste. »Du?«, fragte seine Schwester schwach. »Woher wusstest du davon?«

Er hielt ihr ein Handy entgegen. »Du hast es liegen lassen, und ich habe Jakobs Nachricht von heute morgen gelesen.«

»Welche Nachricht?«, fragte einer der Polizisten. Johanna antwortete: »Zuerst hat er mir das Päckchen geschickt. Ich sollte es hier hinlegen, und jemand würde es abholen ...«

»Der Drogendealer aus dem Wiesengrund«, murmelte Philip grimmig. Er konnte immer noch nicht glauben, das Johanna bei dieser illegalen Aktion einfach mitgemacht hatte, auch wenn der Brief von ihrem Bruder gekommen war. Zu seiner Überraschung war es einer der Polizisten, der antwortete: »Nein, ein verdeckter Ermittler, der den Dealern schon seit Monaten auf der Spur ist. Er sollte es holen und uns überreichen, aber sie müssen Verdacht geschöpft haben und sind ihm zuvorgekommen.«

Johanna nickte langsam: »Jakob muss davon gewusst haben. Er schrieb in seiner SMS, etwas wäre schiefgegangen, ich sollte das Kästchen wieder zurückholen und sofort damit zur Polizei gehen. Er würde alles später erklären.«

»Es ist was schiefgegangen«, stimmte der Beamte düster zu. »Unser Ermittler hatte vergangene Nacht einen Unfall, bevor er auch nur in die Nähe dieses Verstecks gekommen ist. Er kann von Glück sagen, dass er noch am Leben ist. Komische Unfälle sind eine Spezialität unserer Drogenbande hier. Wir haben ihnen noch keinen davon nachweisen können.« Er seufzte.

Philip runzelte noch immer die Stirn. »Trotzdem finde ich es unmöglich von Jakob, seine eigene Schwester in so etwas hineinzuziehen. Warum hat er das Zeug nicht selbst hergebracht?«

»Weil er in China ist und nicht wegkann, Idiot«, fauchte Johanna ihn an. Wenn sie in der Nähe war, war es keine gute Idee, Kritik an ihren Brüdern zu äußern.

Die beiden Kripobeamten wechselten düstere Blicke. »Sie wissen es noch gar nicht?«, fragte der eine. »Ihr Bruder liegt auch im Krankenhaus... das übliche Muster. Wir werden wahrscheinlich nie nachweisen können, dass es kein einfacher Unfall war ... Keine Sorge«, fügte er eilig hinzu. »Es geht ihm ganz gut, er wird bald wieder auf den Beinen sein. Die wichtigere Frage lautet im Moment: Wo ist dieses Päckchen?« Er wandte sich an einen Kollegen, der eben von einem der Streifenwagen zurückkam. »Hat er es bei sich gehabt?«

»Der verbrecherische Typ hier? Nee.« Der Mann schüttelte den Kopf. »Geflucht wie sonst noch was hat er, aber das Zeug hat er nicht bei sich.«

»Wo zum Teufel ist das Ding dann?«, rief der Polizist mit einer tiefen Falte auf der Stirn. »Der vom Wiesengrund hatte es auch nicht!«

»Wir müssen die gesamten Bergbräukeller durchsuchen«, erklärte ein Beamter in Zivil grimmig. »Und die ganze Gegend, wenn nötig. Falls das Kästchen den Dealern noch nicht in die Hände gefallen ist, müssen wir es finden.«

»Das ist nicht nötig«, schaltete sich Fynn lässig ins Gespräch ein. »Wissen Sie, das Kästchen habe ich nämlich.«

»Bist du des Wahnsinns?«, schrie Johanna ihn an. »Jakob liegt wegen dem Ding im Krankenhaus, und wir wären beinahe da unten verloren gewesen, und du hast es die ganze Zeit gehabt?«

»Bin euch gestern nachgeschlichen, weil du so heimlich getan hast, Han«, erläuterte er fröhlich. »Und unten im Gewölbe habe ich dann, gleich als ihr wieder rauf seid, das Kästchen genommen und stattdessen die Ikone ins Versteck gelegt. Und der Dealer hat sie tatsächlich mitgenommen, was für ein Witz!«

»Geben Sie es uns«, befahl einer der Polizisten mit gefährlich ruhiger Stimme. »Bitte sofort, wir wollen keine weiteren Komplikationen.«

Fynn zuckte die Schultern. »Ich hab's doch nicht in meiner Hosentasche«, erklärte er kopfschüttelnd. »Als ich die SMS heute morgen las, wurde mir gleich klar, dass das Ding wichtig ist. Da habe ich es an einem sicheren Ort versteckt.«

»An einem sicheren Ort«, wiederholte Johanna zweifelnd. Ihr Bruder lächelte sie selbstbewusst an, doch die Polizeibeamten wechselten besorgte Blicke, nahmen Fynn, Johanna, Irina und Philip in die Mitte, als hätten sie jetzt noch Angst, dass ihnen etwas passieren könnte, und forderten Fynn auf, sie dorthin zu bringen. In dem verwilderten Garten der Familie Winter stand ein uralter, dicht mit Efeu bewachsener Baum. Fynn lief zielstrebig darauf zu, und Irina sah ihm zu, wie er hinter dem Stamm des alten Baumes verschwand und dann seine Hand durch die Masse dunklen Efeus steckte auf der Suche nach einem Holzkästchen, das nicht größer war als ihre Ikone und doch einen so gefährlichen Inhalt barg. Sie merkte, wie sie die Luft anhielt, während Fynn im Baum herumtastete und gelegentlich murmelte. »Na so was, hier müsste es doch eigentlich sein«, hörten sie ihn schließlich verwundert raunen, und Phil sah, wie die Beamten um sie herum angespannte Blicke wechselten. Nur Johanna sah ihren jüngeren Bruder kopfschüttelnd an und sagte ungerührt: »Jetzt ist wirklich nicht der richtige Moment für Spielereien. Gib's einfach her.«

»Na gut«, erwiderte er lachend, zog prompt ein zierliches Holzkästchen hervor und legte es in die Hand eines Polizisten. »Da haben Sie den Schatz. Verlieren Sie ihn nicht wieder.«

»Sofort wegschaffen«, befahl der Kriminalbeamte mit vor Aufregung scharfer Stimme, aber einer seiner Leute warf einen zweifelnden Blick darauf und schlug vor: »Sollten wir uns nicht vergewissern, dass es wirklich das ist, was wir suchen? Wir wollen keine weiteren bösen Überraschungen.«

»Vielleicht«, gab der erste zu und öffnete vorsichtig den winzigen Verschluss des Kästchens, fast so, als fürchtete er sich vor dem Inhalt. Irina stand so, dass sie einen Blick hineinwerfen konnte, und als sie sah, was darin war, stockte ihr Herzschlag vor Entsetzen. Sie hatten das falsche Päckchen.

Der echte Stoff musste längst woanders sein. Das hier konnte es nicht sein.

Die Kriminalbeamten aber nickten bedeutsam und verschlossen den Kasten sofort wieder. »Wir werden Sie später noch brauchen, um eine Aussage zu machen«, erklärte er kurz angebunden. »Möglicherweise werden Sie als Zeugen aussagen müssen. Junger Mann« – er wandte sich an Fynn, der entspannt am Stamm des Efeubaums lehnte – »normalerweise würde ich sagen, Sie verdienen ein paar Ohrfeigen mit Ihrem Herumgeschleiche und Ihren sicheren Verstecken. Aber wenn Sie gestern Nacht dieses Kästchen nicht weggenommen hätten, wäre es einem uns bekannten Dealer in die Hände gefallen, der weiß Gott nicht noch neuen und gefährlicheren Stoff braucht. Sie hören von uns.«

Sie schienen in schrecklicher Eile, ihren Fund und ihren Gefangenen sicher abzuliefern, aber Irina stellte sich ihnen kopfschüttelnd in den Weg. »Entschuldigen Sie, aber das kann doch nicht das Zeug sein, hinter dem diese Verbrecher her waren!«

»Wieso, was ist da drin?«, wollte Fynn sofort wissen. Der Polizist hob abwehrend die Hand, doch Irina antwortete bereits: »Es war Tee.«

»Ja, Tee«, antwortete der Kriminalbeamte widerwillig. »Der teuerste Tee der Welt, und der gefährlichste. Hoch halluzinogen, fast unmöglich zu dosieren, potenziell tödlich. Es braucht eine bestimmte Sorte Tee und eine bestimmte chemische Reaktion bei seiner Verarbeitung, die Ihr Bruder, Frau Winter, zufällig entdeckt hat.«

»Ich dachte, er untersucht die Wirkung verschiedener Tees auf bestimmte Krankheiten«, murmelte Johanna niedergeschlagen.

»Tja«, antwortete der Mann ernsthaft. »Es ist ihm wie vielen Wissenschaftlern gegangen. Er sucht ein Heilmittel – und heraus kommt eine weitere Droge: die ›Blume des Todes‹. Er hat die Polizei ins Spiel gebracht, aber die Dealer waren ihm und uns immer einen Schritt voraus. Und leider haben wir wieder nicht den Ring zerschlagen.« Er schüttelte den Kopf und machte sich ohne ein weiteres Wort mit dem unscheinbaren Kästchen auf den Weg.

Der andere Beamte lächelte die vier jungen Leute aufmunternd an. »Machen Sie nicht so lange Gesichter. Solche Sachen passieren ständig. Immerhin fängt das neue Jahr mit einer Festnahme anstatt mit einem Drogentoten an, das ist doch auch schon was. Sie sollten sich eigentlich freuen, weil Sie dazu beigetragen haben.«

»Hm, ja«, meinte Phil trocken. »Unser Beitrag bestand hauptsächlich darin, in den Bergbräukellern beinahe verloren zu gehen.«

»Ach Gott, ja, gut, dass Sie mich erinnern«, rief der Beamte, schon im Gehen. »Wir müssen diesen Eingang endlich mal richtig verschließen lassen.«

Fynn machte ein betrübtes Gesicht, tröstete sich aber mit dem Gedanken, dass irgendwelche bösen Buben auch das neue Gitter irgendwann zerstören würden. Alles eine Frage der Zeit ...

Johanna wandte sich an ihre Freunde. »Schön, jetzt, wo das geklärt ist, wollt ihr euch sicher auch ein bisschen aufwärmen. Mir sitzt jedenfalls die Kälte noch in den Knochen. Wie wäre es mit einem schönen heißen Tee? Ich hätte da eine Spezialsorte, ganz was Neues, habt ihr bestimmt noch nie probiert ...«

Lucas Bahl

Kopf und Bauch

Vermutungen über einen ungelösten Fall

Wenn der Name Bruno fällt, denken viele unwillkürlich an einen Bären. Zu Recht. Wurde er doch feige und hinterrücks gemeuchelt auf Befehl gewisser Problempolitiker, für die es unerträglich war, dass sich auf einmal in unserer durchgepflegten Kulturlandschaft wieder so etwas wie Natur einzuschleichen versuchte. Dass der Name ihres Opfers nicht so schnell in Vergessenheit gerät, hat sicher kaum etwas mit dem bei uns Deutschen prinzipiell nicht sehr stark ausgeprägten Erinnerungsvermögen zu tun. Es liegt eher daran, dass es Bruno beschieden ist, nicht nur in flüchtigen Erinnerungen weiterzuleben, sondern auch in voller Größe und Pracht. Sorgfältig präpariert und ausgestopft, um Busladungen voller Schulklassen und Heizdecken-Ausflüglern für eine zwischen Interesse und Stumpfsinn wechselnde Inaugenscheinnahme zu dienen.

»Des is der Bär, der unner Henner und Schof g'rissn hod«, wird der Besucher aus Erlangen murmeln, dessen Begegnung mit heimischer Fauna sich in den meisten Fällen auf einen verirrten Weberknecht im Siemens-Großraumbüro beschränkt.

»Nein, so groß sind sie wirklich nicht mehr putzig«, denkt das angehängte Ehegespons, das sich vor der Besichtigung noch ausgemalt hat, ob – PETA hin oder her, die lästernden Nachbarinnen sind ja eh nur neidisch! – ein Pelzjäckchen nicht vielleicht doch ganz schick sein könnte. »Aber nicht aus Bärenfell!« Und dann folgt, so sicher wie das Amen in der Kirche, eine etwas wehmütige Reminiszenz an vergangene Tage: »Auf so einem struppigen, pieksigen Ding hätt' ich mich selbst vor zwanzig Jahren nicht geräkelt ... Damals, als der Erwin noch jung und schlank und ein geiler Bock war ...« und die in süß-sauren Erinnerungen schwelgende Dame knackig und wohlproportioniert.

Nach diesen einleitenden Sätzen glaubt mir natürlich niemand, dass ich schon allein berufsbedingt auf der anderen Seite stehen müsste. Auf der Seite der gescholtenen Politiker, vor allem aber auf der Seite der Jäger. Um noch deutlicher zu werden, ich habe rein gar nichts gegen einen guten Wildschweinbraten, ein feines Hasenragout oder eine saftige Rehkeule auf Blaukraut. Und falls es sich mal ergeben sollte, würde ich auch nicht nein sagen, wenn man mir ein Bärensteak offerierte.

Bei Bruno dagegen handelt es sich um einen Ausnahmefall. Er ist nämlich nicht *mein* Bruno. Daraus folgt zwangsläufig das nächste Missverständnis, und schon in wenigen Augenblicken werden Sie denken: »Aus diesem Kerl spricht nur der Neid.«

Sei's drum. In Wahrheit ist die ganze Geschichte viel komplizierter. Wenn ich offen sein soll, ist sie selbst für mich als Betroffenen viel zu verworren und viel zu kompliziert. Aber genau deshalb muss ich alles aufschreiben, sonst bekomme ich meinen Kopf überhaupt nicht mehr frei.

Ich sollte mich erst einmal vorstellen. Mein Name ist Hans Wilfert. Ich wohne in Hausen, einem oberfränkischen Dorf in der Nachbarschaft von Forchheim, und in dieser Kleinstadt arbeite ich auch. Wenn Sie bisher weder von Hausen noch von Forchheim etwas gehört haben, dann sagt Ihnen vielleicht der Rhein-Main-Donau Kanal etwas, und falls Sie selbst den nicht kennen, nun, dann ist Ihnen ohnehin nicht zu helfen.

Von dem Haus, in dem ich mit meiner Frau und meinen beiden Töchtern lebe, kann man direkt auf die Schleuse blicken. Früher, als ich meine Werkstatt noch hier im Haus hatte, konnte ich, wenn ich von der Arbeit hochschaute, zusehen, wie die Schiffe hoch- oder runtergepumpt wurden. Ich gebe zu, das hat mich nicht allzu oft von meiner Arbeit abgehalten.

Aber seit sechs Jahren beschäftige ich mal einen, mal zwei Mitarbeiter und bin deshalb mit dem ganzen G'raffel nach Forchheim umgezogen. In eine größere Werkstatt. Ein Vorteil, für den ich Miete bezahlen und in Kauf nehmen muss, dass die Aussicht nicht halb so interessant wie bei mir zuhause ist. Eigentlich gibt es gar keine Aussicht, da die Fenster aus gutem Grund aus mattgeschliffenem, undurchsichtigem Glas bestehen. Oben in der Dachschräge des eingeschossigen Baus, in dem wir untergebracht sind, gibt es zwar weitere Fenster, aber durch die sieht man nur Himmel und Wolken und gelegentlich das Hinterteil einer Taube, die uns aufs Haupt kackt.

Die Firma *Hans Wilfert Nachf.* – mein Ur-Urgroßvater, der Gründer des Betriebs, hieß auch Hans – existiert mittlerweile in der fünften Generation, und ich bin ziemlich gespannt, ob sich irgendwann eine meiner Töchter dazu aufraffen wird, den Laden weiterzuführen. Ich fürchte nicht. Aber das soll an dieser Stelle nicht unser Thema sein.

Ich bin geprüfter, seinerzeit im väterlichen Betrieb sowie am Senckenberg-Museum in Frankfurt am Main ausgebildeter Tierpräparator und besitze die Berechtigung, ein entsprechendes Unternehmen zu führen, samt präparationstechnischer Assistenten, die mir zuarbeiten. Natürlich ist unsere Firma Mitglied im VDP, dem Verband Deutscher Präparatoren e.V., und war das auch schon in der Vorgänger-Organisation, dem Deutschen Künstlerverband der Museumsdermoplastiker. Ich habe lange nach Silvio, meinem jetzigen Mitarbeiter, gesucht. Während sich Florian bei mir um ein Praktikum beworben hat und sich derzeit mit unserem Gewerbe vertraut macht, bevor er in Bochum seine eigentliche Ausbildung beginnen wird. Doch auch dies muss an dieser Stelle nicht weiter vertieft werden. Aber Sie werden inzwischen mein nicht zuletzt berufliches Interesse an Bruno verstehen, insbesondere am ausgestopften Bruno.

Doch so einfach ist es nicht. Im Grunde wäre mir der ganze Streit um den Kadaver des Bären am A...bend vorbeigegangen.

Der ein oder andere wird sich noch erinnern: Italienische Behörden stritten sich mit deutschen Beamten um den Balg, wie die Dämchen an der Frauentormauer um den letzten Freier im Morgengrauen, bevor die Stadtreinigung mit ihren Karren anrückt und die benutzten Kondome zusammenkehrt.

Mein gespaltenes Verhältnis zu Bruno hat einen anderen Grund. Ich weiß nicht, warum man schon vor gut hundertzwanzig Jahren Bären unbedingt Bruno benamsen musste. Vielleicht weil Bruno und Brummen für den Schwerhörigen ähnlich klingt oder Bär und Bruno beide mit B beginnen. Wenn Sie jetzt meinen, die Nähe zu Bayreuth färbe auch auf meine Sprache ab, so muss ich energisch widersprechen. Normalerweise babbelt der Oberfranke nicht in Stabreimen. Höchstens mal, wenn er aufgeregt ist. Und das trifft auf mich leider Gottes zu.

Wahrscheinlich gibt es in den Asservatenkammern der naturkundlichen Sammlungen zwischen Flensburg und Konstanz noch eine ganze Reihe von Brunos. Und es ist anzunehmen, dass die meisten davon Braunbären sind. Ausgestopfte natürlich.

Viele Menschen in unserer Region wissen es sicher nicht einmal. Aber auch wir Oberfranken verfügen über eine Reihe von Naturkundemuseen. Ich kann jedenfalls mit Stolz darauf verweisen, dass die meisten von ihnen zu unseren Kunden zählen, und das nicht selten seit ihrer Gründung. Natürlich kann ein auf Objekte der Zoologie spezialisierter Präparator nicht allein von den Aufträgen dieser Institutionen leben. Es sind die Jäger, die unser Alltagsgeschäft am Laufen halten. Und dann, aber viel seltener, als man denkt (das mag in Großstädten anders sein), jene Damen mit rotgeweinten Augen, deren meist an Altersschwäche verstorbener Liebling nicht dem natürlichen Prozess der Verwesung überlassen werden, sondern sorgfältig konserviert auch künftig die heimische Stube zieren soll. Auch hier bin ich einiges gewohnt: vom Dackel über die Siamkatze bis hin zum Papagei, Sittich,

Kanarienvogel, Meerschweinchen, Karnickel und Leguan erledigen wir alles zur vollkommenen Zufriedenheit unserer Kundschaft. Und das nicht selten um einiges preiswerter als die Konkurrenz.

Jagdpächter lassen sich natürlich keinen Hasen ausstopfen, sondern sind in der Regel nur an hübsch herauspräparierten Geweihen interessiert. Gelegentlich muss ich mal nach Dienstschluss und natürlich verschwiegen, schwarz und unter der Hand einen seltenen Greifvogel präparieren. Und mit etwas Patina versehen, so dass es glaubhaft wirkt, sollte der stolze Besitzer zur Behauptung befähigt werden, das Objekt sei schon seit mindestens zwei Generationen in seinem Besitz. Geschützte Tiere, die auf der Liste stehen, darf sich ein Jäger auch dann nicht stopfen lassen, wenn sie eines natürlichen Todes oder in Folge der Kollision mit einer Windschutzscheibe gestorben sind und unser grüner Freund den Kadaver bei einem seiner Kontrollgänge gefunden hat.

Nun, er dürfte schon, aber die Genehmigung muss beim zentralen Wildtier-Erfassungs-Register eingeholt werden, das sich seinerseits beim EU-Außenamt für Jagd- und Forstrecht in Koblenz rückversichern muss. Von dort geht dann wahrscheinlich noch eine Anfrage nach Brüssel oder Berlin oder Brüssel *und* Berlin. Mit anderen Worten, wenn die Genehmigung da ist, hat das Tier bereits ein kleines Vermögen an Stromkosten für die Unterbringung in der Tiefkühltruhe verschlungen. In die man es aber nebenbei gesagt gar nicht hätte legen dürfen.

Zurück zu den naturkundlichen Museen und Sammlungen in Franken. So arbeiten wir auch mit der Friedrich-Alexander-Universität Erlangen-Nürnberg zusammen. Mit anderen Worten: Unser guter Ruf ist bis nach Mittelfranken vorgedrungen. Das wird aber nur Fremde wundern, da ein paar Meter südlich von Hausen Mittelfranken beginnt. Die Depots der Universität sind ein Paradies für den von Leidenschaft für seinen Beruf beseelten Präparator. Zuletzt wurden wir im Rahmen unserer

Zusammenarbeit mit der Universität für eine im Stadtmuseum präsentierte Ausstellung tätig, die den sinnigen Titel »Ausgepackt« trug.

Es war der Wunsch der Museumsleitung, dass Schorsch im Foyer den Hauptblickfang für die Besucher bilden sollte. Diesen Namen hatte man einem schon etwas betagteren Präparat eines Gorilla-Männchens gegeben. Leider begann Schorsch schon beim ersten beherzten Anheben etwas zu bröckeln, was wieder einmal beweist: Selbst unsere Arbeit kann den Zerfall bestenfalls temporär aufhalten, nicht aber auf immer und ewig.

»Und was ist mit den Mumien der alten Ägypter?«, fragen Sie jetzt bestimmt. Nun, da können Ihnen all jene Kollegen, die an den ägyptischen Abteilungen der großen Museen tätig sind, ein Klagelied mit vielen Strophen singen. Die Katastrophen geschehen ja immer beim Transport, und sei es nur vom Ausstellungsraum in das einen Stockwerk tiefergelegene Labor. Berühmt ist die Geschichte von der verlorenen Hand. Dabei betrug der zurückgelegte Weg keine fünfzig Meter. Warum wickelt man die Kerle auch immer aus? Das ist übrigens nicht etwa irgendwo in der tiefsten Provinz oder weit entfernt in Asien oder Afrika passiert. Nein, es geschah hier in Deutschland, mitten in Berlin. Nachdem das Händchen einfach nicht wieder auftauchte und das gesamte Personal bis hinab zur Putzkolonne Stein und Bein schwor, das fragliche Teil weder gesehen noch an sich genommen zu haben, sah man sich gezwungen, das Fehlstück nachzumodellieren. Diese Prothese muss jetzt eine Weile halten.

Bei Schorsch aus Erlangen, der aus Bauch und verlängertem Rückgrat bröselte, war jedenfalls schnelle und vor allem fachkundige Hilfe vonnöten, die unser Haus selbstredend liefern konnte.

Zurück zu Bruno. Ich merke schon, das Thema ist mir derart unangenehm, dass ich es weitschweifig umkreise.

Nahe Forchheim auf der Jägersburg befand sich ja bis Ende des 19. Jahrhunderts die fast fünfzehntausend Stücke umfassende naturkundliche Sammlung der Gebrüder Schlagintweit. Von den fünf Geschwistern hatten sich insbesondere Adolph, Hermann und Robert als weitgereiste Naturforscher einen Namen gemacht. Kein Geringerer als Alexander von Humboldt vermittelte seinerzeit den jungen Männern, die zuvor als Alpinisten für die Glaziologie bereits Bedeutendes geleistet hatten, einen Forschungsauftrag der altehrwürdigen Royal Society in London. Die Schlagintweits bereisten – teilweise als erste Europäer überhaupt – weitgehend unbekannte Regionen des Himalajas, Hindustans, Nepals, Tibets und erforschten in Ladakh die Höhenzüge des Karakorum. Sie erzielten dabei ganz nebenbei einen für die Mitte des 19. Jahrhunderts einzigartigen Höhenrekord, als Adolph und Robert den 6785 Meter hohen Kamet am Mustag-Pass bezwangen, ein Pass, den nebenbei noch kein Europäer zuvor überquert hatte. Doch das alles kümmerte sie wenig. Ihr vordringliches Interesse galt allein der Wissenschaft. Sie vermaßen jede Region, in der sie sich aufhielten, und kartografierten sie mit einer Präzision, die noch heute mustergültig ist. Zusätzlich sammelten sie Unmengen an Gesteins- und Bodenproben. Sie trugen zahllose typische, mitunter seltene Beispiele für die Hochgebirgsflora und –fauna zusammen, darunter auch jenen Ursus arctos Isabellinus, einen Himalaja-Braunbären, der später – lange vor seinem italienisch-deutschen Namensvetter – Bruno genannt werden sollte.

Während Robert und Hermann Schlagintweit, die auf verschiedenen Wegen nach Ägypten gereist waren, 1857 von dort auf einem Postschiff der Triester Lloyd die Heimreise antraten, versuchte sich ihr Bruder Adolph auf dem Landweg über Masimik-La nach Norden durchzuschlagen. Obwohl er sich wie ein Einheimischer gekleidet hatte, griff ihn in Jarkand eine Horde Reiter auf und nahm ihn gefangen. Sie brachten ihn nach Kaschgar in Ostturkestan und übergaben ihn an Vali Khan, einen fanatischen Moslemrebellen, der Adolph für einen chinesischen Spion hielt. Der Stammesfürst ließ den erst 28-jährigen Mann am 26. August 1857 ohne jedes Verfahren enthaupten. Einem Burschen, der in Adolphs Diensten stand, gelang es zu entkommen. Und so konnte er zumindest die wertvollen Aufzeichnungen des Forschers in Sicherheit bringen.

Die gewaltige Sammlung, die von Hermann und Robert Schlagintweit auf die eigens für diesen Zweck erworbene Jägersburg verbracht wurde, um dort wissenschaftlich aufbereitet zu werden, wurde nach dem Tod der Brüder in den achtziger Jahren des 19. Jahrhunderts aufgelöst. Fast der gesamte schriftliche Nachlass ging an die Hof- und Staatsbibliothek München, während der größte Teil der naturkundlichen Exponate nach Berlin transportiert wurde.

Bruno allerdings blieb in Franken. Auf Vermittlung meines Ahnen, der ihn als junger Mann noch im Auftrag Robert Schlagintweits zu seiner jetzigen Form präpariert hatte, wurde er der naturkundlichen Sammlung des Bistums Bamberg geschenkt, die heute ein Bestandteil des Naturkundemuseums im ehemaligen Jesuitenkolleg ist.

Bevor Sie jetzt sagen: »Horchamol, an Bruno Schlagintweit hobbi dord no nie gsähng …«, lassen Sie mich bitte anmerken, dass sich das Bamberger Museum, was die Zoologie, insbesondere die Säugetiere anbelangt, schwerpunktmäßig auf die heimische Tierwelt spezialisiert hat. Der Braunbär, den Sie dort ausgestellt sehen, streifte einst durch fränkische Wälder. Bruno dagegen steht im Magazin. Und wenn es nach mir geht, bleibt er auch dort. Zu den Prunkstücken des Bamberger Museums gehört die berühmte Vogelsammlung aus dem Naturalienkabinett des Fürstbischofs Franz Ludwig von Erthal. Außerdem ein extrem seltenes Präparat, das nebenbei wesentlich besser gelang als Bruno: ein Quagga. So wurde eine Zebra-Art aus Südafrika genannt, die der Mensch erfolgreich ausgerottet hat.

Wie beim Erlanger Schorsch befand die Bamberger Museumsleitung, dass auch Bruno restaurative Eingriffe benötige. Und da wir schon seit Gründung unseres Unternehmens mit den Bambergern zusammenarbeiten, fiel die Auftragsvergabe an uns. Zum Glück!

Bei der Fülle von Objekten, die sie besitzen, war es ein Zufall, dass den Kollegen vom Museum auffiel, dass bereits die Aufbauarbeit des Präparats von meinem Ur-Urgroßvater geleistet worden war. »Na, dann ist ja alles in bester Ordnung«, sagte der stellvertretende Direktor, als wir uns verabschiedeten. »Es ist doch schön, wenn alles in der Familie bleibt!« Ich stimmte ihm freundlich lächelnd zu. Heute bin ich mir unsicher, ob mir eine solche Antwort noch derart unbefangen über die Lippen ginge.

Ich fuhr Bruno in dem speziell ausgestatteten Hänger meines Wagens über die A73 nach Forchheim.

Da er zu den frühen Werken meines Ahnen gehörte, stand für mich von Anfang an fest, dass ich die notwendigen Arbeiten daran selbst durchführen würde. Eine solche Aufgabe wollte ich Silvio nicht übergeben und natürlich erst recht nicht meinem Praktikanten.

»Bruno ist Chefsache«, beschied ich und machte mich am darauffolgenden Abend ans Werk. Im Grunde war es mir peinlich, anhand einer Arbeit des legendären Firmengründers meinen Mitarbeitern typische Anfängerfehler eingestehen zu müssen. Etwa Fehler in der Verwendung bestimmter Chemikalien, die auch schon in den achtziger Jahren des 19. Jahrhunderts vermeidbar gewesen wären und die mir schon bei der ersten Inaugenscheinnahme des Präparats aufgefallen waren. Es ist halt noch kein Meister vom Himmel gefallen. Hinzu kommt, dass es damals weit weniger Aus- und Fortbildungsmöglichkeiten für den angehenden Dermoplastiker gab als heute. Etwas entging mir in diesem Moment. Hans Wilfert war, als er an dem Bären arbeitete, längst kein Anfänger mehr.

Um es kurz zu machen, es blieb mir nichts anderes übrig, als das Präparat neu zu befüllen. Und dafür musste ich es erst einmal an mehreren Stellen öffnen. Dabei zeigte sich dann auch noch, dass die Haut an einigen Stellen nachbehandelt werden musste. Es sah so aus, als habe mein Ahn die Unterhaut zumindest teilweise nachlässig entfettet. Zudem schien der Gerbvorgang und die Imprägnierung mit Insektiziden nicht überall nach den Regeln der Kunst vorgenommen worden zu sein. Mit anderen Worten, das Ganze sah nach einer hastigen, überstürzten, nicht immer sehr sorgfältigen Arbeit aus. Zwar fiel dergleichen einem Laien zumal durch die rein äußere Anschauung kaum auf. Doch mich kränkte der Zustand des Tieres. Ich nahm das persönlich. Und ich war, wie schon angedeutet, heilfroh, dass ich allein in meiner Werkstatt arbeitete und mir niemand über die Schulter sah.

Dann fand ich – sorgfältig umhüllt von dem Material, mit dem der Bauchraum ausgestopft worden war – den Kopf. Einen menschlichen Schädel.

Das war in höchstem Maße ungewöhnlich. Es kam und kommt zwar vor, dass Wildtiere wie Bären gelegentlich auch Menschen anfallen und verspeisen, aber es ist physiologisch ausgeschlossen, dass sie einen kompletten Schädel verschlingen können.

Was hatte dieses Ding im Inneren des Präparats verloren?

Ich dachte, nachdem ich mir die Hintergründe der Schlagintweitschen Sammlung ins Gedächtnis rief, sofort an den enthaupteten Bruder. Und wie ein Film lief eine gruselige Geschichte vor meinem inneren Auge ab. Der Bursche, dem es gelungen war, den Fängen des Khans zu entkommen, hatte nicht nur Adolphs Aufzeichnungen, sondern auch den Kopf seines Herrn mitgenommen und so dem blutrünstigen Fanatiker die Möglichkeit geraubt, sein Lager mit der grausigen Trophäe eines hingerichteten Europäers zu schmücken. Vielleicht hatte der Forschungsreisende Bruno kurz vor diesen schrecklichen Ereignissen erlegt, und um wenigstens den Schädel des Ermordeten wohlbehalten außer Landes bringen zu können, hatte man ihn kurzerhand im Innern des Bärenkadavers versteckt.

So plastisch diese Bilder waren, ich musste diese Möglichkeit, so rasch sie in mir aufkeimte, auch schon wieder verwerfen. Welchen Grund hätte es gegeben, den Kopf *nach* der Flucht im Inneren des Bären zu belassen? Keinen.

Hinzu kam aber auch noch etwas anderes. Die Schergen des Khan hatten Adolph Schlagintweit nach Berichten von Augenzeugen erst einen Dolch in die Brust gerammt, bevor der Henker ihn enthauptete. Schon die erste Verletzung dürfte tödlich gewesen sein. Die Frage in diesem Zusammenhang war, warum der Schädel dann noch eine zweifellos ebenso tödliche Fraktur des linken Os temporale, des Schläfenbeins, aufwies.

Zu nächtlicher Stunde mit dem Schädel in der Hand kam ich mir wie Hamlet vor. Doch meine Fragen und Überlegungen waren andere als die des Prinzen von Dänemark.

»Wer bist du?«

Und vor allem: »Was ist dir zugestoßen?«

Warum man Tote automatisch duzt, weiß ich auch nicht, aber was mir direkt auffiel, war das rundweg intakte, weiße Gebiss. Es konnte sich also nur um einen jungen Menschen handeln. Außerdem war der Unterkiefer erhalten, den derjenige, der den Kopf in den Bauch des Bären gesteckt hatte, sorgfältig, um nicht zu sagen fachmännisch, in die dazu vorgesehenen Stellen eingehängt hatte. Nicht nur das. Ein kurzer Blick verriet mir, dass der Unterkiefer mit einer unscheinbaren Vorrichtung aus Draht am Cranium befestigt worden war. Die Art dieser Ausführung deutete ebenso auf eine fachkundige Hand, die hier am Werk gewesen war, wie die Behandlung des gesamten Materials bei der Entbeinung.

Unsere Firma beschäftigte sich seit dem Zeitpunkt ihres Entstehens bis auf den heutigen Tag fast immer nur mit tierischen Präparaten. Gelegentlich haben wir auch mit Pflanzen zu tun, aber meist nur im Zusammenhang mit den früher beliebten Dioramen, die für die präsentierte Fauna natürlich einer angemessenen Darstellung der Umwelt bedürfen. Medizinische Präparate, sei es aus dem Bereich der Anatomie, der Pathologie oder der Rechtsmedizin, fallen nicht in unseren Fachbereich. Dennoch muss man festhalten, dass ein Dermoplastiker, zu dessen grundlegenden Fähigkeiten ein möglichst umfassendes Wissen der Biologie gehört, ein schlechter Präparator wäre, wenn er nicht auch gute Kenntnisse von der Anatomie des Menschen besäße.

Kurz, ich war erschüttert von dem Fund und schloss den Schädel in den Tresor. Danach räumte ich meinen Arbeitsplatz auf, deckte den halb aufgebrochenen Bruno sorgfältig ab und fuhr nach Hause. An Weiterarbeiten war im Moment nicht mehr zu denken.

Nach einer unruhigen Nacht telefonierte ich am nächsten Morgen mit Dr. Hinrichs, dem Archivar des Naturkundemuseums.

»Verfügt Ihr Haus eigentlich noch über Unterlagen aus der Zeit, als Sie Bruno übernommen haben?«, fragte ich ihn rundheraus.

»In der Tat, das tun wir«, erwiderte Dr. Hinrichs. »Wie hätten wir sonst so schnell herausfinden können, dass der Himalaja-Bär von Ihrem Vorfahren präpariert worden ist?«

»Könnten Sie mir einen Gefallen tun«, bat ich ihn, »und einmal nachschauen, ob das Objekt in der Zeit, nachdem Sie es bekommen haben, mal außer Haus war und wenn ja, wo, und vielleicht auch, wer es hatte und wann?«

Dr. Hinrichs stieß mit hörbarer Anstrengung Luft durch die Nase. Seit ich ihn kannte, litt er unter Polypen, die er sich, aus welchen Gründen auch immer, nicht entfernen lassen wollte.

»Das wird was Größeres«, sagte er gepresst. »Aber ich schaue mal nach ...«

»Das wäre sehr freundlich ...«

»Warum?«, unterbrach er meinen Dank.

»Äh«, stammelte ich verlegen.

»Hat irgendjemand unsachgemäß an Bruno herumgepfuscht?«

»Der Verdacht ... nun, es ist zu früh, um da was zu sagen, aber es könnte sein«, druckste ich herum. Dennoch war ich erleichtert, dass er mir eine Antwort auf seine Frage quasi in den Mund gelegt hatte. Es war unmöglich, jemandem von dem Kopf zu erzählen. Erst recht nicht Dr. Hinrichs, den ich als einen überkorrekten Mann kannte, nachgerade pingelig darauf bedacht, dass alles seine Ordnung hat. Nicht einmal gegenüber meiner Frau könnte ich eine Andeutung fallen lassen. Jedenfalls jetzt noch nicht, da ich nicht den leisesten Schimmer einer Ahnung hatte, was es mit dem grausigen Fundstück auf sich hatte. Gerti würde auf der Stelle die Polizei verständigen, mit dem Resultat, dass ich womöglich tagelang zwecks Spurensicherung meine eigene Firma nicht betreten dürfte. Und dann das Gerede. Irgendetwas würde mit Sicherheit an die Öffentlichkeit dringen. Der gute Ruf des Unternehmens wäre in Gefahr. Meine Frau denkt an solche Dinge oft erst, nachdem sie gehandelt hat.

Andererseits konnte ich die Angelegenheit nicht einfach auf sich beruhen lassen. Den Schädel klammheimlich zu beseitigen, wäre sicher die naheliegendste aller denkbaren Lösungen gewesen. Aber das kam ebenso wenig in Frage wie die Option, das Corpus delicti wieder dort zu verstauen, wo ich es gefunden hatte und wo es seit – ja, wie lange wohl? – unentdeckt geblieben war. Im Bauch des Bären.

Nein, ich musste alles tun, um der Sache auf den Grund zu gehen. Man gibt schließlich nicht nur Tieren gerne einen Namen. Auch dieses traurige Relikt eines menschlichen Lebens verdiente einen Namen und eine Geschichte, die das Schicksal, das sich dahinter verbarg, wieder aufhellt. Aber diese Aufklärungsarbeit musste ich unter allen Umständen so diskret, unauffällig und verschwiegen wie nur möglich vorantreiben.

Doch wo sollte ich mit meinen Nachforschungen beginnen? Das einzige handfeste Material, das mir vorlag, waren der sorgfältig präparierte Schädel ... und der Bär.

Kaum war mir dieser Gedanke durch den Kopf geschossen, begann ich Brunos Innenleben erneut einer eingehenden Untersuchung zu unterziehen. Ich sagte Silvio, dass ich keinesfalls gestört werden wolle, und machte mich an die

Arbeit. Doch zu meiner Enttäuschung fand ich trotz intensiver Suche nichts. Mittlerweile bestand der Bär nur noch aus seinem weitgehend in seine Einzelteile zerlegten Gestell und der losen Außenhaut, die daneben lag. Mit Ausnahme von Kopf und Tatzen waren seinerzeit bei der Erstkonservierung alle natürlichen Knochen entfernt worden. Eine Maßnahme, die naheliegenderweise bereits während der Reise der Schlagintweits vorgenommen worden war. Man verfügte seinerzeit schließlich noch nicht über die Kühlmöglichkeiten, um einen kompletten, großen Kadaver während einer so langen Reise frisch zu halten.

Zur Rekonstruktion des Tieres wurde natürlich nicht wieder das komplette Skelett nachgebaut, sondern ein Gestell aus verschiedenen Materialien zusammengefügt. Es war nicht erforderlich, ein anatomisches Modell des Knochenbaus zu konstruieren, da das Präparat keine Einblicke in sein Inneres geben sollte. So etwas wird ja heute gerne gemacht. Von der einen Seite sieht man die lebensechte Anmutung des Tieres, von der anderen einen Querschnitt durch den Körper.

Wie ich ebenfalls später herausfinden sollte, standen meinem Ahn für die Anfertigung des Präparats zwei künstlerisch bemerkenswerte Aquarell-Zeichnungen von der Hand Hermann Schlagintweits zur Verfügung, die noch heute in punkto Ausdruck und Präzision jedem Lehrbuch der Zoologie zur Ehre gereichen würden.

Teilweise hatten die Brüder auf ihren Reisen auch Daguerreotypien aufgenommen. Beeindruckender sind jedoch ihre farbigen, zart lasierten Zeichnungen. Auf einer Fotografie hätte man ohnehin die Helfer zu sehen bekommen, die den Körper des erlegten Bären zu voller Größe aufgerichtet hielten. Bei seinen Zeichnungen konnte Hermann darauf verzichten. Natürlich ist Bruno ein Aufrecht-Modell. Etwas anderes kam bei Bären seinerzeit nicht in Frage. Und oft ist es auch heute noch so, obwohl sich das Tier in seinem natürlichen Lebensraum nur ausnahmsweise auf die Hinterbeine stellt.

Kinder sind nicht selten enttäuscht, wenn sie im Zoo erstmals lebende Bären sehen und diese dann ständig auf allen Vieren herumlaufen. Selbst Skelettmodelle etwa von eiszeitlichen Höhlenbären werden gerne in aufrechter Haltung aufgebaut. Manchmal scheint unser Beruf mit der Wirklichkeit nicht viel zu tun zu haben.

Erst am kommenden Tag sollte ich einen Schritt weiterkommen. Ein Anruf von Dr. Hinrichs klärte mich darüber auf, dass Bruno das Magazin, seit er dort Ende des 19. Jahrhunderts eingelagert worden war, nicht mehr verlassen hatte. Weder zu Ausstellungen, nicht einmal hausintern und auch nicht zu Kriegszeiten.

Ging ich davon aus, dass es stimmte, was Dr. Hinrichs mir mitteilte, musste der Schädel mit größter Wahrscheinlichkeit vorher in den Bauch des Bären gesteckt worden sein. Die Möglichkeit, dass dergleichen vor Ort im Magazin des Museums geschehen war, konnte ich vorerst vernachlässigen. Dort gab es nur wenig Gelegenheit, über einen längeren Zeitraum unbeobachtet zu arbeiten. Genau das wäre aber notwendig gewesen, um den Schädel des oder der Ermordeten in das Präparat hineinzubekommen.

Dass es sich bei dem Kopf um das Beweisstück eines Mordes, zumindest eines Totschlags handelte, schien mir die naheliegendste Schlussfolgerung zu sein. Es besteht kein Anlass, etwa den Kopf eines Unfallopfers auf derartig aufwendige Weise zu verstecken. Doch was war mit dem Rest der Leiche geschehen?

Diese Frage wie auch meine allgemeine Unkenntnis darüber, um wen es sich handelte und was geschehen war, das alles quälte mich seit jenem erschreckenden Moment, da ich den Schädel aus dem Bauch Brunos zog.

»Geh davon aus, dass der Kopf von deinem Vorfahren in dem Bären versteckt wurde«, sagte ich mir, wobei ich den deutlichen Widerwillen spürte, mit dem sich alles in mir gegen diese Erkenntnis sträubte.

Es half nichts. Ich begann mich intensiv mit meinem Ur-Urgroßvater Hans Wilfert, geboren im Jahr der Revolution 1848, gestorben 1911, zu beschäftigen und zugleich – wie ich gestehen muss – die Arbeit in meiner Firma zu vernachlässigen.

Ahnenforschung ist zum Glück ein unverfängliches Thema, heute jedenfalls wieder, und so bestand keine Gefahr, mit meinen Recherchen irgendjemandes Misstrauen zu erregen. Aber, um es kurz zu machen, ich fand nichts.

Wie auch? War tatsächlich ein Mord geschehen, und davon musste ich ausgehen, so hatte Hans Wilfert zweifellos keine Aufzeichnungen darüber verfasst. Erst recht nicht, wenn er sich zuvor so viel Mühe gegeben hatte, eine Leiche verschwinden zu lassen. Und das charakteristischste Körperteil eines Toten ist nun einmal, erst recht in der Zeit vor dem sogenannten genetischen Fingerabdruck, der Kopf, genauer das Gesicht. Irgendwie war ich mittlerweile felsenfest davon überzeugt, dass mein Vorfahr ein kaltblütiger Mörder war.

Was ich in Gestalt alter Firmenunterlagen jedoch schon bald in den Händen hielt, waren Hinweise zu Bruno. Natürlich war dieser Name nirgendwo vermerkt. Die Notizen waren dennoch eindeutig. Die Anlieferung des Materials in der Hausener Werkstatt war unter dem Datum des 8. April 1884 verzeichnet: »Präp. Ursus arctos Isabellinus, Jägersburg. Freiherr von Schlagintweit«. Das war nach dem Tod Herrmanns gewesen, aber noch zu Lebzeiten Roberts, der ein Jahr später starb und sich wohl im Frühjahr 1884 von Gießen, wo er lebte und lehrte, auf sein oberfränkisches Anwesen begeben hatte. Er musste der Auftraggeber gewesen sein.

Am 13. Mai fand ich einen noch knapperen Ausgangsvermerk: »Urs. a. Isa., Jägersbg., 99 M, 14 LD«, also 99 Goldmark und 14 Pfennige, die damals im allgemeinen Sprachgebrauch noch als ›Ludwigsdreckerl‹ bezeichnet wurden. Das würde nach heutiger Kaufkraft zwischen 1700 und 1800 Euro entsprechen. Ich verrate kein Geheimnis, wenn ich sage, dass Sie für diesen Preis heute keinen Bär mehr präpariert bekommen.

Aber ich konnte anhand der Firmenpapiere noch etwas nachweisen, was ich vorher zwar schon wusste, aber noch nicht schwarz auf weiß gesehen hatte. Hans Wilfert der Ältere hatte das Präparat alleine angefertigt. Wir betrieben unser Handwerk seit Generationen als Einzelkämpfer. Ich war der erste, der mit dieser Tradition brach und dauerhaft Mitarbeiter beschäftigte. Während der in Frage kommenden Zeit hatte mein Ahn auch keinen Lehrling im Betrieb. Es gab, mit anderen Worten, niemanden, der an seiner Stelle den Kopf in dem Bären hätte verstecken können.

In Krimis wie im richtigen Leben nennt man ihn gerne Kommissar Zufall. Ob es wirklich ein solcher Deus ex Machina war, der mir, nachdem ich meine Nachforschungen schon aufgeben wollte, letztlich weitergeholfen hat, weiß ich nicht. Irgendwie war es ein Zufall, von einem anderen Blickwinkel aus betrachtet aber auch nicht. Ich sollte vielleicht noch klarstellen, damit Sie von meinen Aufzeichnungen nicht zuviel erwarten: Eine eindeutige und letztendlich hieb- und stichfeste Beweisführung gibt es in diesem Fall nicht. Es gibt nur Vermutungen, für die allerdings der ein oder andere Hinweis spricht. Man nennt das wohl Indizien, die noch einer zusätzlichen Untermauerung bedürfen, um als juristisch solider Beweis zu gelten. Nun, solche Beweise lassen sich rund einhundertzwanzig Jahre nach den Ereignissen nicht mehr erbringen. Alle Beteiligten, eben nicht nur das Opfer, sind seit langem tot. Niemand kann mehr befragt werden. Selbst meine Eltern, die mir sicherlich noch mehr über die Familiengeschichte hätten erzählen können, sind kurz nacheinander und viel zu jung gestorben. Meine Großeltern habe ich schon als Kind verloren. Mir bleiben also nur mein eigener Forschungseifer und die Wissenschaft. Man könnte etwa versuchen, aus den Schädelknochen Material zu extrahieren, das sich mittels einer mitochondrischen DNA-Analyse untersuchen lässt, mit der sich zumindest eine bestimmte familiäre Verwandtschaft nachweisen ließe, doch … ich greife vor.

Zurück zu Kommissar Zufall. Es hatte sich unter anderem im Forchheimer Stadtarchiv herumgesprochen, dass ich nach Dokumenten und anderen Hinweisen suchte, die sich auf die Anfangszeit unseres Betriebes und meine Vorfahren bezogen. Da erhielt ich eines Tages einen Anruf von Fräulein Rotenmoor. Nebenbei: Sie bezeichnete sich selbst als ›Fräulein‹ und bestand ausdrücklich auf dieser Anrede. Ich betreibe also keine Verunglimpfung der alten Dame, die vor ihrer Pensionierung in der Heroldsbacher Gemeindeverwaltung gearbeitet hatte. Sie war weitläufig mit dem Forchheimer Archivar verwandt, und man hatte bei Gelegenheit über meine Nachforschungen gesprochen.

»Kommen Sie mich doch mal besuchen«, lud sie mich ein. »Eventuell habe ich etwas für Sie. Mein Vater war nämlich nach dem Krieg Bürgermeister und ein guter Freund von Dr. Konrad Kupfer. Der Name sagt Ihnen doch was …«

»Natürlich! In Hausen ist eine Straße nach ihm benannt.«

»Dr. Kupfer war ein äußerst rühriger Heimatforscher«, erklärte sie ungeachtet meiner Bemerkung, »und er hat meinen Vater – wie soll ich sagen – dahingehend beeinflusst, alles, und damit meine ich alles, aufzuheben, was mit der eigenen Vergangenheit, der Familiengeschichte und so weiter zu tun hat.«

»Und Sie haben …«, versuchte ich zu fragen.

Doch sie redete ungebremst weiter. »Weil mir das Andenken an meinen Vater heilig ist, habe ich seine Sammlung natürlich aufbewahrt. Und jetzt – ich bin ja seit gut zehn Jahren pensioniert – habe ich viel Zeit.«

»Mit anderen Worten …«, versuchte ich sie erneut auf den Punkt zu bringen.

Sie fuhr jedoch ungerührt fort: »Ich habe also das meiste von dem Material durchgesehen, teilweise musste ich die Dinge neu ordnen. Ich war ja in der Verwaltung. Da lernt man, die Dinge sinnvoll zu ordnen. Und dabei …« Sie machte eine offensichtlich sorgfältig einstudierte Pause.

»Ja, was?«, fragte ich. Das plötzliche Schweigen hielt ich nicht lange aus.

»Ach, wissen Sie? Kommen Sie doch vorbei.« Sie gab mir ihre Adresse. Das alles hatte sie mir in geschliffenstem, von jedem Dialekt meilenweit entfernten Hochdeutsch erzählt. Ihre Familie, so erfuhr ich noch quasi nebenbei, stamme ja eigentlich aus Celle. Es habe aber schon immer ein süddeutscher Ableger (ihre Worte!) existiert, weshalb es den Vater mitsamt der Familie nach dem Krieg nach Oberfranken verschlagen habe.

Wir verabredeten uns für den kommenden Nachmittag. Pünktlich stand ich vor der Tür ihres kleinen Siedlerhäuschens und sie offenbar direkt dahinter. Denn sie öffnete, noch bevor mein Finger den Klingelknopf berührte.

Nach einer Tasse Kaffee und einigen Stücken Gebäck, von denen ich weder das eine noch das andere hätte ablehnen können, ohne unhöflich zu wirken, kramte sie eine mit einer Archiv-Nummer beschriftete Schuhschachtel hervor, in der sich ein Bündel alter Briefe befand.

»Die Korrespondenz zwischen Hildegard Rotenmoor und Hans Wilfert«, sagte sie ungewöhnlich knapp.

»Aha«, erwiderte ich ebenso bündig wie bass erstaunt. In den bisherigen Unterlagen, die ich studiert hatte, war eine Hildegard Rotenmoor nicht erwähnt worden. Es gibt bei uns eine umfangreiche Sammlung an frühen Fotos, säuberlich in Alben geklebt, die, der Ordnungsliebe meiner Vorfahren sei Dank, jeden Abgebildeten in gestochener Sütterlinschrift genau benennt. Eine Fotografie von Hildegard sollte ich erst in dem Schuhkarton finden. Es war ein Doppelportrait einer attraktiven, schwarzhaarigen, fröhlich wirkenden jungen Frau zusammen mit meinem Ur-Urgroßvater.

Ich durfte das Konvolut mitnehmen, nicht ohne zuvor wortreich die pflegliche Behandlung des Inhalts und die baldige Rückgabe zugesichert zu haben.

Nachdem Fräulein Rotenmoor bereits etwas wortkarg auf meine Fragen bezüglich des Inhalts der Schreiben reagiert hatte, ihr die Angelegenheit also irgendwie peinlich zu sein schien, ahnte ich in etwa, was mich in den Briefen erwartete.

Ich sollte recht behalten. Es handelte sich um Liebesbriefe. Hans Wilfert unterhielt – obwohl verheirateter Familienvater – eine offensichtlich jahrelange, leidenschaftliche Affäre mit besagter Hildegard. Die frühesten und nebenbei auch gefühlhaltigsten Schreiben stammten aus dem Jahr 1881, der letzte Brief war vom 17. Mai 1884. Jeder Brief trug ein Datum. Manche Schreiben von Hans waren allerdings nachträglich datiert und zwar – wie ich sah – von Hildegards Hand. Das letzte Schreiben stammte von ihr, verfasst wenige Tage nach der Ablieferung des fertigen Präparats auf der Jägersburg.

So spannend es war, in die Untiefen alter, mit viel Mühe vertuschter Familiengeheimnisse abzutauchen, so verwirrend war es auch. Das Rotenmoor'sche Konvolut warf mehr Fragen auf, als es beantwortete. Normalerweise bewahrt eine Empfängerin oder ein Empfänger von Liebesbriefen die jeweils an sie oder ihn gerichtete Post auf, nicht aber die eigenen Antworten, außer sie wurden nie abgeschickt. Das war erkenntlich bei der Affäre zwischen Hans und Hildegard nicht der Fall, da sich ihre Briefe, wie ich schon nach flüchtigem Lesen erkannte, oft aufeinander bezogen. Hans musste Hildegard also irgendwann ihre Briefe an ihn zurückgegeben haben.

Auch wenn im letzten Schreiben, dem eine längere Korrespondenzpause voranging, eine spürbar am Boden zerstörte Frau in düsteren Worten von einem endgültigen Abschied und einer Reise in die Leere schrieb, so kam ich doch zu dem Schluss, dass die mir freundlicherweise zur Verfügung gestellten Dokumente zur Aufklärung meines Falles nichts beitragen konnten. Es hatte zwar anscheinend ein abruptes und unschönes Ende der Beziehung gegeben, doch es war darüber nicht zu einer tätlichen Auseinandersetzung, geschweige denn zu Mord und Totschlag gekommen. Hildegard schrieb ihre alle Bande zerreißenden Sätze, nachdem der Schädel in dem Bären versteckt worden war. Ihr konnte der Kopf also nicht gehören.

Andererseits: Nichts ist leichter, als ein Datum zu fälschen, vor allem, wenn es sich nur um ein paar Tage handelt, und kaum etwas ist schwieriger, als dies nach so langer Zeit nachzuweisen. Der Brief mochte korrekt datiert sein, aber war das auch der Eintrag in den alten Geschäftsunterlagen?

Ich telefonierte mit Fräulein Rotenmoor.

»Tja, die Hildegard und der Hans. Man mag es kaum glauben, wie wild es unsere Altvorderen getrieben haben«, sagte sie fröhlich. »Wussten Sie davon? Oder hat Hans es geschafft, die Geschichte hübsch unterm Deckel zu halten?«

»Ich vermute letzteres. Mir hat jedenfalls keiner davon erzählt. Es ist ja auch schon ein Weilchen her, und ich kann niemanden mehr fragen«, erwiderte ich und war ein wenig erstaunt über die Unbefangenheit, mit der sie auf einmal über die Angelegenheit sprach. »Aber sagen Sie«, fuhr ich fort, »mich würde noch interessieren, was aus Hildegard geworden ist ...« *Gibt es neben dem abrupten Ende der Beziehung noch ein weit tragischeres Ende? Ist sie vielleicht kurz danach spurlos verschwunden?* Doch das wagte ich die alte Dame natürlich nicht offen zu fragen.

»Sie hat drüben als Sängerin eine glänzende Karriere gemacht. Sie soll eine sehr schöne Stimme gehabt haben«, sagte sie.

»Drüben? Karriere?«

»Ja. Sie hat, kaum in New York angekommen, einen Künstlernamen angenommen und ist schon ein Jahr später erfolgreich durch viele Städte der USA getourt ...«

»Sie ist ausgewandert?«

»Das Ende der Affäre mit Hans muss der letzte Auslöser gewesen sein. Keine Woche später hat sie sich zusammen mit einer Freundin in Hamburg nach Amerika eingeschifft.«

Diese plötzliche, vielversprechend erscheinende Fährte lief ebenso schnell wieder ins Leere. Hildegard ist jedenfalls nicht das Opfer. Dein Ahn hat sie nicht erschlagen und anschließend ihren Kopf im Bauch des Bären versteckt, sagte ich lautlos, aber bestimmt zu mir.

»Hildegard hat noch Jahre später immer wieder Zeitungsartikel geschickt, die über ihre Auftritte berichteten. Meine Englischkenntnisse sind etwas eingerostet, aber falls Sie sie sehen wollen ...«

Ich knurrte etwas Unverständliches, das Fräulein Rotenmoor als Zustimmung interpretierte.

»Ich suche sie Ihnen raus. Schade ist nur das mit Bärbel.«

»Wer, bitte sehr, ist Bärbel?«

»Die Freundin, mit der Hildegard in die USA ausgewandert ist.«

»Was war mit ihr?«

»Die beiden Frauen müssen unzertrennlich gewesen sein. Es gibt im Archiv meines Vaters einen umfangreichen Fundus mit allem möglichen Material zu dieser Freundschaft. Briefe, gemeinsame Tagebücher, Gebetsbüchlein, Sammelbände mit frommen Sprüchen, auch einige Fotos, viele Noten und so weiter und so fort.«

Ich murmelte erneut etwas Unverständliches in den Hörer, da sich meine Nachforschungen, sollte ich sie auf diesem Pfad fortsetzen, zu einer sich endlos verzweigenden Materialsammlung auszuweiten drohten. Schon jetzt hatte ich das Gefühl, den Überblick zu verlieren.

»Äh, wissen Sie, wie diese Bärbel mit Nachnamen hieß?«

»Söhner«, antwortete Fräulein Rotenmoor. »Sie haben immer zusammen gesungen. Oft zu festlichen Anlässen in der Kirche, sogar in Nürnberg bei den Evangelischen sind sie aufgetreten, aber gelegentlich auch beim Annafest.« Obwohl ihre Familie aus dem protestantischen Norden kam, schienen die Rotenmoors, wie ich ihrer Bemerkung entnahm, katholisch zu sein.

»Und dann ist Hildegard mit Bärbel Söhner in die USA ausgewandert.«

»Sie hatten beide ja auch eine schreckliche Arbeit, über die sie sich oft beklagt haben. Wissen Sie, damals war es nicht üblich, dass Frauen arbeiten gingen. Außer, die Familien waren zu arm und die Not zwang sie dazu. Wenn Sie mich fragen, dann war es nicht nur das Ende dieser unschicklichen Beziehung, die Hildegard dazu getrieben hat, hier alles hinter sich zu lassen ...«

Die alte Dame muss durchs Telefon meine verständnislose Miene wahrgenommen haben, denn sie ergänzte ihre Erläuterungen noch mit einem einzigen Wort: »Seltsam.«

Ihrem Tonfall entnahm ich, dass das als Erklärung ausreichen sollte.

»In der Tat, sehr seltsam«, erwiderte ich.

»Nein! Friedrich Seltsam. Haben Sie denn die Briefe nicht gelesen?« Ich räusperte mich, um mich über die peinliche Pause zu retten, die entstand. Ich überlegte, ob ich auf die teilweise schlecht lesbare Handschrift verweisen oder die Wahrheit sagen sollte, nämlich, dass ich weite Passagen des Schriftverkehrs nur überblättert hatte. All jene Passagen, die mir ohnehin nur verstaubtes Geturtel zu enthalten schienen.

»Was ist mit Bärbel in den USA denn passiert?«, fragte ich stattdessen.

»Keine Ahnung«, erwiderte Fräulein Rotenmoor.

»Sie hatten doch vorhin erwähnt ...«

»Ja, ja«, sagte sie ungeduldig. »Das bezog sich auf die Karriere Hildegards. Jeder schien angenommen zu haben, dass sie gemeinsam auftreten und Erfolg haben würden. Sie müssen gleichermaßen talentiert gewesen sein. Und das ohne jede Ausbildung ...«

»Vielleicht hat Bärbel Söhner ja das Interesse verloren«, warf ich ein.

»Kaum vorstellbar. Es muss ihr schon bald nach ihrer Ankunft in den USA etwas zugestoßen sein, anders ...«

»Wie bitte?« Ich fürchte, dass ich unwillkürlich ins Telefon geschrien habe.

»Hildegard schrieb schon in ihrem ersten Brief, dass sich Bärbel einer kleinen Truppe angeschlossen habe, die in einem Theater in Chicago auftreten wollte. Das ist oben im Westen.«

Ich schüttelte den Kopf, aber ließ sie weiterreden.

»Es muss auf der Anreise gewesen sein oder in Chicago selbst, oder sie hatte einfach beschlossen, einen radikalen Schnitt mit ihrer Vergangenheit zu machen, wer weiß ...«

»Tja, wer weiß so was schon.«

»Bärbels Familie hat jedenfalls nie wieder etwas von ihr gehört. Auch Hildegard hat sie aus den Augen verloren und dann eben allein Karriere gemacht.«

»Aber bevor sich die beiden Frauen getrennt haben, da hat sich Bärbel bei ihrer Familie gemeldet?«, fragte ich mit einem lauernden Unterton.

»Nicht dass ich wüsste. Ich habe vor Jahren mal mit ein paar Nachkommen der Söhners gesprochen, die leben immer noch in Forchheim. Die Bärbel war die Einzige in der Familie, die in die USA ausgewandert ist. Deshalb hat man die Erinnerung an sie bewahrt, auch wenn sie umgekehrt von ihren heimischen Wurzeln nichts mehr wissen wollte. Nein, sie hat sich, nachdem sie sich mit Hildegard aus dem Staub gemacht hatte, nie wieder zu Hause gemeldet.«

»Und die beiden Frauen haben beim Seltsam gearbeitet?« Nur mühsam unterdrückte ich meine Aufregung.

»Das sagte ich ja schon. So eine Tätigkeit muss eine ziemliche Zumutung gewesen sein. Ich hoffe, ich trete Ihnen damit nicht zu nahe.«

Ich verneinte und bat sie abschließend noch darum, mir die zusätzlichen Unterlagen herauszusuchen.

Ich legte auf und fühlte mich auf einen Schlag wie gerädert. So, als hätte ich Tage äußerster Anstrengung und Entbehrung hinter mir.

Friedrich Seltsam. Nein, mit dessen Geschäftstätigkeit hatte unser Unternehmen nicht das Geringste zu tun. Ich kramte Dr. Kupfers alte Forchheimer Stadtgeschichte hervor, um mir noch einmal alles ins Gedächtnis zu rufen.

»Die Gas« nannten die Bewohner das Fabrikgelände, weil der Jungunternehmer Friedrich Seltsam hier in den siebziger

Jahren des 19. Jahrhunderts ein Werk zur Gaserzeugung errichtet hatte, mit dem die städtische Beleuchtung betrieben wurde. Ich las von endlosen Streitereien mit dem Stadtrat wegen der Gebühren und dass Seltsam schon bald danach in unmittelbarer Nachbarschaft eine Knochenpräparationsfabrik eröffnete. Im Amtsdeutsch des 19. Jahrhunderts nannte man das eine »Dampfknochenkohlenfabrik«. Mit dem von uns praktizierten Handwerk der Tierpräparation gab es nur dem Namen nach eine Übereinstimmung mit den Tätigkeiten in Friedrich Seltsams Unternehmen. Bei ihm ging es um die Verarbeitung von Knochen zu Leim, Seife, Kerzen und vielen weiteren Produkten. Dabei kamen die seinerzeit neuesten chemischen Verfahren zum Einsatz. Als Grundsubstanzen wurden aus den Rohknochen Knochenfett, Knochenkohle und Knochenmehl gewonnen. Daraus ließen sich Stearin und hochwertige Maschinenschmiere herstellen. Knochenmehl wurde unter Einsatz von Schwefelsäure zu stark phosphathaltigem Kunstdünger verarbeitet, während die Knochenkohle in einem ausgeklügelten Prozess entweder beim Entfärben von Mineralölen eingesetzt werden konnte oder umgekehrt als Farbstoff in Schuhputzmitteln Verwendung fand.

Ein vielseitiges Betätigungsfeld in der Zeit der Industrialisierung, durch das viele Menschen Arbeit fanden. Eine zukunftsträchtige Branche, aber eben auch verbunden mit erheblicher Geruchsbelästigung und Umweltbelastung. Ich erfuhr, dass sich die Produktion von anfangs fünfzehn Zentnern Rohknochen, die Tag für Tag verarbeitet wurden, bald auf gut vierzig Zentner pro Tag steigern ließ. Nachdem der Umgang mit toten Tieren zu meinem Geschäft gehört, konnte ich mir lebhaft den Gestank vorstellen, der sich, je nach Windrichtung, weit über die Grenzen der Stadt hinaus verbreitete.

Als ich von Fräulein Rotenmoor das zusätzliche Material erhielt, von dem mich, was ich ihr natürlich nicht unter die Nase reiben konnte, vor allem Hildegards erster Brief aus New

York interessierte, verdichtete sich meine finstere Vermutung zu einer Art innerer Gewissheit.

Heute, in Zeiten des Internets, sind selbst internationale Recherchen ein Kinderspiel verglichen mit jenem Aufwand, den man früher betreiben musste. Ich fand ohne größere Mühen heraus, dass es die von Hildegard erwähnte Theatergruppe, mit der sich Bärbel nach Chicago begeben wollte, mit an Sicherheit grenzender Wahrscheinlichkeit nie gegeben hatte. Ebenso wenig das Theater in Chicago selbst, was mich schon nicht mehr sonderlich überraschte. Nachdem ich erst einmal das Datum von Hildegards Ankunft in New York wusste, erfuhr ich nach wenigen Klicks den Namen des Dampfers und konnte schließlich auch dessen Passagierliste einsehen.

Tatsächlich. Ihr Name stand darauf. Nicht aber der von Bärbel Söhner. Jetzt war ich mir sicher. Bärbel hatte Deutschland nie verlassen. Noch nicht einmal ihre Heimatstadt Forchheim. Das, was von ihr übrig geblieben war, ihr Kopf, ruhte jetzt bei mir im Tresor.

Natürlich ist das streng genommen eine Spekulation. Sicher ist nur, dass der Mensch, zu dem dieser Kopf einst gehörte, umgebracht worden ist. Möglicherweise von meinem Vorfahren Hans. Wahrscheinlich aber von Hildegard Rotenmoor. Ohne meinen Ahnen auf parteiische Weise in Schutz nehmen zu wollen, das verdient er nämlich nicht, vermute ich doch, dass Hildegard die Mörderin ihrer Freundin ist. Das ganze Drama stelle ich mir so vor:

Hans war wohl das, was man einen flotten Feger nennt. Was sprach dagegen, wenn er ohnehin seine Frau betrog, sich neben Hildegard noch eine weitere Geliebte zuzulegen? Bärbel. Eine gewissermaßen naheliegende Frau, die er sicher kannte. Doch Hildegard kam dahinter, dass ihre beste Freundin auf einmal ebenfalls mit Hans ein Techtelmechtel pflegte. Vielleicht hat Hildegard ihre plötzlich zur Rivalin gewordene Freundin blind vor Eifersucht erschlagen. Und Hans, der sich mitschuldig fühlte, half ihr dann, die Leiche zu entsorgen. Da sie beide gewissermaßen vom Fach waren, er als Dermoplastiker, sie als Arbeiterin in der Knochenpräparatefirma Friedrich Seltsams, konnten sie die Weichteile wie Muskeln, Organe, Fettgewebe und so weiter professionell von den Knochen ablösen und unauffällig beseitigen. Inmitten der Massen von Schlachtabfällen und Rohknochen, die in Seltsams Fabrik verarbeitet wurden, fiel ein in seine Einzelteile zerlegtes menschliches Skelett wahrscheinlich nicht weiter auf.

Bis auf den Kopf. Es war ihnen zu risikoreich, Bärbels Schädel auf diesem Weg loszuwerden. Doch da stand das halbfertige Präparat des Bären in der Werkstatt. Wer würde schon in dessen Inneres blicken?

Ich will nicht ausschließen, dass ich mit meinen Vermutungen völlig daneben liege, und glauben Sie mir, ich wäre froh, wenn dem so wäre. Aber ich fürchte, dass es sich genau so abgespielt hat.

Einen weiteren Schritt in Richtung Gewissheit könnte eine DNA-Analyse bringen. Vorausgesetzt, die Behörden und die vermuteten Nachfahren des Opfers stimmen dem zu. Laut Fräulein Rotenmoor leben sie in Forchheim. Der erste Schritt allerdings müsste von mir ausgehen. Wenn Sie diesen Text, dessen letzte Zeilen ich gerade schreibe, irgendwann einmal zu lesen bekommen, dann wissen Sie, wie ich mich entschieden habe.

Anmerkung zu Dichtung und Wahrheit: Die Firma Hans Wilfert Nachf. ist frei erfunden, ebenso wie der ausgestopfte Bruno samt Kopf aus der Schlagintweit-Sammlung und die auftretenden Protagonisten. Friedrich Seltsam und seine Knochenpräparatefabrik und die Brüder Schlagintweit einschließlich der Schlaglichter, die meine Geschichte auf ihre Schicksale und Aktivitäten wirft, sind dagegen historisch verbürgt.

Dank schulde ich Gerd Bauer für die Übersetzungshilfe bei den fränkischen Passagen.

Jan Beinßen

Christkindraub

Ein Fall für Paul Flemming

Noch sechs Stunden bis zur Eröffnung des Nürnberger Christkindlesmarktes

Verflixt, wie ging das noch mal? Paul Flemming stand vor dem Spiegel im Flur seiner Atelierwohnung und verzweifelte an dem Versuch, sich eine Krawatte zu binden. Einen Schlips trug er nur, wenn es unbedingt sein musste, denn sobald er den obersten Knopf eines Hemdes schließen musste, fühlte er sich eingeengt. Entsprechend wenig Übung hatte er darin, akkurate Knoten zustande zu bringen.

Für Notfälle wie diesen hatte er normalerweise ein halbes Dutzend vorgebundene Krawatten im Schrank hängen, die sein Vater Hermann für ihn vorbereitet hatte und die er sich nur noch um den Hals legen und zusammenziehen musste. Doch drei der Schlipse wiesen vom Gebrauch bereits Flecken auf, zwei lagen auf dem Schrankboden und waren daher zerknittert, und der sechste und letzte entsprach absolut nicht mehr der Mode. Also musste Paul selbst ran – und fluchte dabei vor sich hin.

Immer wieder blickte er auf die Uhr, was ihn nur nervöser machte und seinen ungeschickten Versuchen noch mehr schadete. Er musste sehr schnell sein, wenn er seine Verabredung mit Katinka Blohm noch pünktlich einhalten wollte. Die Staatsanwältin hatte ihn zum Mittagessen mit einigen führenden Juristen eingeladen, die wegen der Eröffnung des Christkindlesmarktes am heutigen Abend angereist waren und bei denen sie Paul als ihren Lebenspartner einführen wollte. »Zieh dir bitte etwas Vernünftiges an«, hatte sie ihm eingeschärft. »Du weißt ja, dass diese Leute große Stücke auf die Etikette setzen.«

Ja, das wusste er durchaus. Aber diese Einsicht half Paul jetzt auch nicht weiter. Mit einem energischen Ruck löste er den misslungenen Knoten und wollte die Krawatte wütend in die Ecke schmeißen. Doch als er ausholte, hörte er ein alarmierendes Ratschen. Er wusste, noch bevor er es sehen konnte, dass die Naht seines Jacketts seinen hektischen Bewegungen nicht standgehalten hatte. »Auch das noch!«, schimpfte Paul, der seine Felle davonschwimmen sah.

Als das Telefon klingelte, dachte er sofort an Katinka. Sie wollte sich sicher erkundigen, ob er es pünktlich zu ihrem Treffen im Restaurant *Lorenz* schaffen würde. Paul legte sich einige Worte zurecht, um sie hinzuhalten. Doch als er sein Telefon unter einer Fotofachzeitschrift auf dem Couchtisch fand und abnahm, war er überrascht:

»Flemming? Ich habe da ein Problem«, meldete sich Hannah.

Paul war nicht darauf eingestellt, es anstelle von Katinka mit ihrer Tochter zu tun zu haben. Schon gar nicht war er auf den besorgten Tonfall gefasst gewesen, den die sonst so unbekümmert optimistische Studentin anschlug. »Um was geht es denn?«, fragte er mit einem weiteren kritischen Blick auf die Uhr.

»Es geht nicht um *was*, sondern um *wen*: Tina Brandstetter«, antwortete Hannah und klang nun noch bedrückter. Paul konnte den Namen nicht auf Anhieb unterbringen, war aber sicher, ihn schon einmal gehört zu haben. Hannah half ihm auf die Sprünge. »Das neue Christkind. Siebzehn Jahre, blond, hübsches Gesicht, aber etwas zu kräftige Oberschenkel. Doch die sieht man heute Abend ja nicht unter dem goldenen Gewand.«

»Was ist denn mit dieser Tina?«, fragte Paul zerstreut.

»Sie ist nicht gekommen.«

»Zu wem? Etwa zu dir? Kennt ihr euch denn?«

»Ja und nein. Sie wissen doch, dass ich selbst einmal Nürnberger Christkind war.«

»Wie könnte ich das vergessen? Dadurch haben wir uns ja überhaupt erst kennengelernt.«

»Genau.« Hannah schluckte. »Wegen meiner Erfahrung von damals wollte sich Tina mit mir treffen, um sich ein paar Tipps für den Prolog zu holen. Das ist ja nicht ohne, vor ein paar tausend Leuten und Fernsehkameras aus aller Welt die Eröffnungsrede zu halten.«

»Schön und gut«, versuchte Paul die Sache abzukürzen. Denn mit oder ohne Schlips – er musste jetzt dringend los! »Wann wart ihr denn verabredet? Vielleicht steckt sie irgendwo in der U-Bahn fest und kommt etwas später.«

»Das glaube ich kaum«, sagte Hannah matt. »Wir hatten uns zum Frühstücken in der *Ruhestörung* verabredet. Dort habe ich geschlagene zwei Stunden auf sie gewartet. Ich habe auch versucht, sie auf ihrem Handy zu erreichen. Aber sie nahm nicht ab.«

»Hast du es bei ihr daheim probiert?«

»Ja, ebenfalls ohne Erfolg. Und die Eltern sind – soviel ich weiß – beide berufstätig. Jedenfalls ist niemand rangegangen, außer dem AB.«

Paul nagte auf seiner Unterlippe. Dann sagte er ein wenig zu schroff: »Dann hat sie es wahrscheinlich vergessen. Mach dir nichts daraus.« Er wollte das Gespräch nun schnörkellos beenden.

Doch Hannah hatte noch eine Information parat, die Paul innehalten ließ: »Tina ist auch nicht zur Anprobe ihres Kostüms bei der Gewandmeisterin des Staatstheaters erschienen.«

»Ist sie nicht?«, fragte Paul nun etwas aufmerksamer.

»Nein. Nachdem Tina nicht in die *Ruhestörung* gekommen war, bin ich nämlich direkt zu ihrem nächsten Termin geradelt; ich kenne ja die Abläufe am Tag der C-Markt-Eröffnung.«

»C-Markt?«

»Na, Christkindlesmarkt.«

»Und was hat die Gewandmeisterin gesagt?« Paul wurde neugierig.

»Die war völlig aus dem Häuschen. So etwas sei ihr noch nie passiert. Sie hat geschimpft wie ein Rohrspatz.«

»Wann war das genau?«

»Das war ... Moment, das war vor einer halben Stunde.«

Paul sah auf die Uhr: Noch sechs Stunden bis zur Eröffnung des Christkindlesmarktes – und noch eine Viertelstunde bis zu seinem Date mit Katinka. »Hast du es in der Zwischenzeit noch mal auf ihrem Handy versucht?«, fragte er.

»Klar! Alle fünf Minuten. Aber ich glaube kaum, dass ich damit Glück haben werde.«

»Warum?«, wunderte sich Paul über Hannahs Vermutung. »Denkst du, dass sie einen Unfall hatte?«

»Nein«, sagte Hannah entschieden. »Das hätte man inzwischen erfahren, denn das Krankenhaus hätte das Rathaus informiert, damit man die Markteröffnung noch umplanen könnte.«

»Also?«, erkundigte sich Paul besorgt.

»Sie kann nicht ans Handy gehen – weil sie entführt wurde!«

Noch fünf Stunden bis zur Eröffnung des Nürnberger Christkindlesmarktes

»Nein, das werde ich dir nicht durchgehen lassen. Diesmal nicht!« Katinka klang höchst erbost, nachdem sie sich Pauls mit vielen Worten beinahe unterwürfig vorgebrachte Absage angehört hatte. Ohne näher nach Pauls Beweggründen zu fragen, unterbrach sie die Verbindung und ließ Paul mit einem schlechten Gewissen am anderen Ende der Leitung zurück. Wenigstens muss ich mir nun nicht mehr diesen Binder antun, dachte er und eilte zur Wohnungstür, an der Hannah Sturm klingelte.

Ihre Wangen glühten vor Aufregung, als sie einige Schneeflocken aus ihren Haaren schüttelte und ihre Winterjacke auf den Boden fallen ließ. »Ich habe eine heiße Spur«, sagte sie gehetzt.

»Langsam, langsam«, versuchte Paul sie zu beruhigen. »Wie kommst du überhaupt darauf, dass das Christkind entführt worden ist?«

»Weil ich das im Gefühl habe!«

»Das ist kein sehr überzeugendes Argument. Hat denn jemand Tina als vermisst gemeldet?«

»Nein!«, stieß Hannah aus. »Wie denn auch? Ihre Eltern sind bei der Arbeit. Und die Leute vom Theater sind einfach nur genervt, weil sie nicht gekommen ist. Ich bin die Einzige, die etwas unternehmen kann, bevor es zu spät ist. Wir müssen die Polizei einschalten!«

»Die Polizei wird erst vierundzwanzig Stunden nach Eingehen der Vermisstenmeldung tätig«, erklärte ihr Paul. »Bis dahin ist die Christkindlesmarkteröffnung vorbei. – Abgesehen davon: Wer sollte ein Interesse daran haben, das Nürnberger Christkind zu entführen? Etwa die Fürther, um ihr eigenes Christkind zu pushen?«

»Sehr witzig!« Hannah stemmte die Arme in die Hüften. »Als ich gestern mit Tina telefoniert habe, um unser Treffen auszumachen, klang sie ziemlich verstört. Sie hatte gerade mit ihrem Freund Schluss gemacht. Sie hat ihn nicht mehr geliebt, sagte sie, aber ich denke, dass ihr der ganze Stress mit Schule, Freund und Christkindverpflichtungen einfach zu viel geworden ist. Jedenfalls nahm ihr Freund die Absage wohl überhaupt nicht gut auf. Er drohte ihr und wollte sie keinesfalls ziehen lassen.«

»Du glaubst, dass der Kerl sie gekidnappt hat?«, zweifelte Paul.

»Es wäre einen Versuch wert, es herauszufinden.«

»Weißt du denn, wie er heißt und wo er wohnt?«

»Klar. Ist ja nicht mein erster Kriminalfall, an dem ich mit

Ihnen zusammen dran bin. Er heißt Lorenzo und wohnt in St. Peter.«

»Das ist eine ganze Ecke zum Fahren. Wir müssen uns sputen.« Paul hatte sich entschieden, Hannahs Verdacht auf den Grund zu gehen.

Noch vier Stunden bis zur Eröffnung des Nürnberger Christkindlesmarktes

Lorenzo wollte nicht aufmachen. Oder aber er war gar nicht zuhause. Paul klopfte zum wiederholten Mal an die Tür der Etagenwohnung in einem schlichten Mietshaus, in dessen Flur es nach Brokkoli roch.

»Das war wohl nichts«, sagte er zu Hannah und wollte sich zum Gehen wenden, als die Tür unversehens doch noch geöffnet wurde. Ein hagerer Jüngling, mehr Kind als Erwachsener, trat schüchtern heraus. Er musterte die beiden Besucher aus großen, traurigen Augen.

»Lorenzo?«, fragte Hannah, und Paul konnte ihr unschwer ansehen, dass sie Tina einen weitaus attraktiveren Lover zugetraut hatte.

»Ja«, sagte dieser zurückhaltend. »Meine Eltern sind nicht da. Und ich unterschreibe nichts an der Haustür.«

»Wir sind wegen Tina hier«, beeilte sich Hannah zu sagen, denn Lorenzo schickte sich bereits an, die Tür wieder zu schließen.

Stattdessen aber blieb er nun wie erstarrt stehen. Sein schmallippiger Mund begann zu beben, seine großen Augen füllten sich mit Tränen. Ehe sich Paul und Hannah versahen, fing der Junge bitterlich an zu weinen. Er beugte sich dabei vornüber, wodurch Paul sich gezwungen sah, ihm tröstend unter die Arme zu greifen und ihn mit Bedacht zurück in die Wohnung zu schieben.

In der beengten und bescheiden eingerichteten Dreizimmerwohnung sah sich Paul nach einem Stuhl oder Sofa um und wurde in einem sehr kleinen und stickigen Wohnzimmer fündig. Er dirigierte den flennenden Lorenzo auf einen Fernsehsessel vorm Fenster und setzte sich ihm gegenüber: »Was kannst du uns über Tina sagen?«, fragte er und bemühte sich um einen einfühlsamen Tonfall.

»Dass sie Schluss gemacht hat«, heulte Lorenzo. »Einfach so, ohne Grund. Und das nach einem Jahr, neun Monaten und drei Tagen!«

»Nein«, korrigierte sich Paul. »Was wir eigentlich wissen wollen, ist: Wo ist Tina geblieben? Wo hält sie sich auf?«

Lorenzo sah ihn verständnislos an. »Warum fragen Sie das mich? Sie probt bestimmt für ihren großen Auftritt heute Abend.«

»Eben nicht«, schaltete sich Hannah ein. »Tina ist seit heute Morgen spurlos verschwunden. Wir dachten schon, dass du ...«

»Ich?«, schrie Lorenzo spitz auf. »Aber nein! Ich liebe Tina. Sie glauben doch wohl nicht etwa, dass ich ihr etwas angetan habe?«

»Eigentlich ... – nein«, sagte Paul nach einigem Abwägen. Denn für irgendeine Art engagierten Handelns schien Lorenzo nicht Manns genug. Das sagte Paul ihm selbstverständlich nicht, sondern fragte nur harmlos: »Hast du eine Vermutung, wo sie geblieben sein könnte?«

Lorenzo rieb sich die pickelige Stirn. »Nein, sorry, nein. Keine Ahnung.« Dann verfinsterte sich seine Miene. »Vielleicht hat Ramona etwas mit ihrem Verschwinden zu tun.«

»Wer ist denn Ramona?« Paul konnte nicht folgen.

Hannah hingegen wusste sofort Bescheid: »Das ist eines der anderen Mädels, die sich um den Job beworben haben: Ramona Hesse.«

»Job?« Paul verstand noch immer nicht.

»Ramona war eine der Bewerberinnen um das Amt des Christkinds«, erklärte Hannah. »Sie wissen doch, dass sich dafür jedes Jahr Dutzende junger Frauen bewerben. Ramona hat es bis in die Endrunde geschafft. Sie ist sehr hübsch und sehr ehrgeizig – aber am Ende hat eben doch die flotte Tina die Jury überzeugt.«

»Deswegen hat sie sie ja auch so gehasst«, sagte Lorenzo plötzlich sehr impulsiv.

»Du meinst, dass diese Ramona deiner Exfreundin die Wahl nicht gegönnt hat?«, fragte Paul und sah den dürren Knaben streng an.

Dieser wandte prompt seinen Blick ab. »Ja, ich glaube, dass Ramona ziemlich sauer auf Tina ist.«

»Gerade hast du noch gesagt, dass Ramona sie hasst«, stellte Hannah fest. »Zwischen sauer sein und hassen besteht ein Unterschied. Wie kommst du darauf, dass Ramona Hassgefühle gegenüber deiner Tina hegt?«

»Na ja«, druckste Lorenzo herum. »Sie hat ihr böse Briefe geschrieben.«

»Was für Briefe?«, fragte Paul.

»Äh ... – Ramona hat ihr damit gedroht, dass sie sie irgendwann einmal auf dem Weg von der Schule abfängt und ihr hübsches Gesicht entstellt.«

Paul und Hannah tauschten einen besorgten Blick. Dann fragten sie wie aus einem Mund: »Hast du die Adresse von Ramona?«

Noch drei Stunden bis zur Eröffnung des Nürnberger Christkindlesmarktes

Ramona wohnte in der Gartenstadt. Mit Pauls Renault hatten sie es trotz des vorweihnachtlich starken Verkehrs relativ schnell dorthin geschafft. Sie hielten am Heckenweg und suchten zu Fuß nach der richtigen Hausnummer.

»Hier ist es«, rief Hannah und winkte Paul zu einem Haus am Ende der Straße. Sie klingelten und mussten sich abermals in Geduld üben. Diesmal öffnete eine ältere Frau in Kittelschürze und Kopftuch. Sie stellte sich als Putzfrau vor und rief dann mit rauer, lauter Stimme nach Ramona. »Besuch für Sie, Fräulein Ramona.«

Ramona war der Hammer. Paul bekam Stielaugen beim Anblick der jungen Lady, allerdings nicht, weil er eine natürliche Schönheit vor sich hatte, sondern weil das Mädchen alles daran gesetzt hatte, ihrem noch nicht ganz ausgereiften Körper durch hemmungslose Überbetonung alle weiblichen Attribute abzutrotzen, die entweder noch gar nicht vorhanden waren oder sich gerade erst zart andeuteten.

Paul war viel zu perplex, um diese Möchtegern-Lolita anzusprechen, ohne irgendwelche fehlplatzierten Bemerkungen fallen zu lassen. Also übernahm Hannah das Reden: »Es hat dir nicht gepasst, dass Tina das Rennen gemacht hat, stimmt das?«

Ramona setzte Schmolllippen auf. Paul war sich sicher, dass sie dies vor dem Spiegel schon tausend Mal geübt hatte. »Die kann mir gestohlen bleiben«, ätzte Ramona. »Tina taugt vielleicht fürs Christkind. Aber ich habe bessere Chancen als Playmate.«

Bis dahin sind es aber noch ein paar Jahre, dachte sich Paul. »Tina ist seit heute früh verschwunden. Wie vom Erdboden verschluckt. Hast du eine Ahnung, wo sie sich aufhalten könnte?«

»Ich?« Ramona huschte ein bösartiges Lächeln über die Lippen. »Warum denn gerade ich?«

»Weil du – wenn Tina nicht rechtzeitig auftauchen sollte – Ersatz-Christkind werden könntest«, antwortete Hannah und ergänzte bissig: »Das wäre doch ein schönes Motiv, um die Konkurrentin vorübergehend verschwinden zu lassen, oder?«

»Bist du bekloppt?«, empörte sich Ramona und plusterte sich auf. Ihr Sweatshirt spannte über ihrem Minibusen. »Tina ist mir total egal. Und ich werde ganz bestimmt nicht für diese blöde Kuh einspringen!«

»Nicht?«, fragte Paul etwas ratlos.

»Nein. Nie im Leben!« Ramona blickte ihn trotzig an. »Für mich ist der Christkindlesmarkt gestorben. Ich mache meine Karriere woanders.«

Paul sah Hannah an, die wiederum ihn ratlos anblickte. »Dann – Entschuldigung für die Störung«, rang sich Paul ab. Ramona nickte und knallte ihnen die Tür vor der Nase zu.

Paul atmete tief durch und versuchte, seine Gedanken zu ordnen. Er senkte den Blick und wollte bereits gehen, als er eine Zeitung auf der untersten Stufe vor der Eingangstür bemerkte. Eines der vielen Werbeblätter, die tagtäglich verteilt wurden. Ohne sich etwas dabei zu denken, hob er sie auf und schaute sich die lokalen Schlagzeilen an. Dabei sprang ihm ein Artikel ins Auge, der sich mit dem Christkind befasste. Der Größe der Schlagzeile nach zu urteilen, handelte es sich um einen handfesten Skandal:

»Nürnberger Christkind unterschreibt Werbevertrag für Dresdner Christstollen – Nürnberger Lebkuchenhersteller sind empört!«

Paul schaute nachdenklich auf. »Ob die Lebkuchenbäcker so weit gehen würden?«

Noch zwei Stunden bis zur Eröffnung des Nürnberger Christkindlesmarktes

Hätte Paul seinen Bekannten Victor Blohfeld, den Polizeireporter, zu Rate gezogen, hätte dieser hundertprozentig eine blutrünstige Story aus dem neuen Verdacht zusammengeschustert: Skrupellose Lebkuchen-Multis verschleppen das arme Christkind, setzen es unter Druck und werfen es schließlich – weil es sich nicht von dem ostdeutschen Konkurrenzprodukt lossagen will – selbst in die Lebkuchenteigknetmaschine! Das wäre dann das traurige Ende der Geschichte.

»Worüber denken Sie nach?«, wollte Hannah wissen, die ebenso ratlos wie Paul selbst auf den Stufen vor Ramonas Haus kauerte. »Wir haben noch knapp zwei Stunden Zeit – da können wir unmöglich jede Lebkuchenfabrik in der Stadt abklappern.«

»Nein«, bestätigte Paul matt. »Ich glaube auch kaum, dass das Sinn hätte. Ich fürchte, wir haben es hier mit einem

Gegner zu tun, der viel subtiler vorgeht und keine auffälligen Spuren hinterlässt.«

»Sie meinen also wirklich, dass Tina entführt wurde.«

»Es sieht beinahe so aus.«

»Was können wir also tun? – Außer zu beten?«

»Beten?« Paul sah Hannah seltsam melancholisch an. »Das ist gar keine schlechte Idee. Lass uns den Rest der Zeit bis zur Christkindlesmarkteröffnung bei Pfarrer Fink verbringen. Vom Sebalder Pfarrhaus ist es nicht weit bis zum Hauptmarkt – und vielleicht weiß Fink ja Rat.«

Hannah stimmte zu, so dass sie keine halbe Stunde später das alte Pfarrhaus gegenüber der Sebalduskirche betraten.

»Was führt ihr zwei denn im Schilde?«, erkundigte sich der korpulente Geistliche mit dem Pferdeschwanz. Er bat sie in die urig verwinkelte Küche, wo er vor einem bereits halb geleerten Steinkrug mit dunklem Bier Platz nahm. Paul und Hannah setzten sich zu ihm, und Paul verlor keine Zeit, dem Prediger das ganze Drama zu schildern. Fink hörte aufmerksam zu und fuhr sich langsam mit dem Zeigefinger über seinen Schnauzbart. »Ein verlassener Freund, eine verprellte Konkurrentin, ein krimineller Lebküchner«, fasste er zusammen. »Sind das alle Verdächtigen, die ihr auf die Schnelle zusammenbekommen habt?«, fragte er dann reichlich zynisch.

Paul nickte langsam und forschte im Gesicht des Pfarrers nach Anzeichen von Sorge oder anderen Gefühlen der Vermissten gegenüber. Doch da war nichts in dieser Richtung zu entdecken – im Gegenteil: Paul meinte auf Finks Lippen ein leichtes Lächeln zu erkennen.

»Hannah«, setzte Fink betonungsvoll an. »Du durftest doch selbst schon einmal das Christkind geben.«

»Ja«, sagte Hannah und klang ebenso verwirrt, wie sich Paul fühlte. »Zwei Jahre lang. Warum?«

»Dann musst du es doch eigentlich noch wissen«, meinte der Pfarrer.

»Was muss ich wissen?«

»Wie sich eine junge Frau fühlt, wenn sie kurz davor steht, den großen Prolog zu halten. Im Mittelpunkt zu stehen für mehrere tausend Zuhörer auf dem Hauptmarkt und für Fernsehzuschauer auf dem ganzen Globus – von Hintertupfing bis Australien.« Er sah sie ebenso liebevoll wie verständnisvoll an. »Was war denn das für ein Gefühl damals, zu deiner Zeit?«

Hannah klappte den Mund auf und wieder zu. Dann sagte sie. »Es war – na ja – ein wenig im Bauch gekribbelt hat es bei mir schon ...«

»Ein wenig?«, hakte Fink nach.

»Ziemlich stark sogar«, räumte Hannah ein.

»Hattest du angesichts des Lampenfiebers zwischendurch mal ans Aufgeben gedacht?«

»Ich?« Hannahs Pupillen weiteten sich. »Ich nicht – aber das wäre natürlich eine Möglichkeit.«

»Ja!« Paul stand mit einem Satz auf. »Verdammt, dass ich darauf nicht schon längst gekommen bin!« Er sah auf die Uhr. Jetzt würde es für sie sehr knapp werden!

Noch eine Stunde bis zur Eröffnung des Nürnberger Christkindlesmarktes

Tinas Familie wohnte in einem Reiheneckhaus nahe des Stadtparks. Als Paul und Hannah klingelten, wurde ihnen die Tür von einer völlig aufgelösten Frau Mitte vierzig geöffnet. Den Kleidern nach zu urteilen war sie erst kurz vorher von der Arbeit gekommen.

»Sie ist verschwunden!«, kreischte die Frau mit Anzeichen einer bevorstehenden Hysterie. »Ich kam gerade aus dem Büro, wollte mich umziehen und dann schnell zum Hauptmarkt. Aber der Anrufbeantworter ist voll mit Anrufen. Alle suchen meine Tochter! Sie ist nicht zur Kostümprobe erschienen!«

»Das wissen wir«, versuchte Paul sie zu beruhigen.

Doch die Frau wollte nicht beruhigt werden. Wild fuchtelte sie mit ihren Armen und redete weiter: »Das ist ganz untypisch für meine Tina. Sie ist doch so ein zuverlässiges Mädchen ...«

Aus den Augenwinkeln nahm Paul wahr, wie Hannah an ihnen vorbei ins Haus schlüpfte und die Treppe hinaufging.

»Niemals ist sie ausgerissen. Und sie ruft immer bei uns an, wenn es doch einmal später wird. Es muss etwas passiert sein!« In den Augen der verzweifelten Mutter standen dicke Tränen.

»Sind Sie sicher, dass Ihre Tochter nicht zuhause ist?«, fragte Paul behutsam.

Die Frau sah ihn verständnislos an. »Natürlich bin ich sicher! Ich habe laut nach ihr gerufen, als ich heimkam.«

»Aber in ihrem Zimmer haben Sie nicht nachgesehen«, ahnte Paul.

»Doch, aber ...«, stammelte die Frau.

Im selben Moment kam Hannah die Treppe wieder herunter. An ihrer Hand führte sie ein schlankes Mädchen mit einem schönen, aber verweinten Gesicht. Schluchzend lief Tina auf ihre Mutter zu und sank ihr in die Arme.

»Ich habe mich nicht getraut«, jammerte sie. »Plötzlich habe ich mich nicht mehr getraut und mich unter dem Bett verkrochen!«

Ihre Mutter strich ihr tröstend übers Haar.

Paul räusperte sich und sagte sanft: »Ich kann Sie beide in meinem Wagen mitnehmen. Wir haben noch eine Stunde Zeit, und wenn sich die Kostümleute und die Maskenbildnerin beeilen, steht Tina rechtzeitig auf der Empore der Frauenkirche.«

Tina blickte aus der Umarmung ihrer Mutter auf, sah ihn an und schenkte ihm das warmherzigste Christkindlächeln, das sich Paul vorstellen konnte.

Veit Bronnenmeyer

Mord im Regionalexpress

Zugegeben, das alles klingt nicht so furchtbar glaubhaft, aber es gibt diese Stürme, vor allem im Frühjahr und im Herbst. Dann stoßen die warmen Luftmassen aus dem Süden und die kalten aus der Polarregion zusammen, verwirbeln mit großer Geschwindigkeit und machen sich gierig als Orkane über das europäische Festland her. Wiebke war zum Beispiel so ein berühmter Orkan, oder Kyrill. Wie dieser hier geheißen hat, müsste man mal nachsehen, Kunigunde vielleicht oder Sebald oder Walburga, wenn es nach dem Landstrich ginge, den er am stärksten erwischt hat. Jedenfalls hat dieser Orkan, wie es gute Sitte für seinesgleichen ist, ein wenig die Dächer abgedeckt, die Flüsse über die Ufer treten lassen und natürlich haufenweise Bäume umgeknickt. Und zwar nicht nur so mickrige Storzen, die wir selbst als Christbäume verschmähen würden, sondern auch gestandene Kiefern und Buchen, selbst die eine oder andere Eiche musste dran glauben. So weit, so gut. Dass manch einer von diesen Bäumen nun einen Waldweg blockiert, wird jedem einleuchten. Auch eine Nebenstraße wird schon mal von so einem Gehölz befallen, wenn es in die falsche Richtung kippt. Ja, selbst die Meldungen, dass umgeknickte Bäume den Zugverkehr beeinträchtigen, weil sie die Oberleitungen beschädigen, kommen uns noch ziemlich vertraut vor. Jetzt muss man aber wissen, dass die Strecke von Bayreuth nach Nürnberg gar nicht elektrifiziert ist und die Züge noch allesamt von Dieselloks angetrieben werden. So einem 4.000-PS-Monster sind die beschädigten Oberleitungen egal, solange es noch genug Sprit im Tank hat und kein Öl ausläuft. Das mag der eine Grund gewesen sein, warum der Regionalexpress Nr. 3112 überhaupt auf der Strecke war. Dazu kommt, dass der

Orkan, von dem hier die Rede ist, sehr schnell aufgezogen ist und die Wetterfrösche bis etwa zwei Stunden vor seinem Erscheinen noch davon ausgegangen sind, die Sache wäre mit ein paar kräftigeren Windböen erledigt.

Weniger plausibel erscheint uns ein Herr, der mit einem merkwürdig überheblich-zufriedenen Lächeln alleine mit einem Hund in einem Viererabteil des Zuges sitzt und aus dem Fenster schaut. Er war zu einer kleinen Wandertour unterwegs und hat danach ein Schäufele mit zwei Klößen verdrückt. Dann noch zwei Willi. Der Mann ist ein Feinschmecker, jetzt geht's ihm gut und er freut sich, dass er seine Zeitplanung mal wieder so genial hingekriegt hat, dass der aufziehende Orkan während seiner Wanderung noch ein gelungenes Naturschauspiel war und sich just in dem Moment zur vollen Größe aufgeblasen hat, als der Mann den Zug bestieg. Lediglich sein Magen zwickt ein wenig, so dass er sich überlegt, ob er vorsichthalber eines der kleinen weißen Tütchen öffnen soll, die ihm sein Arzt jedesmal verschreibt. Es ist sein Dilemma, dass er gerne gut isst und auch selbst locker als Koch in einem Sternerestaurant anheuern könnte, wenn dem nicht verschiedene Marotten entgegenstünden. Doch nun wird er von einem Schaffner gestört, oder besser Zugbegleiter, wie das heute heißt.

»Den Fahrschein, bitte«, sagt der eher schmächtige Mann in der blauen Uniform.

»Was wollen Sie?«, erwidert der Wanderer in einem Ton, der eine Unteroffizierslaufbahn beim Militär vermuten lässt.

»Ihren Fahrschein will ich sehen«, wiederholt der Zugbegleiter.

»Wissen Sie überhaupt, mit wem Sie reden?« Nun hebt auch der Hund den Kopf und knurrt den Schaffner leise an.

»Wie soll ich das wissen?«, grinst dieser schadenfroh, »aber wenn Sie mir Ihren Ausweis geben, schreibe ich Ihnen sofort einen Beleg über die erhöhte Beförderungsgebühr wegen Fahrens ohne Fahrschein.«

Und tatsächlich langt der Wanderer in seine Brusttasche und zieht eine Brieftasche hervor, die er dem Kontrolleur vor die Nase hält. »Kriminalpolizei, Hauptkommissar Maul«, vermeldet er mit erhobener Stimme.

Hauptkommissar Maul heißt nicht nur so, er hat auch eines und zwar ein großes. Und er ist es gewöhnt, sich an tatsächlichen oder gefühlten Privilegien seiner Position schadlos zu halten. Nie käme er auf die Idee, auf einer kleinen Wandertour für die Beförderung in öffentlichen Verkehrsmitteln zu zahlen. Das hat etwas mit seinen Prinzipien zu tun und mit seiner Ex-Frau. Nach Mauls Erinnerung war sie die meiste Zeit damit beschäftigt, in ihrem noblen Kleinwagen durch die Gegend zu fahren und diverse Plastikkarten in Automaten und Zahlterminals zu schieben. Sie dagegen behauptete nach 15 Jahren Ehe, sie könne mit ihm nicht mehr leben, und zog mit den zwei Kindern aus. Nun muss Maul kräftig Unterhalt zahlen und hat seine Spar-Prinzipien daher nochmals verfestigt. Und tatsächlich murmelt der Zugbegleiter nur ein halblautes »In Ordnung«, nachdem er den Dienstausweis eingehender betrachtet hat, und geht weiter.

Kurz darauf passiert eine Stewardess, oder wie auch immer das in einem Regionalexpress heißt, den Hauptkommissar mit einem Wagen voller kleiner Flaschen und Süßigkeiten, ein paar Brezen sind auch dabei. Maul winkt ab und denkt sich, dass die Frau lieber früher in der Schule besser aufgepasst hätte, dann wäre sie heute keine Saftschubserin in einem schäbigen Regionalzug. »Gesellschaftsversager«, sagt er zu seinem Hund, der leicht den Kopf hebt und zustimmend seufzt.

Noch ein paar Minuten später – der Zug befindet sich kurz vor Neuhaus – wird Maul unsanft aus dem leichten Schlummer geweckt, in den er zwischenzeitlich gefallen ist. Der Zug bremst sehr scharf, die Räder quietschen und zischen auf den Schienen, und Maul glaubt Funken springen zu sehen, als sie ruckartig zum endgültigen Stillstand kommen. Er überlegt kurz, ob er sich deswegen bei dem Würstchen von Schaffner beschweren soll, entscheidet sich dann dagegen und schließt wieder die Augen, in der Hoffnung, dass es bald weiter geht.

Doch davon kann so schnell keine Rede sein. Denn der Sturm hat eine mächtige Buche gefällt, die nun quer über den Schienen liegt. Zum Glück ist die Strecke an dieser Stelle eine lange Gerade und der Lokführer hat den Baum noch rechtzeitig erkannt, um vor ihm abzubremsen. Andernfalls wäre der Zug wahrscheinlich entgleist. So 4.000 PS sind zwar nicht ohne, aber eine ausgewachsene Buche darf man auch nicht unterschätzen. Der Lokführer und der Zugbegleiter informieren die Gäste, dass sich die Weiterfahrt verzögern wird, und nehmen Kontakt zu den Fahrdienstleitungen in Bayreuth und Nürnberg auf. Sie stehen mitten im Veldensteiner Forst, um sie herum nichts als Wald, und es ist völlig klar, dass so schnell keiner diesen Baum von den Schienen kriegt. Nach einer guten halben Stunde haben die Fahrdienstleitungen die Sache soweit geklärt, dass der Zugverkehr auf der Strecke vollkommen eingestellt wird. Dadurch kann der Regionalexpress gefahrlos zurück bis Pegnitz fahren, wo man die Fahrgäste in Bussen weitertransportieren will, sofern der Orkan das zulässt. Da trifft es sich gut, dass die modernen Züge sowieso an beiden Seiten geführt werden können. In diesem Fall befindet sich die Lok an der Spitze des Zuges. Hinten am letzten Wagen ist ein Führerstand, von dem aus man die Lok fernsteuern kann, so dass der Lokführer die Strecke vor sich auch sieht. Also stellt der Lokführer die Steuerung von der Lok aus um, öffnet die Tür und springt heraus aus dem Ungetüm. Für die 20 Meter bis zur ersten Waggontür braucht er fast eine Minute, weil der Orkan in der Zwischenzeit noch stärker geworden ist und so heftig bläst, dass der Lokführer immer wieder Halt an der Unterkante der Lok und des ersten Wagens suchen muss.

»Na dann wollen wir mal«, sagt er zum Schaffner, der neben ihm im Cockpit steht, und löst die Feststellbremse. Just in diesem Moment glauben die beiden, ihren Augen nicht zu trauen, als zehn Meter vor ihnen eine stattliche Eiche aus dem

Waldrand herauskippt und sich knarzend und krachend über die Schienen legt.

»Wann geht denn das jetzt endlich weiter?«, raunzt Maul den Schaffner an, der nicht zufällig an ihm vorbeiläuft, sondern gezielt nach ihm gesucht hat.

»Ich glaube, wir könnten jetzt einen Polizisten gebrauchen«, meldet der Schaffner hektisch.

»Erstens bin ich nicht nur Polizist, sondern Hauptkommissar«, erklärt Maul, »dazu muss man nämlich studieren, wissen Sie? Und zweitens erwarte ich, dass Sie meine Frage beantworten: Wann geht es weiter?«

»Frühestens morgen früh«, erklärt der Schaffner und grinst dabei etwas verlegen, gleichzeitig wirkt er nervös.

»Was?« Mauls Ausruf übertönt die Sturmgeräusche und hallt wie Donner durch den Waggon. »Das bringt aber meinen Power-Konsequenz-Plan durcheinander!«

»Vielleicht könnten Sie jetzt aber trotzdem mal ...«, versucht der Schaffner sein Anliegen erneut zu Gehör zu bringen.

»Wenn ich heute Abend nicht meine Tagliatelle mit Lachs und grünem Spargel vorbereite, habe ich morgen Mittag im Präsidium nichts zu essen. Der Kantinenfraß ist nämlich ungenießbar«, erläutert Maul, »und wenn ich danach nicht zu meiner Mutter fahre, kriegt auch Nero morgen Abend nichts zu essen.« Er tätschelt mitleidig seinen Hund.

»Da vorne liegt wahrscheinlich ein Toter«, brüllt der Schaffner nun, einerseits, weil der Sturm so laut bläst und der Regen gegen die Fenster trommelt, andererseits, weil er wegen Mauls Zwangsneurose langsam hysterisch zu werden droht.

»Sofort weg da! Kriminalpolizei!«, befiehlt Maul im barschen Ton, als er den Mann halb sitzend, halb liegend zwischen zwei Sitzbänken erblickt und einen zweiten, der sich über ihn beugt. Um das Duo herum hat sich eine Ansammlung von zehn anderen Fahrgästen gebildet.

Da stehen drei Jugendliche, die nach Nürnberg auf ein Rockkonzert wollten, oder wie die moderne Musik heutzutage so heißt. Ein älteres Ehepaar befindet sich, der Kleidung nach zu schließen, ebenfalls auf dem Rückweg von einer Wandertour. Eine jüngere Frau mit ungepflegter Kleidung sitzt am Fenster gegenüber, sieht hinaus und zappelt hektisch mit dem linken Fuß. Dann sind da noch ein korrekt gekleideter Herr in Anzug und Mantel, eine geschniegelte Frau mit Hochsteckfrisur und ein jüngerer Bursche in Monteurskluft. Neben der Tür zum anderen Waggon stehen der Lokführer und die Saftschubserin. »Ich bin Rettungsassistent«, erklärt der Mann, der neben dem offenbar bewusstlosen am Boden kniet.

»Ich glaube aber, dass da nicht mehr viel zu retten ist«, entgegnet Maul nun etwas sanfter.

»Woher wissen Sie das?«, fragt der Sanitäter, während er sich erhebt.

»Da habe ich einen Blick dafür«, nun geht Maul in die Knie und nähert sich schnüffelnd dem Gesicht des Toten. »Und ein Näschen«, fährt er fort. »Der Bursche hat Hasch geraucht, das riecht man ja noch zehn Meter selbst gegen diesen Sturm da draußen!«

»Was sind Sie eigentlich für ein Polizist?«, fragt der Mann im Anzug.

»Kriminalpolizist«, konkretisiert Maul, »Kriminaldirektion Nürnberg.«

»Und was machen Sie dort genau?«

»Das geht Sie überhaupt nichts an«, erklärt Maul, während er sich daran macht, die Kleidung des Toten zu durchsuchen, »aber ich habe schon genug geleistet im Beruf und kenne mich sowohl mit Drogen als auch mit Morden aus ...«

»So ein Zufall«, hört man von weiter hinten.

»... und mit dem Leben!«, fährt Maul in der Aufzählung seiner Fachgebiete fort. »Ich bin ein Lebensweiser. Mir macht keiner mehr was vor. Ich durchschaue sie alle!«

»Was sollen wir denn jetzt tun?«, fragt der Schaffner hilflos.

»Aha!«, triumphiert Maul, »habe ich es nicht gleich gesagt?«.

Er hält ein Päckchen Zigarettentabak hoch und zieht einen dunklen Klumpen heraus. »Ein Kiffbruder! War mir doch gleich klar! Bestimmt arbeitslos! Fauler Schmarotzer! Diese Gesellschaft macht mich krank!«

»Dürfte ich das mal haben?«, fragt der Herr im Anzug und deutet auf das Tabakpäckchen.

»Warum?«, fragt Maul.

»Ich bin Pharmazeut«, erklärt der Mann.

»Ja und?«

»Ich habe studiert und kenne mich gut mit giftigen Substanzen aus.«

»Was fahren Sie für ein Auto?«, fragt Maul, und dem Mann verschlägt es kurz die Sprache. Mauls Hund blickt ihn neugierig an.

»Einen Mercedes Kompressor«, sagt er schließlich, »aber ...«

»Schein gezwickt«, fährt Maul fort, »kenne ich, wäre mir auch schon öfter passiert, wenn ich nicht bei der Truppe wäre. Welche Farbe?«

»Schwarz«, erklärt der Pharmazeut und lässt sachte Zweifel an Mauls psychischer Gesundheit erkennen.

»Sehr gut«, urteilt Maul und überreicht dem Mann das Päckchen. Dann fährt er mit der Durchsuchung des Toten fort, bis er einen Geldbeutel findet, der neben einer kleine Menge Bargeld auch einen Personalausweis enthält.

»Das ist äußerst reiner Stoff und außerdem ziemlich viel«, erklärt der Pharmazeut nach einer kurzen Prüfung, »entweder der Bursche ist nicht so arm, wie Sie denken, oder er ist ein Dealer.«

»Natürlich ist das ein Dealer«, erwidert Maul, der inzwischen in seiner Visitation fortgeschritten ist. »Hier haben wir nämlich auch noch ein Flugticket nach Amsterdam. War in seinem Rucksack ... und da haben wir ja auch endlich ...«, er zieht ein Mobiltelefon aus dem Rucksack, » ... geht ja heute nicht mehr ohne!«

»Entschuldigung«, meldet sich der ältere Herr in Wanderkluft, »aber wäre es vielleicht möglich, uns hier herauszulassen, dann könnten wir uns mit etwas Glück zu Fuß bis Neuhaus durchschlagen und dort übernachten ...«

»Und wir müssen unbedingt nach Nürnberg«, meldet sich einer der minderjährigen Burschen, »die Slamming Doors spielen nur ein einziges Konzert in Süddeutschland!«

»Nix gibt's«, antwortet Maul, wobei er zeitgleich mit seinem Hund aufspringt, »in diesem Zug befindet sich mindestens ein Mörder, und den werden wir nicht laufen lassen!«

»Das kann nicht Ihr Ernst sein«, erwidert der Mann.

»Er hat recht«, schaltet sich der Pharmazeut wieder ein, der inzwischen zusammen mit dem Sanitäter die Leiche näher untersucht und ihr auch in den Mund geleuchtet hat, »vom Haschisch kriegt man keine Schleimhautblutungen, aber von bestimmten Giften! Dabei ist es merkwürdig, dass wir kein Getränk in seiner Nähe gefunden haben ...«

»Wieso?«, fragt nun der Schaffner.

»Weil diese Haschraucher davon immer einen Brand haben«, erklärt stattdessen Maul. »Ich habe ja zuerst gedacht, der hätte in die Hose gemacht, aber eigentlich sind diese Flecken da viel zu braun ...«. Er deutet auf das rechte Hosenbein des Toten. Der Pharmazeut reibt seinen Zeigefinger darauf und unterzieht ihn dann einer Geruchsprüfung, was einem der Jugendlichen ein halblautes »Iiiiiih« entlockt.

»Das dürfte Cola sein«, sagt er schließlich, »und diese Flecken sind noch nicht trocken.«

Irgendwo weiter hinten klingelt ein Handy.

Das Mobiltelefon bringt Maul auf die Idee, dass er ja noch seine Mutter anrufen muss, und die versammelte Mannschaft staunt nicht schlecht, als er, sowie klar ist, dass die

Mobilfunknetze noch funktionieren, Order gibt, die frischen Knochen und das Fleisch für Nero einzufrieren. Sodann ruft er das Polizeipräsidium an und meldet, dass er in einer dienstlichen Angelegenheit auf dem Weg zwischen Bayreuth und Nürnberg aufgehalten worden ist und sich schleunigst mehrere Streifenwagen auf den Weg in den Veldensteiner Forst zu machen hätten, seine Überstunden würde er aktenkundig machen, sobald er wieder ins Büro käme. Dann erst lässt er sich mit dem Kriminaldauerdienst verbinden und gibt die Personalien des Toten durch.

»Diese Schleimhautblutungen sind typisch für eine Zyanidvergiftung«, erklärt unterdessen der Pharmazeut, der Hofmann heißt und für eine Nürnberger Firma als Referent tätig ist. »Auch bekannt als Zyankali. Das gibt es in verschiedenen Formen, ist aber immer auf den Wirkstoff Kaliumzyanid aus der Bittermandel zurückzuführen ...«

»Es führt zu innerem Ersticken, nicht wahr?«, fragt der Rettungsassistent dazwischen.

»Richtig«, bescheidet Hofmann, »schon 150 Milligramm können für einen Erwachsenen tödlich sein! Und es lässt sich sehr gut in Wasser lösen, wobei der charakteristische Geruch in so etwas wie Cola nicht mehr so deutlich wahrzunehmen sein dürfte.«

»Das gibt ein sattes Überstundenkonto«, sagt Maul, als er den Waggon in Begleitung seines Hundes wieder betritt. »Der Abgleich mit unserer Verbrecherkartei läuft, und jetzt will ich von jedem hier den Ausweis sehen und zwar zack, zack! Sie sammeln ein!«, befiehlt er dem Schaffner, »und Sie ...«, er schnippt mit den Fingern und deutet auf den Pharmareferenten, »Sie sind ein guter Mann, Sie kommen mit mir, als Assistent!«

»Unglaublich«, meldet sich der Wanderer, der widerstrebend dem Schaffner seinen Ausweis übergibt.

»Haben Sie ein Problem?«, erkundigt sich Maul.

»Was wollen Sie denn für ein Polizist sein ...«

»Kriminalhauptkommissar«, korrigiert Maul.

»... ohne Herrn Hofmann zu nahe treten zu wollen, aber er ist ja wohl derjenige, der sich in diesem Zug am besten mit Giften auskennt und sicher auch sehr einfach an welche herankommt. Ist es da nicht etwas leichtsinnig, ihn in Ihre Ermittlungen einzuweihen?«

»Sie vergessen, dass ich ein Lebensweiser bin«, erklärt Maul, »Herr Hofmann hat studiert und er fährt einen schwarzen Kompressor, mehr muss ich nicht wissen!«

»Ich habe auch studiert«, meldet sich nun erstmals die chic gekleidete blonde Frau.

»Das mag schon sein«, erwidert Maul und sieht die Ausweise durch, die ihm der Schaffner mittlerweile übergeben hat, »aber Sie haben einen Doppelnamen!«

Kurz nachdem sich Maul mit Hofmann, den Ausweisen und dem Rucksack des Toten in ein Abteil erster Klasse zurückgezogen hat, nehmen die Orkanböen noch einmal um eine Windstärke zu. Nero liegt vor der Leiche, weil sein Herrchen ihm befohlen hat, niemanden an den Toten heranzulassen. Nun sollte man meinen, dass sich heftige Diskussionen um einen Mord im Regionalexpress entzünden, aber die Leute ziehen es vor, sich mit anderen Dingen zu beschäftigen. Irgendwie ist ihnen klar geworden, dass auch die angeforderten Streifenpolizisten so furchtbar schnell nicht da sein werden. Es gibt keine Straße in der Nähe der Gleise und die Beamten müssen sich erst mal durch den Wald schlagen, wenn sie irgendwie in der Nähe ankommen sollten. Die drei Jugendlichen haben Stöpsel im Ohr und nicken in unterschiedlichen Geschwindigkeiten mit den Köpfen. Der Schaffner spielt mit dem Lokführer und dem Monteur Karten, der Sanitäter tippt auf seinem Handy herum und die Stewardess verteilt Kaffee, der langsam kalt wird. Die nachlässig gekleidete junge Frau raucht im Ausstiegsbereich eine Zigarette nach der anderen. Lediglich das Rentnerpaar und die Frau, die Harter-Ellinger heißt und Dozentin an der Universität ist, unterhalten sich. Wobei sich ihr Gespräch weniger um den Mord und mehr um die Unverschämtheiten des Kommissars dreht.

Etwa eine Dreiviertelstunde später erscheint der Lebensweise wieder auf der Bildfläche. Hofmann trägt ihm mehrere beschriftete Blätter hinterher, die er zu sortieren versucht.

»Dann wollen wir dieses Kompott einmal aufklären«, sagt Maul, nachdem er die Fahrgäste zusammengetrieben und sich an einem Vierersitz mit Tisch niedergelassen hat.

»Komplott?«, fragt der Rentner.

»Habe ich doch gesagt«, antwortet Maul und pfeift nach seinem Hund, damit er sich wieder zu seinen Füßen setzt. »An Ihrer Stelle würde ich jedenfalls diesen Kaffee nicht trinken, aber das ist ja jetzt auch schon rum!«

»Der Tote hieß Dieter Wolter«, beginnt Hofmann, den Stand der Arbeit zusammenzufassen, »33 Jahre, wohnhaft in Hof und arbeitslos ...«

»Was so nicht stimmt«, ergänzt Maul, »weil er ja mit Drogen gedealt hat. Er ist mehrfach wegen Rauschgiftdelikten aktenkundig, und da war nicht nur Haschisch im Spiel!«

»Das Flugticket nach Amsterdam lässt vermuten, dass er sich sozusagen auf einer Dienstreise befunden hat«, fährt Hofmann fort, »wobei wir uns sicher alle vorstellen können, dass man Marihuana oder gar härtere Drogen nicht so einfach auf einer Flugreise mitnimmt, da sind andere Wege weniger gefährlich. Daher kam Herr Maul zu der Vermutung ...«

»... dass er auf und davon wollte«, setzt Maul wieder ein, »dazu passt, dass er nächste Woche eine Verhandlung in Hof gehabt hätte wegen einer Jugendlichen, die vor einem halben Jahr an einer Überdosis gestorben ist. Außerdem hatte er viel zu viele Klamotten für einen Kurzurlaub dabei und einen ganzen Haufen Bargeld.«

»Und warum erzählen Sie uns das alles?«, fragt der alte Wanderer. »Machen Sie das immer so?«

»Damit wir genug Zeugen haben, wenn ich die Täter überführe«, erklärt Maul kurz angebunden und erhebt sich ächzend. »Hofmann! Weitermachen ... bitte!«

»Wenn wir davon ausgehen, dass Wolter mit Zyanid vergiftet wurde«, spricht Hofmann weiter, »dann geschah dies höchstwahrscheinlich durch die Aufnahme von Flüssigkeit, in der das Gift gelöst war. Und wir haben ja auch Cola-Flecken an seiner Hose gefunden, jedoch keine dazu passende Flasche ...«

»Da ist was dran«, bestätigt der Sanitäter mit einer Zigarette in der Hand.

»Da Wolter offenbar selbst ein starker Marihuanakonsument war, können wir davon ausgehen, dass er fortwährend einen trockenen Mund hatte und daher sicher irgendwelche Getränke mit sich führte«, fährt Hofmann in seiner Erklärung fort, »und da wir keine Flasche oder einen ähnlichen Behälter in seiner Nähe gefunden haben, muss ihn jemand weggeräumt haben.«

»Was ist mit den Müllbehältern?«, fragt der Sanitäter.

»Fehlanzeige«, meldet Maul, der zwischenzeitlich jeden der etwa schuhkartongroßen Metallkästen geöffnet hat. »Das ist aber auch kein Wunder, solche Drecksäue werfen ihren Müll doch am liebsten aus dem Fenster ...«

»Dann hat er vielleicht ...«, meldet sich der Rentner.

»Probieren Sie's mal«, fordert Maul ihn auf, indem er eine Plastikflasche vom Wagen der Saftschubserin nimmt und dem Mann zuwirft. Dieser fängt sie gar nicht ungeschickt auf, erhebt sich und wendet sich dem Fenster zu.

»Ähm ...«, sagt er und sein Blick wandert fragend zu den Nachbarfenstern.

»Fenster zum Öffnen gibt's bei der Bahn schon lange nicht mehr«, erklärt der Schaffner.

»Wo also steckt die Colaflasche?«, fragt Maul seinen Hund, der ihn erst treu anschaut, dann gähnt und schließlich zielstrebig auf den Wagen der Stewardess zugeht, wo er leise knurrend stehenbleibt.

»Sie!«, ruft Maul und deutet auf die Frau, die sichtlich erschrickt.

»Ja«, antwortet sie leise.

»Sammeln Sie auch Müll ein?«

»Ja, sicher mache ich das.« Sie blickt sich hektisch um.

»Dann haben Sie nicht zufällig eine Colaflasche aus der Nähe von diesem Gangster weggeräumt?«, fragt Maul, während er drohend auf die Frau zugeht.

»Nein, ganz sicher nicht«, erklärt die Stewardess, die Stefanie heißt und sich schützend vor ihren Wagen stellt.

»Lügen Sie mich nicht an«, warnt Maul und schiebt sie weg.

Der Wagen, den Stefanie stundenlang tapfer durch Züge manövriert, besteht aus mehreren Ablagen für Flaschen, Schokoriegel, Thermoskannen und Plastikbecher. Vorne unten befindet sich ein blauer Müllsack, den der Hauptkommissar jetzt durchwühlt. Er sagt zweimal »Pfui Teufel«, einmal »Dreckbären« und »Säue«. Schließlich zweimal »Aha« und noch einmal »Wusst' ich's doch!« und stellt dann zwei Cola- und eine Mezzomix-Flasche auf dem Tischchen ab. Er fischt eine Serviette vom Servierwagen und schraubt die Flaschen vorsichtig auf. Zwei davon sind völlig leer, in einer befindet sich etwa ein Zehntelliter braune Flüssigkeit.

»Hofmann«, befiehlt er, und der Pharmazeut beginnt umgehend mit einer Geruchsprüfung.

»Bittermandel, kein Zweifel«, sagt er sofort, nachdem er die Flasche mit der Restflüssigkeit beschnuppert hat. »Es ist für einen Laien nicht so einfach zu erkennen, weil dieser Zucker und die Aromen den Geschmack überdecken ... und hier, sehen Sie, Herr Kommissar ...«

»Hauptkommissar«, präzisiert Maul und folgt mit dem Blick Hofmanns Zeigefinger, der auf ein winziges Einstichloch am Flaschenhals deutet.

»Es sieht ganz so aus, als ob das Gift in die noch verschlossene Flasche gespritzt worden wäre«, erläutert Hofmann.

»Genau!«, sagt Maul, »und jetzt lügen Sie mich nicht noch einmal an, Frau …«

»Stefanie«, sagt die Stewardess.

»Diese Flasche hat er von Ihnen, oder?« Mauls Frage klingt eher nach einem Befehl.

»Nein«, erwidert Stefanie und vermeidet es, den Lebensweisen dabei anzusehen, »ich habe diesem Mann keine Cola verkauft.«

»Weiß jemand von Ihnen, was diese komische Nummer auf dem Etikett zu bedeuten hat?«, fragt Maul in die Runde und hält eine der vollen Flaschen von Stefanies Wagen hoch.

»Unter dem Verfallsdatum?«, fragt der Monteur, der Maul zu diesem Zeitpunkt am nächsten steht.

»Genau!«

»Das habe ich mich auch schon oft gefragt.«

»Es wird irgendeine Seriennummer sein, die bei der Abfüllung angebracht wird«, spekuliert der Rentner.

»Hätte ich auch gesagt«, pflichtet Hofmann bei, »ohne fortlaufende Nummerierungen geht doch in Zeiten von Qualitätsmanagement gar nichts mehr!«

»Ich habe keine Ahnung«, gibt Maul zu, »sowas interessiert mich nämlich nicht. Aber wenn die Nummern fortlaufend sind, dann werden wir das ja gleich sehen …« Er dreht die vier verbliebenen Colaflaschen auf dem Servierwagen alle in die gleiche Richtung und kneift die Augen zusammen.

»Verdammte Weitsichtigkeit«, flucht er und deutet dann auf einen der Jugendlichen. »Du! Du hast sicher noch gute Augen!«

»Zum Abschreiben in der Schule langt's«, bestätigt der Bursche unter dem Feixen seiner Freunde.

»Vorlesen!«, befiehlt Maul.

»LK 683301504«, beginnt der Junge, »dann LK 683301505 und …«

»Nicht anfassen!«, donnert Maul dazwischen.

»Jaja, schon gut. Also LK 683301506 und hier dasselbe mit 07 am Ende.«. Der Bursche schaut Maul halb fragend, halb bewundernd an und bekommt alsdann die aus dem Müll sichergestellte Flasche vor die Nase gehalten.

»LK 683301503«, liest er vor und wird blass.

»Also, Stefanie«, sagt Maul und wendet sich der jungen Frau zu, »wie sieht das aus?«

Stefanie blickt sich hektisch um und macht Anstalten, einen ungeordneten Rückzug durch die Abteiltür anzutreten, woran sie aber vom laut knurrenden Nero gehindert wird.

»Guter Hund«, erklärt Maul, »Deutsch-Drahthaar. Folgt mir aufs Wort, eine Seele wie Gold. Ist mir lieber wie jeder Mensch!«

»Ich, ich, ähm, kann mir das wirklich nicht erklären«, stammelt Stefanie, die noch weißer geworden ist als der Junge.

»Vielleicht können Sie das ja«, sagt Maul und wendet sich der nachlässig gekleideten jungen Frau, die die meiste Zeit im Ausstiegsbereich vor den Türen geraucht hat und der die Zigaretten nun ausgegangen sind, »Fräulein Burkhard?«

»Ice« oder auch »Crystal Speed« ist eine synthetische Droge, die sich einfach und billig in einer normalen Küche aus frei erhältlichen Schnupfenmitteln zusammenbrauen lässt. Sehr gefragt ist Ice in den östlichen Gebieten Deutschlands, wo es billig aus Tschechien bezogen wird. Das Methamphetamin in der Droge bewirkt sehr schnell eine körperliche und psychische Abhängigkeit. Ice ist eine Droge, die ähnlich wie Ecstacy häufig von Discopublikum genommen wird. Sie erhöht das Leistungspotential und die Wachheit, so dass man nächtelang durchtanzen kann. Zusätzlich werden die Konsumenten jedoch oft aggressiv. Eine Überdosierung führt leicht zu Schizophrenie und Kreislaufstörungen. Auch ein Koma oder Atemstillstand kann die Folge sein, vor allem, wenn noch andere Drogen zeitgleich konsumiert werden.

So musste es auch bei der 17-jährigen Andrea Burkhard gewesen sein, die vor einem Jahr nach einem Discobesuch in der Nähe von Hof nicht nach Hause gekommen war. Auf der Heimfahrt um halb fünf Uhr früh hatte sie im Auto Streit begonnen und war auf offener Strecke ausgestiegen. Höchstwahrscheinlich hatte sie dann in der Dunkelheit Halluzinationen bekommen und war in den Wald gerannt, wo sie – das konnte mit Sicherheit festgestellt werden – nochmal drei der Tabletten schluckte. Zuviel für den jugendlichen Körper, der nur 45 Kilo wog. Sie stolperte, fiel einen Abhang hinunter und schlug mit dem Kopf gegen einen Felsen. Todesursache war jedoch der infolge der Überdosis einsetzende Atemstillstand gewesen. Die Leiche wurde erst zwei Tage später gefunden.

Maul kannte den Fall mittlerweile, weil er der Auslöser für den Prozess gegen Dieter Wolter war, der die Jugendliche erst eineinhalb Jahre mit Haschisch versorgt und sie schließlich überredet hatte, einmal etwas auszuprobieren, das richtig wirkte. Die Übereinstimmung der Nachnamen mit der im Zug sitzenden Schwester Agnes war Maul natürlich sofort aufgefallen, nachdem er die Personalausweise nochmals durchgesehen hatte. Der Kriminaldauerdienst hatte ihn auch noch über die familiären Verhältnisse der Schwestern informiert, deren Mutter selbst alkoholabhängig war und sich kaum noch um die Töchter kümmerte, zumal diese schon fast erwachsen waren. Der Vater schien ein ebenfalls alkoholkranker Schläger gewesen zu sein, der jedoch nach einer Haftstrafe verschwunden war.

Nun wollen wir uns Hauptkommissar Mauls Ausführungen zu alleinerziehenden Müttern und verwahrlosten Familien ersparen, die nur auf Kosten der Gesellschaft die Hand aufhalten. Agnes hat jedenfalls mittlerweile zugegeben, dass sie Andreas ältere Schwester ist und den Dealer gekannt hat. Auch dass sie selbst Haschisch raucht, hat sie gestanden, nachdem Maul ihr mit einer Taschenlampe in die Pupillen geleuchtet hat, die sich dabei nicht verkleinerten. Mit härteren Drogen will sie aber nie etwas zu tun gehabt haben.

»Aber Fräulein Burkhart hat dem Mann die Colaflasche nicht gegeben«, erklärt der Rentner, »sie ist ihm die ganze Fahrt über nicht nahegekommen.«

»Das stimmt«, bestätigt Frau Harter-Ellinger, »ich war auf der anderen Seite.«

»Das habe ich auch nicht behauptet«, sagt Maul, »mir ist nämlich klar, dass hier mehrere unter einer Decke stecken! Und wenn die zuständigen Kollegen später das private Umfeld der Schwestern näher untersuchen, werden sie schon rauskriegen, woher sich Agnes und Stefanie hier kennen. Schule, Disco, Kiffrunde ... egal, das ist jetzt hier nicht so wichtig. Wichtiger ist, dass es mindestens noch eine dritte beteiligte Person geben muss.«

»Es ist ziemlich unwahrscheinlich, dass der Tote den Zug ohne Getränke bestiegen hat«, erläutert nun wieder Hofmann, »die permanente Trockenheit im Mund musste er ja schon lange gehabt haben. Daher sollten wir davon ausgehen, dass Herr Wolter mindestens eine Flasche seines Lieblingsgetränks dabeihatte ...«

»Was kostet so ein Fläschchen hier?«, fragt Maul Stefanie, die sich mittlerweile mit Agnes Burkhard einen Sitz teilt und von dem grimmig dreinschauenden Nero bewacht wird.

»2 Euro 50«, antwortet sie widerstrebend.

»Dafür kriegt man woanders schon fast einen Kasten«, erklärt Maul, »Hofmann, weiter!«

»Herr Maul wollte offensichtlich darauf hinweisen, dass sich nur ein Millionär eine Cola im Zug kaufen würde«, erläutert Hofmann süffisant. »Also noch einmal: Wenn wir davon ausgehen, dass der Tote ein eigenes Getränk mitgebracht hat, wo ist es dann hingekommen? Irgendjemand muss es entwendet haben, damit Wolter gezwungen war, sich die tödlich präparierte Flasche von Fräulein Stefanie zu kaufen.«

»Also«, wendet sich Maul mit erhobener Stimme an Agnes und Stefanie, »wer gehört noch dazu?«

»Ich sage gar nichts mehr«, erklärt Stefanie trotzig.

»Ich war's«, sagt unverhofft Agnes, »ich habe ihm die Flasche geklaut, während er auf dem Klo war …«

»Lügen«, ruft Maul, »Sie waren am anderen Ende des Zuges und sind erst, als wir stehengeblieben sind, nach hinten gegangen, und zwar an mir vorbei! Sie wollten dem Burschen beim Sterben zusehen, habe ich recht?«

»Nein, … ich …«

»Der hat Sie doch gekannt, höchstwahrscheinlich haben Sie Ihren Stoff auch von ihm gekriegt«, fährt Maul fort.

»Außerdem ist es eher unwahrscheinlich, dass Wolter die Toilette aufgesucht hat«, meldet sich nun Hofmann, »das THC trocknet den Körper aus, daher ja auch der trockene Mund. Darauf hätte ich mich nicht verlassen!«

»Also, zum letzten Mal«, Maul baut sich vor den zwei jungen Frauen auf, »wer gehört noch dazu?«

»Dann gebe ich dem oder der Dritten jetzt die Chance, sich zu stellen«, spricht er weiter, nachdem von den zwei Frauen nur trotziges Schweigen kommt. »Ich verwette ein Monatsgehalt, dass die Person noch hier im Zug ist!«

Leider fruchtet aber auch dieser Appell nichts, obwohl ihn alle gehört haben, selbst die drei Jugendlichen haben ihre Ohrstöpsel seit geraumer Zeit entfernt und verfolgen mit steigender Spannung das Geschehen in dem Waggon.

»Gut«, seufzt Maul, »dann erkläre ich Ihnen allen, wie wir jetzt weitermachen. Zunächst werde ich jedem hier einmal tief in die Augen sehen. Ich bin ein Lebensweiser, habe ich das schon erwähnt? Mir macht keiner was vor! Ich erkenne gleich, wer hier noch etwas zu verbergen hat.«

»Das ist doch lächerlich«, sagt Frau Harter-Ellinger, »solche Ermittlungsmethoden können nicht Ihr Ernst sein. Wir leben schließlich in keiner Bananenrepublik!«

»Finden Sie?«, kontert Maul.

»So etwas ist doch nicht rechtsverwertbar«, ergänzt die Dozentin.

»Aber Mobiltelefone sind rechtsverwertbar«, triumphiert Maul, »Und die will ich jetzt haben, und zwar als erstes von euch«, er stellt sich vor Stefanie und Agnes hin und hält die große Hand auf.

Aus Zeitgründen überspringen wir die Ausreden der zwei jungen Frauen und die Art und Weise, wie Maul dann doch an die Handys gekommen ist. Jetzt hat er sie jedenfalls und sitzt mitsamt den ausgebreiteten Personalausweisen wieder an seinem Tischchen. Dass von den Anwesenden jeder ein Mobiltelefon besitzt, kann nicht mehr bestritten werden, weil im Lauf der letzten drei Stunden und im Zuge der Verzögerung alle mindestens einmal davon Gebrauch gemacht haben. Und man kann Hauptkommissar Maul sicher vieles ankreiden, aber eine Beobachtungsgabe hat er wie kaum ein zweiter. Und dann kommt die Gruppendynamik. Wenn alle befohlen kriegen, ihre Handys rauszuholen und ja nicht auszuschalten, dann traut sich kein Einzelner, nein zu sagen, weil man sich damit ja höchst verdächtig macht.

»So, dann wollen wir mal sehen«, beginnt Maul und kreist mit dem Zeigefinger über den ausgelegten Ausweisen. »Sie beide schließe ich aus«, sagt er in Richtung des Rentnerehepaars, »Sie sind zu alt!«

»Sehr freundlich«, entgegnet die Rentnerin.

»Oder sind Sie gar die dazugehörigen Großeltern?«, fragt Maul, während er in die Richtung von Agnes deutet.

»Lächerlich!«

»War nur so ein Gedanke«, murmelt der Hauptkommissar abwinkend, »... alsdann ... DU!«, er deutet auf einen der jungen Burschen, »du heißt Manfred?«

»Ja, Manfred Weber, geboren ...«

»Ja, das sehe ich ja hier alles«, unterbricht Maul, »... herkommen, Handy herzeigen! Eingeschaltet?«

»Ja!«

»Gut, hier haben wir nämlich einen Manni im Adressbuch.«

Maul hält eines der beschlagnahmten Geräte hoch und drückt auf »Anrufen«. Etwa eine halbe Minute lang könnte man nun in dem Waggon eine Stecknadel fallen hören, wenn der Wind nicht so heulen und der Regen nicht so gegen die Fenster prasseln würde. Schließlich meldet sich jemand, aber Manfreds Handy bleibt stumm.

»Gut«, sagt Maul, während er den Gesprächspartner wegdrückt, »schau mir noch in die Augen!«

»Alles klar, kannst gehen«, wird der Junge gnädig entlassen.

»Dann haben wir hier einen Tommy«, wieder hält er ein Handy hoch, »und hier einen Thomas Feuerlein!« Er deutet auf den Monteur.

»Ich, ähm«, der Mann räuspert sich und drückt verlegen auf seinem Handy herum, »ich glaube, mein Akku ist leer ...«

»Tatsächlich«, sagt Maul und steht auf, um ihm tief in die Augen zu sehen. »Darf ich mal«, fragt er schließlich und hält die Hand auf.

»Sieht eher so aus, als wenn gar kein Akku drin ist«, stellt Hofmann fest, dem Maul das Gerät zur Prüfung übergeben hat. Er selbst hat es nämlich nicht so mit den technischen Details.

»Gestehen Sie?«, fragt Maul den Monteur.

»Was? Sie sind doch ...«

»Wir könnten zum Beispiel den Akku von meinem verwenden, wenn der dazugehörige nicht auftauchen sollte«, bietet Hofmann an, »ich habe dasselbe Modell.«

»Ihnen ist schon klar, dass die Kollegen alles absuchen werden«, erläutert Maul, »alle Bahnhöfe, alle Mülltonnen, die ganze Bahnstrecke, diesen Zug. Und dann wird jede leere Colaflasche sichergestellt und untersucht und wenn keine Fingerabdrücke drauf sind, dann DNA-Spuren, Fussel, was weiß ich. In ein paar Jahren wird die Kriminaltechnik uns Ermittler arbeitslos machen ...«

»Komm schon, Tommy«, hört man Agnes von hinten, »das hat doch alles keinen Sinn mehr!«

»Ich fasse zusammen«, sagt Maul eine halbe Stunde später. »Agnes Burkhard hat sich den Plan ausgedacht, um den Tod ihrer Schwester zu rächen. Stefanie hier ist eine Schulfreundin von Agnes und hat vor drei Monaten darum gebeten, hauptsächlich auf der Strecke Nürnberg-Hof-Dresden eingesetzt zu werden. Und Herr Feuerlein hier war der Fahrer des Wagens, aus dem die kleine Schwester damals nach einem Streit ausgestiegen ist. Sie alle hatten Schuldgefühle und wollten Rache üben. Und heute war die letzte Möglichkeit, weil sie irgendwie mitbekommen haben, dass der Dealer sich absetzen wollte. Und das hätte alles funktioniert, wenn dieser Sturm nicht dazwischengekommen und vor allem, wenn ich nicht hier im Zug gewesen wäre ...«

»Und wie haben Sie dem Dealer seine Colaflasche entwendet?«, will Hofmann von dem Monteur wissen. »Ich kann mir das gerade nicht vorstellen.«

»Ich habe so getan, als ob ich am WC arbeiten würde«, erklärt der junge Mann geknickt, »dann bin ich zu dem Mistkerl hingerannt und gesagt, ich bräuchte ganz schnell farbige Flüssigkeit, um etwas zu prüfen, habe die Flache gepackt und ins Klo geschüttet ...«

»Woraufhin er sich sicher aufgeregt hat, und da kam zufälligerweise die Stewardess und spendierte ihm eine neue Flasche«, ergänzt Hofmann. »So langsam lichtet sich das Dunkel!«

»Das hat sich für mich schon lange gelichtet«, sagt Maul, während man draußen, linker Hand, kleine Lichtkegel erkennen kann, die sich durch den Wald bewegen.

»Ich glaube, da kommt endlich jemand«, meint der Schaffner.

»Nun ja, alle Einzelheiten haben wir natürlich noch nicht geklärt«, widerspricht Hofmann dem Lebensweisen.

»Ich kann mich auch nicht um jeden Furz kümmern«, erklärt Maul und Nero schüttelt sich dazu.

»Das ist die Polizei«, ruft der Schaffner. »Dann wollen wir mal die Türblockierung aufheben.«

»Fast könnte man bedauern, dass der Plan nicht ganz geklappt hat«, meldet sich der Rentner zu Wort.

»Dieser Verbrecher hat doch nur bekommen, was er verdient hat«, pflichtet seine Frau bei.

»Das Recht kann manchmal schon grausam sein«, nickt die Dozentin.

»Muss man das unbedingt alles weitergeben?«, fragt der Sanitäter den Kommissar.

»Ich werde gar nichts weitergeben«, entgegnet Maul bestimmt, »da sollen sich die zuständigen Kollegen jetzt drum kümmern ... Sie da! Polizeimeister ...«. Die ersten Streifenbeamten haben gerade den Zug betreten.

»Wo steht Ihr Fahrzeug?«, fragt Maul.

»Etwa 500 Meter westlich«, erwidert der Beamte, »auf der nächsten Forststraße.«

»Sie fahren mich jetzt sofort nach Nürnberg ...«

»Aber Herr Hauptkommissar«, widerspricht der Mann, »soviel wir wissen, ist hier ein Mord passiert.«

»Widersprechen Sie nicht, ich habe noch was Dringendes zu erledigen«, befiehlt Maul. »Ober sticht Unter!«

»Wollen Sie heute Nacht noch einen Bericht schreiben?«, erkundigt sich Hofmann.

»Bericht?«, Maul runzelt die Stirn. »Wo denken Sie hin, ich muss meine Tagliatelle vorkochen!«

Peter Freudenberger

Die Zeit für einen Schnitt

Es war Zeit, die Sache zu Ende zu bringen. So oder so. Sie hatte ihn lange genug an der Nase herumgeführt, zu oft erniedrigt. Es durfte so nicht mehr weitergehen. Die Zeit war reif für – einen Schnitt.

Er grinste.

Glücklicherweise konnte ihn niemand sehen in seinem Versteck am Mainufer. Sein Grinsen hatte immer etwas Abstoßendes, Satanisches. Er war ein gutmütiger Mensch, zu gutmütig letztlich. Sein Gesicht wirkte trotz der 45 Jahre fast kindlich, seine Augen trugen einen jungenhaft erstaunten Ausdruck. Das und sein sanfter Ton nahmen in vielen Verhören selbst hartgesottene Missetäter für ihn ein. Er war der gute Cop. Bis er grinste. Dann breitete sich Furcht aus, obwohl das keineswegs seine Absicht war. Es lag vielleicht am Oberkiefer, der weit vorsprang, am unregelmäßigen Gebiss. Zumal sein Grinsen den Blick freigab auf die Backenzähne, die sich mit den Jahren und den zahlreichen Plomben schwarz gefärbt hatten.

Aber in seinem Versteck war er für niemanden sichtbar. Er lag auf einem Gneisbrocken, hinter dem steil die Felswand aufstieg zum Frühstückstempel. Um ihn von dort oben zu entdecken, musste sich jemand schon weit über das rostige Geländer beugen. Vor ihm wuchs dichtes Buschwerk, das ihn zum Main hin verbarg. Von der Uferpromenade war er nicht zu sehen, während man von seiner Warte aus nur den Kopf heben musste, um über das Gebüsch hinweg ein weites Stück des Wegs zu überblicken. Bis hin zur Wappenmauer des Aschaffenburger Schlosses. Von dort würde sie kommen.

Jeden Sonntagmorgen joggte sie auf der Main-Promenade. Gleich nach Sonnenaufgang stieg sie aus dem Bett, das schon lange nicht mehr ihr gemeinsames war. Leise, um ihn nicht zu wecken, schlich sie aus dem Haus in der Sandgasse, trabte den Löhrgraben hinunter und schwenkte rechts am Hotel *Karpfen* in den Uferweg ein. Sie folgte dem Knie des Flusses unter dem Schloss und unterm Pompejanum vorbei bis zu den Kleingärten auf den Mörswiesen. Dort kehrte sie um und joggte zurück. Zweimal musste sie so den Engpass unterhalb des Frühstückstempels passieren, wo der schroffe Fels bis an den Weg, den alten Leinreiterpfad, heranreichte. Da lag er auf dem Findling, verborgen vom Gebüsch, das Messer griffbereit neben sich.

Er hatte sie in den letzten Monaten mehrfach beim Joggen beobachtet. Wollte wissen, ob der andere dabei war. Aber sie lief allein. Die Uferpromenade lag verlassen im honigfarbenen Licht der aufgehenden Sonne, leichter Nebel über dem Main. Mit dem anderen traf sie sich Samstagabend und an anderen Abenden, wenn sie den Hund Gassi führte. Dann auch nicht am Ufer, das abends voller Menschen war, sondern oben im Schlossgarten, aus dem die Parkwächter die Touristen bereits hinausgescheucht hatten. Er hatte gesehen, wie sie sich dort scheinbar zufällig begegneten, beide noch einmal einen Blick über die Schulter warfen und sich dann in den Arm nahmen ...

Er hatte nie herausgefunden, wo und wie sie den anderen kennengelernt hatte. Er war ihr lange nicht auf die Schliche gekommen, so viel zu seiner Fähigkeit als Kommissar. Anzeichen hatte es genug gegeben, wenn er sie nur beachtet hätte. Früher ließ sie ihr Mobiltelefon offen auf dem Tisch oder auf dem Sideboard im Wohnzimmer liegen. Plötzlich sah sie ihm ängstlich nach, wenn er vorm Fernseher aufstand und sich auf dem Weg zum Kühlschrank in der Küche ihrem Handy näherte. Schließlich trug sie es immer bei sich, stopfte es in die Tasche ihrer Jeans – selbst dann, wenn sie aufs Klo ging.

Hin und wieder hörte er sie im Hauswirtschaftsraum telefonieren, was ihn wunderte. Sie erklärte ihm, sie nutze die Zeit beim Bügeln, um mit Freundinnen zu plaudern. Sie könne sie gerne vom Wohnzimmer aus anrufen, wenn ihn das beim Fernsehen nicht störe – und er im Gegenzug das Bügeln übernähme. Er fragte lieber nicht mehr. Sein Fehler.

Oder die Einträge im Terminkalender. Früher vermerkte sie ihre Termine akribisch auf dem Wandkalender in der Diele. Es hätte ihm auffallen müssen, dass die Genauigkeit allmählich verschwand. Die meisten Einträge bestanden bald aus Abkürzungen und unverständlichen Zeichen. Oft war sie an Nachmittagen nicht zu erreichen oder kam abends erst spät nach Hause, obwohl der Kalender überhaupt keine Einträge enthielt. Wenn er sie fragte, murmelte sie etwas von Einkäufen oder von zufälligen Treffen mit Arbeitskolleginnen von früher. Wenn es spät wurde, duschte sie lange, ging dann zwar mit ihm zu Bett, war aber zu müde, um mit ihm zu schlafen. Die Zufälle häuften sich – und die Einkäufe, von denen er nie etwas fand. Da erst begann er zu begreifen und genauer hinzusehen.

Es raschelte im Gebüsch. Ein Hund. Der Hund hatte ihn offensichtlich bemerkt, scharrte und suchte sich einen Weg durch das undurchdringliche Geäst zu brechen, obwohl es außen herum problemlos gegangen wäre. Hunde waren im Grunde dumme Viecher, aber diese Töle war gefährlich, sie konnte ihn trotz oder gerade wegen ihrer Dummheit in seinem Versteck verraten. Er blieb unbeweglich auf dem Gneisbrocken liegen, die Hand nach dem Messer ausgestreckt. Plötzlich ein scharfer Pfiff von der Uferpromenade. Der Hund heulte hysterisch, scharrte hektisch und bellte hell.

»Zorro«, dröhnte eine zornige Männerstimme vom Main her, »Fuß!«

Durch das Gebüsch hindurch war der Hundehalter nicht zu sehen. Bei seinem Köter genoss er Respekt, denn der ließ endlich ab, kroch knurrend rückwärts aus dem Dickicht und fletschte die Zähne in seine Richtung. Die Hundeschnauze schien sein Grinsen nachzuahmen.

»Du sollst nicht jeden Dreck fressen«, schimpfte die Männerstimme. »Hinterher scheißt du mir wieder die ganze Wohnung voll, du Sauhund.« Offensichtlich gab es wenig Sympathie in dieser Herr-Hund-Beziehung. Die beiden waren vielleicht nicht ganz freiwillig zusammen auf der Uferpromenade unterwegs.

Er selbst hatte Hunde immer gehasst, ihr Gekläff, ihr Sabbern, den Gestank des Fells, wenn es nass war. Den ersten großen Streit hatte er mit seiner Frau, als sie eines Tages den Hund heimschleppte. Er war strikt dagegen gewesen, hatte ruhig argumentiert: die Kosten, die Einschränkung in ihrer beider Freiheit. Sie war sofort laut geworden, hatte ihm vorgeworfen, sie zu bevormunden. Sie brauche Bewegung. Alle ihre Freundinnen hielten sich Hunde, mit welchem Recht er ihr das verbieten wolle? Am Ende hatte er nachgegeben. Wieder hatte er die Zeichen nicht erkannt, die Heftigkeit ihrer Reaktion falsch gedeutet. Erst viel später sollte ihm aufgehen, weshalb sie den Hund wirklich brauchte: um einen Grund zu haben, abends das Haus zu verlassen, sich mit dem anderen zu treffen oder ungestört mit ihm zu telefonieren.

Schlurfende Schritte näherten sich auf der Uferpromenade. Es war ihm nicht mehr möglich, den Kopf zu heben und nachzusehen. Er musste sich ruhig verhalten. Das Schlurfen brach vor dem Gebüsch kurz ab. Dann wanderten die Schritte um die Sträucher herum. Er war wie erstarrt.

Ein beißender Schweißgeruch wehte um das Dickicht und zog einen Penner hinter sich her. Er zwängte sich langsam und so vorsichtig zwischen den Büschen und der Felswand hindurch, als fürchte er, sich seine Klamotten aufzureißen. Dabei verdiente das, was er trug, den Namen Kleidung nicht.

Eine zerschlissene Jeans, ein rot kariertes Flanellhemd, das von groben Stichen und zahlreichen Flicken zusammengehalten wurde. Hemd und Hose waren feucht, der Bart verfilzt, das Haar stand ihm wirr vom Kopfe. Der Mann musste irgendwo am Mainufer übernachtet haben. Liebe Güte, an diesem Sonntagmorgen ging es auf der Promenade zu wie auf dem Bahnhof.

Der Penner grunzte ein paar Mal aus der Tiefe seiner Kehle. Dann rotzte er gegen die Felswand, der er sich nun vollends zuwandte, um zu pinkeln. Er hätte sich nur umblicken müssen, um zu sehen, dass er nicht allein hinter dem Dickicht war. Aber er blickte sich nicht um. Er strullerte eine Ewigkeit, jedenfalls schien es wie eine Ewigkeit, bis er den Latz zuzog. Er spie noch einen Batzen Schleim aus und quetschte sich wieder aus dem Dickicht, Bauch und Gesicht dem Fels zugewandt. Ließ nur eine Duftwolke von Buttersäure zurück. Draußen raschelten Plastiktüten, schlugen Flaschen klirrend aneinander. Wollte der sich da niederlassen? Das fehlte noch! Endlich schlurfte der Penner weiter, um den Felssporn herum verschwand er mitsamt seinen Plastiktüten Richtung Pompejanum und Mörswiesen.

Als er erst einmal Verdacht geschöpft hatte, fand er keine Ruhe mehr. Er vernachlässigte seine Arbeit, was in den fünfundzwanzig Dienstjahren vorher nie vorgekommen war. Er bemühte sich, an ihr Handy zu kommen, aber sie hütete es wie ihren Augapfel. Nachts schaltete sie es ab, und er kannte die PIN nicht. Ihr E-Mail-Postfach war ebenfalls verschlüsselt, es gelang ihm nicht, den Code zu knacken. Auf der Dienststelle hatten sie Spezialisten dafür, aber er wagte es nicht, sich einem Kollegen zu offenbaren. Einmal hatte sie einen USB-Stick stecken lassen, er zog ihn ab und wollte ihn im Büro einlesen. Der Stick entpuppte sich als Sender für ihre Funkmaus. Er schämte sich für diesen peinlichen Irrtum.

Wenn sie abends ausblieb, versuchte er zitternd, Namen hinter den Initialen im Kalender zu entschlüsseln und

Treffpunkte hinter den Zeichen. Er begann zu trinken, während er auf sie wartete. Anderntags brummte sein Schädel, und er erinnerte sich kaum an die zermürbenden Diskussionen, die sie führten, nachdem sie nach Hause gekommen war.

Nach einigen Wochen schob er einen Arzttermin vor, um sich vom Dienst freizumachen und seine Frau zu beschatten – das hatte er schließlich gelernt. Er verstand sein Handwerk. Er folgte ihr unsichtbar. Schon der erste Tag brachte ihm Gewissheit.

Später fragte er sich oft, was besser war: der Verdacht oder die Gewissheit? Eine Frage, die sich einem Kriminalbeamten eigentlich verbat. Der Verdacht birgt immer die Gefahr des Irrtums, die Zeichen zu missverstehen, die Indizien falsch zu deuten. In seinem Fall: die Gefahr der unberechtigten, der krankhaften Eifersucht. Erst die Gewissheit zeigt, ob ein Verdacht falsch oder begründet ist. So gesehen war es richtig, es nicht beim Verdacht zu belassen, sondern Gewissheit zu suchen. Was er nicht ahnte, war, wie stark ihn diese Gewissheit verändern, wie heftig er unter ihr leiden sollte. Der Schmerz der Gewissheit übertraf den des Verdachts, traf ihn wie ein Hieb in den Magen, trieb ihm Hitze in den Kopf, raubte ihm den Schlaf, das Selbstwertgefühl und am Ende fast den Verstand.

Ein feines Quietschen sirrte durch die Luft. Eine Gangschaltung knackte. Ein Radfahrer, einer von diesen gestylten, wilden. Sein Helm ragte über das Gebüsch, ebenso die Flasche, die er mit der Handschuh-Hand angehoben hatte. Er trank, ohne zu bremsen. Hatte der ein Glück, dass er am Morgen den Weg für sich alleine hatte. Sonntagnachmittag gab es auf der engen Promenade stets Streit und Pöbeleien zwischen Radfahrern, Fußgängern und Skatern. Die Dienststelle ließ hier sonntags nach Mittag Streifen patroullieren, um Schlimmeres zu verhüten. Am schlimmsten aber waren die gedressten Sportradler. Rücksichtslos.

Plötzlich flog die leere Flasche über das Gebüsch. Er hatte keine Chance zu reagieren. Um Haaresbreite sauste die Plastikflasche an seinem Kopf vorbei und prallte am Fels ab. Der Knall ließ zwei Enten hochschrecken, aufgeregt flatterten sie ins Wasser. Na bitte. Radfahren, aber den Müll in der Landschaft entsorgen. Unter anderen Umständen hätte er sich den Typen vorgeknöpft, jetzt aber musste er ihn unbehelligt in Richtung Pompejanum ziehen lassen.

Sie war gegen neun aus dem Haus gekommen, schlenderte die Sandgasse hinab, überquerte die Landingstraße am Scharfeck und stieg die Dalbergstraße hinauf auf den Stiftsberg. Er sah ihr nach und registrierte, wie reizend sie wirkte. Sie trug den kurzen Jeansrock, den sie sich vor einigen Wochen zugelegt hatte, obwohl sie Jeansröcke früher stets als »billig« abgelehnt hatte. Ihre Beine waren braun und rasiert. Ihre rote Bluse lag eng an, deutlich zeichnete sich hinten der Riemen des schwarzen BH ab, den sie gerne zum Ausgehen anzog, weil er ihren Busen jugendlich formte. Ihr nackenlanges, nussbraunes Haar wippte.

Im Café *Knusprisch* am Theaterplatz traf sie sich mit einer Freundin, er kannte sie von früher, der Name fiel ihm nicht mehr ein. Er beobachtete sie vom Treppenaufgang der Stiftskirche aus. Sie telefonierte zweimal mit dem Handy, die Freundin zog in dieser Zeit den Lippenstift nach. Um zehn verließen sie das Café, verabschiedeten sich mit Küsschen. Wieder ließ sie die Haare wippen, den Rocksaum um die Schenkel schwingen. Scheinbar ziellos sah sie die Auslagen der Kleidergeschäfte in der Herstallstraße durch, bog in den Roßmarkt ein und verschwand im Frisiersalon *Daniela*. Halb elf. Zwei Stunden später erschien sie wieder auf der Straße. Er erkannte keine wesentliche Veränderung ihrer Frisur, obwohl er mehrfach am Schaufenster vorübergegangen war und zugesehen hatte, wie sich Daniela an ihren Haaren zu schaffen machte.

Sie folgte dem Roßmarkt und schlüpfte ins Café *Einstein*. Durch die Glastür beobachtete er, wie sie das Lokal durchquerte und in den Hof trat. Flüchtig blickte sie sich um, bevor sie sich dem einzigen Tisch näherte, an dem jemand saß. Da sah er den anderen zum ersten Mal.

Der andere erhob sich, blickte sich ebenfalls um, überflüssig, weil sich außer den beiden niemand im Hof aufhielt, und umarmte sie dann.

Er entschloss sich, an der Theke einen Espresso zu trinken. Von dort hatte er einen guten Blick durch das Fenster zum Tisch der beiden. Weil es im Lokal dunkel war, würden sie ihn von draußen in der Mittagssonne kaum entdecken können.

Der andere hatte ein Glas Weißwein vor sich stehen. Sie bestellte ebenfalls eines. Während sie warteten, fasste er mit seiner Linken ihre rechte Hand. Sie zog sie nicht zurück, wie sie es bei ihm so oft getan hatte. Nachdem die Bedienung das Weinglas abgesetzt und die Essensbestellung notiert hatte, ließ der andere seine rechte Hand unter dem Tisch verschwinden und legte sie ihr auf den Oberschenkel unterhalb des Rocksaums, der beim Hinsetzen weit hoch gerutscht war. Sie öffnete leicht die Knie, der andere begann, die Innenseite ihres Schenkels zu streicheln.

Er hätte kotzen können. Händchen halten, Zärtlichkeiten austauschen in der Öffentlichkeit – bei ihm hatte sie das nie zugelassen. Das Blut war aus seinem Gesicht und aus seinen Fingern gewichen, sein Herz raste, ihm schwindelte. Zum ersten Mal spürte er den Fausthieb der Gewissheit im Magen. Mühsam nur gelang es ihm, den Impuls zu unterdrücken, in den Hof zu stürmen und sich auf sie zu stürzen. Noch nicht. Er wollte sehen, wohin das führte.

Ihre Hände ließen voneinander ab, als die Bedienung das Bistroessen auftrug. Irgendetwas mit Salat, er achtete kaum darauf. Sie kauten, redeten und lachten. Mehr als die Berührung zuvor traf und schmerzte ihn diese Zweisamkeit, immer wieder hatte er dieses Bild später vor Augen.

Als der andere zahlte, für beide, legte er rasch das Geld für den Espresso und die beiden Bier, die er getrunken hatte, auf die Theke. Draußen wartete er in sicherem Abstand und folgte den beiden, als sie wenig später den Roßmarkt hinabliefen. An der Sandkirche wäre er beinahe aufgeflogen: Von der Würzburger Straße näherten sich Mike Staab und Norbert Syndikus, zwei uniformierte Kollegen auf Streife. Bevor sie ihn erkannten, verdrückte er sich in den Eingang eines Ladens.

Von dort aus blickte er seiner Frau und dem anderen nach. Die beiden spazierten geradeaus weiter zur Tiefgarage Alexandrastraße. Er eilte hinterher, sobald die Kollegen außer Sicht waren. Vor dem Kassenraum der Tiefgarage umarmten sie sich zweimal, schließlich gaben sie sich einen Kuss. Sehr flüchtig verglichen mit dem, was er später noch sehen sollte. Während der andere in den Kassenraum trat, wandte seine Frau sich um und schlenderte in die Sandgasse zurück nach Hause. Ihr nussbraunes Haar wippte.

In diesem Augenblick hasste er sie.

Wie lange hatte er schon in der unbequemen Lage in seinem Versteck ausgeharrt? Er hatte kein Gefühl mehr in den Armen und Beinen, nichts gab ihm mehr Halt. Zudem war es inzwischen taghell, er konnte auf dem Gneisbrocken leichter gesehen werden. Er rutschte ein Stück weiter hinunter, die Hand blieb aber in der Nähe des Messers.

Von diesem Mittag an hatte er jede Gelegenheit genutzt, den Dienst zu schwänzen und seine Frau zu beschatten. Er erfand weitere Arzttermine, dringende familiäre Verpflichtungen. Die Kollegen tuschelten. Hauptkommissar Strobel, sein Vorgesetzter, hob die Brauen, wenn er wieder um einen vorgezogenen Feierabend oder einen freien Tag nachsuchte.

Sie traf den anderen beinahe täglich. An öffentlichen Plätzen ließen sie es wie zufällige Begegnungen aussehen:

im *Einstein* zum Mittagessen, am Nachmittag zum Kaffee auf der Sonnenterrasse des Cena. Erst, wenn sie sich alleine wähnten, begriff er die Tiefe ihrer Beziehung, die in der Öffentlichkeit an der Oberfläche blieb. Etwa abends, wenn sie den Hund Gassi führte, im Schlosspark, bevorzugt am Frühstückstempel. Sie umarmten sich leidenschaftlich, küssten sich wild. Er lehnte sie an einen Baum, fuhr ihr mit den Händen unter die Bluse, unter den Rock. Sie fasste ihm zwischen die Beine.

Nach einem Abend im *Oscar* stellte er sie zur Rede. Sie hatte den Hund zurückgebracht, war gleich wieder gegangen. Zu einer Freundin, wie sie sagte. Er folgte ihr. Sie aß mit dem anderen im *Oscar* zu Abend, wieder dieses traute Bild, das ihn verletzte. Nach dem Essen genehmigten sie sich einen Espresso, dann brachen sie auf. Schweigend und ohne sich zu berühren, fast schüchtern, schlenderten sie die Goldbacher Straße entlang, bogen in die Heinsestraße ab. In der Frohsinnstraße verschluckte sie der *Aschaffenburger Hof*. Nach zwei Stunden vor dem Hotel gab er das Warten auf, da war es Mitternacht. Um vier kam sie nach Hause.

Er passte sie im Flur ab, bevor sie ins Bad flüchten konnte. Zunächst leugnete sie alles. Wiederholte die Sprüche von der Freundin, den Kolleginnen von früher. Wurde gleich laut, wie damals, als sie den Hund mitgebracht hatte. Erst als er den Block mit seinen Notizen aus der Tasche zog, gab sie es zu. Nicht ohne ihm Vorwürfe zu machen: »Du spionierst mir nach, das hätte ich mir denken können.«

Sie erklärte ihm nun wieder völlig ruhig, dass sie sich in den anderen verliebt habe, dass es nun mal passiert sei, dass sie es nicht ändern könne und wolle. »Ich hätte es dir schon längst gesagt, aber ich wollte dich nicht verletzen.«

Er grinste. Sie schrak zurück.

Er schleuderte ihr Schimpfworte und Kraftausdrücke ins Gesicht, nannte sie Nutte und Hure. Sie senkte den Kopf und schwieg.

Er verlegte sich aufs Bitten, flehte sie an, den anderen zu verlassen, dann werde er alles vergessen und vergeben. Es werde alles wie früher. Sie lachte.

Er hob den Arm, um sie zu schlagen. »Wag das bloß nicht!«, fauchte sie ihn an.

Er suchte sie zu umarmen, doch sie zog sich zurück. »Lass das«, sagte sie leise. »Sieh doch ein, mit uns, das ist vorbei.«

In derselben Nacht noch war sie ins Gästezimmer umgezogen.

Endlich tauchte sie auf, wie erwartet, unterhalb des Schlosses, am Fuße der Wappenmauer. Sie trabte flussabwärts, an der Schiffsanlegestelle beim Theoderichstor schwenkte sie auf die Uferpromenade ein. Ihr nussbraunes Haar wippte. Als sie sich dem Gebüsch näherte, zögerte sie. Misstrauisch blickte sie in seine Richtung. Hatte sie etwas bemerkt? Das Versteck war perfekt. Er hatte sich nicht gerührt. Ahnte sie die Gefahr? Sie blieb stehen, atmete schwer.

Diese Nacht hatte alles verändert. Für ihn und für sie. Er wurde nun auch das Bild nicht mehr los, wie sie mit dem anderen unter der Leuchtreklame des Hotels hindurch an der Rezeption vorbeischritt, wie sich die Aufzugtür hinter ihnen schloss. Das Zimmer war schon gebucht, sie hatten einen Schlüssel.

Und sie traf sich von da an mit dem anderen, wann immer sie wollte, unternahm keinen Versuch mehr, es zu verbergen, zeigte sich mit ihm in aller Öffentlichkeit. Wenn er morgens das Haus verließ, lag sie noch im Bett im Gästezimmer, dessen Tür sie vorsorglich verschlossen hatte. Wenn er abends zurückkehrte, war sie noch aus, und er konnte wütend mit dem Köter Gassi gehen, den er nie gewollt hatte. Wenn sie heimkam, hörte er sie unter der Dusche singen.

Er hörte auf, sie zu beschatten, genug der schmerzenden Bilder, vergrub sich stattdessen in seine Arbeit. Wieder tuschelten die Kollegen. Aschaffenburg war keine Großstadt.

Einige hatten sie schon mit dem anderen gesehen, er fühlte, wie sie über ihn spotteten. Hauptkommissar Strobel sprach ihn als Erster an, schlug ihm vor, ein paar Wochen unbezahlten Urlaub zu nehmen. Mal rauszukommen. Er lehnte ab. Wenn er nichts zu tun hatte, keine Ablenkung fand, dachte er unablässig an sie und den anderen.

Dann passierten die beiden Morde. Ein Unbekannter hatte innerhalb von vierzehn Tagen zwei Frauen überfallen und ihnen mit einem Messer die Kehle aufgeschlitzt. Beide Opfer in den mittleren Jahren. Die eine war abends im Schlosspark spazieren, die andere früh im Floßhafen joggen. Wie passend! Plötzlich wusste er, wie er die Sache zu Ende bringen würde.

Die Joggerin warf erneut einen misstrauischen Blick auf das Gebüsch. Einige Sekunden schien es, als wolle sie wenden, den Engpass meiden. Dann atmete sie durch, nahm Tempo auf und trabte vorbei. Er blieb liegen. Sie war es nicht. Nur ihr Haar hatte gestimmt. Ihre Schritte verhallten auf der anderen Seite des Felssporns.

Er hatte zwar nicht zur SoKo gehört, die an den Morden arbeitete. Doch es war für ihn leicht, die Akten einzusehen und herauszufinden, welche Art von Messer der Täter benutzt hatte. Er besaß selbst eines, das passte. War das ein Fingerzeig? Er musste nur noch auf einen günstigen Zeitpunkt warten. Wenn sie wieder alleine loszog und der Park oder das Mainufer einsam lagen.

Wieder klangen Schritte auf der Uferpromenade. Tapsige Schritte. Dazu das Geräusch von Leder, das auf dem Pflaster des Wegs aufschlug. Ein Kind, das seinen Ball trippeln ließ. Was hatte ein Kind um diese frühe Uhrzeit am Mainufer verloren? Als es an der Felswand angekommen war, sprang der Ball ins Gebüsch. Das Kind verharrte kurz, dann kroch es dem Ball hinterher. Vorsichtig teilte es das Dickicht mit den

Händen. Plötzlich war es von der anderen Seite aus deutlich sichtbar. Ihre Blicke kreuzten sich. Er grinste. Die Augen des Kindes weiteten sich. Dann streckte es ihm die Zunge heraus, schnappte sich den Ball und lief davon.

Es war nicht seine Absicht gewesen, an diesem Sonntagmorgen hier zu liegen. Er hatte schon am Vorabend einen Versuch unternommen, die Sache zu Ende zu bringen. Als sie sich zurechtmachte, um mit dem Hund Gassi zu gehen, hatte er ihr noch eine Chance geben wollen. Wieder flehte er sie an, zu bleiben, dieses eine Mal nur auf den anderen zu verzichten – ihm zuliebe.

Sie lächelte ihn nur spöttisch an: »Wie stellst du dir das vor? Der Hund muss doch raus.« Sie ergriff die Leine, die an der Garderobe baumelte, und öffnete die Tür. Dann sprach sie die Worte, die alles entschieden: »Wenn es dich beruhigt: Den anderen treffe ich erst, wenn ich mit dem Hund zurück bin.«

Sie würde also alleine in den Schlosspark gehen, und dort würde der Parkwächter die Touristen schon hinausgescheucht haben. Seine Hand fuhr in die Hosentasche, umschloss das Messer. Kalt fühlte sich das Metall an, obwohl er es am Körper getragen hatte. Er überlegte kurz, folgte ihr dann. Es war Zeit für einen Schnitt. Sollte sich an diesem Samstagabend im Park keine Gelegenheit ergeben, konnte er es anderntags, wenn sie joggte, erneut versuchen.

In der Sandgasse und der Steingasse gab er sich keine große Mühe, sich zu verbergen. Die Läden hatten zwar schon geschlossen, aber die Straßencafés waren belebt, es war an diesem warmen Abend viel Volk unterwegs. Erst als sie den menschenleeren Marktplatz überquerte, musste er ihr einen weiten Vorsprung einräumen. Er stellte sich hinter eine Säule der Stadthalle und sah ihr nach, bis sie die Ridingerstraße am Schloss erreicht hatte und dem Parkeingang zusteuerte. Er spurtete hinterher, wenn er auch nicht fürchtete, sie aus den Augen zu verlieren. Oft hatte er sie auf diesem Weg schon beschattet, er kannte ihr Ziel: den Frühstückstempel.

Am rostigen Geländer oberhalb der Felswand blieb sie stehen, er sah ihre Silhouette schwarz vor der untergehenden Sonne: das nackenlange Haar, die schmale Taille, den kurzen Rock. Er zog das Messer mit der rechten Hand aus der Tasche und ließ es aufspringen. Mit wenigen Schritten war er bei ihr, legte ihr von hinten die linke Hand auf die Stirn und bog ihren Kopf zurück.

Eben setzte er das Messer am Hals an, da blitzte es weiß vor seinen Augen. Ein greller Schmerz gellte durch seinen Schädel. Benommen taumelte er an das Geländer. Jemand riss ihn zur Seite. Kräftige Hände hielten ihn gepackt, drehten ihn langsam um, bis er sehen konnte, mit wem er es zu tun hatte. Es war der andere.

»Ich hab's gewusst«, sagte sie.

Der andere nickte. »Ich schaff's nicht alleine. Pack mal mit an!«

Der Schlag auf den Kopf hatte ihn gelähmt, zudem war er zu überrascht, um sich zu wehren. Zu zweit stürzten sie ihn über das Geländer. Sein Gesicht verzerrte sich zu einem Grinsen, während er an der Felswand hinabschrammte. Das Grinsen blieb, als er auf dem Gneisbrocken aufschlug. Krachend brach sein Genick, die Hand öffnete sich und ließ das Messer los.

Auf der Uferpromenade trabten hastige Schritte heran. Zwei Mann, ein großer, breitschultriger und einer in Uniform. Hauptkommissar Strobel und Mike Staab glitten am Fels entlang hinter das Dickicht.

»Da liegt er«, sagte Staab, »das Kind hat recht gehabt.«

»Schau mal, wer das ist!« Strobel schrak zurück. Sie blickten sich an.

»Der arme Teufel muss gesprungen sein.« Mike Staab zog die Dienstmütze vom Kopf. »Hat es wohl nicht mehr ausgehalten. Seine Frau ...«

Strobel nickte. »Ich weiß. Ich habe noch versucht, ihm da herauszuhelfen.« Er wischte sich mit der Hand über die Stirn und die Augen. »Er war mal ein guter Mann. Er hätte nur rechtzeitig einen Schnitt machen sollen.«

Anne Hassel

Kühles Grab

Irgendwann werden sie Karl-Friedrich aus dem Main fischen, und dann wird er nicht mehr so dünn und mager sein wie zu Lebzeiten. Es heißt, Dicke seien gemütlicher, doch davon werde ich nichts mehr haben.

»Was sollen wir in Italien oder Spanien, in Deutschland ist es auch schön«, sagte er vor drei Monaten und beschloss für uns beide einen Urlaub in Miltenberg am Main.

Das wäre billiger und bequemer, dachte er sicher.

Armer Karl-Friedrich!

Wie hatte er sich auf diese Reise gefreut, und nun das! Kleine Bläschen kringeln sich dort, wo er vor kurzem untergetaucht ist.

Die Nacht am Flussufer ist kühl, angenehm kühl nach der Hitze des Tages. Ich sitze hier und beobachte die Strömung, die den Gefährten meiner letzten sechsundzwanzig Jahre nun mit sich genommen hat. Ein Hauch von Melancholie, eine besondere Stimmung liegt wie ein zarter Schleier über dem Main, die mich gefangen hält und nicht loslässt, obwohl kein Grund mehr besteht, noch hier zu bleiben.

Ein Wasserläufer huscht über die Stelle, an der ich Karl-Friedrich zum letzten Mal sah. Mit seinen dünnen Beinen scheint das Tierchen kaum das Wasser zu berühren, es ist, als schwebe es darüber hinweg.

Nun sind die Bläschen ganz verschwunden und mein Gatte mit ihnen. Dunkelheit ringsum, nur der Main wirkt nicht düster. Er glänzt leicht silbrig, gepaart mit einem zarten Grau.

Karl-Friedrichs Haare waren ebenfalls grau, zumindest diejenigen, die ihm noch verblieben waren. Doch das ist nicht der Grund, weshalb er nun alleine im Fluss dahintreibt.

Ich konnte sein ewiges Genörgel und seine pedantische Art nicht mehr ertragen! Wie schön hätte mein Leben sein können, wenn er sich nur um ein klein wenig Zufriedenheit bemüht hätte. Das tat er aber nicht!

Nachdem ich mich mit dem Gedanken abgefunden hatte, den Urlaub in Deutschland zu verbringen, freute ich mich ebenfalls auf diese Tage. Die Toskana oder Mallorca liefen mir nicht davon, und so eine Reise durch unser Heimatland konnte sicher auch ganz reizvoll sein.

Vom Fremdenverkehrsamt Miltenberg ließ ich mir Prospekte zuschicken und war gespannt auf den historischen Marktplatz, die vielen Fachwerkhäuser der Altstadt und den »Riesen«, das vermutlich älteste Gasthaus Deutschlands.

Zwar nervte mich Karl-Friedrich beim Kofferpacken, aber heute morgen, als wir von Nürnberg erst über die Autobahn und dann das idyllische Maintal entlang fuhren, gehörte das der Vergangenheit an. Auch er schien bester Laune zu sein, und ich freute mich auf die Burg von Wertheim, über die ich im Reiseführer viel gelesen hatte.

Gerade, als ich sie in der Ferne zu entdeckten glaubte, störte Karl-Friedrich meine Gedanken.

»Mensch, kann die da vorne nicht schneller fahren?«

Mein Mann spielte sein Lieblingsspiel *Frauen-am-Steuer-überholen*. Er umklammerte das Lenkrad, sein Kopf schnellte nach vorne, der ganze Körper signalisierte höchste Alarmbereitschaft.

Ich legte beruhigend meine Hand auf seinen Arm. »Reg dich nicht auf, mein Lieber. Heute haben wir Urlaub und jede Menge Zeit ...«

Er schüttelte mich ab wie ein lästiges Insekt, streifte mich mit seinem *Das-verstehst-du-ja-doch-nicht-Blick* und gab Gas. Er lächelte, als er sein Auto vor das der Fahrerin gesetzt hatte und schlich nun seinerseits provokativ auf einem Straßenstück, auf dem man nicht überholen konnte, mit vierzig Stundenkilometern vor ihr her.

Irgendwo quakt ein Frosch.

Es ist gut, dass Karl-Friedrich ihn nicht mehr hört. Er liebte sie nicht, diese Tiere, die sich aufplustern können, als würden sie jeden Augenblick platzen und dann so durchdringende Laute von sich geben. Einen Frosch hatte er vor Jahren aus unserem Garten, unserem Teich vertrieben. Seitdem ließ sich keiner mehr sehen, was ich sehr bedauerte. Vielleicht haben sie ein Informationssystem, mit dem sie sich untereinander vor Menschen wie Karl-Friedrich warnen?

Ich sehe hinter mir in Häuser mit schwarzen Fenstern. Die Bewohner schlafen längst. Ein Glück, denn so konnte mich niemand beobachten. Ich habe nämlich nicht vor, wegen Karl-Friedrich den Rest meines Lebens im Gefängnis zu verbringen. Das ist – oder besser war – er mir nicht wert.

Aber ich brauche keine Angst zu haben, das Schwarzviertel ist zu weit entfernt.

Was sage ich überhaupt, wenn man meinen Gatten irgendwo nach einer Weile aus dem Wasser fischen wird?

Dass ich vergeblich versucht habe, ihn festzuhalten, als er plötzlich stolperte? Und ich, selbst wenn ich ihm nachgesprungen wäre, ihn nicht hätte retten können? Schließlich bin ich viel zu schwach und zierlich, um ihn ans sichere Ufer zu ziehen.

Oder lieber, dass ich gar nicht dabei war, als das tragische Unglück passierte? Er alleine nochmals losging?

Ich glaube, diese Version passt besser. Sonst müsste ich jetzt schreien, nach Hilfe suchen, die Polizei verständigen.

Doch ich will das nicht. Ich genieße die Ruhe, das beruhigende Geräusch des Wassers beim Berühren der Ufersteine.

Diese Nacht ist so schön, so leise, so voller Geheimnisse.

Morgen werde ich Karl-Friedrich dann als vermisst melden, die besorgte Ehefrau spielen, die den Verlust ihres Gatten erst nach dem Aufwachen bemerkte. Er kam einfach von seinem Spaziergang nicht zurück. Ob ihm wohl was zugestoßen ist, werde ich mit zitternder Stimme fragen? Ich kann das, ich habe jahrelang in einer Laienschauspieltruppe gespielt.

Ein Unglück oder sogar Schlimmeres in einer so beschaulichen Kleinstadt wie Miltenberg?

Eigentlich unvorstellbar!

Langsam sollte ich jetzt schlafen gehen, obwohl – niemand wartet im Zimmer des Hotels auf mich. Nichts zieht mich dorthin zurück, wo mich vieles an ihn erinnert.

Seine Zahnbürste zum Beispiel, deren Borsten immer exakt in eine bestimmte Richtung zeigen mussten.

Seine Schuhe in den Spannern.

Sein Schlafanzug, gefaltet nach einem ausgeklügelten Prinzip, abgelegt fein säuberlich am Bettende.

Karl-Friedrich schläft jetzt auch. Nichts und niemand wird ihn mehr aufregen. Keine unordentliche Ehefrau, keine Autofahrerin, die auf der Straße dahinkriecht, kein mieses Essen in den Gasthäusern. Keiner wird mehr sagen: »Ich möchte nur wissen, wozu du überhaupt da bist!«

Hitze macht aggressiv, nicht nur Karl-Friedrich, auch andere Menschen. Bei denen stört es mich nicht, gegebenenfalls ärgere ich mich darüber, vergesse es allerdings bis zum Abend wieder. Karl-Friedrich hatte ich immer, ihn konnte ich nicht so einfach vergessen.

Ein Fisch schnappt nach Luft. Ob er aufgeschreckt wurde durch den Lärm, den mein Mann beim Hineinfallen verursacht hat? Karl-Friedrich konnte nicht schwimmen. Als Kind war er zu mickrig, erklärte seine Mutter. Sie hatte Angst, er würde sich erkälten, deshalb machte sie mit ihrem Sohn früher einen großen Bogen um Wasser. Später wollte er dann nicht mehr lernen, wie man sich vor dem Ertrinken retten kann. Wie bedauerlich für ihn! Diese einfachen Bewegungen mit den Armen und Beinen hätten ihm heute das Leben gerettet.

Etwas sticht mich! Eine Schnake, nehme ich an! Bei der Wärme gibt es viele dieser Minivampirchen, die sich nachts mit dem Tropfen Blut versorgen, den sie zur Aufzucht ihres Nachwuchses benötigen.

Karl-Friedrich wollte keine Kinder.

Vielleicht war es besser so.

Wenn ich mir das vorstelle – lauter kleine, nörgelnde, dürre Karl-Friedrichs!

Bestimmt war es besser so!

Es beruhigt, am Ufer des Flusses zu sitzen und zu beobachten, wie er langsam und träge dahinfließt, mit *ihm* als Fracht, der die Langsamkeit hasste!

Ich hatte Zimmer in einem günstigen Hotel in Miltenberg vorbestellt. Ich organisierte immer alles. Eben fällt mir ein, dass Karl-Friedrich mich das eventuell aus purer Berechnung tun ließ. Er hielt sich stets aus allem heraus. Einfacher ist es natürlich, hinterher zu kritisieren, und darin war er ein Meister.

»Konntest du nicht fragen, ob sie eine Garage zum Unterstellen des Wagens bei der Hitze haben?«

Hatte ich vergessen, kommt doch mal vor, wenn man so viel zu erledigen hat, oder?

»Und dann die Zimmer!«

Was gab es daran auszusetzen? Zugegeben, sie entsprachen nicht gerade dem Standard eines Fünf-Sterne-Hotels, doch alles war sauber und zweckmäßig eingerichtet. Außerdem kosteten sie nicht viel, darauf achtete er immer sehr genau.

»Das soll ein Frühstück sein?«

Mir schmeckte es, was brauchte ich fünf Sorten Wurst, drei reichten auch. Sekt und Lachs konnte man bei dem Preis wirklich nicht verlangen.

Dafür waren die Wirtsleute sehr freundlich und zuvorkommend. Ihn interessierte das nicht.

Das Tröpfchen, welches das Fass zum Überlaufen und Karl-Friedrich ins Wasser des Mains beförderte, lieferte er mir beim Abendessen in einem gemütlichen Lokal in der Innenstadt.

»Das Bier ist zu warm!«

Niemand konnte etwas so vorwurfsvoll und beleidigt reklamieren wie mein Gatte. Die Bedienung nahm das Glas anstandslos zurück, entschuldigte sich sogar und brachte ein neues.

»Sie können mir doch nicht erzählen, das sei ein Wiener Schnitzel! Wie Ihnen sicher bekannt ist, hat ein solches aus Kalbfleisch zu bestehen. Dieses hier schmeckt eindeutig nach Schwein. Folglich handelt es sich bei dem Schnitzel auf meinem Teller um eines nach Wiener Art und deshalb ist die Bezeichnung auf Ihrer Speisekarte nicht korrekt. Dafür allerdings ist es ...« Karl-Friedrich sah triumphierend in die Gesichter der Gäste ringsum, »... eindeutig zu teuer!«

Ich saß da mit hochrotem Kopf, während die junge Frau ruhig erklärte, dass Karl-Friedrich sich täusche. Das Paar am Nachbartisch hatte längst mit dem Reden aufgehört und beobachtete uns mit unverhohlener Neugierde.

»Lass gut sein«, bat ich Karl-Friedrich, doch er tat, als wäre ich nicht vorhanden.

Mir schmeckte nichts mehr, weder der Frankenwein noch mein Geschnetzeltes mit gerösteten Kartoffeln, nicht einmal mehr der Salat. Als mein Mann dann noch darauf bestand, etwas von der Rechnung abzuziehen für den angeblich entgangenen Genuss beim Essen, reichte es mir endgültig.

Ich beschloss, ihn zu entsorgen und den Fluten des Mains anzuvertrauen.

Gegen dreiundzwanzig Uhr bemängelte er, im Zimmer sei es unerträglich warm. Ich gab ihm zum ersten Mal recht, obwohl ich es nicht so empfand.

»Lass uns ein Stück am Fluss spazieren gehen«, schlug ich vor.

»So spät noch?«

»Es ist eine schöne, laue Nacht. Wenn wir eine Weile gelaufen sind, können wir bestimmt besser schlafen, du wirst sehen!«

Er hatte noch nie mit mir um diese Zeit das Haus verlassen, doch es war warm, sehr warm ...

Wenn er sich wenigstens jetzt entschuldigt, sich friedlich gezeigt und mir die Hoffnung auf ein paar schöne, restliche Urlaubstage gegeben hätte, vielleicht wäre dann alles anders verlaufen.

Doch er nörgelte weiter, nicht ein positives Wort kam über seine Lippen. Irgendwann hörte ich nicht mehr zu und wollte nur noch meine Ruhe.

Ruhe vor ihm.

Wir gingen die Flusspromenade entlang in Richtung »Alter Bahnhof«. Links das Schwarzviertel, rechts das Wasser, das leise raunend ans Ufer schlug. Am Himmel leuchteten Sterne und leise zirpten Grillen.

Armer Karl-Friedrich!

Mit allem hätte er gerechnet, nur nicht mit diesem plötzlichen, heftigen Stoß, der ihn an einer für mein Vorhaben günstigen Stelle aus dem Gleichgewicht brachte, die kleine Böschung hinunterrutschen und in die Fluten gleiten ließ.

Er wollte rufen. Wie der von ihm so ungeliebte Frosch öffnete er den Mund, schloss ihn jedoch wieder, ohne etwas gesagt zu haben.

Nun fließt der Main weiter in Richtung Frankfurt – nur, dass er jetzt Karl-Friedrich mit sich führt.

Tessa Korber

Alte Geschichten

Ein Jeannette-Dürer-Fall

»Was ist das denn, ist das gut?«, fragte Regine und wendete das Buch in den Händen, das sie auf dem Küchentisch zwischen alten Zeitungen und Haufen von Post gefunden hatte. »*Die Seele der Fledermaus.*«

Kommissarin Dürer schaute kaum vom Frühstück auf. Sie gönnte ihrer WG-Gefährtin und Freundin nur einen kurzen Blick. »Lag vor ein paar Tagen im Briefkasten«, antwortete sie, Müsli kauend. »Ich dachte, es wäre wieder eins von deinen Esoterik-Dingern.« Ihre Stimme verriet, was sie von solchen Dingen hielt. Sie nahm einen letzten Schluck Tee im Stehen. »Komm, wenn ich dich zur Reha bringen soll, ehe ich aufs Revier fahre, müssen wir uns beeilen.«

Regine, die im Rollstuhl saß, seit sie einem von Jeannettes Verdächtigen, einem Frauenmörder, der sich auf Kontaktanzeigen spezialisiert hatte, zu nahe gekommen war, schüttelte ihre rote Mähne.[1] »Heute nicht, hab' ich ganz vergessen. Ich gehe auf ein Seminar.«

»Na toll, und ich stehe um halb sechs auf.« Jeannettes Laune wurde nicht besser. »Um was geht es diesmal, Tarot und Wechseljahre? Schamanisches Feng Shui? Seelenwandern für Pfadfinder?«

Regine rollte, ohne sie einer Antwort zu würdigen, auf den Flur. »Natascha holt mich ab«, stellte sie über die Schulter klar. »Und im Übrigen geht es um Nahtoderfahrungen.«

»Regine!« Jeannette kam ihr nach und lehnte sich neben der Haustür an die Wand. »Ich weiß ja, das hat dich alles durcheinandergebracht. Und ich bin nicht viel zu Hause und alles. Aber siehst du denn nicht, was für ein Quatsch das alles ist?« Verzweifelt hob sie die Hände. Um wie viel lieber war die Freundin ihr gewesen, als sie noch statt auf transzendente Wahrheiten rücksichtslos Jagd auf Männer gemacht hatte. Selbst wenn sie damals Wagnerianerin gewesen war.[2] »Du wirst nicht sterben, jedenfalls nicht demnächst, Herrgottnochmal«, fluchte sie, als Regine sie nur mit einem Blick bedachte und die Tür öffnete. »Du bist ja noch nicht einmal wirklich gelähmt.« Regine rollte die Rampe hinunter, die Jeannette an den Stufen des Altbaus angebracht hatte. Als Prophet, der weiß, dass er vergeblich predigt, rief Jeannette ihr nach: »Es ist eine psychosomatische Störung!«

»Die Frau Dürer«, hörte sie es in das Klappen der Haustür hinein. Jeannette stöhnte innerlich. Die alte Frau Saffer aus der Nebenwohnung gehörte nicht zu ihren Lieblingsnachbarn. Sie war die Einzige gewesen, die gegen die Umbauten im Treppenhaus für Regine protestiert hatte, außerdem lag sie der jungen Kommissarin andauernd wegen ihres Katers in den Ohren. Angeblich stellte er ihrer Kätzin nach. Falls dem so wäre, dachte Jeannette, war sein Geschmack zu bedauern. Die Katze war wie die Alte, grau und zäh. Sie hätte ihrem rot getigerten alten Kämpfer von Kater auf seine alten, einäugigen Tage etwas Besseres gewünscht.

»Romeo ist jetzt kastriert«[3], schnitt sie jede zu erwartende Diskussion ab. Aber heute schien es der Alten um etwas anderes zu gehen.

»Die Dosen auf Ihrem Balkon gehören weg!«, keifte sie. »Des Zeug stinkt, dass es einer Sau graust. Sogar die Maden hammer schon im Haus deshalb.«

»Jetzt übertreiben Sie mal nicht so«, murmelte Jeannette und trat den Rückzug an. »Und im Übrigen gehen meine Dosen Sie nichts an.« Sie schloss die Haustür vor dem weiteren Gekeife, dem sie sich so früh am Morgen nicht gewachsen fühlte. Andererseits hatte Regines Abgang ihr ein wenig Zeit verschafft, ehe sie zur Arbeit musste und sich wieder den deprimierenden Tatortbildern aussetzte von der

›Familientragödie‹, wie die Presse es euphemistisch nannte, wenn ein Mann es nicht verkraftete, dass seine Frau ihn verließ, und seinen Exbesitz abschlachtete. Außerdem musste sie zugeben, der Dosenberg war tatsächlich enorm, seit Romeo zu ihrem Haushalt gehörte. Vielleicht sollte sie die freien Minuten nutzen, um ihn ein wenig abzutragen.

Sie ging zurück in die Küche, wo ihr Kater gerade die Müslischalen ausleckte. Sie kraulte ihn kurz am Kopf, schmiss ihn dann aus pädagogischen Gründen vom Tisch und trat hinaus auf die kleine Terrasse. Der erste Eindruck genügte, um der Nachbarin Recht geben zu müssen. Diverse Kisten und Kartons quollen bereits über. Allerdings war der Geruch wider Erwarten erträglich. »Maden, so ein Quatsch«, murmelte sie eben vor sich hin, als sie sich zum Haus umwandte und erstarrte: Da waren sie, kleine, fette weiße Leiber, die in einer langen Expedition die Mauer entlangkrochen, direkt neben ihrer Terrassentür. Jeannette unterdrückte ein Würgen. Aber sie konnte nicht umhin zu hören, wie mit leisem Platschen immer wieder Madenkörper von der Wand fielen und auf ihrer Terrasse landeten wie ein widerlicher Regen. Sie schüttelte sich und wollte durch die Tür nach drinnen flüchten, als sie innehielt. Erstaunt runzelte sie die Stirn. Doch es gab keinen Zweifel: Die Karawane der Aasfresser zog nicht von ihren Dosen aus nach oben, sie bewegte sich in der Gegenrichtung. Jeannette trat wieder einen Schritt hinaus. Sie legte den Kopf in den Nacken und starrte hinauf zu der Wohnung, die über ihr lag.

Eine Stunde später standen die Nachbarn im Innenhof. Vor dem Haus rotierten stumm die Blaulichter von Kranken- und Polizeiwagen. Männer in weißen Ganzkörperanzügen, mit Gazehauben und Atemmasken wandelten wie Aliens durch die schäbigen Altbauflure, und ein Zinksarg wurde die Treppe hinaufbugsiert.

»Was glauben Sie, was wir alles schon gesehen haben«, sagte einer der Kammerjäger zu Jeannette. »Manchmal tropft die Leichenflüssigkeit durch die Decke, ehe uns jemand ruft.« Er meinte es tröstlich. »Da haben Sie noch Glück gehabt.«

Jeannette nickte und rieb sich fröstelnd die Arme. Sie hatte die Kollegen alarmiert und es selbst übernommen, den Toten zu inspizieren. In solchen Fällen galt es, eine nicht natürliche Todesursache auszuschließen. Jochen von der Spurensicherung[4], der bereits an der Arbeit war, nickte ihr zu. »Sieht nach dem Üblichen aus«, meinte er. »So wie er liegt – der Mann ist wohl gestürzt.« Jeannette nickte. Der Tote war Rentner gewesen, er hatte allein gelebt, sich nie viel sehen lassen, aber sie wusste, dass er eine Krücke benutzte – sie lag auch jetzt neben ihm – und nicht gut zu Fuß war. Wie alt mochte er gewesen sein, fragte sie sich und blätterte in den Papieren, die sie in einer Anrichte im Wohnzimmer gefunden hatte. Salomon Kantorowicz, las sie, Jahrgang 1913, geboren in Krakau. Sie ließ ihren Blick über die gute Stube gleiten, die altmodischen schweren Sessel mit den Spitzendeckchen, die Wohnwand, dunkel und massiv, in der sich einige wenige Bücher und ein paar Kristallgläser verloren, Überreste eines einstmals üppigeren bürgerlichen Lebens.

Der Alltag hatte, wie ihr ein zweiter Blick verriet, wohl überwiegend in der Küche stattgefunden. Hier fand sie die fünfhundert Euro in der Mehldose, einen noch nicht abgegebenen Lottoschein und die Geldbörse, in der nichts zu fehlen schien. »Hier sieht auch alles in Ordnung aus«, meldete sie Jochen in den Flur, ehe sie das Sparbuch zurücklegte, das in einer Schublade neben Rabattmarken des nahen Supermarktes gelegen hatte. Alles stand sauber an seinem Platz, nichts war umgestoßen, zerbrochen oder wies sonst auf eine Auseinandersetzung hin. In einer Tasse trocknete langsam ein Rest Kaffee ein, ein Butterbrot hatte sich, zweimal angebissen, mit feinem Schimmel überzogen. Traurig, aber normal, dachte Jeannette, ehe sie weiterwanderte. Erst im Schlafzimmer ließ etwas sie innehalten.

»Was ist?«, fragte Jochen, als sie auf eine Frage nicht antwortete. Jeannette stand vor einem wuchtigen, düsteren

Schrank und starrte hinauf. Jochen stellte sich neben sie und legte den Kopf schräg. »Militär«, sagte er und wies mit dem Kinn in Richtung der Mütze. »So was hatte mein Vater auch. Sie lag bis zum Ende seines Lebens neben dem Trachtenhut mit dem Gamsbart auf der Flurgarderobe.«

»Das ist keine einfache Militärmütze.« Jeannettes Stimme klang spröde. Sie reckte sich auf die Zehenspitzen und holte das Ding herunter. Langsam fuhr sie mit dem Finger über die Runen auf schwarzem Grund. »Das gehört zu einer SS-Uniform. Zu der eines Offiziers. Seltsam«, fuhr sie murmelnd fort und wendete ihren Fund.

»Wieso seltsam?«, fragte Jochen im Gehen und zuckte mit den Schultern. »Die alten Leute sehen das Dritte Reich halt manchmal noch recht verklärt.«

Jeannette, die den Schrank öffnete und sofort den passenden Mantel samt Stiefeln fand, die sie zweifelnd hochhob, dachte an den Pass. »Als polnischer Jude?«, fragte sie.

Ihr Kollege Zametzer allerdings, der sehr zufrieden als Vertretung im Büro des Chefs saß, sah die Dinge weniger bedenkenswert, als Jeannette sie ihm wenig später vortrug. »Eine Obduktion ist in diesem Fall pure Verschwendung von Zeit und Steuergeldern«, dekretierte er, nachdem er Jeannettes Bericht gelesen hatte. Geräuschvoll ließ er den Schnellhefter auf den Tisch knallen. Vergebens suchte sie ihre Argumente noch einmal vorzutragen. Weder das Fehlen jeglicher Hinweise auf die Religion des Verstorbenen in der Wohnung, noch die Nazi-Reliquien, von denen sich auf den zweiten Blick eine ganze Reihe gefunden hatten – von Orden über Fotografien der NS-Größen bis hin zu einem Satz Bierseidel mit den ominösen Initialen A.H. – fand er überzeugend. »Ich weiß ja, dass Sie gerne mit ihrem Studium protzen«, meinte er, »aber eine Widmung in einem Blut- und Boden-Roman ist nun wirklich keine heiße Spur, nicht einmal, wenn sie von einem Nazidichter stammt.« Er grinste sie an. »Was hatten Sie überhaupt in seinem Bücherregal zu kramen? Die Spurensicherung war doch schon zu dem Schluss gekommen, dass es keine Hinweise für ein Fremdeinwirken gibt?«

Jeannette zog eine Grimasse. »Manche von uns betrachten ihren Beruf eben nicht nur als Karrieresprungbrett«, sagte sie steif.[5]

Zametzer nickte nur. »Sie waren auch schon mal origineller in Ihren Beleidigungen«, befand er, und Jeannette musste ihm zähneknirschend Recht geben. Er schob seinen Stuhl zurück, um die Unterredung zu beenden. »Bringen Sie mir ein Projektil oder einen Baseballschläger mit Resten seiner Hirnmasse, dann reden wir weiter.« Sie ging wortlos.

Zurück zu Hause ignorierte sie Romeos Liebesbeweise, um sich erst einmal ein Glas Rotwein einzuschenken. Dankbar stellte sie fest, dass die Madenwanderung auf ihrer Terrasse aufgehört hatte; die Kammerjäger hatten ganze Arbeit geleistet. Aus Regines Zimmer war Musik zu hören, untermalt von einem gelegentlichen Hämmern. Jeannette steckte den Kopf durch die Tür. »Was ist das?«, fragte sie verblüfft und ließ ihr Glas sinken.

Regine rollte aus der Konstruktion heraus, die sie sichtlich mühsam aus Sperrholz und Fliegengaze zusammengenagelt hatte. Jeannette identifizierte diverse Kristalle, die an Schnüren in der Mitte herabbaumelten, eine Klangschale und Räucherstäbchen. »Das ist ein Kraftraum«, erklärte sie, »der einem hilft, den Seelen Verstorbener zu begegnen.«

Jeannette sagte einige Augenblicke lang gar nichts. Dann wandte sie sich abrupt ab, griff nach ihrer Jacke und verließ die Wohnung. Sie brauchte jetzt einen Film mit ein paar kräftigen Explosionen, kräftig geschüttelt und gänzlich ungerührt. Doch eine halbe Stunde später, schon beinahe am Cinecittà, hielt sie inne, als sie ein Schild bemerkte, an dem sie schon oft achtlos vorübergegangen war. »Krakauer Haus«, las Jeannette, und ehe sie darüber nachdenken konnte, war sie schon abgebogen und sagte ihrem Quantum Trost für heute im Geiste Lebewohl.

Das Institut befand sich in einem kleinen, sauber restaurierten Stadtmauerturm über einem Restaurant. Jeannette stieg die Stufen hinauf, dem angeregten Geraune vieler Stimmen entgegen und fand sich zwei Stockwerke höher mitten in einer Vernissage wieder. Der Künstler, den die Leiterin des Institutes eben in einer kleinen Ansprache dem Publikum vorstellte, hatte offenbar alte Stadtaufnahmen verfremdet und mit Fundgegenständen, eigenen Pinselstrichen und Textfragmenten zu Collagen verarbeitet, die, so die Ansprache, »das Fragmentarische der Erinnerung« wiedergeben sollten. Jeannette hörte mit halbem Ohr zu und wanderte herum, fasziniert von den Ansichten einer Stadt, in der ihr Toter seinen Papieren nach aufgewachsen sein musste. Wo immer ein Gesicht, und sei es noch so schemenhaft, zu erkennen war, trat sie näher heran, gerade so, als könne Salomon Kantorowicz durch eine Laune des Schicksals darauf verewigt sein.

»Kennen Sie Kazimierz?«

Jeannette wandte sich nach der Stimme um und erschrak. Zum einen, weil es der Maler persönlich war, der sie angesprochen hatte, und sie befürchtete, einen klugen Kommentar zu seinem Werk abgeben zu müssen. Zum anderen, weil der Mann, den sie vorher kaum beachtet hatte, aus der Nähe ganz bemerkenswert aussah. Nicht schön und auch nicht gepflegt mit dem Dreitagebart und den ein wenig zu langen Haaren, aber mit klugen, lebhaft blickenden Augen und einem Gesicht, das bei aller Zerknautschtheit Humor und große Selbstsicherheit verriet. »Kazimierz?«, wiederholte sie fragend.

Er wies auf die Bilder. »Das jüdische Viertel von Krakau. Sie sahen aus, als suchten Sie etwas wiederzufinden, was abzubilden ich vergessen habe.«

Jeannette erwiderte sein Lächeln. Und nach kurzem Zögern erzählte sie ihm von ihrem Fall, der genau genommen keiner war. Ihr Gesprächspartner runzelte die Stirn. »Salomon Kantorowicz«, wiederholte er, »Salomon Kantorowicz.« Kopfschüttelnd ging er die Reihen seiner Bilder ab. »Nein«, meinte er dann. Vielleicht oben.« Und er bat Jeannette, ihm in das Apartment oben in der Begegnungsstätte zu folgen, in dem er während seines kurzen Aufenthaltes wohnte. Sie zögerte nur kurz, ehe sie einwilligte. Die kleine Wohnung erwies sich als improvisiert, aber gemütlich. Vor allem war sie vollgestopft mit Zeitungsstapeln, alten vergilbten Stapeln, teils zerschnitten, teils heil. Dazwischen standen Farbtöpfe, Leimkübel, grundierte Leinwände, lagen Scheren, Pinsel, Bücher, Spielzeug, ein iPod, schmutzige Teller und diverse leere Flaschen. »Sieht aus wie meine Küche«, meinte Jeannette, um ihre Verlegenheit angesichts des ungemachten Bettes zu verbergen.

Er grinste. »In der Fremde halte ich mich gerne an meiner Arbeit fest.« Während er sprach, war er schon am Wühlen. »Ich arbeite viel mit alten Zeitungen aus der Zeit der Besatzung«, erklärte er. »Man findet viel davon in den Krakauer Antiquariaten. Ich führe übrigens selber eines. Das hier«, er warf ihr etwas zu, was zu ihrem Erstaunen deutschsprachig war, »ist zum Beispiel eine Verlautbarung der deutschen Besatzer. Krakau war, wie Sie wohl wissen, der Sitz des Generalgouvernements Polen. Auschwitz ist nicht weit von uns. Und das hier«, wieder flog etwas in ihre Richtung, »ist ein Flugblatt des Widerstandes.«

»Das auch?«, fragte Jeannette und zog ein vergilbtes Journal zu sich heran.

»Nein, das ist eine Fälschung der Deutschen«, meinte er nach kurzem Aufsehen. »Sie druckten vermeintliche Widerstandspostillen und verteilten sie, um zu sehen, wie die Leute damit umgingen. Wer sie gleich wegwarf, war aus dem Schneider. Noch besser, sie zu den deutschen Behörden zu tragen. Wer sie versteckte oder gar weitergab, hatte ein Problem.«

Jeannette schüttelte fassungslos den Kopf. Er lachte. »Sie wundern sich. Aber Kriege werden nicht nur mit der Waffe geführt. Der polnische Widerstand machte etwas ganz Ähnliches. Ich müsste davon auch ein Exemplar hier haben, es ist faszinierend, aber ...« Er war halb unter das Bett gekrochen und kaum zu verstehen. »Ah, hier«, rief er endlich und hielt eine arg zerfledderte Seite hoch, aus der mehrere Kästchen ausgeschnitten waren. Als er es Jeannette in die Hand drückte, entdeckte sie es sofort. »Da ist der Name«, rief sie und schaute ihn an. Er war im Schneidersitz auf dem Boden hocken geblieben und hatte sich eine Zigarette angezündet. »Ich erinnere mich an fast alles, was ich einmal gedruckt vor mir sah, Berufskrankheit. Auch ein Bier?«, fragte er Jeannette.

Sie hielt eine Flasche in der Hand, ehe sie etwas sagen konnte. »Der Name steht in einer Aufzählung«, stellte sie fest, »aber ich kann das nicht lesen. Was heißt das alles?«

Er nahm ihr die Blätter aus der Hand. »Das ist eine Erschießungsliste«, stellte er trocken fest.

»Eine Erschießungsliste?«, fragte sie erschrocken. »So lang?«

Er warf einen zweiten Blick. »Das ist die für den siebzehnten Januar 1945. Einen Tag später sind die Sowjets einmarschiert.«

»Ein einziger Tag«, flüsterte sie und schaute auf. Seinem Blick war nicht zu entnehmen, was er dachte oder fühlte. Jeannette räusperte sich. »Ist das jetzt eine echte Zeitung oder eine von den Fälschungen? Denn wenn ...« Sie führte den Gedanken nicht weiter aus. Aber ihr Herz schlug schneller, wie immer, wenn sie eine Fährte witterte. Wenn Salomon Kantorowicz vor über fünfzig Jahren in Krakau gestorben war, dann musste in der Wohnung über ihr ein anderer liegen. Und Jeannette hatte bereits eine These, was für ein Mensch das gewesen sein könnte.

Der Maler nahm die Zeitung und betrachtete sie mit zusammengekniffenen Augen durch den Qualm seiner Zigarette. »Echt oder nicht echt«, murmelte er, mit den für ihn typischen kehligen ›ch‹-Lauten, dann schaute er sie an. »Ist manchmal schwer zu entscheiden.« Einen Moment saßen sie beide reglos. Dann neigten sie sich gleichzeitig vor. Er schmeckte fremd, dieser Mann, nach Bier und nach Rauch.

Aber zweifellos ganz und gar echt. So fand Jeannette Dürer ihren Anteil Trost für diesen Tag.

Anderntags im Revier erwog Jeannette, Zametzer über ihren Fund zu berichten, verzichtete aber, nachdem sie an dem Rauchgeruch geschnuppert hatte, der noch immer in ihrem Shirt hing. Weder wollte sie offenlegen, wie sie an die Informationen gekommen war, noch glaubte sie, dass ihr Kollege viel Verständnis für die Feinheiten der psychologischen Kriegsführung im Gouvernement Polen des Jahres 1945 aufbrachte. Stattdessen ging sie ins Krankenhaus, um ein erstes Gespräch mit dem mutmaßlichen Mörder zu führen, der vor einigen Tagen erst seine Frau und die Kinder und dann sich selbst, das allerdings mangelhaft, erschossen hatte. Die Ärzte ließen sie warten. Im Flur saß außer ihr noch ein altes Ehepaar. Sie hatte verweinte, von rot entzündeten Falten umgebene Augen, er saß aufrecht da und stieß immer wieder seinen Stock zwischen den Beinen auf den Boden. »Er ist ein guter Junge, ein guter Junge«, verkündete er grimmig jedem, der es nicht hören wollte. Jeannette stand auf, um sich zum Kaffeeautomaten zu flüchten. »Dass ihre Enkel tot sind, tut Ihnen nicht leid?«, konnte sie sich nicht verkneifen zu fragen.

Der Alte starrte sie an. »Die hat sie auf dem Gewissen«, schnauzte er.

Auch eine Art, die Dinge zu sehen. Jeannette ging.

Im Grunde, dachte sie, herrschte in ihrer eigenen Familie ein ganz ähnliches Klima, was die Vergangenheit betraf. Ihr Großvater war ebenfalls SS-Offizier gewesen; sie kannte die Uniform nur zu gut. Auch in ihrer Kindheit hatte es einen Schrank mit einem schwarzen Ledermantel darin gegeben. Allerdings hatte er auf dem Dachboden gestanden. Entsprechend war auch die Vergangenheitsbewältigung verlaufen: Ihre Großmutter hatte, nachdem ihr Mann verschollen war, die Dinge weggeräumt, die an ihn erinnerten, und nicht mehr davon gesprochen. Wenn allerdings jemand daran rührte, kam rasch heraus, dass alles, so bedauerlich und möglicherweise übertrieben es gewesen sein mochte, doch irgendwie auch die Schuld all der Juden und Polen und Schwulen und Roten gewesen war. Zumindest ein wenig, ein bisschen, das musste man doch auch mal sehen. Und kein Widerständler wäre gestorben, wenn er keinen Widerstand geleistet hätte. So einfach war das. Im Übrigen habe man es auch nicht leicht gehabt.

Jeannette hatte das alles so angewidert, dass sie ihre Schulzeit überwiegend mit Anti-Atomkraft-Demos und Stoppt-Strauß-Plaketten verbracht hatte. Ein Mitglied der Weißen Rose war trotzdem nicht aus ihr geworden; sie blieb die Enkelin eines SS-Mannes.

Einem Impuls folgend stieg sie ins Auto und fuhr zu ihrer Mutter. Da niemand zu Hause war, öffnete sie die Dachbodenklappe und suchte nach dem alten Schrank. Sie fand ihn nicht mehr, dafür eine Truhe voller alter Fotos und Dokumente, mit denen sie sich auf die Küchenbank zurückzog. Bei einer Tasse Tee sichtete sie die vielen Schwarzweiß-Aufnahmen von heute toten und unbekannten Gesichtern, die raschelnden, brüchig gewordenen Durchschläge von Versorgungsamtschreiben, die Streitereien um Bombenschäden und Entschädigungen und die vergilbten Feldpostkarten.

Als die Haustür klappte, blickte sie zum ersten Mal seit Stunden auf. »Du hast mir nie gesagt, dass Opa in Polen war«, sagte sie statt einer Begrüßung.

Ihre Mutter stellte den Korb ab, aus dem ein paar grüne Lauchstangen ragten. Sie wischte sich die Hände an den Hüften ab. »Wozu?«, erwiderte sie, und öffnete den Kühlschrank. »Du hättest dich ja doch nur aufgeregt.«

Jeannette blieb die Spucke weg.

»Außerdem hattet ihr damals in der Schule dieses Projekt über den Marienaltar von Veit Stoß.«

»Wir waren im Historischen Kunstbunker unter der Burg, wo die Nazis ihn eingelagert hatten«, bestätigte Jeannette. Sie erinnerte sich, damals das Referat zu dem Thema gehalten zu haben. Der Altar, der als ein Höhepunkt gotischer Schnitzkunst galt, war von den Nazis aus Krakau gestohlen und per Sonderzug nach Nürnberg befördert worden, wo er »kriegssicher« im Burgberg gelagert wurde, neben den Reichskleinodien, dem Sachsenspiegel, der Manessischen Liederhandschrift, einigen Dürers und diversen Nürnberger Chorgestühlen und Kirchenfenstern. Sie erinnerte sich noch gut an die alten Fotos, auf denen die geduldig zu Boden blickenden Heiligen zu sehen waren, wie sie in Reih und Glied entlang der pappverkleideten Wände standen. »Die hatten das Ding schon 1938 in Auftrag gegeben«, sagte sie, noch immer empört wie damals, als sie zum ersten Mal begriff, wie geplant und gewollt dieser verheerende Krieg gewesen war.

»Siehst du, was ich meine«, sagte ihre Mutter im Ton derer, die sich bestätigt fühlen, und probierte, ob die Crème fraîche noch frisch war, ehe sie sie herausstellte. »Und wenn ich dir gesagt hätte, dass dein Großvater zu denen gehört hat, die ihn hertransportierten, dann hättest du das doch der ganzen Schule verkündet.«

»Mein Opa hat den Marienalter geklaut?«, fragte Jeannette.

Ihre Mutter zog ein Gesicht. »Nun, nicht alleine«, erwiderte sie. »Außerdem hat er auf Befehl gehandelt.«

Da fiel Jeannette etwas anderes ein. »Er war in Krakau?« Sie hob die Fotos hoch, die lachende junge Männer in Uniform zeigten, die einander die Arme um die Schultern legten. Sorgsam studierte sie Gesicht um Gesicht. Aber der Mann, der auf dem Boden der Wohnung über ihr lag, war nur mehr ein Gewimmel von Maden in grünlichem Fleisch gewesen. Und das Bild im Pass hatte einen Greis gezeigt. Vergebens starrte sie auf die jungen, frischen Gesichter, die sie anstrahlten. Wer von euch, dachte sie, hat die täglichen Erschießungen durchgeführt? Wer hat die Menschen verhört, die auf die falsche Post vom Widerstand hereinfielen? Wer half in Auschwitz aus? Wer war Salomon Kantorowicz?

»Aber verschwunden ist er damals wirklich, kam nie aus Polen zurück.« Frau Dürer senior zog ein Messer aus dem Hackblock. »Alles mussten wir alleine schaffen, deine Großmutter und ich. Darüber hättest du mal ein Referat schreiben sollen«, sagte ihre Mutter, als wäre damit alles geklärt. Und sie fügte hinzu: »Möchtest du zum Essen bleiben? Es gibt Frikadellen mit Lauch.«

Jeannette fand etwas auf dem Grund der Fotokiste. »Was ist das?«, fragte sie und hielt ein Stück Holz hoch. Es sah aus wie der Knauf eines gedrechselten Stuhles, rund, glatt, mit einem dünneren Fortsatz. An manchen Stellen ahnte man abblätternde Farbe.

»Keine Ahnung.« Ihre Mutter inspizierte mit in die Hüfte gestemmten Händen ihre Vorräte. »Ich könnte statt Reis Kartoffeln machen, was meinst du?«

Jeannette stand auf. »Ich muss noch arbeiten«, sagte sie und küsste ihre Mutter zum Abschied auf die Wange. Die seufzte, ohne von der Arbeit aufzusehen. »Deine Schwester ...«, begann sie. Den Rest der Sorgenlitanei schnitt das Zuklappen der Wohnungstür ab. Das Stück Holz hatte Jeannette ohne nachzudenken eingesteckt.

Sie rieb es noch zwischen den Fingern, als sie zu Hause ankam. Dort wollte sie etwas in ihren alten Büchern nachschlagen, aber dazu kam es nicht; Regine fing sie noch auf dem Flur ab. »Komm rein«, rief sie. Ihre Stimme klang so lebhaft wie lange nicht mehr. Jeannette, die sich ihrer herben Reaktionen der letzten Tage schämte, leistete zögernd Folge. Was sie sah, ließ sie innehalten. Regine hatte offenbar ihr Bauarbeiten fortgesetzt und etwas geschaffen, das wie das Mittelding zwischen einem Ufo und einem Himmelbett aussah. Einladend hielt sie eine Stoffbahn beiseite und nötigte Jeannette in das Innere. Die musste zugeben, dass es dort nicht ohne Atmosphäre war. Das Licht kam gedämpft herein, Kristalle warfen ein lebhaftes Muster aus Reflexen, und man fühlte sich geborgen und ein wenig aus der

Welt gehoben. »Das«, erklärte Regine, die selbst draußen geblieben war, während sie Jeannette ein Sitzkissen hinwarf, »ist ein Raum, der die Energien unterstützt, die nötig sind, um dichter an die Schwelle zwischen Diesseits und Jenseits heranzukommen und mit Verstorbenen zu kommunizieren.«

»Regine«, stöhnte Jeannette. Sie wollte den alten Streit ungern wieder aufflammen lassen, aber was sollte sie dazu sagen? Vielleicht hätten die neuen esoterischen Überzeugungen ihrer Freundin ihr weniger Bauchschmerzen bereitet, wenn sie sich nicht so schuldig an dem gefühlt hätte, was Regine zugestoßen war. Wenn sie damals nur ein wenig schneller geschaltet, ein paar Minuten eher am Tatort gewesen wäre, sagte sie sich, dann ginge Regine heute auf zwei Beinen und spräche über G-Punkte statt Chakren. »Die Räucherstäbchen duften gut«, versuchte sie es. »Aber ...«

»Was kannst du schon verlieren?«, entgegnete Regine und hatte bereits begonnen, die Stoffbahn von außen zu fixieren. »Ich hab' das selbst erlebt, als ich auf der Intensivstation lag, es ist toll, glaub mir, genau so, wie alle berichten: das Schweben über sich selbst, das Licht, der Tunnel, dieses unglaubliche Gefühl von Geborgenheit und ... ja: Trost. Probier es einfach mal, Süße.«

»Regine«, wehrte sie gequält ab.

Die ignorierte ihr Widerstreben. »Alles, was du brauchst, ist ein Gegenstand, der dich an den Toten erinnert, den du sprechen möchtest. Hast du so was?« Sie hatte die Schnürung noch einmal gelöst und den Kopf hereingesteckt.

Fast gegen ihren Willen zog Jeannette das Holzstück heraus und betrachtete es in ihrer flachen Hand.

»Perfekt«, stellte Regine fest und war wieder fort, ehe Jeannette protestieren konnte. Die schloss die Faust und verkrampfte sich unwillkürlich auf ihrem Sitzkissen. Was, schoss es ihr unwillkürlich durch den Kopf, wenn sie gleich tatsächlich ihrem toten Großvater begegnen würde? Oder schlimmer noch, den erschossenen Kindern, deren Leichen sie vor vier

Tagen in Zinksärge legen ließ. Oder dem Schädel Kantorowicz', aus dessen Augen die Maden tropften. Sie glaubte, noch immer das Aufschlagen der Körper auf dem Terrassenboden zu hören. Und noch viele andere Bilder quollen herauf. Vergeblich sagte sie sich, dass das Hirngespinste waren, die Gedanken, einmal formuliert, verschwanden nicht wieder. Die Räucherstäbchen nahmen ihr plötzlich den Atem. Die Musik im Hintergrund, die sie jetzt erst wahrnahm, bohrte sich mit einem Mal in ihre Ohren. Der Tanz der Lichtreflexe machte sie schwindeln. Sie wollte hier raus, brauchte Luft, Halt! ›Regine!‹, wollte sie rufen, ›so etwas ist für eine Todesermittlerin keine gute Idee.‹

»Gottverfluchte Scheiße«, murmelte sie stattdessen und stemmte sich von ihrem Kissen hoch. Hektisch nestelte sie an den Vorhängen, ohne auf Regines Proteste zu achten. Wo war hier noch mal die Öffnung gewesen, wo ging es hier raus? Sie zog, es ratschte. Dann prallte sie zurück. Das Gesicht, das ihr entgegenblickte, blass, ernst, mit Augen wie schwarze Höhlen, war das letzte, mit dem sie gerechnet hatte.

»Nein, es hat nicht funktioniert!« Der Streit zwischen Regine und Jeannette ging in die vierte Runde. Beide saßen am Küchentisch und umklammerten ihre Teebecher.

»Aber du hattest eine Erscheinung«, beharrte Regine und tunkte ihren Teebeutel ein.

»Der ist aber nicht tot.« Jeannette nahm einen Schluck und verbrannte sich die Zunge.

»Kränzlein, Kränzlein«, sinnierte ihre Freundin und zog eine der roten Locken lang. »War das nicht dieser Erlanger Student, mit dem du was hattest, obwohl er ein Verdächtiger war?«[6]

»Damals hatte er noch ein Alibi«, gab Jeannette beleidigt zurück.

»Richtig.« Regine kicherte. »Er war eine Niete im Bett, aber als du es ihm sagen wolltest, hat er dich in den Katakomben unter dem Burgberg in einen Schacht gestoßen.« Ihr Lachen verging und ihre Miene wurde weich. »Mein Gott, hast du damals ausgesehen, als Martin dich rausholte.«

»Gut, dass er's getan hat«, gab Jeannette zu. Manchmal träumte sie noch immer davon, von der Dunkelheit und dem rasenden Schmerz in ihrem Bein, aus dem der gebrochene Knochen ragte. Von den Worten des Gedichtes, das sie vor sich hin gestöhnt hatte, um ihre Verzweiflung zu betäuben, während sie versuchte hinauszuklettern.

»Mit Tod hat es also zu tun.« Regine kehrte zum Thema zurück.

Jeannette schüttelte den Kopf über so viel ideologische Verbohrtheit. »Regine, du hast mir einwandfrei versprochen, ich würde einen Verstorbenen sehen, einen Verstorbenen, nichts anderes. Und diesem Accessoire hier zufolge«, sie legte das Stück Holz aus der Fotokiste ihrer Mutter auf den Tisch, wo es auf der Prilblumendecke herumkullerte, »hätte das mein Großvater sein müssen.«

»Vielleicht *ist* Kränzlein ja tot«, meinte Regine schnippisch. »Oder dein Großvater ist es eben nicht.«

»Ersteres lässt sich ja feststellen«, brummte Jeannette. Sie griff zum Telefon und wählte die Nummer der Haftanstalt, in der Kränzlein wegen des Mordes an seinem Professor und dessen Sekretärin sowie des versuchten Mords an Jeannette einsaß. Man war ein wenig verwundert über ihren Anruf, gab ihr aber gerne die Auskunft, dass der Verurteilte in diesem Moment in seiner Zelle saß, gesund und munter. »Dein Kraftding ist eine Niete«, stellte Jeannette fest.

Regine schüttelte den Kopf. »Es muss einen anderen Grund geben«, beharrte sie. »Wir müssen ihn nur herausfinden.«

Ihr Gesicht hellte sich auf. »Wollen wir es mal mit automatischem Schreiben versuchen?«

Jeannette murmelte einen nicht konstruktiven Kommentar in ihre Teetasse.

»Frau Dürer!« Zametzers Ton ließ nichts Gutes vermuten. »Kommen Sie bitte in mein Büro.«

Zähneknirschend stand sie auf. Ihr Chef, Paumgartner, hatte es in solchen Fällen immer angezeigt gefunden, sie persönlich zu bitten oder seine Sekretärin zu schicken, eine resolute, aber höfliche Dame. Sein Vertreter hingegen brüllte mit Genuss durch den Raum. Sie warf ihren Pferdeschwanz zurück und kam.

»Frau Dürer.«

»Kriminalkommissarin, wenn Sie nichts dagegen haben.«

»Ob ich was dagegen habe?« Er spielte genüsslich mit dem Frageton, um anzudeuten, dass er eines Tages, wenn er tatsächlich befördert und ihr Chef wäre, mit Freuden darüber nachdenken würde. »Darüber reden wir später, meine Liebe. Jetzt geht es um etwas anderes.« Er deutete auf einen Stuhl. Sie blieb stehen. »Ich habe hier die Beschwerde eines gewissen Alfons Sandig, der behauptet, Sie hätten sich in geschmackloser und despektierlicher Weise über seine Situation geäußert.«

Jeannette zog fragend die Brauen hoch.

»Er hat Schwiegertochter und Enkelinnen verloren und sagt, Sie hätten ihm Vorwürfe gemacht.«

Endlich begriff Jeannette. Das Familiendrama! Sandig musste der Alte aus dem Krankenhaus sein. Sie schüttelte den Kopf. »Ich habe mich lediglich erkundigt, ob ihn der Verlust der Kinder schmerzt«, sagte sie zuckersüß.

»Das dürfte doch wohl selbstverständlich sein.« Zametzer schaute sie misstrauisch an.

»Das hatte ich auch gedacht«, erwiderte sie. »Aber ich wollte nicht einfach darüber hinweggehen. Man muss die Angehörigen doch psychologisch betreuen.« Sie stand beinahe stramm.

»Ahemm.« Er räusperte sich, wusste sonst aber nichts zu sagen.

»Wenn das alles war?«, sekundierte sie ihm. Als nichts weiter kam, wandte sie sich ab und ging.

An ihrem Computer erwartete sie eine endlose Liste von

Mails. Eine davon kam aus Polen und hatte einen Anhang, der sich nur langsam vor ihren Augen aufbaute. Als die Seite endlich stand, erblickte Jeannette Dürer ein Grab. Sie konnte die erste Zeile auf dem Stein nicht lesen. Aber darunter stand unübersehbar ›Salomon Kantorowicz‹.

»Ich konnte mit einer überlebenden Angehörigen sprechen«, schrieb ihr Künstler. »Sie hatte sich wie ihr Vater den Krieg über in einem Keller verborgen. Sie sagt, er sei kurz vor seinem Tod hinausgegangen, um etwas zu essen zu suchen, und nicht wiedergekommen. Als zwei Tage später die Russen einzogen, ging sie wie viele ins ehemalige SS-Hauptquartier. Sie fand seine Leiche bei anderen in einem Innenhof, vor einer vom Blut braunen Wand, halb verbrannt, aber sie hat ihn an seiner missgestalteten Hand erkannt. Er ist in einem Vorort begraben.« Jeannette scrollte langsam herunter.

»Ich sprach auch mit einigen hiesigen Historikern und Archivaren. Im Folgenden die Liste derjenigen, die für die Erschießungen verantwortlich gemacht werden. Die meisten werden in Polen noch immer wegen Kriegsverbrechen gesucht. Die Verurteilten oder Verstorbenen sind entsprechend gekennzeichnet.«

Jeannette fühlte sich ganz hohl. Ihre Hand zitterte, als sie langsam den Button am Rand nach oben schob und die Namensreihe sichtbar wurde, Zeile für Zeile. Beinahe betete sie. Regenfuß, dachte sie. Das war der Mädchenname ihrer Mutter: Regenfuß. Maier, las sie, Müller. Krause, Schulze, Krupsch. Lachende junge Männer in Uniformen, die Arme einander um die Schultern gelegt. Hatt' einen Kameraden. Lautlos murmelten ihre Lippen die Namen, einen nach dem anderen. Es war beinahe ein Gebet. Als sie am Ende angekommen war, holte sie tief Luft. Mit einem Mal zitterten ihre Hände. So sehr, dass sie beinahe den Cursor verrissen und die letzte Zeile übersehen hätte. Dort stand eine Einladung. »Komm nach Krakau«, stand da. »Wann immer du magst. Ich vermisse dich.«

»Bitte sehr, Frau Kommissarin.« Der Vollzugsbeamte trat zurück, nachdem er die Sicherheitsuntersuchungen durchgeführt hatte. »Hier entlang.« Er schloss die erste der schweren Türen auf und führte sie durch einen langen Korridor, der nach Desinfektionsmittel roch und nach Essen. Es war gerade Mittag vorbei. Ihre Schritte quietschten auf dem Linoleum. Durch die hochgelegenen Fenster drang diffuses weißes Licht. Irgendwo murmelte und brauste Stimmengewirr, Metall schlug auf Metall, ein Radio wurde eingeschaltet und leise gestellt. Sie warf einen Blick durch den Hof auf die Fenster der gegenüberliegenden Reihe. Einige standen offen. Man sah Gardinen, Topfpflanzen, zum Lüften aufgehängte Wäsche. Der Hof war asphaltiert.

Der Wärter schloss vernehmlich auf. »Hier herein, bitte. Sie haben eine halbe Stunde.«

»Danke.« Jeannette trat ein und setzte sich. Wie immer wenn sie hier war, überfiel sie ein leichter Schauer von Klaustrophobie. Dies waren Räume, aus denen man nicht einfach wieder hinausspazieren konnte. Sie schluckte und dachte, dass sie lieber tot wäre als eingesperrt. Da öffnete sich bereits die gegenüberliegende Tür, und Kränzlein trat ein. Sein Gesicht hellte sich auf, sobald er sie sah, und er beschleunigte seinen Schritt. Blass sah er aus, wie alle im Strafvollzug. Und seine Augen lagen tiefer in den Höhlen. Aber er lächelte.

So freudig, dass er Jeannette für einen Moment leid tat. Sie setzte sich aufrechter hin und legte ihre Hände sorgsam auf den Tisch. »Cornelius«, sagte sie. Es wäre Heuchelei gewesen, ihn mit dem Nachnamen anzusprechen.

»Jeannette!« Er griff nach ihren gefalteten Fingern, die sie ihm entzog. Gleich darauf schob sie ihm etwas zu, das sie unter der Tischplatte verborgen gehalten hatte. »Ich habe dein Geschenk erhalten«, sagte sie, »vielen Dank.«

Er blickte auf das Buch hinab, *Die Seele der Fledermaus*. Einen Augenblick war es still.

»Es ist eine Metapher«, sagte er dann endlich. »Ich hoffte, du würdest sie verstehen.« Er schaute sie an wie ein geprügelter Hund.

Sie holte tief Atem. »Ich wusste gleich, dass nur du es eingeworfen haben konntest«, sagte sie. Ihre Stimme vibrierte, aber sie hoffte, dass er es nicht bemerkte.

Er nickte, lebhafter diesmal. »Sie hatten mir einen Tag Urlaub gegeben. Wegen guter Führung. Nach all der Zeit.« Er sprach weich. Wieder streckte er die Hand nach ihr aus. Nach all der Zeit, sollte das heißen, die du hattest, mir zu vergeben.

Jeannette schaute auf ihren Zettel. »Das war der siebente Juli, richtig?«, fragte sie.

Er zog die Hand zurück. Seine Miene wurde vorsichtig. Aber er bejahte. »Warum so amtlich«, fragte er mit einem Verziehen des Mundes, das ein Grinsen sein sollte. »Kannst du denn nicht einmal aus deiner Haut?«

Sie schüttelte den Kopf. Er verstand den Vorwurf und biss sich auf die Lippen. Wieder tat er ihr fast leid. »Ich frage«, sagte sie, »weil das der Tag war, an dem dein Großvater starb.«

Cornelius Kränzlein erstarrte. »Mein Großvater ist im Krieg verschollen. In Polen«, sagte er widerstrebend.

Jeannette lächelte traurig. Wie die Schicksale einander ähnelten. Und hätte sie, wenn sie an seiner Stelle gewesen wäre und jünger, nicht ähnlich gehandelt? Erneut schüttelte sie den Kopf. »Nein«, sagte sie. »Das ist er nicht.« Und sie schob ihm den Pass des vermeintlichen Salomon Kantorowicz zu.

Cornelius Kränzlein nahm ihn in beide Hände und starrte lange darauf. Sehr lange. Jeannette hielt den Atem an. »Ich habe ihn gleich erkannt«, meinte er endlich, »als ich bei dir vor der Tür stand und er das Treppenhaus runterkam.« Er blickte auf, in seinen Augen stand Vorwurf. »Du warst nicht da.«

Jeannette sagte nichts.

Schließlich sprach er weiter. »Mutter hat es von Anfang an gewusst. Er hat sich gleich bei ihr gemeldet, als er zurückkam. Aber er musste sich verstecken. Mein Onkel, bei dem wir damals wohnten, war Gewerkschaftler und ein paar Jahre in Dachau, also blieb er der Familie vorerst fern.« Er lachte bitter. »Mir hat sie ihn vorgestellt, als ich volljährig war. Es sollte wohl eine Geburtstagsüberraschung werden. Als klar wurde, dass das Wiedersehen nicht so gefühlvoll ablief wie erhofft, hat er sich nicht mehr bei mir gemeldet. Sie wollte mir weder seinen neuen Namen noch seine Adresse verraten.« Er biss sich auf die Lippen. »Verfluchte Nibelungentreue, was? Hat ihr ganzes Leben versaut. Aber auf einmal stand er vor mir.«

Jeannette nickte. »Es war wohl eine ziemliche Überraschung.«

»Kannst du glauben. Ich ging mit ihm rauf. Du hast die Wohnung gesehen?«

Sie nickte wieder.

»Ein verdammtes NS-Museum. Es ist einfach unglaublich. Der Mann käme ins Gefängnis, wenn man ihn kriegte.« Er lachte bitter. »Und wagt es, sich mir gegenüber als Autorität aufzuspielen.« Als sie nichts sagte, blickte er auf und schaute einmal in die Runde. »Na ja, wie es aussieht, habe ich ja doch ein paar von seinen Verbrechergenen.« Er lachte wieder, aber in seinen Augen lag Verzweiflung. Er machte eine abwiegelnde Handbewegung. »Schwamm drüber, ein Wort gab jedenfalls das andere, wir brüllten kurz, ich stürmte raus, und als er mich halten wollte, habe ich ihn zurückgeschubst. Nur geschubst.« Er legte den Pass zurück auf den Tisch.

»Du sagst, er ist tot?«

»Vermutlich Schädelbruch durch Aufschlagen auf eine Kante.« Sie formte diese in der Luft. »Das Telefontischchen im Flur, meint die Spurensicherung.«

Cornelius Kränzlein holte tief Luft. Er blies die Backen auf und atmete dann langsam aus. »Sieht aus, als wäre das eine schlechte Angewohnheit von mir, was?«, fragte er dann, »dieses Schubsen von Leuten.« Seine Stimme klang beiläufig. Aber sein Gesicht sah so bleich und tot aus wie an jenem Abend, als Jeannette es an Regines Zimmerfenster kurz gesehen hatte, wie es aus der Dunkelheit zu ihnen hereinspähte. Sie wusste, dass er auch an jenem Tag frei gehabt hatte, aber sie fragte ihn nicht, warum er vor dem Fenster stehen geblieben, warum er nicht hereingekommen war. Es interessierte sie nicht mehr.

»Ja«, sagte sie und stand auf. »Eine ganz schlechte Angewohnheit.« Damit ging sie.

Als sie den Bericht für Zametzer fertig geschrieben hatte, saß Jeannette wie betäubt an ihrem Schreibtisch und spielte mit dem Stück Holz, das sie noch immer in der Tasche trug. »Alles in Ordnung?«, fragte Jochen von der Spurensicherung. Sie lächelte ihm zu. »Gute Nachrichten übrigens«, fügte er hinzu. »Sie haben diesen Kantorowicz noch nicht eingeäschert. Er ist auf dem Weg in die Gerichtsmedizin.« Und er hob den Daumen.

»Kränzlein«, sagte Jeannette, »er hieß Kränzlein.«

Dann ging sie ins Internet. Schnell fand sie, was sie gesucht hatte. Der Marienaltar von Veit Stoß, las sie, war der größte Schnitzaltar der Spätgotik. Jede Figur war aus einem fünfhundert Jahre alten Lindenstamm geschnitzt. Sie erinnerte sich noch gut daran. Die Arbeit damals hatte ihr Freude gemacht. Und die Altarfiguren mit ihren sprechenden Gesichtern waren zu einem der ersten Kunstwerke geworden, die sie wirklich berührt hatten. Endlich kam die Stelle, an die sie sich zu erinnern glaubte. Beim Transport des Altares war dieser beschädigt worden, und ein kleines Teil davon, Fragment eines Räuchergefäßes, war seitdem verschollen.

Jeannette hob das Holzstück aus dem Nachlass ihres Großvaters hoch und betrachtete es im blauen Licht des Bildschirmes. Kein Zweifel, es war einst bemalt gewesen. Und in den Mulden fand sich bei genauem Hinsehen sogar ein Rest von Blattgold.

Jeannette lächelte. Sie musste eine Mail nach Krakau schreiben, berichten, was alles geschehen war, die dortigen

Behörden informieren, die Tochter von Salomon Kantorowicz. Und dann würde sie einen Besuch machen. Der Entschluss ließ sie heiter werden, noch während sie tippte. »Ich werde etwas mitbringen«, schrieb sie, »eine Überraschung.« Sie verriet nicht, was es war. Ob echt oder nicht, das würde sie vor Ort entscheiden.

[1] Nachzulesen in: Tessa Korber: *Kalte Herzen*

[2] So geschehen in *Triste Töne* während der Bayreuther Festpiele, beim Werben um einen dortigen Kommissar und Wagnerfan.

[3] Dies erlitt Romeo im letzten Fall der Dürer: *Teurer Spaß*.

[4] Zuverlässig an Jeannette Dürers Seite seit dem ersten Auftritt in *Toter Winkel*.

[5] Die Feindschaft zwischen Zametzer und Dürer besteht spätestens, seit er im Fall *Falsche Engel* darauf bestand, dass sie als angeblich Sechzehnjährige undercover im Fall der ermordeten Christkindles-Kandidatinnen ermittelte.

[6] Regine hat recht. Im zweiten Fall *Tiefe Schatten* wurde gegen Emil Kränzlein ermittelt.

Dirk Kruse

Der Fall des Faktotums

Der maskierte Mann schob sich langsam in den blendenden Lichtkegel und kam ganz dicht an Beaufort heran. Drohend näherte sich die Hand, in der ein spitzer Gegenstand aus Metall aufblitzte, seinem Gesicht. Sein Kopf war so fixiert, dass er ihn kaum zur Seite drehen konnte, sein ganzer Körper ruhte bleischwer. Nur noch ein paar Sekunden, dann würde der Schmerz in ihn fahren.

»Bitte den Mund ganz weit öffnen«, sagte Dr. Thieß hinter seinem Mundschutz, »dann wollen wir uns den Übeltäter doch mal anschauen.«

Schicksalsergeben sperrte Frank Beaufort, der in seinem weißen Behandlungsstuhl mehr lag als saß, die Kiefer auseinander.

»Ist es dieser hier?« Der Zahnarzt stocherte mit dem spitzen Haken an seinem Backenzahn im Oberkiefer herum und klopfte mehrmals kurz dagegen. Beaufort zuckte zusammen. »Der 1.6er hat ja noch eine alte Amalgamfüllung, ziemlich undicht an den Rändern. Da wird Karies drunter sein. Seit wann haben Sie die drin?«

Beaufort versuchte zu antworten, doch das war unmöglich, denn Dr. Thieß hatte seine Mundhöhle weiter in Beschlag genommen und machte mit Spiegel und Sonde eine Erkundungsreise zu seinen übrigen Zähnen. Er diktierte seiner Assistentin kryptische Zahlenkombinationen mit lateinischen Zusätzen, die diese sogleich in den Computer tippte. Dann legte er seine Instrumente auf dem kleinen Tischchen ab, das über Beauforts Bauch schwebte.

»Die Füllung ist bald zwanzig Jahre alt, sie stammt noch aus meiner Studentenzeit«, konnte er endlich antworten. Beaufort war Geisteswissenschaftler geworden, sehr zum Leidwesen seines Vaters, der es lieber gesehen hätte, wenn sein einziger Sohn BWL studiert hätte, um seinen Nürnberger Spielwarenkonzern zu übernehmen.

»Na, dann hat sie ihren Dienst ja mehr als erfüllt. Ansonsten sieht es gut aus, nur ein bisschen Zahnstein. Ihre drei Inlays da sind tadellose Arbeit. Welcher Kollege hat sie gemacht?«

Beaufort nannte den Namen seines früheren Zahnarztes, der sich vor einem Jahr in den Ruhestand verabschiedet hatte. Hier in der Mauthalle war er zum ersten Mal. Sein bester Freund, Justizsprecher Ekkehard Ertl, hatte ihm diese schicke Gemeinschaftspraxis empfohlen. Sie war eigentlich auf Zahnimplantate spezialisiert, ein eigenes Labor und ein internationales Fortbildungszentrum für Implantologen gehörten ebenfalls dazu. Seit einiger Zeit hatte Beaufort ein leichtes Ziehen in seinem Backenzahn gespürt – jetzt wusste er, warum.

»Am besten wir machen die Füllung gleich raus und fühlen Ihnen mal auf den Zahn.« Der braungebrannte Dr. Thieß lächelte hinter seinem zartgrünen Mundschutz, was Beaufort daran erkannte, dass sich seine Augen zu freundlichen Schlitzen verengten und kleine Lachfältchen zeigten. Die attraktive Assistentin reichte dem Arzt eine ungut aussehende Spritze. »So, noch einmal den Mund auf, bitte.«

»Muss die denn wirklich sein?«, hakte Beaufort nach. »Ich halte lieber ein bisschen Schmerz aus, als drei Stunden mit einer dicken Lippe herumzulaufen. Außerdem habe ich gleich noch eine Verabredung zum Mittagessen.«

»In diesem Fall rate ich Ihnen doch sehr zu einer Lokalanästhesie. So wie Sie reagieren, wenn ich ihren Zahn auch nur ein wenig antippe, geht die Karies bis ziemlich nah an den Nerv heran. Das halten Sie ohne Spritze kaum aus.« Dr. Thieß ließ schon mal den Bohrer aufheulen wie ein Porschefahrer an der Ampel, kurz bevor es grün wird. »Verschieben Sie Ihr Mittagessen doch einfach.«

Beaufort seufzte und fügte sich in sein Patientenschicksal. Er hasste es, vom handelnden Subjekt zum duldenden Objekt degradiert zu werden. Der Arzt setzte die Betäubungsspritze und verließ mit seiner Assistentin das Zimmer. Beaufort schaute ihnen nach und sah einen wohlgeformten Po in hautenger weißer Hose entschwinden. Die Zahnarzthelferin trug einen Tangaslip. Dann schloss sich die Milchglastür, durch die er in Spiegelschrift »OP 2« lesen konnte. Durch das gekippte Fenster nahm er die Geräusche der belebten Fußgängerzone zwei Stockwerke unter sich wahr: Stimmfetzen, die Klappe eines Lieferwagens und vom Einkaufszentrum her das stündliche Glockenspiel mit einer Melodie aus Mozarts *Zauberflöte*. Über seine ein lockeres V bildenden Füße hinweg, die in handgefertigten britischen Lederschuhen steckten, konnte er hinaussehen. Rechts der Kaufhof, links der City-Point, dazwischen ein Streifen blauer Himmel.

Während die Oberlippe langsam ertaubte, blickte er sich in dem weiß gekachelten Raum um, in dem er lag. Er war durchdesignt bis ins Detail. Alles hier war weiß oder aus silbrigem Metall, vom sattelförmigen Zahnarzthocker mit Rollen bis zum Mundspülbecken auf einer Edelstahlsäule. Glamouröser Kontrapunkt war ein knallrotes Ledersofa mit goldenen Füßen. Gerade als eine angenehme Vorstellung begann, ihn abzulenken – verführerisch räkelte sich die Assistentin darauf –, kehrte Dr. Thieß mit Schwung ins Zimmer zurück. Das fiese hochfrequente Geräusch des Bohrers, der asthmatisch röchelnde Sauger in seinem Mundwinkel und der ständig gutgelaunt plappernde Zahnarzt beendeten diesen Anflug eines erotischen Tagtraums aufs Gründlichste.

Dreißig Minuten später war die Behandlung beendet, ein Abdruck war genommen und der Backenzahn mit einem Provisorium wieder verschlossen worden. Die Karies hatte sich als so großflächig erwiesen, dass ein weiteres Inlay fällig wurde. Dafür brauchte er einen neuen Termin. An der Anmeldung, die ein antik wirkender Pferdekopf aus Bronze schmückte, musste

Beaufort noch ein wenig warten. Er betrachtete die lichte, zwei Stockwerke hohe Halle mit den edlen Marmorfußböden. Sie wurde von einer großzügigen Holztreppe dominiert, die zu den oberen Praxisräumen führte. Mehrere geschmackvolle Sofas für die wenigen wartenden Patienten, große Grünpflanzen und ein weißer Flügel ließen mehr an eine Hotellobby als an eine Zahnarztpraxis denken. Die Klientel hier bestand sicherlich nicht nur aus Kassenpatienten. Auch Beaufort war keiner – er war Millionär und laut Forbes-Magazin einer der begehrtesten 100 Junggesellen Deutschlands. Nachdem seine Eltern vor Jahren bei einem Verkehrsunfall ums Leben gekommen waren, hatte er das weitverzweigte Spielwarenimperium geerbt.

»Sie brauchen noch einen Termin?« Die Frau mit den Sommersprossen lächelte ihn an. Gutes Aussehen war anscheinend eine der Grundvoraussetzungen, um hier eingestellt zu werden.

»Der Doktor sagte, in zehn Tagen soll das Inlay eingepasst werden«, antwortete Beaufort und strich sich über sein exzellent geschnittenes Haar.

»Das wäre dann am übernächsten Donnerstag.« Sie schaute in ihren Computer. »Da ist der Doktor gerade auf einem Kongress in Dubai, aber ich kann Ihnen für den Montag darauf etwas anbieten. Passt es wieder um elf Uhr?«

Vormittagstermine waren für ihn kein Problem, er hatte massenhaft Zeit. Denn er hatte den Konzern wieder verkauft und sich als Privatgelehrter in seine riesige Bibliothek über den Dächern der Altstadt zurückgezogen. Neben Bibliophilie und Musik hatte er eine Schwäche für Verbrechen und betätigte sich manchmal als Gentleman-Detektiv. Beaufort blätterte in seinem Filofax, als ein Mann in blauem Kittel die Praxis betrat und sie unterbrach.

»Ich wollt' Ihnen nur schnell sagen, dass ich die Handwerker fei auf den Mittwoch umbestellt hab'. Um drei Uhr wird des Wasser auf dem Stockwerk abgestellt. Ist Ihnen des etzertla recht so?«

»Und wie lange brauchen die Leute für die Reparatur, Herr Huber? Unser Putzteam kommt abends um sechs.«

»Bis dahin sind die fei schon lang fertig«, sagte der Mann eifrig, »des dauert ein, zwei Stunden, maximal.« Und mit einem »Adela« auf den Lippen wuselte er eilfertig davon.

»Sie müssen entschuldigen, das war unser Hausmeister. Der wollte mir doch tatsächlich übermorgen mitten in der Sprechstunde das Wasser abdrehen. Aber jetzt klappt es ja am freien Nachmittag. Wie sieht es bei Ihnen am Montag in zwei Wochen aus?«

Beaufort trug sich den Termin ein.

»Sagen Sie, dieser Flügel da ist ja beeindruckend. Wer spielt denn darauf?« Er hatte nicht übel Lust, ihn einmal auszuprobieren.

»Von uns leider niemand. Unsere Doctores haben ihn vom Vorgänger übernommen. Aber zum Abschluss von Fortbildungen und Kursen oder bei Patientenveranstaltungen engagieren wir manchmal einen Pianisten. Und der Sohn einer Kollegin übt regelmäßig darauf. Können Sie Klavier spielen?«

Beaufort schaute vom Flügel zu ihr zurück und nickte. Die Helferin taxierte seine manikürten Hände.

»Wenn Sie mehr rausbringen als den Flohwalzer, dürfen Sie ihn gern mal ausprobieren.« Sie lachte und Beaufort stimmte mit ein. Dann ging er hinüber, öffnete sein maßgeschneidertes Sakko, setzte sich auf den Klavierhocker und machte sich mit dem Instrument vertraut. Er spielte ein paar Läufe und improvisierte ein wenig, deutete kurz die *Ballade pour Adeline* an, weil ihn der weiße Flügel an den unsäglichen Richard Clayderman erinnerte, und stimmte dann den Gershwin-Klassiker *Someone to watch over me* an. Das Instrument war etwas verstimmt, besonders das zweigestrichene Es, und mit seinem Steinway nicht zu vergleichen, doch der Anschlag war gut, und irgendwie war dieser Seiler-Flügel so kitschig, dass er fast schon wieder etwas hatte. Das musste noch jemand aus dieser Praxis so empfunden haben, denn auf dem glänzend weißen Schleiflack thronte als ironischer Akzent ein goldener Dürerhase aus Plastik, eines der gartenzwergähnlichen seriellen Kunstwerke des Nürnberger Akademieprofessors Ottmar Hörl.

Dr. Thieß trat aus einem der Behandlungszimmer, zeigte ihm aufmunternd den erhobenen Daumen und verschwand in seinem Büro neben der Garderobe.

Als das Stück zu Ende war, klatschten die beiden Patienten auf dem Ledersofa Beifall und die Sommersprossen-Frau kam von der Anmeldung zu ihm herüber.

»Sie spielen wirklich sehr gut. Gefällt Ihnen der Flügel?«

»Danke schön. Ja, ein schönes Instrument, sehr angenehm zu spielen. Es müsste nur mal wieder gestimmt werden.«

»Danke für den Hinweis, ich werde mich darum kümmern. Aber Sie wollen doch nicht schon gehen? Bitte, spielen Sie doch noch etwas. Können Sie vielleicht *Fly me to the moon*? Das ist mein Lieblingsstück von Frank Sinatra.«

Beaufort spielte es für sie, und noch einige ruhige Jazz-Standards. Schubert oder Schostakowitsch, das fühlte er, waren hier fehl am Platz, und so mimte er noch eine Weile den Bar-Pianisten. Von seinem Piano aus konnte er die Praxis gut überblicken: Linkerhand gingen die Behandlungsräume ab, rechterhand lagen der Wartebereich und die Anmeldung, an der gerade ein Patient eine offenbar größere Rechnung bar bezahlte. Beaufort sah, wie die Helferin ein Bündel gelber Banknoten quittierte, den Mann mit der Goldrandbrille herzlich verabschiedete und dann den Schrank hinter sich öffnete. Was sich jenseits der Holztür tat, konnte er von seinem Platz aus nicht erkennen, aber vermutlich packte sie das Geld in einen Safe. Er konzentrierte sich wieder auf sein Spiel, und als er das nächste Mal hinüberblickte, sah er eine ziemlich blasse Helferin, die die Schranktüren schloss. Mit zusammengekniffenen Lippen eilte sie ins Büro des Doktors. Beaufort beendete sein Spiel und fuhr mit der Zunge an seiner betäubten Lippe entlang. Wenn er Ekki gleich im *Klara* traf, würde er nur etwas trinken können, ansonsten liefe er Gefahr, sich blutig zu beißen. Er klappte den Deckel des Flügels zu und ging an die Garderobe. Durch die angelehnte Bürotür hörte er die Stimme der Frau mit den Sommersprossen.

»Es ist schon das dritte Mal in den letzten Wochen, dass Geld aus dem Safe fehlt.«

»Wie viel ist es denn diesmal?«, fragte Dr. Thieß.

»200 Euro. Sollen wir nicht die Polizei rufen?«

»Auf gar keinen Fall. Ich will nicht, dass Unfrieden ins Team kommt und hier jeder jeden verdächtigt. Zählen Sie doch noch mal nach, vielleicht haben Sie sich ja geirrt.«

»Ganz bestimmt nicht. Und was, wenn wir die Geheimzahl ändern?«

Beaufort hatte seine Jacke schon längst angezogen, und es wäre mehr als unhöflich gewesen, noch länger dort stehen zu bleiben und zu lauschen. Firmendiebstähle kamen schließlich häufiger vor, und diese Angelegenheit hier ging ihn nichts an. Damit verließ er die Praxis im stolzen Bewusstsein seiner Integrität. Obwohl, neugierig machte ihn das schon, gestand er sich ein, als er langsam die Marmortreppe hinabstieg.

*

»Allmächd!« Beaufort spuckte aus, und mit einem »Plong!« landete seine Füllung auf dem halbvollen Salatteller. Anstatt den Blick auf Burg und Sebalduskirche von seinem Esstisch aus zu genießen, betrachtete er das unregelmäßige Stück Kunststoff vor sich. Er saß in seinem Penthouse bei einem Mittagsimbiss, aber die Kruste des Vollkornbrötchens, in das er gerade gebissen hatte, war wohl etwas zu resch gewesen. Mit seiner Zunge tastete er in den hohlen Krater seines Backenzahnes und zuckte vor Schmerz zusammen. Vielleicht sollte der Doktor weniger reden und sich mehr auf seine Arbeit konzentrieren, grummelte Beaufort und wählte die Nummer der Praxis.

»Da haben Sie aber Glück, dass Sie mich noch erreichen, Herr Beaufort«, sagte Sommersprosses freundliche Stimme, »ich wollte gerade den Anrufbeantworter einschalten.«

»Kann ich nach der Mittagspause zu Ihnen in die Praxis kommen? Mir ist gerade die Plombe rausgefallen.«

»Oh, das tut mir leid. Aber es ist Mittwochnachmittag, da ist unsere Praxis geschlossen.«

Das hatte er völlig vergessen. »Und wenn ich jetzt gleich komme? Ich kann in zehn Minuten bei Ihnen sein.«

»Die Ärzte sind leider schon gegangen«, sagte sie entschuldigend, »und ich bin auch gerade auf dem Sprung.«

»Und was soll ich jetzt machen?«, fragte Beaufort halb verzweifelt, halb fordernd.

»Es gäbe da noch den Zahnärztlichen Notdienst.« Sie zögerte. »Aber ich versuche mal, für Sie etwas anderes zu organisieren. In ein paar Minuten rufe ich Sie zurück.«

Beaufort stocherte in seinem Teller und ließ die Gabel wieder sinken – ihm war der Appetit vergangen. Außerdem tat es zu sehr weh, selbst wenn er nur links kaute. Wütend warf er die Serviette hin und wartete. Schon nach dem ersten Klingeln hob er ab.

»Und, haben Sie etwas erreichen können?«

»Dr. Thieß ist gerade auf einem privaten Termin, aber er kommt extra für Sie um 17 Uhr in die Praxis zurück«, sagte sie freudestrahlend.

»Vielen Dank, das ist sehr nett von Ihnen.« Beaufort wollte das Entgegenkommen nicht überstrapazieren, fragte dann aber doch zögerlich: »Eher ginge es wohl nicht?«

»Ehrlich gesagt, dem Doktor wäre es zwei Stunden früher auch lieber gewesen, aber am Nachmittag haben wir Handwerker in der Mauthalle. Dabei muss das Wasser abgestellt werden, und ohne kann der Doktor nicht richtig arbeiten.«

Beaufort bedankte sich noch mal für ihren Einsatz und wurde gebeten, an der Praxistür kräftig zu klopfen, damit der Arzt ihn auch hören konnte.

Groß und prächtig erhob sich die 500 Jahre alte Mauthalle über dem Hallplatz. Die hellbraunen Sandsteinquader des mehr als 80 Meter langen Gebäudes leuchteten in der strahlenden Frühlingssonne. Auf dem dreistöckigen Bau ruhte ein riesiges Spitzdach mit noch einmal fünf Geschossen. Dass die Mauthalle früher das reichsstädtische Kornhaus gewesen war, konnte der geübte Betrachter immer noch an den rund 120 Dachgauben erkennen, die das eingelagerte Getreide einst belüftet hatten. Den Namen ›Mauthalle‹ hatte das große Gebäude erst im 19. Jahrhundert erhalten, als hier das Hauptzollamt untergebracht war. Wie so viele Bauten in der Altstadt wurde es gegen Ende des Zweiten Weltkriegs durch Feuer und Bomben zerstört und in den 50er Jahren wiederaufgebaut. Das alles wusste Beaufort zwar, doch verschwendete er im Moment keinen Gedanken daran. Er warf auch keinen Blick auf die Aushänge der *Nürnberger Nachrichten* und kehrte nicht auf einen Espresso ins Café ein, als er an dem Gebäude entlangging. Nicht einmal der wärmende Sonnenschein konnte ihn heiter stimmen, denn er litt unter Zahnschmerzen. Immer heftiger waren sie in den letzten Stunden geworden. Jeder Schritt verursachte ein dumpfes Pochen in seinem Oberkiefer, so dass er nach dem Betreten der Mauthalle ganz gegen seine Gewohnheit den Fahrstuhl nahm, aus dem gerade ein Handwerker im Blaumann mit einem Werkzeugkasten in der Hand ausstieg.

Der 2. Stock lag da wie ausgestorben. Die Frauenarztpraxis links war geschlossen, ebenfalls das Busreiseunternehmen auf der rechten Seite. Davor warb ein einsamer Aufsteller für den Besuch des Musicals *Der König der Löwen*. Nur geradeaus, hinter der Tür der Zahnarztpraxis, regte sich etwas. Dort übte ein Mensch Klavier. Beaufort drückte die Klinke, doch es war abgeschlossen. Er klopfte, die Musik verstummte, und im selben Moment hörte er, wie sich der Schlüssel im Schloss drehte. Der unverwüstlich gut gelaunte Dr. Thieß öffnete und hielt ihm die Hand entgegen. Sein ziviles Outfit unterschied sich bis auf die weiße Farbe kaum von seiner Praxis-Kleidung:

Er trug Designer-Jeans und ein Poloshirt mit Krokodil auf der Brust.

»Danke, dass Sie sich Zeit für mich nehmen. Habe ich Sie beim Üben gestört?«

»Ich und Klavier? Wo ich schon meine Blockflötenlehrerin zur Verzweiflung getrieben habe!« Der Zahnarzt lachte schallend. »Nein, das war Maximilian.«

Vor dem weißen Flügel, an den ein praller Rucksack gelehnt war, saß ein hübscher, etwa fünfzehnjähriger Junge und grüßte schüchtern mit einem linkischen Winken. Er trug sein blondes Haar länger und war bestimmt der Schwarm seiner Mitschülerinnen.

»Maximilian ist der Sohn meiner Buchhalterin und ziemlich begabt. Aber zuhause hat er nur ein E-Piano. Deshalb darf er hier an den drei Nachmittagen üben, an denen Frau Müller oben im Büro die Abrechnungen macht – natürlich nur außerhalb der Sprechzeiten.«

Dr. Thieß führte ihn wieder in den OP 2 und richtete die Instrumente.

»Wie Sie sehen, habe ich keine Helferin da. Es kann also sein, dass Sie den Sauger mal selber halten müssen.« Wieder lachte er.

Beaufort war alles recht, wenn nur der Schmerz bald verschwände. Er legte seine Jacke auf dem roten Sofa ab und nahm auf dem Behandlungsstuhl Platz. Per Knopfdruck wurde er in eine fast liegende Stellung gebracht. Das Klavierspiel setzte wieder ein.

»Dann schauen wir doch mal, wo Sie der Zahn drückt.«

Der Doktor stocherte in seinem Backenzahnkrater herum, und als er auch noch ein kaltes Spray hineinsprühte, hätte Beaufort an die Decke gehen können.

»Oh, oh ... das sieht nicht gut aus. Scheint so, als ob Ihr Nerv entzündet ist. Auch wenn das Provisorium nicht rausgefallen wäre, hätten Sie damit Probleme bekommen. Die Karies war einfach zu nah dran.«

»Können Sie den Zahn erhalten?«

»Den Zahn schon, aber den Nerv nicht. Ich muss leider eine Wurzelbehandlung durchführen. Spritze?«

»Ja bitte, unbedingt.«

»Na, dann mal Mund auf und Zähne zusammenbeißen«, witzelte Dr. Thieß und band sich den Mundschutz vor.

Die nächste halbe Stunde war eine Plage für Beaufort. Nicht weil es wehtat – der nagende Schmerz hatte sich mit der Betäubungsspritze zügig verflüchtigt –, sondern weil ihm die Auslassungen des Zahnarztes auf die Nerven gingen. Dem Mann standen sämtliche Metaphern und Sprüche zur Verfügung, die mit Zähnen und dem Mund zu tun hatten, und er benutzte sie *ALLE*. Aber Beaufort teilte nicht nur seinen Humor nicht, sondern er konnte es auch nicht leiden, mit Golfgeschichten und fragwürdigen Thesen zur Bankenkrise zugetextet zu werden, ohne darauf antworten zu können – schließlich hatte er die meiste Zeit etwas im Mund, was ihn am Sprechen hinderte. So ausgeliefert hatte er sich zuletzt in der Fahrschule gefühlt. Während er sich damals, noch sehr unsicher, voll auf das Autofahren konzentrieren musste, hatte sein Fahrlehrer dauernd von »diesen Wackersdorf-Randalierern« gequatscht, die man seiner Meinung nach alle »nach drüben in die DDR« abschieben sollte, und ähnlichem Zeugs. Er war dann irgendwann mal rechts rangefahren, hatte dem Mann seine Meinung gesagt und den Fahrunterricht abgebrochen. Danach hatte er nie mehr das Bedürfnis verspürt, den Führerschein zu machen. Auch das Geklimper störte Beaufort. Musste Maximilian ausgerechnet die Chopin-Etüde üben, in der der verstimmteste Ton des ganzen Klaviers dauernd angeschlagen wurde? Ein Zitat aus Friedrich Hebbels Tagebüchern kam ihm in den Sinn: »Unter allen entsetzlichen Dingen das entsetzlichste ist die Musik, wenn sie erst erlernet wird.« Stillschweigend schloss er, da das mit den Ohren ja leider nicht möglich war, die Augen und ließ die doppelte akustische Belästigung über sich ergehen.

Gerade als Dr. Thieß seine Arbeit beendet hatte und Beaufort sich den Mund ausspülte, hörten sie die Sirene eines Polizeiautos, das direkt unter ihrem Fenster anhielt. Er konnte den pulsierenden Schein des Blaulichts auf den dunkel verspiegelten Fenstern des gegenüberliegenden Kaufhauses von seinem Stuhl aus deutlich erkennen. Neugierig öffnete der Zahnarzt das Fenster, und auch Beaufort stand auf und sah mit hinunter. Eben stoppte ein Notarztfahrzeug neben dem Streifenwagen. Arzt und Sanitäter stiegen aus und schoben sich durch eine kleine Menschenmenge. Erst als Thieß und Beaufort sich noch weiter aus dem ziemlich niedrigen Fenster hinausbeugten, wobei sie sich an der schmiedeeisernen Querstange in Oberschenkelhöhe festhalten mussten, um nicht hinauszufallen, entdeckten sie eine Gestalt auf dem Boden. Sie lag ein paar Meter weiter rechts, quer zum Fußweg, mit den Füßen zur Mauthalle. Sie lag auf dem Rücken, den leeren Blick in den Himmel gerichtet und trug einen blauen Kittel.

»Aber das ist doch ...«

»... der Hausmeister«, ergänzte Beaufort.

Der Notarzt kniete bei dem Mann, tastete nach dem Puls der Halsschlagader, leuchtete mit einem kleinen Lämpchen in seine Augen, hörte mit einem Stethoskop die Brust ab, schüttelte schließlich den Kopf und erhob sich. Zwei Polizisten kamen hinzu und besprachen sich leise mit dem Arzt. Dann blickten die drei hoch und bemerkten sie am offenen Fenster. Durch ein Zeichen gab ihnen einer der Polizisten zu verstehen, dass er gleich heraufkommen würde.

Beaufort und Thieß schauten sich fragend an – das Klavierspiel verstummte. Als die beiden Männer in die Lobby traten, klappte der Junge gerade den Klavierdeckel zu.

»Hast du gar nichts mitbekommen, Maximilian?«

»Was denn?« Er sah sie mit großen Augen an.

»Da drunten liegt der Hausmeister.« Dr. Thieß zeigte in Richtung Anmeldung. »Er ist tot. Moment, wo willst du denn hin?« Maximilian hatte sich bereits zum Fenster hinter der Anmeldung aufgemacht. »Ich möchte nicht, dass du dir das ohne Erlaubnis deiner Mutter anschaust. Sei so gut und hol sie bitte runter.«

Maximilian stoppte und lief dann die Treppe hoch, kurz darauf fiel oben eine Tür ins Schloss. Für seine Fürsorglichkeit dem Jungen gegenüber sammelte der Arzt gerade wieder Pluspunkte bei Beaufort. Außer dass er beim Behandeln eindeutig zu viel redete, war Dr. Thieß eigentlich ein souveräner und sympathischer Mann, und seine zahnmedizinische Kompetenz war unbestritten. Ein Provisorium konnte immer mal herausfallen. Maximilian kehrt mit seiner Mutter zurück, sie hatte das gleiche dicke blonde Haar wie ihr Sohn und ebenso schöne Lippen. Der Arzt erklärte ihr alles in Kürze, dann gingen sie zu viert hinter die Anmeldung, öffneten das Fenster und schauten hinaus. Der Tote lag direkt unter ihnen, doch hatte man ihn mittlerweile mit einer goldenen Folie aus einem Erste-Hilfe-Kasten abgedeckt. Es klopfte und zwei Polizeibeamte in Uniform traten ein.

»Kennen Sie den Toten?«, fragte einer der beiden den Arzt.

»Ja, das ist Herr Huber, unser Faktotum.«

Der Polizist sah ihn verständnissuchend an.

»Unser Hausmeister«, ergänzte Dr. Thieß.

»Wohnt er hier in der Mauthalle?«

»Er hat eine Wohnung ganz oben im 7. Stock. Aber was ist denn passiert?«

»Ich schlage vor, zuerst stellen wir Ihnen unsere Fragen und danach erklären wir es Ihnen genauer.« Der Anflug eines Lächelns zeigte sich auf dem Gesicht des Beamten. »Kann ich mal an das Fenster da, bitte?« Er ging hin und blickte hinaus. »Als wir vor fünf Minuten hochgeschaut haben, war das Fenster zu. War es die ganze Zeit geschlossen?«

Er schaute fragend in die Runde, aber niemand konnte sich daran erinnern. Mit seinem Sprechfunkgerät orderte er einen Kollegen von der Spurensicherung.

»Und aus welchem Fenster haben Sie beide eben geschaut?«, fragte er Beaufort und den Arzt. Der führte sie in das Behandlungszimmer und zeigte dann auch die oberen Praxisräume.

Danach mussten alle vier ihre Personalien angeben und eine Zeugenaussage machen. Maximilians Mutter hatte von all dem nichts mitbekommen. Ihr Büro im 3. Stock ging auf die Vorderseite hinaus zum Hallplatz. Auch ihr Sohn hatte nichts bemerkt, er war in seine Klavierübungen vertieft gewesen, was Beaufort und Dr. Thieß bestätigen konnten. Und auch die beiden Männer waren auf den Vorfall erst aufmerksam geworden, als die Polizei eingetroffen war. Sie hatten auch vorher keine ungewöhnlichen oder verdächtigen Geräusche gehört.

»Was ist denn nun geschehen?«, fragte Beaufort schließlich.

»So ganz genau wissen wir das auch noch nicht. Der Arzt sagt, der Hausmeister ist wahrscheinlich durch einen Sturz aus größerer Höhe ums Leben gekommen, Todesursache: Schädelbruch. Aber das muss die Obduktion erst noch bestätigen.«

»Dann war es bestimmt ein Unfall?«, warf Dr. Thieß ein.

»Das könnte man meinen«, antwortete der Polizist zögerlich, »das Problem ist nur: Alle Fenster, aus denen er gefallen sein könnte, sind geschlossen.«

»Sie meinen, es ist Mord?«, flüsterte der Zahnarzt.

»Wir ermitteln in alle Richtungen.«

*

Nachdem die Polizisten gegangen waren, verabschiedeten sich auch die Buchhalterin und ihr Sohn. Die beiden wirkten etwas verstört, als sie die Praxis verließen. Beaufort bekam noch ein paar schmerzstillende und entzündungshemmende Tabletten in die Hand gedrückt. Er sollte am Freitagmittag wiederkommen, bei Schmerzen natürlich schon eher, denn der Arzt hatte den Zahn offen gelassen und eine Medikamenteneinlage hineingetan, die übermorgen gewechselt werden sollte. Als die beiden Putzfrauen hereinkamen und Dr. Thieß wegen des Auflaufs hinter dem Haus ausfragten, ging auch Beaufort. Von Handwerkern oder der Polizei bemerkte er nichts im Treppenhaus. Dafür sah er aber gerade noch Sommersprosse ein Fahrrad durch den Haupteingang schieben, ehe die schwere Tür krachend zufiel. Als Beaufort ihn erreicht hatte und hindurch war, konnte er die Assistentin nur noch jenseits des Hallplatzes wegfahren sehen, rechts und links baumelten große Taschen und Tüten am Lenker.

Diesmal nahm Beaufort sich mehr Zeit, um die Mauthalle zu betrachten. Er ging langsam um das Gebäude herum, vorbei an den Auslagen eines Juweliers, eines Antiquitätenhändlers und eines Sportbekleidungsgeschäfts. Auf der Rückseite parkte immer noch der Streifenwagen, doch daneben stand jetzt ein dunkelgrauer Leichenwagen. Er stellte sich zu den Schaulustigen und sah zu, wie die Leiche in eine Art Plastik-Sarg gelegt wurde. Nur ein verhältnismäßig kleiner Blutfleck blieb auf dem Pflaster zurück. Der Hausmeister war direkt vor das Schaufenster eines Geschenkartikelladens mit allerlei Nippes gefallen. Nur aus welchem Fenster? Eine Etage weiter oben klebten blaue Buchstaben an den Scheiben, der Raum gehörte offensichtlich zu dem Sportbekleidungsgeschäft. Im 2. Stockwerk lag die Anmeldung der Zahnarztpraxis, Beaufort erkannte die Vorhänge wieder. Und darüber begann schon das dunkle Ziegeldach, er zählte fünf Gauben übereinander. Aber die Fenster waren so klein und lagen so hoch, dass man nicht einfach herausfallen konnte. Er hatte den Praxisraum im 3. Stock bei dem Rundgang mit den Polizisten selbst gesehen, es war der Aufenthaltsraum der Mitarbeiter. Man musste sich schon auf einen Stuhl stellen und durch das Fenster zwängen. Und dann fiel man auch nicht gleich senkrecht hinunter, sondern rutschte erst noch die Dachschräge entlang mit mehreren Möglichkeiten zum Festhalten, bis hin zur recht stabil aussehenden

Regenrinne. Wenn der Hausmeister keinen Selbstmord begangen hatte, sondern es ein Unfall war, konnte er nur aus dem Fenster im 1. Stock gefallen sein. Und da das gut vier Meter über dem Pflaster lag, erschien es Beaufort immerhin möglich.

Er betrat das Sportbekleidungsgeschäft, das, wie er jetzt feststellte, gar keines war, sondern ein Laden für Hip-Hop-Outfit, in dem natürlich auch die passenden Turnschuhe verkauft wurden. Dass er nicht gerade der typische Käufer von Baseballcaps und Rapperjeans war, deren Hosenboden irgendwo in Höhe der Kniekehlen baumelte, bemerkte auch der gepiercte Verkäufer mit einem Blick. »Ihre Kollegen sind noch oben«, sagte er kaugummikauend, »die Treppe hoch und dann links.«

»Glück muss der Mensch haben«, dachte Beaufort und stieg hinauf. Auch das obere Stockwerk war ein großer Verkaufsraum. Hinten links stand eine Tür offen, Beaufort hörte Stimmen aus dem angrenzenden Raum. Er ging langsam näher und tat so, als interessiere er sich brennend für die dicken Strass-Ketten, die Totenkopf-Gürtelschnallen und den anderen Modeschmuck für Rapper. Dabei bemerkte er, dass es sich um einen Lagerraum handelte, der Zugang zum Fenster war mit mehreren Kartonstapeln blockiert. Zwei Zivilbeamte befragten gerade einen weiteren Verkäufer in Hip-Hop-Uniform. Als einer von ihnen Beaufort bemerkte, schloss er unwirsch die Tür. Aber er hatte genug gesehen. Auch aus diesem Fenster fiel man nicht einfach so, da mussten erst Kartons beiseitegeräumt werden, um es überhaupt öffnen zu können. Und was hätte der Hausmeister in dem Laden zu suchen gehabt? Ein merkwürdiger Fenstersturz.

*

Mit einem Knopfdruck ließ die hübsche Assistentin Wasser in den Plastikbecher neben ihm einlaufen, während Dr. Thieß wie immer schwungvoll und gutgelaunt das Behandlungszimmer betrat.

»Und was machen die Schmerzen? Es müsste eigentlich besser sein.«

»Wie weggeblasen«, strahlte Beaufort.

»Na, das lässt sich hören.« Er ließ sich auf seinem Drehhocker nieder. »Dann zeigen Sie doch mal her das Beißerchen.«

Schmerzfrei ließen sich die Plattitüden des Arztes zwar wesentlich besser ertragen, aber bevor er wieder über steigende Goldpreise lamentierte oder über die richtige Wahl des Eisens am 7er-Loch referierte, gedachte Beaufort seinen Redeschwall wenigstens in die Richtung zu kanalisieren, die ihn am meisten interessierte. Und tatsächlich brauchte er nur das Stichwort ›Hausmeister‹ zu nennen und schon plätscherte aus Dr. Thieß' Mund ein munteres Bächlein an Informationen zu den Ermittlungen, während er seinen Zahn behandelte. Die Beamten seien gestern erneut in der Praxis gewesen und hätten Fotos rund ums Fenster an der Anmeldung und im Aufenthaltsraum geschossen. Sogar auf dem Dach sei einer von ihnen herumgekrochen, natürlich angeseilt, denn das fehlte ja noch, dass da schon wieder jemand herunterstürze. Und die Wohnung des Hausmeisters sei auch eingehend unter die Lupe genommen worden. Einen Abschiedsbrief oder Ähnliches habe man dabei zwar nicht gefunden, stattdessen aber eine ganze Sammlung Erotika, man munkle sogar Kinderpornographie. Er habe von mehreren Mauthallenbewohnern glaubhafte Gerüchte vernommen, dass Huber besonders auf Jungen gestanden haben solle. Er sei ja schon auch ein merkwürdiger Typ gewesen, der Hausmeister, mit dieser sanften Stimme und dem lauernden Blick. Und wie der immer plötzlich dagestanden sei, wie aus dem Nichts, so leise war der im und ums Haus unterwegs gewesen. Immer auf der Pirsch nach Müll wegschmeißenden Jugendlichen oder Graffiti-Sprayern. Aber aus welchem Fenster Huber nun gefallen sei und ob überhaupt, das wisse er auch nicht. Es gäbe wohl auch keine Zeugen für den Sturz. Vielleicht sei es ja doch ein tragischer Unfall gewesen und der Wind habe dann das Fenster zugeweht – irgendwie. Was er denn von der

Sache halte? Er habe doch schließlich bei der Aufklärung der Augustinerhofmorde mitgeholfen.

Aber Beaufort wollte nicht ins Blaue hinein spekulieren. Er musste aus dem Gerede des Zahnarztes erst mal die wichtigen Informationen herausfiltern und das Ganze in Ruhe überdenken. Außerdem beschloss er, seinen Freund Ekki anzurufen, vielleicht hatte der Justizsprecher Hintergrundinformationen zu dem Fall. So antwortete er recht einsilbig. Dem Arzt fiel das nicht weiter auf.

»Ich habe Ihnen den Zahn gespült und noch einmal eine Medikamenteneinlage hineingetan. Wir sehen uns am Montag wieder.« Dr. Thieß drückte ihm die Hand zum Abschied. »Wenn er bis dahin ruhig bleibt, mache ich ihnen ein neues Provisorium drauf. Mit dem Inlay warten wir aber sicherheitshalber noch ein paar Wochen.«

Sommersprosse schaute hoch und lächelte ihn an. »Wann möchten Sie denn wiederkommen?«

Beaufort bekam einen Termin für Montagabend.

»Kann es sein, dass ich Sie vorgestern Abend über den Hallplatz habe radeln sehen?«

»Sie können mich da an jedem Werktag radeln sehen«, sagte sie freundlich. »Aber Sie meinen den Nachmittag, als unser Hausmeister aus dem Fenster gestürzt ist. Schreckliche Geschichte, nicht wahr? Ich habe davon überhaupt nichts mitbekommen, obwohl ich hier so gegen sechs mein Fahrrad abgeholt habe. Ich stelle es immer in die Mauthalle, damit es mir draußen keiner stiehlt.«

»Dann hat es Sie wohl noch nicht gleich heimgezogen an Ihrem freien Nachmittag?« Beaufort sagte das so beiläufig, dass Sommersprosse seine Neugier nicht auffiel oder sie es sich zumindest nicht anmerken ließ.

»Ich war mit einer Freundin shoppen. Ich gehe doch nicht am Samstag in die Stadt, wenn es proppenvoll ist! Aber wollen Sie heute gar nichts für uns spielen? Ich habe den Flügel extra stimmen lassen.«

»Na, dann kann ich wohl nicht nein sagen« erwiderte Beaufort geschmeichelt. »Aber nur ein, zwei Stücke.« Er setzte sich an das Instrument und spielte Arpeggien über alle sieben Oktaven der Klaviatur. »Klingt super. Wo haben Sie denn so schnell einen Klavierstimmer aufgetrieben?«

»Tja, man hat da so seine Verbindungen. Ich habe gleich angerufen, als Sie es mir gesagt haben, und schon am nächsten Tag war er da.«

Beaufort spielte *Fly me to the moon* für die Assistentin, doch er war unkonzentriert, mit den Gedanken woanders. Beim nächsten Stück brach er mittendrin ab und schloss den Deckel.

»Oh, schon vorbei? Wie schade.«

»Ja, ich muss los, leider«, murmelte er nachdenklich. »Wann, sagten Sie, war der Klavierstimmer da?«

»Am Dienstag.«

»Na, das wird den Maximilian freuen. Wann übt er denn wieder hier?«

»Heute Nachmittag. Es ist ja Freitag, da machen wir früher Schluss.«

Beaufort unterdrückte den Impuls, seine Jacke von der Garderobe zu nehmen, und wünschte Sommersprosse ein schönes Wochenende.

*

Wieder lag der 2. Stock wie ausgestorben. Wieder waren sowohl die Gynäkologie-Praxis als auch das Busreiseunternehmen geschlossen. Und wieder drang aus den Räumen des Zahnarztes Musik. Er lauschte. Dieselbe Chopin-Etüde wie vor zwei Tagen: Opus 25, Nummer 1, diejenige, in der so häufig das zweigestrichene Es angeschlagen wird. Und wieder war dieser Ton verstimmt. Leise drückte Beaufort die Klinke hinunter, doch die Tür war verschlossen. Er klopfte.

Keine Reaktion.

Er klopfte noch einmal, lauter, dringlicher.

Dann hörte er schnelle Schritte, und danach brach die Musik ab. Jetzt näherten sich jemand langsam der Tür.

»Wer ist da?« Es war Maximilians Stimme.

»Frank Beaufort. Sie erinnern sich an mich? Ich war am Mittwoch in der Praxis, als der Hausmeister starb.«

»Was wollen Sie?« Die Stimme klang leicht panisch.

»Ich habe vorhin in der Sprechstunde meine Jacke vergessen. Und ich brauche sie unbedingt.«

»Ich darf keinen hereinlassen.«

»Dann holen Sie eben Ihre Mutter herunter«, erwiderte Beaufort bestimmt.

»Nein, nein, ich bringe sie Ihnen gleich. Nur einen Moment.«

Es dauerte ziemlich lange. Er hörte verschiedene Geräusche, die er nicht identifizieren konnte. Einmal meinte er das Zuklappen einer Schranktür wahrgenommen zu haben. Schließlich drehte sich der Schlüssel im Schloss und die Tür wurde einen Spalt breit geöffnet, durch den der Junge die Jacke reichte. Beaufort schob ihn resolut zur Seite, drang in die Praxis ein und sah sich dort um.

»Sie dürfen hier nicht rein! Was wollen Sie hier?« Maximilian lief ihm verzweifelt hinterher.

»Mit dir ein Hühnchen rupfen, junger Mann.« Beaufort blieb am weißen Flügel stehen.

»Ich rufe meine Mutter!«

»Tu das«, sagte Beaufort ruhig, »dann kannst du aber auch gleich die Polizei rufen.« Er schaute ihm direkt in die Augen. »Denn ich weiß, dass du den Hausmeister aus dem Fenster da gestoßen hast.« Er deutete zur Anmeldung, ohne den Jungen aus dem Blick zu lassen. Der wurde kreideweiß. Er stand da wie das Kaninchen vor der Schlange, atmete schnell und heftig. Auf seiner Stirn bildete sich Schweiß. Beaufort ging hinüber, zog mehrere Schubladen auf und kehrte mit einer Plastiktüte zurück. Er reichte sie dem jungen Burschen, der kurz davor war zu kollabieren.

»Hier, atme da hinein, sonst fällst du mir noch in Ohnmacht. Du hyperventilierst.« Er hielt ihm die Tüte an den Mund und drückte ihn auf die Couch. »Jetzt beruhige dich erst mal. Ich glaube ja nicht, dass du ihn töten wolltest.« Beaufort brachte ihm ein Glas Wasser. Maximilian hatte sich wieder etwas gefangen.

»Und nun erzähl'«, forderte er ihn auf.

»Ich war es nicht! Das ist ein Irrtum! Lassen Sie mich in Ruhe!«

»Na, das haben wir gleich«, sagte Beaufort streng und zog den großen Rucksack zu sich, der hinter dem Klavier an der Wand lehnte. »Was ist denn das da?« Er zog einen großen CD-Spieler aus dem Rucksack, einen richtigen Ghettoblaster mit recht starken Boxen. »Ich dachte, ihr habt heute alle einen MP3-Player oder einen i-pod. Genierst du dich gar nicht, mit so einem Fossil durch die Gegend zu ziehen?« Er stellte das Gerät auf den Flügel. »Dann hören wir uns deine Lieblings-CD doch mal an.« Beaufort drückte die Play-Taste und der satte Klang der Chopin-Etüde schallte durch die Lobby.

»Ich habe mich selbst aufgenommen, weil ich wissen wollte, ob ich Fortschritte mache. Das ist ja wohl kein Verbrechen.«

»Du hast dich selbst aufgenommen, um hier in Ruhe herumstöbern zu können, ohne dass deine Mutter es oben merkt. Du hast das Ding laufen lassen, wenn du mal wieder Geld aus dem Tresor stehlen wolltest.«

Maximilian ließ beschämt den Kopf hängen, sein blondes Haar fiel nach vorn.

»Und jetzt sagst du mir zu deinem eigenen Besten endlich die Wahrheit. Falls es dir aufgefallen ist: Ich bin nicht von der Polizei. Vielleicht kann ich dir helfen. Hast du mich verstanden?«

Maximilian hob den Kopf und nickte. Er sah aus, als würde er gleich losheulen.

»Zeig mir den Safe.«

Der Junge ging an die Anmeldung, dicht gefolgt von

Beaufort, und öffnete einen der hellbraunen Schränke. In Augenhöhe war ein kleiner grauer Safe eingebaut.

»Öffne ihn.«

Maximilian drehte ein paar Mal an dem Nummernschloss und die Tür sprang auf. Beaufort blickte hinein und sah einige Papiere, ein Kuvert mit Banknoten und eine Schatulle.

»Was hast du heute gestohlen?«

»100 Euro«, kam es kleinlaut.

»Leg das Geld zurück.«

Maximilian klaubte einen grünen 100-Euro-Schein aus seinen Jeans und steckte ihn in das Kuvert. Danach befahl ihm Beaufort, den Safe wieder zu schließen.

»Wie viel hast du sonst immer genommen?«

»Immer nur ein bisschen, mal 100, mal 200 Euro. Ich dachte nicht, dass es auffällt. Ich wünsche mir doch so sehr ein Klavier.«

»Woher hast Du die Kombination?« Beauforts Stimme klang schon ein wenig milder.

Maximilian öffnete eine der vielen Schubladen an der Anmeldung und deutete auf den an der Seite festgeklebten Zettel mit sechs Ziffern darauf. Typisch – auch die Geheimnummern von EC- und Kreditkarten fanden sich bei vielen Menschen ganz in ihrer Nähe, obwohl einen jeder Bankangestellte auf diese Gefahr hinwies.

»Ganz schön clever«, sagte Beaufort nicht ohne Anerkennung. »Und was war mit dem Hausmeister? Er hat dich erpresst, oder?«

»Der wollte mir an die Wäsche. Ich hab' mich geekelt vor dem Typ. Der hat mir immer aufgelauert, im Flur, im Treppenhaus. Einmal hat er mir sogar über das Haar gestreichelt, als ob ich ein kleiner Junge wäre, und mich gefragt, ob ich nicht mal zu ihm hochkomme. Voll krass.«

»Und was ist vorgestern passiert?«

»Er stand plötzlich in der Tür, ausgerechnet, als ich gerade Geld aus dem Safe genommen habe. Der Doktor hatte die

Tür nicht wieder abgeschlossen, nachdem er Sie reingelassen hatte.«

»Und was wollte er?« Beaufort drehte unbewusst am Knopf seines Jacketts.

»Sagen, dass das Wasser wieder läuft.« Maximilian stockte, als er die Erinnerung durchlebte. »Er hat gleich geschnallt, was ich da mache, und kam immer näher. Ich wusste nicht, wie ich mich verhalten sollte. Er nannte mich ein leckeres Früchtchen und sagte mir, dass er nichts erzählen würde, wenn ich ein wenig nett zu ihm wäre. Er hat mich in die Ecke da gedrängt.« Er blickte zum Fenster.

»War es offen?«

»Ja, aber das wusste ich nicht. Die Gardinen waren zugezogen. Er kam immer näher und drückte sein Becken an mich, ich konnte seinen Steifen fühlen.« Der Ekel stand ihm im Gesicht geschrieben. »Und dann wollte er mich küssen. Ich hatte Angst. Ich hab' ihn von mir weggestoßen und er taumelte nach hinten. Und dann ist er einfach rückwärts aus dem Fenster gefallen, durch den Schlitz in den Gardinen. Er schaute selbst ganz verblüfft. Warum sind diese Scheißfenster auch so niedrig?« Maximilian machte mit seinem Arm eine hilflose Geste und wandte sich ab.

»Und was hast du dann gemacht?«, sagte Beaufort leise.

»Ich weiß auch nicht, ich habe es einfach zugemacht. Und dann habe ich den Safe wieder geschlossen, und als ich gerade meinen CD-Spieler einpackte, kam auch schon der Polizeiwagen mit dem Martinshorn. Muss ich jetzt ins Gefängnis?«

»Nein, das glaube ich nicht.« Beaufort legte ihm die Hand auf die Schulter. »Für mich klingt das nach Notwehr. Außerdem gilt für Dich noch das Jugendstrafrecht. Hast du schon mal mit der Polizei zu tun gehabt?« Maximilian schüttelte den Kopf.

»Das ist gut. Aber du musst hingehen und alles sagen. Wegen der Diebstähle musst du dich natürlich verantworten. Ich habe einen Freund, der bei der Justiz ist, der hilft dir weiter.« Beaufort schrieb Ekkis Namen und Telefonnummer auf einen Block, riss den Zettel ab und reichte ihn dem Jungen. »Ich sage ihm Bescheid, dass du heute noch anrufen wirst. Aber zuerst solltest du zu deiner Mutter hochgehen und ihr alles gestehen.«

»Danke.« Er zog schniefend die Nase hoch. »Es tut mir leid, ehrlich.«

Beaufort glaubte dem Jungen.

»Und Sie? Kommen Sie nicht mit?«

»Nein, ich gehe jetzt wieder. Von mir erfährt niemand etwas. Es macht einen besseren Eindruck, wenn du von dir aus zur Polizei gehst. Und vergiss nicht, deine Reue auch zu zeigen.« Beaufort lächelte aufmunternd, nahm seine Jacke über den Arm und wandte sich zur Tür.

»Herr Beaufort!«

»Ja.« Er drehte sich um. Maximilian stand schon auf der untersten Treppenstufe.

»Wie sind Sie darauf gekommen?«

»Ich spiele auch Klavier. Das zweigestrichene Es hat dich verraten. Vorgestern war der Flügel schon gestimmt, aber auf deiner CD ist immer noch der falsche Ton zu hören.«

*

»Sauger bitte!«

Die Helferin beugte sich von links über Beaufort und saugte mit einem gurgelnden Geräusch seinen Speichel ab. Ihr hübsches Gesicht hatte sie hinter einem Mundschutz versteckt, aber durch ihr offenherziges Dekolleté wurde er dafür mehr als entschädigt. Während Dr. Thieß sich mit der Füllung beschäftigte, lehnte sich Beaufort entspannt zurück. Auch ohne Spritze spürte er davon kaum etwas, wie sollte sein Zahn ohne Nerv auch wehtun? Zunehmend amüsiert lauschte er dem ununterbrochenen Parlando seines Zahnarztes, der ihm stolz und eifrig die neuesten Neuigkeiten aus der Mauthalle über den Fall des Faktotums präsentierte. Es war das erste Mal, dass es Beaufort nichts ausmachte, nicht antworten zu können. Er genoss den Zustand sogar, und das nicht nur, weil er ab und zu einen scheelen Blick nach links werfen konnte.

»Und stellen Sie sich vor, da hat der Hausmeister den Halt verloren und ist zum Fenster rausgefallen. Und das alles fast direkt neben uns, in dieser Praxis, während wir beide hier drinnen gerade mit Ihrer Wurzel beschäftigt waren. Das hätten Sie bestimmt nicht gedacht! So, jetzt noch einmal polieren, und dann haben wir es gleich geschafft. Also ich will ja nichts sagen, aber irgendwie ist das eine gerechte Strafe für den Huber. Bitte, das ist meine Meinung! Aber dieser Mann war doch abartig veranlagt! Unser Rechtssystem ist in solchen Fällen eh viel zu lasch. Aber lassen wir das. Oh, habe ich Ihnen die Lippe eingeklemmt? Der Maximilian war ja heute Morgen mit seiner Mutter hier und hat mir alles gestanden. Das ist schon ein ganz schön durchtriebenes Bürschchen – in dem Alter! Auf die Idee mit dem CD-Spieler muss man ja auch erstmal kommen. Oder haben Sie das bemerkt? Bitte mal ausspülen. Das gestohlene Geld hat er mir heute gleich zurückgegeben. Ich habe natürlich keine Anzeige erstattet. Man will so einem jungen Kerl für die Zukunft ja keine Steine in den Weg legen. So, fertig! Spüren Sie noch irgendwo eine raue Stelle? Aber Strafe muss sein, da bin ich hart! Maximilian, hab ich gesagt, Maximilian, das mit dem Klavierspielen hier in der Praxis kannst du dir in Zukunft natürlich abschminken. Das hast du dir selbst zuzuschreiben.«

Dr. Thieß schob das Licht beiseite, stellte den Behandlungsstuhl aufrecht und ließ seinen Patienten aufstehen. Beaufort reichte ihm die Hand zum Abschied.

»Das wird er verschmerzen. Ich habe Maximilian heute mein altes Klavier liefern lassen. Seitdem ich meinen Steinway-Flügel habe, spiele ich sowieso nicht mehr darauf«, sagte er freundlich.

Dem Zahnarzt fiel vor Verblüffung die Kinnlade herunter. Beaufort sah in seinem offenen Mund zwei Goldinlays aufblitzen und fand, dass er sie besser durch welche aus Keramik ersetzen sollte.

Petra Nacke

Baby Guitar

»Man darf sich nie zu lange bei etwas aufhalten, muss immer den richtigen Moment zum Absprung finden, das gilt für alles im Leben und für die Musik ganz besonders. So ein Gitarrensolo zum Beispiel – verschenkt, wenn es zu kurz ist, und völlig für die Katz, wenn es zu lange dauert. Man muss den richtigen, den einzigen Moment kennen, wann es zu Ende sein *will.* Das ist das Wesen des Timings, nicht wie steady du bist oder wie schnell, sondern ob du den einzigen, richtigen Punkt findest, um Schluss zu machen.«

Der das denkt, ist kein Musiker, nicht mal ein großer Musikkenner, sondern ein Beamter, Kriminalbeamter, um genau zu sein. Es ist zwar nicht so, dass der Wenzel prinzipiell etwas gegen Musik hätte, nur überlässt er sie lieber anderen – sagen wir mal, Wahl: *Tritt in den Polizeichor ein oder lauf wieder Streife!* – Wenzel würde Streife laufen.

Nun fragt man sich natürlich: Warum denkt einer wie der Wenzel solche Gedanken, wenn er zu Musik keinerlei Draht und nicht den kleinsten Funken von Liebe oder gar Ahnung hat? Das kommt, weil es eigentlich gar nicht seine Gedanken sind, sondern die von Robert Müller alias Bobby M. Und der hat sie dem Kommissar in einem der ersten Verhöre derart eindringlich und mit Augen, die quasi geleuchtet haben, in den Schädel hineingeredet, dass sie dort nun ein Eigenleben führen. Man kennt das, manchmal rutscht dir ein Ding in den Kopf – musst du nicht einmal verstehen vom Inhaltlichen her – und schon beginnt eine kleine Glocke zu bimmeln, irgendwo ganz tief in einer dieser urzeitlichen Hirnregionen – genau so geht es dem Wenzel. Und weil er sich zwar weder mit Musik noch mit Stamm- und Amphibienhirnen auskennt, dafür haargenau weiß, was dieses Bimmeln in seinem Kopf bedeutet, hat Robert Müller jetzt ein Problem und Verena Staude, die übrigens Rechtsanwältin und obendrein ehrgeizig bis zum Anschlag ist, ihren ersten wichtigen Fall: Mord. Am Anfang, also zu dem Zeitpunkt, als Kommissar Wenzel in die Geschichte eingestiegen ist, war die Staude freilich noch nicht dabei.

*

Im Gastraum des *Golden Green* war es an diesem Tag zunächst einmal absolut ruhig, was um halb zehn Uhr früh aber auch alles andere als ungewöhnlich ist für einen Irish Pub, zumal für einen Irish Pub in einer fränkischen Unistadt, die ihren Status als Großstadt Jahr für Jahr aufs Neue verteidigen muss. Eine Putzfrau putzt, draußen regnet es in Strömen und ein verirrter Falter flattert vor dem Fenster – böses Vorzeichen vielleicht, denn man muss sagen: kein schöner Anblick, so ein Pfauenauge, wie es wild mit den braunbunten Flügeln flattert, mit dem pelzigen Leib immer wieder gegen die Scheibe knallt – wirklich kein schöner Anblick. Da schleichen sich dir automatisch Gedanken in den Kopf, ob du willst oder nicht, Bilder vom letzten Sommer, alle schon leicht vergilbt, und Töne von so weit her, dass sie nur noch klingen wie eine hängende Nadel in der letzten Rille der Schallplatte.

Aber wäre dies ein Morgen wie jeder andere, wäre dies ein ganz normaler Wochentag in einer ganz normalen Reihe von Wochentagen, wie sie der normale Monat, das normale Jahr zu hunderten aus sich herausschüttet, wäre Ludmilla irgendwann zum Fenster gegangen, hätte es geöffnet, hätte den Falter in die nasse, kalte Luft da draußen gescheucht und wäre zurück zu ihrem Eimer, um den Rest des Bodens aufzuwischen, denn für Sentimentales fehlt ihr die Zeit und vor allem der Sinn.

Aber dies ist kein normaler Morgen, der Falter klatscht noch immer gegen die Scheiben und Ludmilla sitzt an einem der blankgescheuerten Holztische vor einem schweren Mann, heult und rotzt sich das Hirn aus dem Kopf und schnieft immer wieder das Gleiche:

»Der Teufel, der Teufel war da!«

»Sie wissen also nicht genau, wie spät es war, als Sie nach oben gegangen sind?«

»Weiß nicht genau, wie spät – vielleicht halb elf, vielleicht später, Chefin schläft manchmal lang!«

»Warum sind Sie denn überhaupt raufgegangen, wenn es normal ist, dass Ihre Chefin manchmal länger schläft?«

»Weil, wollte ich heute früher gehen, und sie hatte mein Geld nicht auf Tisch gelegt.«

»Hm, und Sie haben vorher oder hinterher nichts gehört, niemanden gesehen?«

Warum fragt der Wenzel sie nur immer wieder dieselben Fragen? Warum kapiert er nicht, dass sie hier raus muss, weil es ihr graust vor den Scherben, den Splittern und vor allem vor dem vielen Blut da oben! Arme Ludmilla.

»Nein, nichts angefasst, bestimmt nicht. Nur die Treppe runter und geschrien, immer weiter geschrien – und dann war dieser Mann gekommen!«

Wenzel notiert: Zeugin fand Opfer (Wirtin) gegen 10:30 Uhr tot in ihrer Wohnung im ersten Stock über der Gastwirtschaft Golden Green, Goethestrasse 15.

Der Falter – immer wieder gegen die Scheibe – kleiner Trottel – und die Ludmilla würde jetzt wohl am liebsten aufspringen und wieder: hopp hineingeschlüpft ins normale Leben! Und das Viech an die Luft gesetzt und ab nach Hause!

Jetzt aber bloß nicht denken: Ludmilla – ja ja, weichherzig und tierlieb! Stimmt nämlich nicht, ist normalerweise nur *raus mit dir!*, auch wenn es regnet, weil ein Falter, wenn er schon sterben will, das ebenso gut draußen erledigen kann, genau wie all die Fliegen und Spinnen, die sie Woche für Woche wegputzt. Und jetzt wünscht sie sich bestimmt, nur noch *daran* denken zu können – geht aber nicht, weil: das Tote da oben ist viel größer als eine Fliege oder ein Schmetterling, zu groß um es wegputzen zu können, nicht mal in Gedanken.

»Wann haben Sie Susan Michaels zuletzt lebend gesehen?«

»Gestern Vormittag, ganz normal. Frau Michaels ist runtergekommen, hat Kaffee getrunken, Zigarette geraucht und Bestellliste durchgeschaut. Genau wie immer.«

»Ist Ihnen etwas aufgefallen? War sie vielleicht nervös, angespannt?«

»Nein, ganz normal. Hat sich gefreut wegen dem Bobby – war ja einmal sehr berühmt, der Bobby. Kann ich jetzt gehen, bitte!«

Gehen, einfach so gehen, die Flatter machen hieß das früher einmal. Gell Ludmilla, du würdest gern noch einmal die Flatter machen, wenn sie dich nicht mit einer hauchdünnen Nadel auf ein Stück Styropor gepinnt hätten – nur bildlich gesprochen selbstverständlich, im Vergleich zu so einem aufgespießten Falter kannst du dich ja immer noch ganz gut bewegen, nur die Fetzen all deiner zerplatzten Träume bringen dich immer wieder zum Stolpern, ist es nicht so? Hast allen Ernstes geglaubt, erstmal durch unter dem Vorhang, dem eisernen, dann ist alles gut, und die gebratenen Tauben fliegen dir vor lauter *Hallo!-schön-dass-du-da-bist* in den Mund und die Krammetsvögel gleich hinterher. Hast du doch geglaubt, oder? Und jetzt? – Putzen tust du, putzt tapfer den Dreck von anderen Leuten weg, Tag für Tag, Jahr für Jahr. Und zwischendrin verjagst du Flattertiere von Fensterbänken!

Aber vergessen wir erst einmal Ludmilla und den Falter, denn: traurig, ja, schon, doch bei aller Liebe zur gefangenen Kreatur beim besten Willen kein Vergleich zu dem, was einmal Susan Michaels war. Ein Ermittler kann zwar durchaus noch ein Herz für seine Mitmenschen und sogar eine romantische Ader haben, selbst wenn er seit Jahren bei der Mordkommission ist, aber weiterbringen wird ihn das nicht. Weiter bringen ihn die Fakten und bei Wenzel auch die Intuition – ja darauf ist er bei aller Bescheidenheit fast ein bisschen stolz –

allerdings: auch der andere Zeuge, dem die Ludmilla vor einer knappen Stunde schreiend in die Arme gerannt ist auf dem klitschnassen Trottoir, den sie mit panischen Augen angerollt und in die Wohnung nach oben gezerrt hat – mehr oder weniger Fehlanzeige:

»Naja, eigentlich nichts Bestimmtes, Mann. Kaffee trinken, 'n bisschen aufwärmen und in Ruhe die Zeitung lesen, mehr nicht. Ich bin noch nicht so lange in der Stadt, kenn mich nicht besonders gut aus, okay? Weiß ja nicht mal, wie der Schuppen hier heißt, bin einfach bloß durch die Gegend gelaufen. Und dann seh ich diese Frau und hör sie schreien wie verrückt und auf mich zurennen! Natürlich hab ich erst mal gefragt, was los ist. Aber die hat immer bloß weitergeschrien und hat mich am Arm gepackt und zur Treppe gezerrt, da bin ich dann eben mit rauf und da hab ich sie liegen sehen – oh Mann! ich kann Ihnen sagen ... das ganze Blut und die Knochen von ihrem Kopf und die vielen Scherben, die Holzsplitter von der Gitarre ... Das Graue – das war Gehirn, das weiß ich genau, bin zwar erst im ersten Semester, aber – oh Mann, ich glaub, mir wird schon wieder ...«

Wenzel weiß, es bringt nichts, Würmer aus Nasen ziehen zu wollen, die da gar nicht drinstecken, weil, was wirklich drinsteckt – im Fall, nicht in der Nase – kriegt er doch nicht über die Ludmilla heraus und schon gar nicht über einen Studenten, der sich gerade die Seele aus dem Leib kotzt. Und eines ist mal sicher: Stirn in Falten legen und rumbrüllen hilf auch nix – obwohl, manchmal, und wenn wirklich Eile geboten ist, weil doch noch ein Wurm aus einer Nase fällt, an den so ein Zeuge im ersten Schock gar nicht mehr gedacht hatte, und der sich erst jetzt mit dem letzten Resten des Mageninhalts löst, geht's nicht anders:

»Geller, da oben soll vorhin eventuell noch jemand gewesen sein, der Zeuge glaubt etwas gehört zu haben! Lass die Spurensicherung ihren Job machen und komm! Weit kann er noch nicht sein!«

War natürlich wirklich noch nicht weit gekommen, der Robert Müller alias Bobby M., weil: Wie soll man schon weit kommen können, wenn man von dem Gebrüll einer russischen Putzfrau aus dem tiefsten Whiskyrausch gerissen wird, mit Dunkelrot vor den Augen seine Klamotten suchen, die Treppe runterkommen und an zwei Leuten vorbei muss, die gleich die Polizei rufen werden. Und genau wegen dieser Verknotung von Widrigkeiten hatte Bobby es auch nicht weiter als bis zum Fahrradunterstand im Hof geschafft, wo ihn Wenzel und Geller auch gleich entdeckt und dingfest gemacht haben, was dem Bobby in seinem Zustand aber gar nicht so recht in den Kopf hat wollen. Als es dann drinnen war in seinem Bewusstsein, als er wieder klar war und kapierte, dass er dringend des Mordes verdächtig sei, obwohl er doch geschlafen und der Susan kein Härchen gekrümmt habe und sowieso niemals hätte krümmen können – Mannomann, die reinste Panik!

»Kann mich nicht erinnern. Ich weiß es einfach nicht mehr – weiß überhaupt nichts mehr! »

»Filzbart«, denkt Wenzel, und damit ist der Mann, der ihm im Verhörraum gegenüber sitzt, auch schon ausreichend beschrieben: Filzbart. Weich bis auf die Knochen und trotzdem von einer drängenden, fast klebrigen Intensität, die leicht so was wie Rette-mich-Instinkte wecken kann, wenn man dafür empfänglich ist – trifft auf den Wenzel aber nicht zu. Er kennt diesen Typus, ist ihm schon zu oft begegnet, das geborene Opfer: *Schaut nur, was die Welt aus mir gemacht hat! Ihr seid schuld, dass ich mich mit allem Möglichen vollknallen muss und nichts auf die Reihe bringe!* In jedem zweiten Krimi – nimm ein Buch, nimm einen Film – kommt so eine Gestalt vor, und das aus gutem Grund, denn der Krimi schreibt vom Leben ab.

»Sehen Sie, der Krimi schreibt vom Leben ab!«, hatte Wenzel damals denn auch zum Moderator der Quizshow gesagt und dabei sehr weise in die Kamera geschaut. Zwar hatte er es nicht auf den ersten Platz geschafft mit seinem umfassenden Wissen über die Kriminalliteratur des 20sten Jahrhunderts,

Fernsehserien und Kinofilme eingeschlossen, aber seit diesem Fernsehauftritt war der Wenzel ein anderer – für sich selbst und auch für seine Mitmenschen.

»Sie behaupten also, nach Ihrem Auftritt so betrunken gewesen zu sein, dass Sie nicht einmal mehr allein die Treppe hochgekommen und erst von dem Geschrei der Putzfrau am anderen Morgen geweckt worden sind? Dann sind Sie nebenan in die Wohnung von Susan Michaels, die Tür stand ja offen, haben die Leiche gesehen und Panik bekommen, richtig?«

Der Filzbart nickt, und für einen Augenblick sieht es so aus, als würde er gleich losheulen.

»Beneidenswert guter Schlaf – vor allem, wenn man bedenkt, dass das Musikergastzimmer, in dem Sie geschlafen haben, direkt an die Wohnung der Wirtin grenzt. Sie sind doch ein Mann der Töne! Muss doch ganz schön laut sein, wenn so ein Kopf mit voller Wucht auf eine Glasplatte kracht, dass sie zersplittert – glauben Sie nicht?«

»Ich hab Ihnen doch schon gesagt, dass ...«, und ja, das Zittern in der Stimme und das leichte Würgen aus der Bauchgegend lässt sich nicht überhören, »dass ich vor dem letzten Set noch ein Beruhigungsmittel genommen hab! Mein Gott, die arme Susan! Warum ...?«

Und jetzt heult der Bobby doch tatsächlich los und Wenzel schiebt ihm ein Tempo rüber, schaut ihn an, diesen aufgedunsenen, heruntergekommenen Menschen, die zuckenden Schultern, die lächerlichen Cowboystiefel, auf die gerade ein Rotzfaden tropft.

»Ja, die arme Frau Michaels, muss schwer für Sie sein, sie hat ja allerhand für Sie getan, oder?«

Bobby nickt mit geschlossenen Augen, und man muss zugeben: Ein menschgewordener Elendshaufen ist nichts dagegen – Bühnenmensch eben. Aber wenn der sich einbildet, er könnte einen wie den Wenzel mit dieser Jammernummer beeindrucken – Fehlanzeige. Die Nummer mit der

Tränendrüse kann er gern jemand anderem vorspielen. Und genau hier tritt jetzt die Staude auf den Plan.

*

Verena Staude – auch keine einfache Geschichte: Vater Richter, großer Bruder Staatsanwalt, die kleine Verena Nesthäkchen und Muttis ganzer Stolz, wenn nicht gar Lebensinhalt: Heiraten soll sie und der Mutter Enkel, sprich neuen Lebensinhalt schenken. Aber Verena will lieber wie Papa sein, will Jura studieren, sich messen und all das tun, wofür Frau mindestens drei Zentimeter Hornhaut auf Seele und Ellenbogen sowie ein paar flotte Hosenanzüge braucht. Aber das nur am Rande. Wichtig ist, dass die Staude diesen Fall zugeschoben bekommen hat, und vor allem, dass sie Bobby glaubt – also glauben will –, obwohl sie die Akten gelesen hat. Und deswegen scheut sie sich auch nicht, es mit Wenzel aufzunehmen, dessen Gespür, nicht erst seit dieser Quizsendung, wie man so sagt: legendär ist.

»Der Fall ist klar,« sagt er deswegen auch gleich zu Beginn, und zwar laut und deutlich, vielleicht sogar eine Spur barscher, als er es eigentlich wollte, aber in gewissem Sinne könnte er es sowieso gegen eine Wand sagen, denn die Staude ist überzeugt von Bobbys Unschuld. Glaubt, dass er gespielt hat von 21 Uhr bis 21:45 Uhr, dann eine Viertelstunde Pause, dann wieder ein Set von einer Dreiviertelstunde, dann Pause, dann noch ein Set. So ist das normalerweise immer in diesen Pubs: Dreiviertelstunde spielen, dann 15 Minuten Getränkenachfassen, also Alkohol bis zum Abwinken – meistens, weil dich die Gäste einladen. Am Schluss normalerweise allein in der leeren Kneipe vor einem Glas mit dem Wirt, der die Gläser spült – in diesem Fall allein mit der Wirtin Susan Michaels.

»Scheißjob eigentlich, oder?«

Man muss jetzt mal bedenken, dass es der Wenzel ist, also kein ausgesprochener Musikliebhaber oder Musikerfreund, der das bemerkt, und darf sich getrost seinen Teil dazu denken. Aber so ist es im Zwischenmenschlichen oft: Wir lernen auch dort dazu, wo wir blinde Flecken haben – nur durch den täglichen Umgang oder, wenn man so will: Erfahrung. Und wenn wir schon einmal bei diesem Stichwort angelangt sind, kann man ruhig auch noch eine Weile dabei bleiben. Denn während die Staude redet und redet, mit den Händen in der Luft fuchtelt und das Gesicht verzieht wie eine dieser heißblütigen Italienerinnen in der Campariwerbung, wie sie sich geradezu hineinsteigert in die Vorstellung einer armen, gebeutelten Kneipenmusikerseele, versucht Wenzel sich vorzustellen, wie sich eine Anwältin in Nadelstreifenkombi wohl »normalerweise« in den Kreisen amüsiert, von denen sie »normalerweise« absolut keine Ahnung haben dürfte. Aber Stop: Vorurteil! Und wenn der Wenzel eines gelernt hat in seiner Zeit bei der Kripo und aus sämtlichen Agatha-Christie-Krimis, dann, dass Vorurteile einen so gut wie immer auf die falsche Fährte lenken. Man steht sich selbst im Weg und verstellt sich den Blick auf das, was man eigentlich sehen sollte und sehen muss, wenn man die Zusammenhänge begreifen will. Und in diesem Fall steht ihm etwas im Weg, und das ist nicht nur diese Anwältin, die meint, sich bei ihrem ersten großen Fall unbedingt profilieren zu müssen.

Da ist das Opfer, bewiesenermaßen erschlagen mit einer elektrischen Gitarre von derart aufdringlicher Hässlichkeit, das eigentlich der Gitarrenbauer hätte erschlagen werden müssen oder der Gitarrenbesitzer, also Robert Müller. Stattdessen hat es die englische Wirtin eines Irish Pubs getroffen, die diesem heruntergekommenen Musiker, der, bevor er auf den Hund kam, so was wie eine Lokalgröße und kurzfristig zwischendrin wohl sogar noch mehr gewesen war, noch einmal eine Chance geben wollte. Und dieser heruntergekommene Hund drischt den Kopf der Wirtin nach einem Auftritt von mehreren Stunden und jeder Menge Alkohol mit Hilfe dieser Gitarre durch die Glasplatte eines Sofatisches, dass

Gitarre, Kopf und Tisch zu einem regelrechten Brei verschmelzen. Und das alles wegen der paar Kröten in der Kasse, die er dann auch noch in seine Jackentasche stopft und sich anschließend in aller Ruhe ins Nebenzimmer legt, um seinen Rausch auszuschlafen?

In Wenzels Kopf wäre das Bimmeln im Laufe der letzten Stunden zu einer Art Symphonie angeschwollen, wäre er nur etwas musikalischer. So hört es nur als wirres Durcheinander verschiedener Stimmen in seinem Schädel und darunter immer wieder diesen Satz von Bobby wie den verrückten Bordunton eines Dudelsacks: »Man muss den richtigen, den einzigen Moment kennen, wann es zu Ende sein *will*.«

»Hören Sie mir eigentlich noch zu, Herr Wenzel?« Verena Staude hat ihre Camparispotnummer offensichtlich beendet und schaut ihm jetzt sehr ernst und sehr jung quer über seinen penibel aufgeräumten Schreibtisch voll ins Gesicht.

»Tut mir leid, was haben Sie gerade gesagt?«

»Ich sagte gerade, und dafür gibt es jede Menge Zeugenaussagen, dass Bobby, also Ihr Tatverdächtiger, um halb eins schon so betrunken war, dass man ihn die Treppe hat *hochtragen* müssen!« Und *dass* er so betrunken war, kam nicht von ungefähr, denn: Weiß der Wenzel eigentlich, WER der Robert Müller, also der Bobby ist oder besser gesagt: war? Nämlich kein Geringerer als der oder das »Bo« von »Bo Labelle!«

Aber hier muss der Kommissar passen, obwohl er ein derart hochgesäuseltes »Bo Labelle« schon gleich am ersten Tag, also dem Regentag der Verhaftung, von der Sekretärin gehört hatte, von daher zwar schon weiß, dass »Bo Labelle« irgendein Popstar-Duo war, das Bedeutungsschwangere im Timbre von Sekretärin und Anwältin deswegen aber beim besten Willen nicht nachvollziehen kann. Und deshalb nur:

»Ein Popstar oder so was. Und wieso soll der um halb eins nicht besoffen sein und im Suff eine Frau erschlagen?«

Eins muss man dem Wenzel lassen: kernig bis zur Unbeweglichkeit. Die Welt kann geworfen und geschleudert werden, kreuz und quer, in die Schräge und die Breite und in Allerherrgottsnamen auch noch in die Horizontale – er bleibt bei sich.

»Baby Guitar«?

»Was soll das sein?«

»Stand wochenlang auf Platz 1 der deutschen Charts!«

Ja, das ist jetzt wieder so einer der Treffer, den die Staude gelandet hat oder gemeint hat landen zu können, denn einer, der sich für Musik nicht interessiert, hat auch mit Charts nichts am Hut, weswegen die Staude ihm auch alles in mundgerechten Portionen wie für ein unterentwickeltes, leicht begriffstutziges Kind zurechtkaut:

»Robert Müller und Isabella Dorn waren *Bo Labelle*, ihr Charterfolg und Megaseller war *Baby Guitar* – gut, kennen Sie nicht, egal – Sie müssen sich das einfach vorstellen wie eine Firma, die mit einem Produkt sehr schnell sehr hohe Gewinne einfährt. Und von einem Tag auf den anderen wird diese Firma aufgelöst und nur noch ein Partner geht mit dem Produkt hausieren – und das überaus erfolgreich! Der andere stürzt von ganz oben nach ganz unten in den Keller des eigenen Selbstwertgefühls, säuft, nimmt Drogen, hat es aber beim besten Willen nicht nötig, die Einnahmen aus der Kasse eines Irish Pub zu stehlen und dafür eine seiner ältesten Freundinnen zu ermorden!«

An dieser Stelle stutzt Wenzel, und das nicht wegen der gestürzten Menschenseele, die ihm die Staude gerade präsentiert, davon hat er im Laufe der Jahre schon viele erlebt. Auch nicht, weil sie ihm gerade mit genau der Ungereimtheit daherkommt, über die er selbst schon gestolpert war, wenn auch aus einer anderen Richtung. Er stutzt, weil er Musik manchmal zwar schon für ein Produkt gehalten hat, sich aber partout nicht vorstellen kann, wie man damit hausieren geht. Dabei ist es doch allgemein bekannt – und jetzt kommt die Staude schon wieder in Fahrt –, dass du, wenn du jung, hübsch und sehr blond bist und dazu noch über so was wie eine einigermaßen erträgliche Singstimme verfügst (ist aber nicht unbedingt notwendig), von der Stadthalle bis zum Superdome überall vertreten bist und dein Näschen sogar in Talkshows und Kochsendungen hineinstecken darfst, selbst wenn du eigentlich nichts zu sagen hast und McDonald's für einen Gourmettempel hältst.

»Alles klar?«

»Kochsendungen, Frau Staude? Dass Sie sich Kochsendungen anschauen, hätte ich nicht gedacht.«

Humor, auch so ein Ding, das man beim Wenzel nicht gleich auf den ersten Blick vermutet, dabei durchaus vorhanden, wenn auch in einer abgedunkelten, man kann auch sagen: eher ironischen Form. Nur hat Verena Staude es gerade nicht so mit Ironie, schaut stattdessen ernst und gewichtig wie der Bundespräsident zur Neujahrsansprache und zieht einen Zeitungsausschnitt aus der krokoledernen Aktentasche:

»Labelle we love you and your Baby Guitar!« steht da groß und grell, darunter das Bild einer sehr blonden Frau mit sehr vielen Zähnen im Mund und einer E-Gitarre um den Hals.

Wenzel versteht nicht – hübsches Bild, schön und gut, aber was hat das mit dem Fall zu tun?

Da kennt er die Staude aber schlecht – tatsächlich kennt er sie gar nicht und weiß auch nicht, ob er sie überhaupt kennenlernen will –, wenn er meint, sie wedele nur so mit einem Zeitungsschnipsel vor seiner Nase herum.

»Freitag der zehnte! Genau der Freitag, an dem Bobby M. hier aufgetreten ist. Und rein zufällig spielt Madame Labelle in der Stadthalle, die nur ein paar Gehminuten vom *Golden Green* entfernt liegt?«

»Frau Staude, Sie haben mir gerade sehr anschaulich erklärt, wie es so abgeht im Popmusikbusiness, wenn Sie mir jetzt auch noch erklären könnten, worauf Sie hinauswollen – ohne sich selbst zu widersprechen! Ich versteh Sie doch richtig: Sie verdächtigen diese Labelle?«

Und klar kennt sie diesen ganz bestimmten Ton in Wenzels Stimme, diese Mischung aus Überlegenheit und Neugier, dieses Komm-überrasch-mich-aber-verbock-es-bloß-nicht-

Halali, das die kleine Verena schon immer hat zusammenzucken lassen, weil sie wusste, was jetzt von ihr erwartet wird. Immer sind ihre Handinnenflächen feucht geworden vor Angst, wenn sie so dastand vor Papa und eine seiner unmöglich verzwickten Aufgaben lösen musste, an denen sie stark werden sollte, stark wie ihr großer Bruder, aber niemals so stark wie Papa. Natürlich weiß sie deshalb, was der schwere Mann ihr gegenüber gerade denkt: »Warum sollte eine erfolgreiche Sängerin es auf eine Kneipenwirtin abgesehen haben, um ihrem ausgemusterten Expartner eins auszuwischen?« Aber sie ist nicht mehr klein, zuckt nicht mehr zusammen und ihre Hände bleiben trocken. Sie hat eine dicke Hornhaut auf den Ellenbogen und dazu eine Aktentasche aus Krokoleder, aus der sie jetzt einen Ordner zieht, auf dem in blauen Druckbuchstaben steht: »Lizenzsache Müller gegen Dorn«.

»Den kann ich Ihnen gern überlassen, ich habe eine Kopie anfertigen lassen.«

Ein leichtes Kopfnicken, aufstehen, gehen – nicht ohne sich vorher noch mit einer sorgsam trainierten Geste die Haare hinter das rechte Ohr gestrichen zu haben. Gut gemacht, Verena, gutes Mädchen, starke Haut.

*

Wenzel hasst Flugzeuge, hat das Gefühl, festgeschnallt in einer Dose zu stecken, die allen Naturgesetzen zum Trotz aus eigener Kraft durch die Luft fliegt. Pitschnasse Hände und eine Ganzkörpergänsehaut sind unvermeidlich – auf der anderen Seite: Viereinhalb Stunden in einem Zug zu hocken, menschliche Ausdünstungen und dazu den Geruch von Bananenschalen und anderen Picknickresten aus den Müllkübeln inhalieren zu müssen, ohne Zigarette – völlig ausgeschlossen!

Ein Rauchverbotsschild auch im Taxi auf dem Weg vom Flughafen zum Hotel, in dem er mit Isabella Dorn verabredet ist. Der Fahrer hat eine angebrochene Zigarettenpackung auf dem Armaturenbrett liegen. »Geht schon in Ordnung, kurbeln Sie nur das Fenster runter«, grinst er zur Seite, als er sieht, wie Wenzel unentschlossen an seiner Packung in der Manteltasche herumknetet, »haben doch alle einen Sprung in der Schüssel, diese Gesundheitsfaschos in Brüssel, demnächst verbieten die einem auch noch das Feierabendbier in den eigenen vier Wänden und was kommt dann? Wellensittiche vielleicht! – verbieten die bald auch noch Wellensittiche wegen der Vogelgrippe?« Wenzel zuckt mit den Schultern – Wellensittiche sind ihm wurscht, rauchen nicht. Schnüffelnd atmet er die norddeutsche Luft ein, die selbst durch den Rauch hindurch nach Salz riecht, nach Wasser und Weite.

Könnte schon ein Motiv sein, das, was die Staude ihm da in die Hand gedrückt hatte. Auf jeden Fall sieht es auf den ersten Blick ganz so aus, als ob es für Isabella alias Labelle um allerhand ginge – immer vorausgesetzt, es käme zu der Unterlassungsklage, mit der Bobby ihr via Anwalt gedroht hat.

*

»Binnenalster, so, so«, war der knappe Kommentar des Taxerers gewesen, und Wenzel wusste nicht, ob es sich dabei um eine bewundernde oder abfällige Bemerkung gehandelt hatte. Als der Wagen dann vor dem gläsernen, von Marmorsäulen gerahmten Entree des Hotels hielt und ein Portier in rotgoldener Uniform mit routinierter Eleganz die Tür vor ihm öffnete, war es ihm klar. »Wissen Sie, was die Nacht in diesem Schuppen kostet, Mann?« Die Stimme des Taxifahrers hatte dabei einen fast warnenden Unterton, vielleicht aber auch bloß, weil der Wenzel es generell mit Trinkgeldern nicht so hat.

»Glauben Sie, es geht hier nur um Geld?« Isabella mustert ihn flüchtig, wie das satte Raubtier eine potentielle Beute mustert und für uninteressant befindet.

»Bobby ist verrückt, eifersüchtig ist er, kann es nicht ertragen, wenn andere erfolgreicher sind – mieser, verdammter, mieser kleiner Versager! Sollte sich lieber um seine Probleme kümmern, anstatt *mir* welche zu machen!«

In Natura sieht diese Labelle völlig anders aus als auf den Fotos. Wenzel rührt nun bestimmt schon gefühlte fünf Minuten in seiner Kaffeetasse und beobachtet die blonde Frau, die in einem pinkfarbenen Leopardenoverall vor ihm auf- und abgeht – eine Barbiepuppe auf dem Weg zur Faschingsparty! –, dabei flucht, trinkt, raucht, dass es jedem Mann, nicht nur einem fränkischen, flau in der Lendengegend werden würde. Angst vor dem Tier in der Frau nennt man das wohl.

»Morgen noch mal Hamburg?«, fragt er deshalb, und weiß, dass er es nur fragt, um sie zu stoppen, *es* zu stoppen und den Löffel in seiner Tasse, denn ein Schluck Kaffee kann jetzt wirklich nicht schaden.

»Nein, *heute* noch einmal Hamburg, dann geht es weiter nach Kiel, Bremen, Berlin, dann eine kleine Pause, danach der Ruhrpott, anschließend Wien und dann auf zum deutschen Deppengrill: Ibiza – die Tourplanung ist so was von scheiße gelaufen dieses Mal, und es wird schlimmer, es wird jedes Mal schlimmer! Und jetzt auch noch Bobby! Warum, verdammt noch mal, säuft sich dieser dumme Idiot nicht ein für alle Mal unter den Tisch, wo er hingehört!«

»Sie mögen ihn nicht sonderlich, stimmt's?«

Es gibt Fragen, die bleiben stehen im Raum, wie ein missglückter Witz, der ein Vakuum in die Luft reißt, bis sich endlich eine gnädige Seele findet, die trotzdem lacht. Genau das ist die Masche von Inspektor Columbo: Mach dich lächerlich und dadurch harmlos für den Gegner! Isabella lacht nicht, setzt sich stattdessen ihm gegenüber auf das hellbraune Ledersofa und schaut auf eine Weise vor sich hin, die ahnen lässt, wie nah süß und bitter beieinander liegen. Unten von der Alsterpromenade hört man Metall auf Metall schlagen – es ist windig, vielleicht kommt Sturm auf, die hübschen Segelboote jedenfalls bleiben heute am Kai.

»Früher hab ich ihn mal gemocht – ziemlich gemocht, wenn Sie verstehen, was ich meine. Bobby war mal so etwas wie ein sehr guter Freund.«

Sicher versteht der Wenzel, was ein *sehr guter Freund* ist, wenn man damit einen Altersunterschied von knapp 20 Jahren zwischen einer ehrgeizigen Sängerin und einem ältlichen, schwammigen Gitarristen meint, also ein Verhältnis, das geschäftlich und rein platonisch ist, wie man so sagt, aber eben nicht nur …

»Er hat das etwas anders gesehen, oder? – Ich meine das mit dem guten Freund.«

Isabella nickt und scheint dabei ein ganz klein wenig in die Polster einzusinken.

»Haben Sie sich deshalb getrennt? – Immerhin sind Sie beide doch zusammen recht erfolgreich gewesen, was man so hört.«

Wieder so ein süßbitterer Blick, dieses Mal mitten durch den Wenzel hindurch und noch ein Stück weiter, bis er an der altrosa Samtgardine hängenbleibt und sich dort eine Weile verhakt.

»Was ist passiert?«

»Kennen Sie *Cocaine* von J. J. Cale?«

Und weil er nur schaut und dabei wieder anfängt in der Tasse zu rühren, als würde ihn der Tassenboden bei irgendetwas behindern, richtet sie sich ein wenig auf und singt leise: »*If you wanna get down, down on the ground … cocaine …*«

Hübsche Stimme. Wenzel erinnert sich, weiß aber nicht, was die Frau ihm gegenüber damit sagen will.

»Jeder kennt diese Nummer, ich kenn' sie von meinem Vater und später dann von Bobby natürlich. Sie ist sowas wie Teil des – keine Ahnung: allgemeinen Unterbewussten oder wie immer man das nennt. Cale ist dran verzweifelt, weil der Erfolg so schnell gekommen ist, verstehen Sie? – erste Nummer … – Kultsong!«

»Hm, ich dachte, Bobby M. war schon einige Jahre im Musikgeschäft, nicht erst seit *Baby Guitar*?«

»Er war nicht im *Geschäft*, er war der kleine versoffene Kneipenmusiker Robert, ach nein: *Robbie* Müller! Einer, der in Hotels die Seife einsackt, Wasser in die Flaschen der Minibar füllt und Gläser klaut – Sie wissen schon. Keine Ahnung, wie er es angestellt hat, an die Textrechte dieser alten Nummer zu kommen – draus gemacht hatte er jedenfalls nichts, weil er viel zu blöd dafür ist!«

Der Wind ist stärker geworden. Von den Anlegestellen der Binnenalster scheppert das metallene Klirren der Wimpel und Vertäuungen in die Suite – eine Orchesterprobe bei Fliegeralarm.

»Also hat er die Rechte an *Baby Guitar*?«

»Nein! – nein, das ist ziemlich kompliziert. Er hat die Exklusivrechte für die Textverwendung, stimmt. Aber ein Text allein macht noch lange keinen Song, oder?«

Soweit kennt sich sogar der Wenzel mit Musik aus, und jetzt versteht er auch, was in den Anwaltsunterlagen mit »verbundenem Werk« gemeint ist. »Die Musik ist von Ihnen, oder?«

»Das Arrangement und die komplett neue Komposition ist von mir, nur gibt es zwischen Bobby und mir nur mündliche Verträge, verstehen Sie? Es konnte doch niemand ahnen, dass die Nummer ein derartiger Erfolg wird!«

»Und der ist Bobby zu Kopf gestiegen?«

Die Dorn schaut wieder nur sehr lang und verhangen die rosa Stores an, die vom ewigen Angestarrtwerden eigentlich langsam Löcher bekommen müssten – passiert aber nicht, passiert immer nur in Kindergeschichten.

»Alkohol, Drogen?«

»Alkohol, Drogen? – natürlich, wenn der mal stirbt, ist er ein Fall für den Sondermüll! Er hat einen Auftritt nach dem nächsten geschmissen. Es ging einfach nicht mehr, ich *musste* mich von ihm trennen. Und jetzt hetzt er mir den Anwalt auf den Hals, will mir verbieten, die Nummer ohne ihn zu singen, damit ich genau da lande, wo er gelandet ist. Er ist ein solches …«, an dieser Stelle greift sich die Dorn mit einer Geste in die blonde Mähne, die man – alle Achtung! – gelungen dramatisch nennen muss, atmet ein paar Mal tief durch und lässt dabei ein ganzes Herbstgewitter von Stimmungen über ihr Gesicht ziehen: Sturm, Wolken, Blitze, Donner, Hagelschauer, schließlich erschöpfte Stille, ein kleiner, ernster Seufzer: »Aber er bringt niemanden um, schon deshalb nicht, weil er viel zu schlaff ist für so eine Sache!«

Sie hat ihn schlecht gekannt, diese Barbiepuppe in Pink – sie hat ihn wirklich schlecht gekannt. Das kommt, wenn man sich immer nur mit sich selbst beschäftigt und nie genau hinhört, wenn die Leute erzählen und einem mittendrin, manchmal ganz aus Versehen, etwas Gewichtiges sagen, etwas, das ihr ganzes Wesen und das, wozu sie fähig sind, entlarvt.

»Kannten Sie eigentlich Susan Michaels?«

Wenzel wundert sich nicht, dass Isabella nur sehr leicht zusammenzuckt:

»Ja, ich weiß wer sie ist, weiß, was passiert ist, aber ich kenne sie nicht persönlich, nur von dem, was Bobby über sie erzählt hat. Natürlich hat er auch am Freitag wieder von ihr erzählt. Sie verdächtigen mich?«

Und jetzt ist er es, der seinen Blick ernst und gewichtig an die Vorhänge heftet, dass sogar Horst Tappert so was von … – aber lassen wir das.

»Frau Dorn, kann ich bitte mal Ihr Bad benützen? Und danach würde ich mich gern noch kurz mit Ihnen über Ihr letztes Treffen mit Robert Müller unterhalten.«

*

Als er fertig war bei der Dorn, das heißt, als sie ihm mit Terminen gekommen ist von wegen Presse, Fitnessstudio, Fotoshooting, hat der Wenzel erst einmal gemerkt, wie hungrig er ist. Ein paar Cracker im Flugzeug verscheuchen ansatzweise die Angst vorm Fliegen, nicht den Hunger. Und also ist er noch ein wenig durch die Stadt gelaufen bis zum Rückflugtermin und ist schließlich in einem Lokal gelandet, dessen Schild ihn neugierig gemacht hat: »Zum Brandanfang – Labskaus in 20 Variationen!« – *was, in aller Herrgottsnamen, ist Labskaus?*

Während seine Zunge immer noch rätselt über das, was zwar aussieht wie mehrfach recyceltes Katzenfutter, dennoch weich und warm seinen Magen füllt, denkt das satte Hirn nun wieder mit voller Kraft. Wäre tatsächlich ein Motiv: Der Stern Labelle steht hoch, ist aber offenbar schon an dem Punkt seiner Laufbahn angekommen, an dem er wieder untergehen könnte: Ibiza! – war nicht auch dieser andere Typ, so ein abgetakelter Schlagerdoldi, Jürgen Dingsda seit Jahren auf irgendeine spanische Insel entsorgt worden, nachdem er in Deutschland nicht mal mehr eine Mehrzweckhalle auf dem Land füllen konnte? Der Treibstoff, der Isabella noch immer auf der Umlaufbahn, sprich als Stern am Himmel hält, ist ein einziger Song – an dem der Filzbart die Rechte hat! Das ist im Prinzip das Gleiche, wie wenn du alle Düsen bei einer Boeing gleichzeitig abschaltest und sagst: Flieg doch! – und bei dieser Vorstellung steigen, trotz Leopardenoverall, fast so was wie sympathische Gefühle für die Dorn im Wenzel auf. Könnte wirklich ein gutes Motiv sein, wenn man so denkt wie die Staude, flach und eindimensional ohne Raffinesse eben, und wenn, dann nur mit einer einfachen Drehung: Der arme Bobby lenkt alle Spuren auf sich, weil er sich sicher fühlt in seiner Rolle, steckt dann seiner Anwältin die Geschichte mit der Klage, und flups ist er das Opfer. Man muss zugeben: Fast wäre sogar der Wenzel auf ihn hereingefallen, wenn er sich nicht verraten hätte mit diesem Satz über das richtige Timing – und dann natürlich diese unglaubliche Schlampigkeit mit der Gitarre.

*

»Haftbefehl?« – Herrgottnochmal, wie ihn diese *speziellen* Frauen aufregen können!

Am laufenden Band so was von hektisch und überaktiv bis in die Fingerspitzen hinein, selbst wenn sie nicht einmal lackiert sind, wie die von der Staude. Man kann sich nicht einmal vom Flug, dieser Tigerlily in Pink und der norddeutschen Luft erholen, schon stehen die wieder auf der Matte. Können die nicht mal was anderes – Kinder kriegen zum Beispiel oder einfach nur nett sein?

Sicher, es ist ein bisschen unfair, dass er ihr noch nicht gleich weitergegeben hat, was ihm Isabella erzählt hatte – das will er sich für später aufheben, wenn er an den entsprechenden Stellen nachgehakt und alles schön wasserdicht gemacht hat. Deshalb kann er schon verstehen, was die Staude sagt, und auch sagen muss, weil die Schlüsse auf den ersten Blick nur so und nicht anders gezogen werden können. Aber warum immer diese Hektik:

»Meinen Sie nicht, es hätte erst mal gereicht, Isabella Dorn daran zu hindern, Deutschland zu verlassen?«

»Das Labor hat nicht nur Bobbys, sondern auch Frau Dorns Fingerabdrücke auf dem Gitarrenhals, also auf der Tatwaffe gefunden, Herr Wenzel, und darüber hinaus auch noch auf einem Glas, das vom Tisch auf den Teppich gefallen war! Wohlgemerkt: Es waren nur ihre Fingerabdrücke drauf! – die Dorn war in der Wohnung des Opfers, obwohl sie Ihnen gegenüber behauptet hat, die Frau noch nie gesehen zu haben!«

Ja, die Sache mit dem Glas hat ihn zugegebenermaßen auch zunächst einmal irritiert, nicht das Zahnputzglas im Badezimmer von Isabella Dorn, von dem er die Fingerabdrücke gescannt und noch am gleichen Tag per Internet an die Kollegen von der Spurensicherung in Erlangen weitergeleitet hatte. Noch bevor die Ergebnisse auf seinem Schreibtisch lagen, war er sich sicher, dass man genau diese Abdrücke auch auf dem Gitarrenhals finden würde. Aber das Glas aus der Wohnung des Opfers? Allmählich keimt fast ein wenig Respekt für Bobby im Wenzel auf.

Und die Staude? Fleißig, ja doch, ganz passabel für ihr Alter, muss nur noch lernen, sich gegen Schlüsse zu wehren, die scheinbar so leicht zu ziehen sind wie Splitter aus einer Fingerkuppe. Eins und eins ergibt zwei, dann die drei dazu, die vier und immer so weiter. Alles ganz logisch, alles nachvollziehbar, nicht wahr, Fräulein – Entschuldigung: Frau Staude mit den Nadelstreifen? Aber sie weiß noch nicht alles, wird noch ein bisschen staunen können – staunen: das Recht der jungen Leute, der jungen Frauen allemal! Und jetzt muss der Wenzel doch tatsächlich etwas schmunzeln.

»Haben Sie sich eigentlich schon mit Isabella Dorn unterhalten? Nein? – sollten Sie unbedingt machen, Frau Staude. Hab' in Hamburg ein paar Details erfahren, die Sie interessieren werden. Überhaupt eine interessante Person, diese Labelle!« *Ganz im Gegensatz zu diesem Filzbart,* aber das denkt er sich. Man muss die Form wahren und erst im richtigen Moment seine Trümpfe ausspielen – später, bei einem Getränk. Aber vorher ...

*

Der Mann auf dem Stuhl gleicht mittlerweile einem filzbärtigen Kartoffelkloß, den man ins Wasser geworfen hat, bevor es begonnen hat zu sprudeln. Aufgelöst siehst du aus, weich und schwammig, ganz zerlaufen an den Rändern. Selbst das Fluchen auf *Isa, das Miststück,* und dass sie gedroht hat, dich fertigzumachen, nutzt nichts gegen den Eindruck, den du hinterlässt. Und der Eindruck ist, dass du ein Brei bist, der versucht, sich selbst aus dem Brei zu ziehen, der seine Welt ist, die Brei war und immer Brei bleiben wird!

Dem Wenzel geht es an dieser Stelle eigentlich nur noch um ein, zwei winzige Details: Den Kreis schließen, nennt er das. Die Kollegen bewundern ihn für seine Fähigkeit, stur wie ein Büffel auf seine Instinkte zu vertrauen und sich auch dann nicht vom einmal eingeschlagenen Weg abbringen zu lassen, wenn alle Umstände in eine andere Richtung weisen.

»Sie behaupten, Ihre frühere Partnerin Isabella Dorn, oder *Labelle*, versucht Ihnen diesen Mord in die Schuhe zu schieben, um Sie quasi ruhig zu stellen, Sie daran zu hindern, Ihr eine Unterlassungsklage wegen diesem, diesem ...«

»Baby Guitar!«

Der Brei taucht aus sich auf und streckt eine dickliche Hand in die neonfarbene Welt: »Sie will nicht, dass ich diesen Song singe, sie ist verrückt! Haben Sie eine Zigarette, bitte?«

»Hm.« Wenzel reicht ihm die Packung und beginnt mit seinem berühmten Stop-and-Go, ein bedächtiges Aufundabschreiten mit sorgfältig kalkulierten und abrupt eingeschobenen Pausen, eine kleine entnervende Choreographie, die er sich einmal aus einer dieser großartigen *Maigret*-Folgen von der BBC mit Rupert Davies als Kommissar abgeschaut und gleich übernommen hat: gehen, denken, stehenbleiben und dann unvermittelt eine Frage stellen:

»Glauben Sie allen Ernstes, jemand begeht einen Mord wegen einer Hitparadennummer?«

Und auch wenn der Kloß jetzt sehr leise und in sich hinein etwas von *unberechenbar* und *skrupellos* nuschelt, dem Wenzel also mehr oder weniger unterstellt, die Frau schlichtweg nicht zu durchschauen, kennt dieser auf jeden Fall die Fakten. Sicher, so ein Anwalt lehnt sich nie weiter aus dem Fenster, als er unbedingt muss, behauptet aber auch nicht freiwillig etwas, das ihn um ein sattes Salär bringen würde. Nur Bobbys Anwalt hatte ihm genau das, wenn auch durch die Blume, zu verstehen gegeben: Nicht gerade chancenlos, aber mit großer Wahrscheinlichkeit würde es, wenn überhaupt, bestenfalls auf einen Vergleich rauslaufen. Beide müssten ihre Anwaltskosten und den Prozess zahlen, und Labelle dürfte ihr Goldbaby weiter trällern. In erster Linie also für Bobby ein reines Verlustgeschäft.

Wenzels Schuhe, die mit den etwas dickeren Kreppsohlen, verursachen lustige Geräusche auf dem Linoleumboden, genau so muss es klingen, wenn sich zwei sehr alte Meerschweinchen auf einer Wippe unterhalten: oing---oing---oing! Stop.

»Nicht wahr, es muss Sie doch ungeheuer wurmen, wenn diese aufgedonnerte Blondine mit Ihrer Nummer abkassiert – Herr Müller! Und Sie haben keine Chance, etwas dagegen zu unternehmen, nicht mal bezahlen muss sie dafür – jedenfalls nicht mit Geld, ist es nicht so?«

Oing---oing---oing! Oing---oing---oing! Oing---oing---oing! Stop.

»Frau Dorn behauptet, Susan Michaels nicht zu kennen. Können Sie sich erklären, wie sie es dann geschafft haben soll, mitten in der Nacht in ihre Wohnung zu kommen?«

Was soll ein zerlaufener Kloß – und ja, der Bobby fühlt sich jetzt selbst ganz genau so – was soll so einer auf diese Frage antworten? Er hat keine Antworten, hat auch keine Fragen mehr. Könnte dem Wenzel schon erzählen, dass die Hoftür nie abgesperrt gewesen ist, weil die Susan es irgendwann mal aufgegeben hat, den Musikern, die unten gespielt und oben geschlafen haben, einen Schlüssel zu geben, weil der sowieso jedes Mal nach spätestens zwei Nächten weg war – man zieht halt noch um die Häuser, trifft andere, die nachts arbeiten, man muss doch leben! Aber was wissen die Tagmenschen schon davon?

Nachdenken, gehen, stehenbleiben, fragen und dabei nicht vergessen, immer etwas auf den Zehenspitzen zu wippen:

»Mitten in der Nacht, hm?«

Am liebsten würde der Bobby jetzt auch aufstehen, herumlaufen und auf den Zehenspitzen wippen, traut sich aber nicht – Filzbart eben! Stattdessen schaut er den Wenzel nun schon wieder mit wässrigen Augen sehr flehentlich an:

»Ich weiß es nicht, ich ... vielleicht hab' ich ihr irgendwann mal von dem Hoftor erzählt – ich habe ihr viel von Susan erzählt, es war 'ne gute Zeit für mich, früher mal. Susan war 'ne gute Freundin – meine beste Freundin!«

Jetzt setzt sich Wenzel hin, schaut dem Bobby mit geübtem Blick lang ins weiche Filzbartgesicht und beobachtet genau jeden Muskel unter der talgigen Haut, ganz genau so, wie es Rupert Davies machen würde:

»Kennen Sie die Bar vom Hotel *Maritim*? Soll da angeblich die besten Cocktails der Stadt geben!« Und jetzt mit sehr weicher Stimme: »Die Gläser sind auch nicht zu verachten – Sie mögen doch schöne Gläser, oder?«

*

»Shirley Temple, stimmt's?«

»Wie bitte?«

»Was Sie da trinken, so 'ne Art Fruchtcocktail, oder?«

Sicher hätte Wenzel der Staude auch alles ganz einfach in seinem Büro erzählen können, aber besser lernt es sich, wenn man die Informationen quasi über die Sinne aufnimmt. Erst so wird es zu eigener Erfahrung – so was bleibt kleben im Hirn – und deshalb hat er sich mit der Staude jetzt noch auf ein Getränk an der Bar des *Maritim* verabredet, was für einen Mann wie Wenzel alles andere als selbstverständlich ist, vor allem, wenn man bedenkt, dass es hier nur diese modischen Bierverschnitte in nordischfrisch und friesischherb gibt statt einem ordentlichen Krug- oder Meisterbräu (deshalb lieber einen Malt Whisky!), vor allem auch, wenn man bedenkt, dass Frau Wenzel es überhaupt nicht schätzt, wenn Herr Wenzel sie schon wieder einmal bittet, den Freitagssauerbraten noch ein bisschen länger schmoren zu lassen, als ihm gut tut. Aber es ist doch auch gewissermaßen reizvoll, so einer frisch studierten und geschniegelten Tochter aus gutem Hause einmal zu zeigen, wie das wahre Leben so aussieht, das sich immer im Detail abspielt, das vielschichtig ist, für das es viel Gespür und gute Erfahrung braucht und das einen trotzdem immer wieder überrascht.

Genau das ist es, was der Staude, die zwischenzeitlich natürlich mit Isabella Dorn gesprochen hat, jetzt immer noch die feinen Falten über den gezupften Augenbrauen sehr hoch und tatsächlich sehr verwirrt bis erschüttert die Stirn hochspringen lässt:

»Die beiden hatten sich also am Nachmittag der Tatnacht getroffen und in *dieser* Hotelbar gestritten! Warum hat Robert Müller mir nichts davon erzählt?«

Die Staude hat den Nadelstreifenanzug heute im Schrank gelassen, trägt stattdessen eine schwarze Jeans, Bluse (wahrscheinlich Seide) und darüber ein Jackett, das zu gut fällt, um billig zu sein. Der Kommissar trägt seinen üblichen Trenchcoat, den leicht zerknitterten Hut hat er neben sich auf die Bar gelegt.

»Warum hätte er es Ihnen erzählen sollen? Es war doch seine einzige Chance, Sie bei der Stange zu halten.« Wenzel schwenkt sein Whiskyglas wie Humphrey Bogart im *Malteser Falken,* bevor er es klirrend auf den marmorkühlen Tresen stellt. »Warum hätte er Ihnen erzählen sollen, dass er am Freitag Nachmittag mit Isabelle Dorn genau hier die Gitarren getauscht hat? Denken Sie mal drüber nach, Frau Staude! In den Menschen steckt oft mehr, als man auf den ersten Blick vermutet.«

Die Gitarren getauscht – natürlich! Auf den alten Bo-Labelle-Fotos sieht man die beiden immer mit vollkommen identisch aussehenden Instrumenten – darauf hätte sie auch selbst kommen können. Aber warum hätte sich Bobby oder gar die Labelle auf einen Gitarrentausch einlassen sollen, wo die beiden doch wie Hund und Katz sind?

»So 'ne Art Versöhnungsgeste von der Labelle. Bobby hatte sie angerufen und rumgeheult wegen eines kaputten – Dingsda – kenn' mich nicht aus mit dem Zeug, Tonerzeuger oder -abnehmer, was weiß ich denn.«

»Aber sie hatte doch selbst einen Auftritt!«

Herrje, wie zerzaust die Staude gucken kann! Dann muss er dieser Musikexpertin also allen Ernstes erklären, dass es so was wie Playback gibt und dass bei Auftritten, wo herumgehüpft und mit allen möglichen Körperteilen gewackelt wird, bis man schon vom Zuschauen ganz irr wird im Kopf, die Instrumente meistens nur Dekoration sind.

»Alles nur Attrappe – Sie haben mir doch selber erklärt, wie das läuft mit den hübschen blonden Frauen – erinnern Sie sich: die Kochsendungen!«

»Aber – warum sollte Robert Müller so etwas tun?«

»Durchgedreht, hat den Erfolg nicht verkraftet, wollte nicht, dass die Dorn weiter mit der Nummer – wie haben Sie es genannt? – hausieren geht. Kommt manchmal vor bei Musikern: erste Nummer – Kultsong! Und dann überschnappen, der eine weniger, der andere eben mehr!«

Wieder dieses Gefühl, aufs Eis hinausgeschickt zu werden, rutschige Schuhe, beißender Wind – und von einem Mann, der so viel massiger ist als man selbst, der natürlich schon weiß, was man gleich einwenden wird – die Fingerabdrücke auf dem Glas! –, und der jetzt mit seinem Zeigefinger auf den Barkeeper deutet (natürlich hatte Wenzel schon vor ein paar Stunden mit ihm telefoniert) – kleine Verena, noch immer hockt dir der Papa im Genick!

»Holger Naujoks, stammt aus dem Norden, ist aber wurscht. Soll angeblich einer der besten Cocktailmixer Deutschlands sein – ich mach' mir ja nichts aus Cocktails, aber auch wurscht. Er war letzten Freitag hier und er ist heute hier. Reden Sie doch mal mit ihm – und wie gesagt: Die Cocktails hier sollen gut sein. Und die Gläser sind aus – verflixt, woraus sind die Gläser noch mal? – hm, irgendwas aus dem Osten, teuer jedenfalls. Gutes Glas, sehr feinporig, wie gemacht für Fingerabdrücke. Ach, und noch was, Frau Staude: Haben Sie sich mal überlegt, ob Sie nicht einfach aus Reflex was gegen Isabella Dorn haben könnten? – gelegentlich trübt so was die Wahrnehmung! Sie wissen schon – Frauen sind in dieser Hinsicht manchmal ja etwas, hm – schwierig.«

Man kann förmlich sehen, wie das Fundament unter ihren bombenfesten Theorien zu wackeln beginnt, wie sich Risse bilden in den Wänden, wie die Balken knirschen. Noch wird alles von einer Kleinigkeit gestützt, aber diese Kleinigkeit besteht aus Glas, und hui, so ein Glas zerbricht bekanntlich schnell – vor allem, wenn es auf einem gläsernen Couchtisch steht, der unter der Wucht von wütenden Schlägen und dem Gewicht eines malträtierten menschlichen Körpers zu Bruch geht. Umso erstaunlicher, wenn es das nicht tut, wenn es ganz unversehrt zwischen all den Scherben liegt, ganz so wie das Baby am Happy End eines billigen Hollywoodkrimis in den Trümmern eines explodierten Hauses liegt und lächelt und sagt: »Komm, Mutti, nimm mich in die Arme – nimm meine Fingerabdrücke!«

Es war nur ein Nebensatz von Isabella gewesen, nur ein weiteres klitzekleines Detail – *einer, der in Hotels die Seife einsackt, Wasser in die Flaschen der Minibar füllt und Gläser klaut* – und natürlich etwas Recherche, das Gespräch mit Bobby, bis sich der Kreis geschlossen hatte, an dem die Staude jetzt immer noch herumwerkelt – das teure Jackett scheint ihr plötzlich gar nicht mehr so gut zu passen.

An die Scheiben, durch die man bei sonnigem Wetter den Platz zwischen Einkaufspassage und Fußgängerzone so grandios beobachten und dabei die Gedanken schweifen, quasi fliegen lassen könnte, rumpelt Regen, der ahnen lässt: Weit kann der Herbst nicht sein.

»Passt«, denkt der Wenzel, als er ins Freie tritt, »Wochenende ist, und es fängt schon wieder an zu regnen!« Vollkommen zufrieden ist er zwar nicht mit sich und der Welt, sprich dem Fall, denn der Bobby hat auf der einen Seite schon irgendwann zugeben müssen, im *Maritim* eines der Gläser geklaut zu haben, auf der anderen Seite aber immer noch kein Geständnis abgelegt. Trotzdem fühlt Wenzel sich gut, sehr gut sogar. So, als ruhte der Sauerbraten, dem er jetzt durch den trüben Regen zügig entgegeneilt, schon wohlig nebst einem dicken Kartoffelkloß in seinem Magen.

*

Verloren, Prüfung wieder einmal nicht bestanden!

Verena Staude sitzt allein an der Marmorbar des *Maritim* und trinkt statt eines Fruchtcocktails heute eine Bloody Mary. Es ist wahrscheinlich Montag, draußen regnet es noch immer. Windig ist es – Herbstanfang eben. Die Dorn ist noch am Freitag aus der Untersuchungshaft entlassen, die Aussage des Barkeepers ordentlich protokolliert worden.

Das Glas fühlt sich schwer an in ihrer Hand – »Kristall aus Böhmen«, hatte Holger Naujoks gesagt, ein verschnörkeltes »M« von *Maritim* ist auf der Unterseite eingeätzt. Das hatte Bobby gefallen, und er hatte es in seinem Gitarrenkoffer versteckt. Pech für Bobby, dass sie es dort nicht gefunden haben.

Wenzel hatte recht mit dieser Labelle, sie hatte die Frau nicht ausstehen können, mochte sie vom ersten Moment an nicht. Warum? Zu blond, zu jung, zu sehr – Weibchen? Diese selbstverständliche Art, auf dem dürren Stuhl im Verhörraum zu sitzen, als wäre es ein Thron! Diese schnippische Wippen mit den Fußspitzen, das gelangweilte Starren auf die pink lackierten Fingernägel, das schreiende Parfüm! Ihre ganze billige, arrogante Lächerlichkeit! Der schneidende Hass in ihrer Stimme:

»Er ist der geborene Verlierer, dieser Robby Bobby Müller.« Was hat er, was kann er, was bringt er? Hat er einen Finger gekrümmt für ihr »Baby Guitar«? Hat er sich nächtelang hingesetzt, geschrieben, probiert, verworfen? Nichts hat er getan, verhunzt hat er das Baby, bei jedem Auftritt mehr, bis man es kaum noch erkennen konnte. Nur die Textrechte hatte er – wahrscheinlich im Suff ergattert, wie alles –, aber damit hat er aufgetrumpft!

Oder war es doch dieser kleine Vortrag über das perfekte Timing bei einem Instrumentalsolo, der sie so hat aufhorchen lassen und der ihr nicht mehr aus dem Kopf will – das Gemeine, Kalkulierende, Berechnende darin?

Bobby hat sich nie etwas merken können, dieser Idiot. In seinen Kopf hab' ich's ihm hämmern müssen: Man muss den richtigen, den einzigen Moment kennen, wann so ein Gitarrensolo zu Ende sein will! – Das ist das Wesen des Timings, nicht wie steady du bist oder wie schnell, sondern ob du den einzigen, richtigen Punkt findest, um Schluss zu machen. – Aber davon weiß jemand wie Sie natürlich nichts – Frau Anwältin.

*

Die Anwältin weiß auch nicht, dass sich genau in diesem Moment knapp 2000 Kilometer entfernt ein Pfauenauge von einer Hibiskusblüte erhebt und auf ein Glas zuschwebt. Der Wind ist warm, fast heiß, wie immer um diese Zeit auf Ibiza. Die blonde Frau im pinkfarbenen Bikini mit Raubtiermuster sieht ihm gelangweilt zu, wie er versucht, seinen Rüssel in die bernsteinfarbene Flüssigkeit zu tauchen, immer wieder abrutscht, beinahe in das Glas fällt, das ein heruntergekommener Kneipenmusiker in einer Hotelbar hatte mitgehen lassen. Es war ein Kinderspiel gewesen, das Glas einige Stunden später wieder aus seinem Gitarrenkoffer zu nehmen und ihm dafür die Einnahmen aus der Kasse der Wirtin in die Jackenstasche zu stopfen – wenn man mal von dem ekelhaften Alkoholgestank im Zimmer absieht. Susan? – na ja, man muss Opfer bringen, wenn man wirklich liebt.

»Prost, mein Baby, dein Daddy tut dir nicht mehr weh!«

Verena Staude an der Bar des *Maritim* trinkt den letzten Schluck ihrer Bloody Mary. Es wird noch eine Weile dauern, bis das Zimmermädchen, vielleicht eines aus Russland, bemerkt, dass in der Minibar der Suite, in der zuletzt diese eingebildete Sängerin gewohnt hat, ein Glas fehlt. Ein schweres böhmisches Glas, von dem sie im Labor Isabellas Fingerabdrücke ganz leicht hatten abnehmen können. »Unglaublich«, wird sie sich wieder mal denken, »stinken vor Geld, diese Popstars, aber klauen wie die Raben!«

Josef Rauch

Der Fall Feuerbach

I

Ich hätte es besser wissen müssen. Es war von Anfang an ein verfluchter Tag gewesen. Schon am Morgen hatte es nur Hiobsbotschaften gehagelt: Das Radio meldete, dass zum Start der Michaelis-Kirchweih sintflutartige Regenfälle vorhergesagt wurden, die Zeitung schrieb, dass die Spielvereinigung ihren besten Stürmer an einen Bundesligisten verkauft hatte, und die Post brachte einen saftigen Strafzettel wegen Geschwindigkeitsüberschreitung auf dem Frankenschnellweg. Ich hätte mein Privatdetektivbüro an diesem Tag zuschließen und die Tür mit meinem maroden Mobiliar verrammeln sollen. Aber weil ich ein gottverdammter Narr war, hatte ich es nicht getan, und so wurde ich in einen Mordfall verwickelt, der eigentlich jenseits jeglicher Vorstellungskraft lag.

Ich saß hinter meinem Schreibtisch und starrte aus dem Bürofenster auf die schmutzigen, verwitterten Fassaden der gegenüberliegenden Häuser in der Fürther Blumenstraße, aber ich sah nichts, was den Straßennamen gerechtfertigt hätte. Ich schloss die Augen, um mir wenigstens blumige Gedanken zu machen. Als ich gerade davon träumte, dass eine junge, schlanke, leichtbekleidete Blondine zur Tür herein käme, klopfte es, und ich öffnete die Augen wieder. Die Person, die tatsächlich zur Tür hereinkam, war nahezu identisch mit meiner Phantasiefrau, wenn man davon absah, dass sie einen langen Mantel trug, unter massiver Fettleibigkeit litt, graue Haare hatte und geschätzte hundert Jahre alt war.

Die alte Frau trippelte, auf einen Gehstock gestützt, mit langsamen, unsicheren Schritten auf meinen Schreibtisch zu.

»Guten Tag, junger Mann. Ich hoffe, ich bin jetzt auch wirklich an der richtigen Adresse gelandet. Ich sehe nämlich nicht mehr so gut.«

»Da muss ich Sie leider enttäuschen. Sie sind hier falsch. Die Augenarztpraxis befindet sich in der Moststraße.«

»Sie sind also nicht Privatdetektiv Philipp Marlein?«

»Doch, der bin ich.«

»Na wunderbar, dann passt es doch. Genau zu Ihnen wollte ich. Ich habe nämlich einen Auftrag für Sie.«

Ich ließ die betagte Dame auf meinem Klientenstuhl Platz nehmen. Sie hatte also einen Auftrag für mich. Ich ahnte, was da kommen würde. Entweder war ihre Katze entlaufen, oder sie verdächtigte die Nachbarin, ihre Zahnprothesen geklaut zu haben.

»Es geht um einen Mordfall.«

Ich fiel zwar nicht vom Stuhl, aber mein Unterkiefer klappte doch ein Stück runter. Dass die nette Oma mit so starkem Tobak daherkommen würde, damit hätte ich nun wirklich nicht gerechnet.

»Dann muss ich Sie schon wieder enttäuschen. Sie sind hier tatsächlich falsch. Die Polizeidirektion befindet sich in der Kapellenstraße. Für Mord sind die Jungs in Uniform zuständig.«

»Das weiß ich. Aber es gibt da ein kleines Problem. Die Polizei kümmert sich leider nicht um die Aufklärung eines Verbrechens, das vor über 150 Jahren verübt wurde.«

Ich rückte meinen Unterkiefer wieder zurecht und musterte meine Besucherin mitleidig. Also doch kein echter Mordfall, sondern nur eine Marotte einer senilen Seniorin.

»Verständlich. Und so leid es mir tut: ich genausowenig.«

Sie öffnete die abgewetzte Lederhandtasche, die sie bei sich trug, holte ein zerfleddertes Portemonnaie heraus, entnahm ihm ein gutes Dutzend Geldscheine und blätterte sie auf meinen Schreibtisch.

»Könnte das hier Ihre Meinung ändern?«

Ich betrachtete die Banknoten. Es waren große Scheine.

»Es gibt sicherlich sinnvollere Verwendungszwecke für so viel Schotter.«

»Ich bin Witwe und habe keine Kinder. Ich beziehe eine gute Rente. Ich habe schon rein statistisch nicht mehr lange zu leben. Wofür sollte ich mein Geld aufsparen? Für einen mit Blattgold überzogenen und mit Kaschmirseide ausgekleideten Luxussarg? Nehmen Sie die Scheine und erfüllen Sie mir meinen Wunsch. Es könnte einer meiner letzten sein.«

Ich musterte die süßen kleinen Papierchen, die vor mir lagen. Sie waren auf der Suche nach einem neuen Zuhause, und auf meinem leeren Bankkonto hätten sie genug Platz gefunden, um es sich so richtig gemütlich zu machen. Auch meine unbezahlten Rechnungen würden sie herzlich willkommen heißen und sich prächtig mit ihnen verstehen.

»Sie wollen also allen Ernstes, dass ich in einem Mordfall ermittle, der sich im 19. Jahrhundert ereignet hat?«

»Genau.«

Ich hörte in meinem Hinterkopf ein leises und zartes Stimmchen irgendwelches Zeug flüstern. Bei genauerem Hinhören erkannte ich, dass es mein Gewissen war. Es wollte mir weismachen, dass es unmoralisch wäre, einer betagten und anscheinend auch schon leicht verwirrten Frau mit der Bearbeitung eines offenkundig absurden Ansinnens das Geld aus der Tasche zu ziehen. Eine zweite, laute und grobe Stimme – offenbar der große Bruder des Gewissens – übertönte die erste aber mit dem Hinweis, dass die alte Dame ihre Moneten sonst doch nur auf von skrupellosen Abzockern organisierten Kaffeefahrten für sinnfreie Staubfänger verpulvern würde, während Sie von mir wenigstens etwas bekommen würde, das ihr wichtig zu sein schien und das sie auch wirklich von sich aus wollte, Senilität hin oder her.

»Na gut. Ihr Problem, für welchen Unsinn Sie Ihr Erbe verschleudern. Ich nehme Ihren Auftrag an.«

Ich schaufelte die Geldscheine zusammen und verstaute sie in einer Schreibtischschublade.

»Also dann – erzählen Sie mir Ihre Geschichte.«

Sie nahm ihre Stubenfliege-Puck-Gedächtnisbrille ab. Ein interessantes Teil. Die Fassung musste sie von Buddy Holly geklaut und die Gläser aus der schusssicheren Windschutzscheibe des Papamobils herausgeschnitten haben.

»Ich bin vor kurzem ins Altenheim gezogen. Beim Auflösen meiner Wohnung habe ich auf dem Dachboden einen Packen alter Briefe gefunden, die von meinen Vorfahren geschrieben wurden. Ich habe sie nach dem Umzug alle in Ruhe studiert.«

Sie setzte die Brille wieder auf und kramte ein Stück Papier aus ihrer Handtasche.

»Einige davon stammen von meinem Ururgroßvater. Er war Pastor in Ansbach.«

Sie hielt mir das Papier unter die Nase.

»Und jetzt lesen Sie mal den letzten Brief, den er verfasst hat.«

Ich nahm das Blatt und betrachtete es. Das Papier war vergilbt, die Schrift war verblasst, und der Text war in altdeutscher Schrift verfasst, aber mit einiger Mühe gelang es mir schließlich trotzdem, den Inhalt des Briefes zu entziffern.

Ansbach, 6. Januar 1841

Verehrter Freund!

Ich schreibe Ihnen diese Zeilen in einem Zustand höchster Erregung, denn seit dem gestrigen Tage trage ich ein Geheimnis in mir, das schwer auf meiner Seele lastet. Lassen Sie mich zuvorderst in kurzen Worten berichten, was sich am vergangenen Abend zugetragen. Auf freundliche Einladung eines Bekannten hin fand ich mich im Wirtshaus des Schlosses im nahegelegenen Bruckberg ein. In eben jenem Schlosse lebt ein Mann namens Ludwig Feuerbach. Er hat sich vor einigen Jahren mit Bertha Löw verehelicht, einer der Töchter des dahingeschiedenen Besitzers der Porzellanmanufaktur, die im Schloss untergebracht ist, und mir dünkt, dass er dies mit wohlfeiler Berechnung tat, denn er geht keiner geregelten Beschäftigung nach und lebt von dem, was sein Weib kraft ihres

Erbrechtes an Einkünften aus der Fabrik erhält. Ein rechter Taugenichts also, dieser Feuerbach, gleichwohl wäre mir sein liederlicher Lebenswandel einerlei, hätte ich nicht unseligerweise der Unterhaltung lauschen müssen, die er am Nachbarstische mit einigen Dorfbewohnern führte. Denn was ich da hören musste, hat mich zutiefst erschüttert: Herr Feuerbach plant einen kaltblütigen, schrecklichen Mord! Ja, mein Freund, Sie haben richtig gelesen: einen Mord!!! Leider kann ich Ihnen keine näheren Einzelheiten schildern, allein so viel: Dieser Mord würde unermessliches Unglück über unser aller Dasein bringen! Und deshalb gilt es, diese Tat unter allen Umständen – und ich betone: unter ALLEN! – zu verhindern. Ich habe in der zurückliegenden Nacht keinen Schlaf gefunden, und auch am heutigen Tage quält mich seit Stunden nur der eine Gedanke: Wie ist's möglich, zu verhindern, was der Schurke geplant? Nach langem qualvollem Zermartern des Kopfes bin ich zu dem Entschluss gekommen, dass es allein möglich ist, wenn ich dem Menschen zuvorkomme und ihn – Gott sei meiner Seele gnädig! – selbst beseitige, bevor er seine Tat ausführen kann. Ja, mein Freund, wieder trügen Sie Ihre Augen nicht: Ich bin willens, morgen hinzugehen und Ludwig Feuerbach zu töten. Ich weiß, dass Ihr Entsetzen über meine Zeilen in diesem Moment unermesslich ist, indes aus Gründen, die ich Ihnen auf diesem Wege nicht mitteilen kann, gibt es schwerlich eine andere Möglichkeit als die, selbst Hand anzulegen (denn die Obrigkeit würde nicht das unternehmen, was nötig ist). Ich bete zu unserem Herrn, dass er mir vergeben möge (diesbezüglicb bin ich durchaus recht zuversichtlich, obgleich ich eine schwere Sünde begehe und eines der Heiligen Gebote missachte), und hoffe freilich inständig, dass Sie, mein hochgeschätzter Freund, gewiss irgendwann, wenn alle Umstände dieser Angelegenheit ans Licht kommen, verstehen werden, dass ich tun musste, was ich am Ende des morgigen Tages hoffentlich an diesem Teufel von einem Menschen getan haben werde.
Mit der aufrichtigsten Hochachtung
Ihr ergebenster Freund

Darunter stand eine nicht identifizierbare Unterschrift.

Ich gab den Brief der alten Frau zurück. Sie faltete ihn zusammen und steckte ihn wieder in ihre Handtasche. Ich runzelte die Stirn.

»Okay. Und ich soll jetzt herausfinden, ob Ihr Urahn diesen Feuerbach tatsächlich ermordet hat.«

Omi schüttelte den Kopf.

»Nein. Ich weiß ja, dass er es nicht getan hat, weil Ludwig Feuerbach bekanntermaßen erst über 30 Jahre später verstorben ist. Und ich weiß auch, warum er es nicht getan hat: Weil er gar keine Gelegenheit mehr dazu bekam. Ich habe nämlich auch einen Brief von seiner Frau gefunden, der einige Tage später geschrieben wurde. Darin teilt sie einer Bekannten den Tod ihres Mannes mit. Sie berichtet, dass er sich an jenem 6. Januar den ganzen Tag in unerklärlicher Aufgeregtheit befunden habe. Gegen Abend sei ihm unwohl geworden, er habe über Herzschmerzen geklagt und sei dann plötzlich zusammengesunken. Der herbeigerufene Arzt konnte nur noch seinen Tod feststellen und diagnostizierte einen Herzanfall. Anscheinend hat ihn also die Aufregung über den Mordplan von Feuerbach und über seine eigene geplante Tat das Leben gekostet.«

»Dann soll ich also aufklären, ob dieser Feuerbach den angeblich geplanten Mord wirklich begangen hat.«

»Genau. Alle Angehörigen unserer Familie waren friedfertige und gottesfürchtige Leute, und wenn mein Ururgroßvater, der noch dazu Pastor war, tatsächlich vorhatte, einen Mord zu begehen, dann muss dieser Ludwig Feuerbach etwas unglaublich Schreckliches im Sinn gehabt haben. Ich möchte einfach wissen, warum einer meiner direkten Vorfahren beinahe zum Mörder geworden wäre und ob er, wenn er denn zum Mörder geworden wäre, wirklich ein schlimmes Unglück verhindert hätte.«

Ich kramte in den Archiven meines Langzeitgedächtnisses.

»Ludwig Feuerbach – war das nicht ein Philosoph oder so was Ähnliches?«

»Ja. Ich habe im Lexikon nachgeschaut. Ludwig Feuerbach war im 19. Jahrhundert einer der bedeutendsten deutschen Philosophen. Er war Privatdozent an der Universität Erlangen, lebte danach viele Jahre auf Schloss Bruckberg in der Nähe von Ansbach und starb schließlich in Nürnberg, wo er auf dem Johannisfriedhof begraben wurde.«

»Na, das liegt ja wenigstens alles in der Nähe. Dann will ich keine weitere Zeit verschwenden und werde mich jetzt gleich mal auf Spurensuche begeben.«

Ich schrieb mir die Telefonnummer meiner Klientin auf, versprach ihr, sie anzurufen, wenn ich etwas herausgefunden hätte, und wartete, bis die alte Frau aus meinem Büro gewackelt war. Dann lehnte ich mich in meinen Bürostuhl zurück und stieß einen gotteslästerlichen Fluch aus. Auf Spurensuche begeben! Sehr witzig, Herr Marlein! Genauso gut hätte ich nach Spuren des Mordes von Kain an Abel suchen können. Da hatte ich mir ja eine schöne Scheiße eingebrockt.

Ich zog die Schreibtischschublade auf und warf einen Blick auf die Geldscheine. Dann gab ich mir einen imaginären Tritt in den Hintern. Hör auf zu lamentieren, Philipp. Du hättest die Kohle auch ganz einfach ablehnen können. Aber du hast sie angenommen, also beweg gefälligst deinen Arsch und verdien sie dir auch.

Ich schob die Schublade wieder zu und beschloss, einfach das zu tun, was ich tun würde, wenn ich einen aktuellen Mordfall aufklären müsste.

Wenn es einen Verdächtigen gab, würde ich ihm natürlich einen Besuch abstatten.

Ich mag eigentlich keine Aufträge, bei denen ich ins Ausland reisen muss. Aber in diesem Fall ließ es sich nicht vermeiden.

Also stand ich auf, zog meinen Mantel an, setzte meinen Hut auf – und machte mich auf den Weg nach Nürnberg.

2

Friedhöfe empfinden wir immer als seltsame Orte, denn sie erinnern uns mit Brachialgewalt an das, was wir am liebsten verdrängen und am wenigsten wahrhaben wollen: unsere Sterblichkeit. Der Johannisfriedhof in Nürnberg war jedoch ganz besonders seltsam. Ich hatte ihn zuvor noch nie besucht, hatte nur über ihn gelesen, dass er aufgrund einer bestimmten Eigenart als einer der berühmtesten Friedhöfe der Welt gelte. Und diese Eigenart war nicht zu übersehen. Auf dem Johannisfriedhof befanden sich nämlich nicht, wie sonst üblich, stehende Grabsteine mit Erdbeeten davor, sondern fast ausschließlich liegende Grabmäler. Der Weg zu meinem Ziel hatte mich durch ein regelrechtes Meer von großen Quaderblöcken geführt, die aussahen wie steinerne Särge. Viele dieser an sich plumpen Klötze – die alle annähernd dieselbe Form und Größe hatten, offenbar war eine Norm vorgegeben – wurden veredelt durch kunstvolle bronzene Verzierungen in Form von Namen, Sprüchen, Wappen, Siegeln, Bildern, Symbolen und Zeichen.

Bei den hunderten von Gräbern hätte ich mich nach dem einen, das mich interessierte, im wahrsten Sinne des Wortes zu Tode gesucht, wenn sich nicht praktischerweise am Friedhofseingang in einem Schaukasten eine Karte befunden hätte, auf der anscheinend die Gräber verzeichnet waren, in denen historische Nürnberger Promis begraben lagen, und dazu zählte zum Glück auch das Grab der Person, die ich suchte. Außer ihr kannte ich noch den Maler Albrecht Dürer, aber alle anderen Namen sagten mir nicht die Bohne. Allerdings interessierte mich Nürnberger Stadtgeschichte auch ungefähr genauso viel wie ein umgefallener Kaffeesack in Brasilien.

Da stand ich also nun – am Grab von Ludwig Feuerbach. Es unterschied sich von all den anderen Steinsärgen nur darin, dass es höher war als die umliegenden und aufgrund einer schuppigen Befleckung auf der Sandsteinoberfläche besonders alt wirkte. Der Bronzeschmuck dieses Blockes bestand aus einem kreisrunden, medaillonartigen Profilporträt von Ludwig Feuerbach und einem Lorbeerkranz, der die Inschrift ›Ludwig Feuerbach Geb. 1804 Gest. 1872‹ umrahmte.

Ich musterte das Bild von Feuerbach – ein älterer Mann mit Rauschebart, der problemlos als Weihnachtsmann durchgegangen wäre, wenn man ihm eine rot-weiße Bommelmütze aufgesetzt hätte – und fragte mich, was ich eigentlich überhaupt hier wollte. Wenn ich erwartet hatte, dass der Tote aus der Gruft heraus ein spontanes Geständnis ablegen würde, war ich enttäuscht worden, und ich hatte auch keine in den Grabstein eingeritzte geheime Botschaft gefunden.

Im Prinzip wusste ich ja, warum ich hierher gekommen war. Es war der nette Versuch, irgendwie irgendeinen Zugang zu einem Fall zu bekommen, der so weit weg und so wenig greifbar war und den ich nicht, wie ich es normalerweise tat, dadurch lösen konnte, dass ich nacheinander jede Menge Leute abklapperte, um ihnen Informationen aus der Nase zu ziehen. Denn um Leuten Informationen aus der Nase ziehen zu können, mussten sie zumindest lebendig sein, aber im Fall Feuerbach waren alle in Frage kommenden Personen schon seit Ewigkeiten mausetot, und das würde sich auch nicht ändern, wenn ich sie an ihren Ruhestätten besuchte. Immerhin, ich hatte einen Einstieg in die ganze Geschichte gefunden, hatte mit der Besichtigung von Feuerbachs Grab etwas erledigt, was ich für einen Pflichtbesuch hielt, doch den großen Durchbruch bei der Aufklärung dieses Falles hatte ich damit natürlich nicht gerade erzielt. Auch fühlte ich mich mit zunehmender Aufenthaltsdauer auf dem Johannisfriedhof immer unwohler: Ringsherum um mich nichts als gefühlte Millionen von Steinsärgen, unter mir nichts als Erde voller Knochen, Schädel und Skelette, über mir nichts als ein dunkelgrauer Himmel, an dem sich gigantische Wolkenhaufen zum finalen apokalyptischen Unwetter zusammenzurotten schienen – insgesamt also die ideale Atmosphäre, wenn man schnell depressiv werden wollte.

Da ich nicht schnell depressiv werden wollte, beschloss ich, den Johannisfriedhof zu verlassen und mich stattdessen auf den Weg zum Tatort zu machen – nach Schloss Bruckberg. Ich hatte bereits meinen Autoatlas zu Rate gezogen und entdeckt, dass Bruckberg tatsächlich ein kleiner Ort in der Nähe von Ansbach war und mit dem Wagen relativ schnell zu erreichen sein musste.

Ich warf einen letzten skeptischen Blick auf das Grab. Ludwig Feuerbach, ein großer Philosoph – und vielleicht ein verkappter Mörder. Ich hatte mich gerade abgewandt und war ein paar Schritte auf den Ausgang zugesteuert, als ein alter Mann mit einem in Zeitungspapier eingewickelten Irgendwas in der Hand an mir vorbeiging. Er blieb vor dem Feuerbach-Grab stehen und fummelte daran herum. Ich drehte mich zu ihm um.

»Was machen Sie da?«

Der alte Mann warf mir einen verwunderten Blick zu.

»Ich lege Blumen auf ein Grab. Das machen Leute manchmal so auf einem Friedhof.«

Tatsächlich wickelte er mehrere rote Rosen aus und setzte mit ihnen einen netten Farbtupfer in das triste Grau des Feuerbachschen Grabmals. Ich trat an ihn heran.

»War wohl ein Kumpel von Ihnen?«

Er starrte mich an, als hätte ich ihm gerade das Toupet geklaut, das er unübersehbar trug. Man hätte es vielleicht nicht als solches erkannt, wenn er es nicht völlig windschief auf seiner Glatze platziert hätte und wenn er sich die grauen Koteletten abrasiert hätte, die unter dem kastanienbraunen Haupthaar hervorwucherten und dieses als miese Fälschung entlarvten.

»Sie haben eine nette Art, mich darauf hinzuweisen, dass ich nicht mehr der Jüngste bin. Aber alt genug, um der Kumpel eines Mannes gewesen zu sein, der 1872 gestorben ist, bin ich dann doch wieder nicht.«

»Dann sind Sie sicher ein Nachfahre von Ludwig Feuerbach.«

»Nein.«

»Und warum kommen Sie dann an sein Grab und schmücken es mit Blumen?«

»Hören Sie, junger Mann, erst beleidigen Sie mich, und dann fragen Sie mich Dinge, die Sie schlicht und ergreifend nichts angehen. Wir befinden uns hier auf einem Friedhof, falls Sie es noch nicht bemerkt haben sollten, und ein Friedhof ist traditionell ein Ort des Friedens, der Stille und der Andacht. Warum gehen Sie nicht einfach in die U-Bahn, wenn Sie Leute anpöbeln wollen?«

»Ich verspreche Ihnen, dass ich Sie in Ruhe lasse und mich vom Acker mache, wenn Sie mir meine eben gestellte Frage beantworten.«

»Wie gesagt, es geht Sie eigentlich nichts an, aber wenn es Ihrem Seelenfrieden dient: Ich lege Blumen auf dieses Grab, weil ich Ludwig Feuerbach als großes philosophisches Vorbild verehre. Um es in Ihrer Sprache auszudrücken: Ich bin ein Fan von ihm. In akademischen Kreisen gelte ich zudem als Feuerbach-Experte, was unter Umständen damit zusammenhängen könnte, dass ich eine umfangreiche Biographie über sein Leben geschrieben habe.«

Ich hätte am liebsten einen Jubelschrei ausgestoßen. Diesen Alten schickte der Himmel. Ein Feuerbach-Experte! Das war das Beste, was mir passieren konnte, und genau das, was ich zur Aufklärung dieser Geschichte brauchte. Dumm nur, dass ich es mir gleich mit ihm verscherzt und so die ganze Sache schon von vorneherein vermasselt hatte. Aber vielleicht konnte ich die Situation mit ein bisschen Heuchelei ja doch noch retten. Also entschuldigte ich mich wortreich für mein flegelhaftes Benehmen, outete mich als armer, hilflos im Nebel herumstochernder Privatdetektiv, der den aussichtslosen Auftrag bekommen hatte, einen Fall zu lösen, in den Ludwig Feuerbach involviert war, und bettelte (zumindest verbal) auf Knien darum, dass er mir in dieser Angelegenheit weiterhelfe und mir ein paar Fragen beantworte. Die Mitleidstour zahlte sich tatsächlich aus, denn mein Interesse an seinem Fachwissen schmeichelte ihm so sehr, dass er mir verzieh und mich einlud, auf einen Sprung mit in seine Wohnung zu kommen, die sich gleich neben dem Friedhof befände.

Wir verließen den Johannisfriedhof durch ein großes steinernes Rundbogenportal, und tatsächlich wohnte der alte Herr nur einen Steinwurf vom Grab Feuerbachs entfernt in einer Mietskaserne, deren Äußeres frappierend dem der alten Gemäuer in der Fürther Blumenstraße glich. Ich vermutete, dass er sogar extra hier eingezogen war, um seinem großen Idol möglichst nahe zu sein, aber mir war's nur recht, wenn ich nicht erst irgendwo in der Weltgeschichte herumkurven musste. Der Feuerbach-Experte führte mich in das, was sein Wohnzimmer zu sein schien. Es war ein großer Raum, möbliert mit einem prähistorischen Sofa, einem flachen Glastisch, einer hölzernen Hausbar und vor allem mehreren wuchtigen, mit Unmengen von Büchern vollgestopften Regalen. An der einzigen schmalen Stelle Wand, vor der kein Regal stand, hingen einige alte gerahmte Bilder und Fotos. Mein Gastgeber ließ mich auf dem Sofa Platz nehmen und bot mir etwas zu trinken an. Wie sich herausstellte, war seine Hausbar mit allem gefüllt, was das Quartalssäuferherz begehrte, und nachdem wir uns einen Frankenwein aus der Vorkriegszeit (also der Zeit vor dem Dreißigjährigen Krieg) eingeschenkt hatten, erklärte mir mein Gastgeber gutgelaunt (er lebte alleine, schien nicht oft Besuch zu bekommen und deshalb meine Anwesenheit in gewisser Weise durchaus zu genießen), ich könne mit meiner Fragestunde beginnen. Was ich auch umgehend tat.

»Also, wie war das mit dem Mord, den Feuerbach in Bruckberg begangen hat?«

Der alte Mann glotzte mich an, als hätte ich gerade vor seinen Augen ein süßes kleines Kätzchen erschlagen.

»Was erzählen Sie da für einen Unsinn? Ludwig Feuerbach hat seiner Lebtag keiner Fliege etwas zuleide getan – geschweige denn jemanden ermordet!«

Wäre ja auch zu schön gewesen, wenn er mir jetzt ganz einfach erzählt hätte, wen Ludwig Feuerbach wann und wie und warum um die Ecke gebracht hatte. So musste ich ihm erst einmal die ganze Geschichte auftischen: den Besuch der alten Dame, den Inhalt des Briefes, das Schicksal des Pastors. Ich hoffte, dass diese Details Licht ins Dunkel bringen und vielleicht für eine Ach-ja-Reaktion bei meinem Gesprächspartner sorgen würden, aber sein stetes Kopfschütteln signalisierte mir, dass meine Hoffnung trog. Feuerbachs Tat – so er sie denn begangen hatte – war also ein gut gehütetes Geheimnis. Blieb demnach wieder nur die klassische Methode übrig: Im Privatleben des Verdächtigen herumwühlen, nach schmutziger Wäsche suchen, die Leichen im Keller aufstöbern. Die gute alte dreckige Schnüfflerarbeit.

»Okay. Dann erzählen Sie mir jetzt doch einfach mal, welche dunklen Punkte es in Feuerbachs Leben gab – und sagen Sie nicht, es hätte keine gegeben, denn das kaufe ich Ihnen nicht ab. Jeder Mensch, selbst der tugendhafteste, hat irgendwo auch ein bisschen Dreck am Stecken. Erzählen Sie mir ganz einfach, wann Ludwig Feuerbach in seinem Leben so richtig Scheiße gebaut hat.«

Der Alte nippte an seinem Wein und zog ein Gesicht, als hätte er Frostschutzmittel getrunken. Der Gedanke, schlecht über sein großes Idol sprechen zu müssen, schien ihm gehörig auf den Magen zu schlagen und ordentlich die Stimmung zu vermiesen.

»Nun, natürlich gab es auch in Feuerbachs Leben einige Krisen, Skandale und Fehltritte, das will ich ja gar nicht in Abrede stellen. Was wollen Sie denn konkret wissen?«

»Ist er jemals mit den Gesetzeshütern in Konflikt gekommen? Wurde er verhaftet, hatte er einen Gerichtsprozess am Hals?«

»Verhaftet oder angeklagt wurde er nie, aber er geriet einige Male ins Visier der Polizei.«

»Aus welchem Grund?«

»Überspitzt formuliert, weil man Feuerbach verdächtigte, Mitglied einer terroristischen Vereinigung zu sein. Zu seiner Studentenzeit gab es an den Universitäten geheime Burschenschaften, denen man die Planung umstürzlerischer Tätigkeiten gegen den Staat vorwarf.«

»Und der Student Feuerbach hatte sich dieser Bewegung angeschlossen?«

»Ja, angeblich, weswegen er 1824 von der Polizei bespitzelt und verhört wurde.«

»Konnten die Bullen ihm etwas anhängen?«

»Nein, aber der Verdacht holte ihn immer wieder ein: 1843 musste Feuerbach in Bruckberg eine Hausdurchsuchung über sich ergehen lassen, weil ein gerade verhafteter Anhänger eines verbotenen Jünglingsbundes ein halbes Jahr zuvor bei ihm zu Besuch gewesen war, und auch 1851 wurde sein Wohnsitz von der Polizei belagert, weil er in einer Buchrezension neben seinem berühmten Ausspruch ›Der Mensch ist was er isst‹ deftige politische Kritik vom Stapel gelassen hatte.«

»Feuerbach galt also als potentieller Staatsfeind.«

»Kann man so sagen. Spätestens seit er bei der gescheiterten Revolution von 1848 engen Kontakt zu linken Revolutionsführern unterhalten hatte, die danach steckbrieflich gesucht wurden.«

»Na also, da hätten wir doch schon ein handfestes Mordmotiv: Feuerbach war ein gewaltbereiter Terrorist und hat 1841 einen spektakulären Anschlag geplant – vielleicht auf den bayerischen König oder einen anderen hochrangigen Politiker.«

»Nein, das glaube ich nicht. Es steht ja noch nicht einmal zweifelsfrei fest, ob Feuerbach überhaupt Mitglied in einer Burschenschaft war. Außerdem war es in seinem Leben stets so, dass er zwar theoretisch mit politischen Oppositionsbewegungen sympathisierte, sich praktisch aber nie zu einer aktiven Unterstützung aufraffen konnte.«

»Okay, lassen wir mal die Politik-Nummer und suchen woanders weiter. Gibt es irgendwelche Personen, gegenüber denen Feuerbach Rachegelüste gehabt haben könnte?«

»Nun, es gibt da Leute, gegen die er vielleicht einen gewissen Groll hegte. Ludwig Feuerbach arbeitete ab 1829 als Privatdozent für Philosophie an der Universität Erlangen. Sein Berufsziel war es, Hochschullehrer zu werden, und er bemühte sich in den folgenden Jahren immer wieder um eine beamtete Professur, allerdings ohne Erfolg.«

»Und wer oder was war für diese Erfolglosigkeit verantwortlich?«

»1830 veröffentlichte Feuerbach eine kleine philosophische Streitschrift mit dem Titel *Gedanken über Tod und Unsterblichkeit,* die sofort nach Erscheinen von der bayerischen Regierung verboten und konfisziert wurde. Feuerbach hatte das wohl geahnt und sein Werk anonym publiziert, doch sein Kollegenkreis identifizierte ihn als Verfasser und denunzierte ihn.«

»Das alte Lied: Wer Kollegen hat, braucht keine Feinde mehr. Und damit war seine akademische Laufbahn vermutlich erledigt.«

»Ganz genau, denn all seine Gesuche auf Berufung zum Professor wurden letztendlich wegen dieser einen provokanten Schrift abgelehnt. 1836 kapitulierte Feuerbach, schwor dem Hochschulberuf und der Beamtenposition ab und zog sich als Privatier auf Schloss Bruckberg zurück.«

»Und 1841 fasste er den Plan, sich an denjenigen zu rächen, die ihn verraten und damit seine berufliche Karriere zerstört hatten. Vielleicht hat er einen Amoklauf an der Erlanger Universität geplant und wollte seine ehemaligen Kollegen und Vorgesetzten niedermetzeln.«

»Unsinn. Den Arbeitsplatz an der Universität hat Feuerbach nur aus wirtschaftlichen Überlegungen angestrebt, gemocht hat er den Platz hinter dem Katheder nie. Da hat ihn der andere Verlust seiner Lebensgrundlage 23 Jahre später wesentlich härter getroffen.«

»Das Leben ist nun mal kein Streichelzoo. Reden Sie nicht um den heißen Brei herum – spucken Sie schon aus, worum es ging.«

»Auf Schloss Bruckberg konnte Feuerbach von den Einkünften seiner Frau Bertha leben, die zusammen mit ihren beiden Schwestern vom Vater die im Schloss befindliche Porzellanfabrik geerbt hatte und daher ein Drittel des Reingewinnes aus diesem Betrieb für ihren Lebensunterhalt erhielt. Doch 1859 ging die Fabrik bankrott und wurde Eigentum eines Gläubigers, so dass die mittellos gewordene Familie Feuerbach 1860 aus dem Schloss ausziehen und sich eine neue Heimat suchen musste.«

»Lassen Sie mich raten: Und die fand sie dann in Nürnberg.«

»Ja, genauer gesagt in Rechenberg, das damals noch ein vor den Toren Nürnbergs liegendes Dorf war. Dort wohnte Feuerbach die verbleibenden zwölf Jahre bis zu seinem Lebensende in ärmlichen Verhältnissen und ohne sich jemals wohlzufühlen.«

»Kein Wunder. Wieso musste er sich auch ausgerechnet in Nürnberg niederlassen? Warum nicht gleich in Guantanamo? Wäre er doch mal lieber nach Fürth gezogen! Aber Spaß beiseite: Was war denn in Bruckberg so viel besser gewesen?«

»Feuerbach hatte Bruckberg über alles geliebt. Er hatte dort eine geräumige Wohnung und ein bequemes Studierzimmer mit großer Bibliothek gehabt, er konnte dort fernab vom Trubel und vom Lärm der Stadt und der Öffentlichkeit völlig ungestört denken, studieren und schreiben, und er konnte sich auf langen Spaziergängen in der herrlichen Umgebung mit ihren ausgedehnten Wäldern ideal von der geistigen Arbeit erholen. Und wenn er abends im Wirtshaus des Schlosses saß, hatte er Gelegenheit, mit den Gästen aus der Umgebung über seine philosophischen Thesen zu diskutieren.«

»Und das alles gesponsort von seiner Gattin. Bisher dachte ich immer, die Ehe sei eine staatlich subventionierte Form von Freiheitsberaubung, bei der man zu zweit Probleme lösen muss, die man alleine nie gehabt hätte. Aber für Feuerbach war sie ja offenbar die Eintrittskarte ins Paradies.«

»Ja, aber dieses Paradies war von Anfang an bedroht, stand doch die Porzellanmanufaktur aufgrund ihres infrastrukturell ungünstigen Standortes immer schon wirtschaftlich auf wackligen Beinen, und sie wäre schon viel früher zusammengebrochen, wenn nicht Ludwig Feuerbach mehrmals hohe Geldsummen in sie investiert und sie so am Leben erhalten hätte. Allerdings ist völlig unklar, woher er diese Summen angesichts seiner bescheidenen Einkünfte als Verfasser philosophischer Schriften genommen hat.«

»Er wäre nicht der erste Mensch, der zur Lösung seiner finanziellen Probleme einen netten kleinen Raubmord begeht. Wenn Feuerbach tatsächlich so sehr an diesem Schloss Bruckberg hing, war er sicherlich bereit, auch zu kriminellen Mitteln zu greifen, als der Verlust seiner Heimat und seiner Existenzgrundlage drohte. Geld und Besitz – ein weiteres beliebtes Mordmotiv. Jetzt fehlt eigentlich nur noch der Klassiker: Liebe und Eifersucht. Wie sieht's bei Feuerbach mit Weibergeschichten aus?«

»Die Frau seines Lebens war Bertha Löw, die er 1833 bei einem Besuch auf Schloss Bruckberg kennengelernt hatte. Die beiden heirateten 1837 und bekamen zwei Tochter: 1839 Eleonore, und 1841 Mathilde, die aber schon im Alter von dreieinhalb Jahren an einer Krankheit verstarb. Bertha Löw hatte alles, was man sich an einer Frau nur wünschen konnte: Sie war gutaussehend, schlank, selbstbewusst, bescheiden, hatte ein freundliches Wesen und war zudem als Fabrikerbin nicht unvermögend.«

»Das entspricht exakt dem Text der Kontaktanzeige, nach der ich seit Jahren vergeblich in den *Fürther Nachrichten* suche.«

»Und trotzdem hatte Feuerbach wenigstens zweimal Affären mit anderen Frauen.«

»Mancher Ehemann sieht eben nicht ein, warum seine Frau mehrere Freundinnen haben sollte und er gar keine.«

»Die erste Affäre ereignete sich zumindest zu einer Zeit, als er und Bertha noch nicht verheiratet waren und ihre Beziehung noch in der Anfangssphase steckte, dafür war sie umso folgenreicher: 1835 wurde Feuerbach Vater eines unehelichen Sohnes, und es gibt Hinweise darauf, dass er mit derselben Frau noch ein zweites Kind zeugte. Gesichert ist, dass er Alimente an die Mutter zahlte.«

»Dann könnte Feuerbach Anfang 1841 in folgender fataler Situation gewesen sein: Eine berufliche Laufbahn an der Universität mit geregeltem Einkommen hatte er sich für immer verbaut, seine philosophischen Schriften brachten nur einen Hungerlohn ein, die Fabrik im Schloss war in finanzielle Schwierigkeiten geraten und stand kurz vor dem Ruin, und zu allem Überfluss musste er auch noch regelmäßige Zahlungen für ein oder zwei uneheliche Kinder leisten. Vielleicht hat er in seiner Verzweiflung geplant, das Alimente-Problem mit einer Bluttat zu beseitigen.«

»Ludwig Feuerbach als Kindsmörder? Jetzt geht aber Ihre Phantasie mit Ihnen durch. Das ist kompletter Unfug, denn es ist belegt, dass Feuerbach sich nicht aus seiner Verantwortung stahl, sondern zu seiner Vaterschaft stand und seinen unehelichen Nachwuchs bis ins Erwachsenenalter hinein materiell und ideell unterstützte. Es ist nicht bekannt, ob und wann Feuerbach Bertha über diese Angelegenheit informiert hat, aber sie schien nie ein Problem für ihre Ehe gewesen zu sein – ganz im Gegensatz zur zweiten Affäre.«

»Klingt interessant. Nun erzählen Sie schon, meine Kristallkugel ist gestern zerbrochen.«

»Feuerbach bester Freund war Christian Kapp, ein Philosophieprofessor, den er während seiner Erlanger Universitätszeit kennengelernt hatte. Kapp war später nach Heidelberg gezogen, wo ihn Feuerbach jedes Jahr besuchte. Bei einem dieser Besuche im Jahr 1841 entwickelte sich zwischen Feuerbach und Johanna, der 16-jährigen, hübschen, intelligenten, charmanten und künstlerisch begabten Tochter Kapps, eine leidenschaftliche Liebesbeziehung.«

»Ah, endlich kommt mal ein bisschen Schweinekram. Sie können jetzt ruhig ins Detail gehen, wenn Sie wollen.«

»Nein, will ich nicht. Feuerbach war lange Zeit zwischen Johanna Kapp und seiner Frau Bertha hin- und hergerissen, und erst 1846 entschied er sich gegen seine junge Geliebte und für seine Familie.«

»Und seine Frau jagte ihn nicht etwa zum Teufel, sondern verzieh ihm?«

»In der Tat. Und für Feuerbach war das Thema damit erledigt – nicht jedoch für Johanna Kapp. Sie sah in Ludwig Feuerbach, den sie schwärmerisch verehrte, die große Liebe ihres Lebens und war nicht gewillt, diese Liebe aufzugeben. Sie war bereit, auf Ludwig Feuerbach zu warten, wie lange es auch dauern mochte.«

»Es stimmt also doch: Liebe ist eine Geisteskrankheit, bei der die Phantasie über die Intelligenz triumphiert. Hätten Sie vielleicht ein Taschentuch für mich, wenn's jetzt an die Tränendrüsen geht?«

»Viele stattliche Männer verliebten sich in Johanna und hielten um ihre Hand an, darunter so bekannte Künstler wie der Schweizer Schriftsteller Gottfried Keller und August Hoffmann von Fallersleben, der Verfasser des Textes der deutschen Nationalhymne. Doch Johanna hoffte immer noch auf eine Zukunft mit ihrem geliebten Ludwig Feuerbach und ließ alle Verehrer und Heiratskandidaten abblitzen.«

»Sie hätte ja ruhig auf den Richtigen warten und bis dahin viel Spaß mit all den Falschen haben können. Gab's denn zur Belohnung wenigstens ein Happy-End?«

»Nein. Ihre Liebe endete tragisch: Johanna Kapp wartete ihr ganzes Leben lang vergebens, blieb unverheiratet und starb ein Jahr nach Feuerbachs Tod in geistiger Umnachtung.«

»Wow! Was für eine Story! Da ist *Romeo und Julia* ja ein Dreck dagegen. Ich fresse einen Besen, wenn in einem von solchen Gefühlen und Begierden beherrschten Liebesdrama kein Mordpotential steckt. Die alte Sex-and-Crime-Nummer. Vielleicht hat Feuerbach zu Beginn seiner Romanze mit Johanna geplant, seine Frau zu töten, um frei zu sein für seine junge Geliebte. Alles schon mal da gewesen.«

»Mein Gott, wen wollen Sie ihn denn noch alles umbringen lassen? Seine Kinder, seine Frau – das ist doch krankhaft, was Sie da in Ihrem Hirn ausbrüten. Aber wenn Sie schon so scharf sind auf hinterhältige Morde – da hätte ich Ihnen als krönenden Abschluss noch einen weltberühmten Mordfall anzubieten, in den die Familie Feuerbach zumindest indirekt verstrickt war.«

»Einen weltberühmten Mordfall? Verdammt nochmal, wieso sagen Sie das nicht gleich? Und Ludwig Feuerbach war darin verstrickt?«

»Er weniger, mehr sein Vater und eventuell einer seiner Brüder. Es geht um Kaspar Hauser. Seine Geschichte kennen Sie ja sicherlich.«

»Nicht wirklich. Ich weiß nur, dass er ein Findelkind war und ermordet wurde.«

»Kaspar Hauser tauchte am Pfingstmontag 1828 in Nürnberg auf. Er war etwa 16 Jahre alt, konnte nicht richtig sprechen und sich nur ungelenk fortbewegen und schien insgesamt geistig zurückgeblieben zu sein. Er hatte einen Brief bei sich, in dem neben seinem Namen und seinem Geburtsdatum geschrieben stand, dass seine Mutter eine arme Magd gewesen sei, die ihn nicht habe ernähren können und ihn deshalb als Baby ausgesetzt habe.«

»Aber wie und wo hat er seine Kindheit verbracht?«

»Der Knabe konnte selbst über sein bisheriges Leben lediglich erzählen, dass er alleine in einem dunklen Raum gefangen gehalten und nur mit Brot und Wasser versorgt worden sei.«

»Und was passierte dann mit ihm? Hat man ihn zu einer Casting-Show geschickt?«

»Hauser wurde in der Folgezeit in die Obhut verschiedener Ärzte, Lehrer und Juristen übergeben. Bereits 1829 wurde ein erstes Attentat auf ihn verübt, und 1833 wurde er bei einem Spaziergang im Ansbacher Hofgarten unter mysteriösen Umständen ermordet. Sein Mörder wurde nie gefunden.«

»Und wo kommt die Familie Feuerbach ins Spiel?«

»Anselm Ritter von Feuerbach, Ludwig Feuerbachs Vater, war zu dieser Zeit als Gerichtspräsident in Ansbach tätig und eine jener Personen, die Kaspar Hauser betreuten und seine Herkunft aufzuklären versuchten. Nach einer psychologischen Studie mit dem Titel *Beispiel eines Verbrechens am Seelenleben des Menschen* verfasste er 1832 ein geheimes Memoire, das er der bayerischen Königswitwe zukommen ließ.«

»Ein Memoire? Ist das nicht ein Kartenspiel?«

»So nannte man damals eine Denkschrift über eine bedeutende staatsrechtliche Frage. Feuerbach Senior entwickelte in diesem Dokument als einer der ersten die berühmt gewordene Theorie, dass Kaspar Hauser ein wegen Erbfolge-Intrigen beiseite geschaffter Prinz sein könnte. Und als Anselm von Feuerbach 1833 nach einem Picknick überraschend verstarb, kam schnell das Gerücht auf, dass er mit Arsen vergiftet worden sei, weil er zuviel über die Hintergründe des Falles Hauser wusste und kurz vor dessen Aufklärung stand.«

»War an diesem Gerücht denn irgendwas dran?«

»Es wurde zumindest durch zwei Umstände bestärkt: Kaspar Hauser wurde nur ein halbes Jahr später ermordet, und als Ludwigs Bruder Eduard August, ein Jurist, 1843 das vom Vater hinterlassene Material über Kaspar Hauser bearbeitete, starb er ebenfalls nach einer Mahlzeit eines völlig unerwarteten Todes.«

»Soso, der Fall Kaspar Hauser ist also ein großes Mysterium voller geheimnisvoller Intrigen, ungeklärter Anschläge und rätselhafter Todesfälle. Da würde doch ein weiterer Mordfall wunderbar dazupassen. Aber wie könnte Ludwig Feuerbach in diese Geschichte hineingeraten sein? Vielleicht hat er ja noch vor seinem Bruder das Hauser-Material des Vaters gesichtet, hat den Mörder Hausers und auch seines Vaters entlarvt und wollte ihn nun seinerseits umbringen?«

»Ihre Verdächtigungen werden immer abstruser. Wie gesagt, es handelte sich nur um ein Gerücht, das eigentlich jeglicher Grundlage entbehrte. Im übrigen hat man heutzutage die ›Prinzentheorie‹ größtenteils verworfen und neigt der Ansicht zu, dass Kaspar Hauser einfach nur ein Schelm und Betrüger war, der Aufmerksamkeit erregen wollte und dafür sogar Anschläge auf sich selbst inszenierte – beim letzten Mal mit tragischem Ausgang.«

Er kippte sich den restlichen Frankenwein hinter die Binde.

»Ich beende an dieser Stelle jetzt besser meine Ausführungen über das Leben von Ludwig Feuerbach, bevor Sie noch weiter aus jeder Mücke einen Elefanten machen und jede Belanglosigkeit in ein Mordmotiv verdrehen. Mehr Schmutzwäsche aus Ludwig Feuerbachs Leben habe ich allerdings auch beim besten Willen nicht anzubieten.«

»Von wegen Mücken und Belanglosigkeiten. Sie wollten mir am Anfang Feuerbach als Unschuld vom Lande verkaufen, aber mittlerweile haben wir einen ganzen Rattenschwanz an Motiven gefunden, warum Feuerbach zum Mörder hätte werden können. Aber in gewisser Weise haben Sie ja recht: Verdachtsmomente allein genügen in einem Mordfall natürlich nicht, es müssen schon konkrete Beweise gefunden werden. Am besten wäre es natürlich, wenn ich dazu in Originaldokumenten aus jener Zeit recherchieren könnte.«

Der alte Mann gähnte herzhaft. »Daran soll es nicht scheitern. In meinen Regalen finden Sie alle Bücher, die jemals von und über Feuerbach geschrieben worden sind. Sie können nach Herzenslust ermitteln, während ich meinen Mittagsschlaf halte. Aber beschädigen Sie mir nichts.«

Sprach's, schlurfte zu seinem Schlafzimmer und verschwand darin.

Ich leerte mein Glas, erhob mich, ging zu den Bildern, die

an der Wand hingen, und betrachtete sie. Die Namen unter den Porträts verrieten mir, dass hier sämtliche Protagonisten versammelt waren, von denen eben die Rede gewesen war.

Ludwig Feuerbach selbst war mehrfach vertreten: Eine Zeichnung zeigte ihn als noch jüngeren Mann mit Elvis-Tolle und Schnauzer, ein Gemälde und ein Foto als älteren Mann mit jenem Rauschebart, mit dem er auch auf seinem Grabmal dargestellt war. Er blickte so unschuldig drein wie der nette Opa von nebenan, aber es war eine Binsenweisheit, dass kein Mörder wie ein Mörder aussah.

Es gab noch Bilder von seinen Eltern und Geschwistern, aber interessanter waren die beiden Darstellungen seiner Gattin und seiner Verehrerin, die ironischerweise direkt nebeneinander hingen. Während Bertha lächelte und liebevoll und warmherzig wirkte, sprachen aus Johannas Mimik Melancholie und Weltschmerz pur – als hätte sich in diesen Bildnissen der finale Sieg der Ehefrau über die Geliebte für immer manifestiert. Andererseits sah Bertha Löw auf dem Gemälde von 1835 zwar durchaus hübsch aus, konnte rein optisch mit der Konkurrentin aber nicht mithalten; Johanna Kapp war, wenn ihr Selbstbildnis der Realität entsprach, auch nach heutigen Kriterien ein wahres Sahneschnittchen, für das selbst ein Bischof ein Kirchenfenster eingetreten hätte – und vielleicht ein Philosoph einen Mord begangen hatte?

Ich schüttelte den Kopf und wandte mich ab. Ich musste aufhören, einfach wild in der Gegend herumzuspekulieren. Meine ganzen Vermutungen und Verdächtigungen waren im Prinzip für den Arsch. Ich brauchte handfeste Fakten, und die würde ich nicht auf Bildern finden, sondern nur – wenn überhaupt – in den Büchern.

Ich schritt an den Bücherregalen entlang und fühlte mich wie Herkules vor dem Ausmisten der Ställe des Augias – mit dem kleinen Unterschied, dass ich mich eben nicht wie ein Herkules fühlte. Wie sollte ich diese Massen bewältigen? Wo sollte ich anfangen?

Ich betrachtete einige Buchrücken und zog schließlich einen alten Leinenband aus dem Regal, der Feuerbachs Briefwechsel enthielt. Originalstatements aus der Feder des Verdächtigen schienen mir der vergleichsweise beste Ermittlungsansatz zu sein.

Ich setzte mich zurück auf das Sofa und fing an, die Briefe zu lesen, die Feuerbach Ende 1840 und Anfang 1841 geschrieben hatte.

Und dann ging alles ganz schnell.

Ich hatte nämlich plötzlich eine Spur, die in eine ganz andere Richtung wies. Die Spur führte mich zu einem anderen Buch, und ich musste nur noch einige Passagen darin lesen, dann hatte ich den Fall Feuerbach gelöst.

Aber diese Lösung war so unglaublich und so schockierend, dass ich nicht mehr genau weiß, wie ich es geschafft habe, die Wohnung des alten Feuerbach-Fans ohne die Hilfe eines Notarztes zu verlassen.

Ich war nämlich mit all meinen Ansätzen und Verdachtsmomenten so weit von der Wahrheit entfernt gewesen wie die Erde vom Zentrum des Universums.

Es ging im Mordfall Feuerbach nicht um aufsässige Studenten, verräterische Kollegen, uneheliche Kinder, jugendliche Geliebte oder geheimnisvolle Fremdlinge.

Es ging überhaupt um nichts, was sich ein normales Menschenhirn vorstellen konnte.

Es ging vielmehr um einen Mord, der nicht von dieser Welt war.

3

Die Sintflut war da. Der Regen goss von oben herunter, als hätte ein zorniger Gott einen Wutanfall bekommen und sämtliche Schleusen geöffnet, um die ganze verdammte Welt einfach wegzuschwemmen. Die Tropfen trommelten an mein Bürofenster wie Maschinengewehr-Sperrfeuer, und der Wind drückte so stark gegen die Scheibe, dass ich mir nicht sicher war, ob sie ihm noch lange standhalten konnte. Die Wolkengeschwader hatten den Himmel komplett verdunkelt und das Land in gespenstische Finsternis getaucht.

Wenn das der Weltuntergang werden sollte, war er zumindest perfekt inszeniert.

Die alte Frau saß vor mir wie ein begossener Pudel. Ich hatte sie angerufen, um ihr mitzuteilen, dass ich ihren Auftrag erledigt hätte, und sie war auf dem Weg zu meinem Büro mitten in das Unwetter geraten. Allerdings schien sie zumindest so neugierig auf das Ergebnis meiner Ermittlungen zu sein, dass sie sich davon nicht hatte aufhalten lassen.

Sie musterte mich so skeptisch und ungläubig, als hätte ich gerade ein weißes Kaninchen aus ihrer Handtasche gezogen und anschließend wieder darin verschwinden lassen.

»Lösen Sie Ihre Fälle immer innerhalb von ein paar Stunden?«

»Nein. Ich habe einfach nur Glück gehabt und gleich die richtige Quelle gefunden. Ich habe einen Experten getroffen, der mir so ziemlich alles über Ludwig Feuerbach erzählen konnte. Außerdem durfte ich in seiner Bibliothek recherchieren, in der praktisch jedes Buch steht, das irgendwie mit Feuerbach zu tun hat.«

Ihre Augen fraßen mich förmlich auf vor Erwartung.

»Nun spannen Sie mich nicht länger auf die Folter. Erzählen Sie mir, was Sie herausgefunden haben.«

Ich öffnete eine Schreibtischschublade und entnahm ihr ein Buch, das ich aus der Bibliothek des alten Mannes hatte mitgehen lassen. Eines Tages würde ich es ihm sicher wieder zurückbringen.

»Ich war davon ausgegangen, den Schlüssel zur Aufklärung des Falles im Leben von Ludwig Feuerbach zu finden. Und es gab ja auch einige vielversprechende heiße Spuren: Feuerbachs politische Aktivitäten, sein berufliches Scheitern, seine finanziellen Schwierigkeiten, sein außereheliches Verhältnis mit einer 16-Jährigen, die Verstrickung seiner Familie in den Fall Kaspar Hauser. Aber ich war mit all dem komplett auf dem Holzweg. Denn der Schlüssel war nicht in seinem Leben zu finden, sondern in seinem Werk.«

Ich drehte das Buch hin und her und betrachtete es von allen Seiten, als wäre es ein seltener Diamant – oder ein blutverschmierter Dolch.

»Den entscheidenden Hinweis auf das Tatmotiv fand ich, als ich die Briefe las, die Feuerbach zur fraglichen Zeit geschrieben hatte. Es gibt einen Brief, der vom 5. Januar 1841 datiert, also genau dem Tag, an dem der Pastor abends Feuerbachs Gespräch belauschte. In dem Brief berichtet Feuerbach seinem Verleger über ein Manuskript, das er gerade fertiggestellt habe und ihm in nächster Zeit zuschicken wolle. Von meinem Experten habe ich außerdem erfahren, dass Feuerbach manchmal, wenn er abends in der Wirtschaft im Schloss saß, auch von seinen philosophischen Texten erzählte. Wenn man diese beiden Fakten miteinander kombiniert, erscheint es naheliegend anzunehmen, dass Feuerbach in jenem belauschten Gespräch über den Inhalt seines neuen Werkes gesprochen hat.«

Ich legte das Buch auf den Schreibtisch und bedeckte es mit meinen Händen, als wollte ich verhindern, dass die darin befindlichen Dämonen entweichen konnten.

»Um es kurz zu machen: Ich bin zu dem Schluss gekommen, dass Ihr Ururgroßvater Ludwig Feuerbach in erster Linie nur ermorden wollte, um zu verhindern, dass sein Manuskript veröffentlicht würde.«

Die Alte zog eine Schnute.

»Aber in dem Brief ist doch eindeutig die Rede davon, dass Feuerbach einen Mord begehen wollte.«

»Das hat er auch getan.«

Meine Klientin nickte. Es war das klassische Ich-hab-es-ja-schon-immer-geahnt-Nicken.

»Ludwig Feuerbach hat also einen Menschen ermordet.«

Ich schüttelte den Kopf.

»Nein.«

Sie glotzte mich so blöde an wie eine ganze Schafherde.

»Was jetzt? Sie haben doch gerade gesagt, Ludwig Feuerbach sei ein Mörder!«

»Richtig. Ludwig Feuerbach ist ein Mörder. Er hat jemanden getötet. Nur dass dieser Jemand eben kein Mensch war.«

Ich habe genauso viel übrig für Showeffekte wie jeder andere auch, deshalb legte ich eine kurze dramaturgische Pause ein. Für einen Moment war es so still, wie es vor der Entstehung des Universums gewesen sein musste, als es einfach nur nichts gab, keinen Raum, keine Zeit, kein Licht und schon gar keinen Ton. Und dann ließ ich es so laut krachen wie beim Urknall.

»Ludwig Feuerbach hat Gott ermordet.«

Die alte Frau starrte mich fassungslos an, mit weit aufgerissenen Augen und offenem Mund. Ihr Gesicht war nur noch eine starre Maske blanken Entsetzens.

»... Gott ... ermordet ...?«

Ich nickte bedächtig.

»Genau.«

Meine Klientin schnappte nach Luft wie ein Fisch, dem man das Wasser abgelassen hatte. Für einen Moment befürchtete ich, gleich meine verschütteten Erste-Hilfe-Kenntnisse aus der Mottenkiste meines Erinnerungsvermögens kramen zu müssen, aber dann gelang es ihr doch, die Fassung wieder zu erlangen und sogar ganze Sätze zu formulieren.

»Sie wollen mich veralbern! So wollen eine arme alte Frau verscheißern!«

»Nein. Ich mache grundsätzlich keine Scherze, wenn ich einem Klienten meine Ermittlungsergebnisse präsentiere.«

»Aber Sie wollen mir doch nicht ernsthaft weismachen, dass Gott ermordet worden ist – noch dazu in einem kleinen unbedeutenden Dorf mitten in Franken!«

»Sie glauben mir nicht?«

Ich nahm das Buch in die Hand und hielt es ihr so unter die Nase, dass sie den Titel lesen konnte.

»*Das Wesen des Christentums* – unter diesem Titel wurde das erwähnte Feuerbach-Manuskript einige Monate später dann tatsächlich als Buch veröffentlicht. Ich habe hier eine aktuelle Ausgabe davon. Und jetzt hören Sie sich mal eine Passage aus dem Nachwort an, das ein moderner Religionswissenschaftler verfasst und hinzugefügt hat.«

Ich schlug das Buch an der Stelle auf, an der ich das Lesebändchen eingelegt hatte, und las laut vor.

Ludwig Feuerbachs Hauptwerk ist ›Das Wesen des Christentums‹. Es wurde 1841 veröffentlicht, schlug sowohl in der philosophischen Fachwelt als auch in der breiten Bevölkerung wie eine Bombe ein und wurde nicht nur zu einem Meilenstein in der Geistesgeschichte, sondern auch zur ›Bibel des Atheismus‹. Feuerbach stellt in diesem Buch die These auf, dass nicht, wie im Alten Testament behauptet, Gott den Menschen nach seinem Bild geschaffen habe, sondern dass vielmehr genau umgekehrt sich der Mensch einen Gott nach seinem Bild erfunden habe. Laut Feuerbach existiert Gott in Wirklichkeit gar nicht, sondern ist lediglich eine Projektion menschlicher Wünsche und Sehnsüchte, ein eingebildetes Phantasiewesen, das sich die Menschen aus dem Bewusstsein ihrer Ohnmacht und Sterblichkeit heraus erträumt haben und in dem sie all das personifiziert haben, was sie gerne wären, aber eben nicht sind: allmächtig und unsterblich. Gott ist also letztendlich nichts weiter als eine schöne imaginäre Illusion. Diese Behauptung war eine revolutionäre, in der gesamten Menschheitsgeschichte in dieser radikalen Form noch nicht dagewesene Neuerung. Denn auch zu früheren Zeiten hatte es zwar durchaus schon Kritik an der Kirche, an der Religion oder auch am Gottesbild gegeben, aber sogar die Existenz Gottes anzuzweifeln und sie prinzipiell und kategorisch zu verneinen, hatte vor Ludwig Feuerbach noch niemand gewagt. Feuerbachs Gottesleugnung hatte weitreichende Konsequenzen; seine Thesen wurden von Geistesgrößen wie Karl Marx, Sigmund Freud und Friedrich Nietzsche weiterentwickelt und populär gemacht, setzten eine gewaltige atheistische Bewegung in Gang, die bald die ganze Welt eroberte und den jahrtausendealten Gottesglauben mit spielerischer Leichtigkeit verdrängte (Feuerbach wurde als ›größter Religionszerstörer aller Zeiten‹ beschimpft), und gipfelten schließlich in Nietzsches berühmtem Fazit: »Gott ist tot – und wir haben ihn getötet.« Und wenn man Nietzsches Ansicht teilt, dass Gott wirklich tot ist und dass er wirklich getötet wurde, dann kann man die näheren Umstände seines Todes ziemlich genau bestimmen: Gott wurde 1841 ermordet, Täter war der Philosoph Ludwig Feuerbach, und sein Buch ›Das Wesen des Christentums‹ war die Tatwaffe.

Ich klappte das Buch zu.

»Ihr Pastor hatte also durchaus recht. Er hatte erkannt, dass Ludwig Feuerbach einen Mordanschlag auf Gott geplant hatte, und den wollte er verhindern.«

Die alte Frau hatte mir mit einer Miene zugehört, als hätte ich ihr gerade ihre eigene Todesanzeige vorgelesen. Sie rang sichtlich nach Worten, und es dauerte eine Weile, bis sie wieder welche fand. Ihre Stimme war jetzt schwach und leise, jede Kraft war daraus entwichen.

»Hätte die Tötung Feuerbachs den Mord an Gott denn verhindern können?«

Ich überlegte einen Moment, ehe ich antwortete.

»Nein. Ihr Vorfahre hätte damit vielleicht die Veröffentlichung von *Das Wesen des Christentums* verhindert. Aber die Idee, dass Gott nur eine Projektion sein könnte, wäre sowieso irgendwann aufgekommen – wenn nicht von Feuerbach, dann von jemand anderem.«

Wir schwiegen. Wieder war es absolut still. Und wieder war ich es, der die Stille mit einem Knalleffekt zerstörte.

»So, jetzt aber mal Schluss mit dem Quatsch, den wir da reden. Für einen Menschen wie den Pastor, der felsenfest an Gott geglaubt hat, musste Feuerbachs Buch mit seinen revolutionären Behauptungen zur damaligen Zeit tatsächlich wie ein Mordanschlag auf Gott wirken. Aber in Wirklichkeit hat es natürlich gar keinen Mord gegeben. Ludwig Feuerbach hat zwar behauptet, dass Gott nicht existiert, aber er hat es nicht im geringsten bewiesen. Denn nur weil Menschen hoffen, dass es einen Gott gibt, heißt das noch lange nicht, dass Gott eine irreale Fiktion sein muss. Feuerbach hat einfach nur eine provokante These aufgestellt, ohne sie belegen zu können. Und nur wenn ihm ein Beweis für die Nichtexistenz Gottes gelungen wäre, könnte man davon sprechen, dass er Gott um die Ecke gebracht hat.«

Ich legte das Buch zurück in die Schublade und schloss sie wieder.

»Außerdem: Wenn es keinen Gott geben sollte, wenn Gott tatsächlich nur eine menschliche Wunschvorstellung ist, dann hat Feuerbach ja nur die Wahrheit aufgedeckt, und die Wahrheit muss schließlich gesagt werden dürfen; eine Seifenblase zum Platzen zu bringen, ist kein Mord. Wenn Gott hingegen tatsächlich real existiert, sollte ihm das törichte Geschwätz eines kleinen Hobbyphilosophen auf einem heruntergekommenen fränkischen Dorfschloss nun wirklich nichts anhaben können.«

Die Alte nestelte nervös an ihrer Handtasche herum. In ihrem Blick lag etwas Flehentliches.

»Ich habe mein ganzes Leben auf Gott gebaut. Was nun, wenn dieser Feuerbach doch recht haben sollte und es Gott in Wirklichkeit gar nicht gibt?«

Ich zuckte die Achseln.

»Sie haben auf Gott gewettet. Wer auf etwas wettet, muss die Möglichkeit in Kauf nehmen, dass er die Wette verliert. Das geht denen, die gegen Gott gewettet haben, nicht anders. Außerdem haben Sie doch fast nichts zu verlieren. Wenn es Gott gibt, haben Sie richtig gewettet und werden sicherlich reich dafür belohnt werden. Und wenn es Gott nicht gibt, hat Ihnen wenigstens der Glaube an ihn Kraft und Halt im Leben gegeben.«

Meine Worte schienen sie nicht wirklich zufriedenzustellen, aber ich hatte mein ganzes Pulver verschossen, mehr hatte ich nicht. Nachdem wir uns noch eine Weile angeschwiegen und so festgestellt hatten, dass es nichts mehr zu sagen gab, bedankte sich meine Klientin für die Ausführung des Auftrags, verabschiedete sich und trottete hinaus in das Unwetter. Ich konnte von meinem Bürofenster aus sehen, wie sie im strömenden Regen durch die Pfützen der Blumenstraße watete und schließlich von der Dunkelheit verschlungen wurde.

Ich lehnte mich tief in meinem Stuhl zurück. Der Fall Feuerbach war abgeschlossen. Ich hatte ihn aufgeklärt, aber ich konnte mich nicht so recht darüber freuen. Wie so oft hatte sich die Wahrheit als eine Frucht erwiesen, die bitter schmeckte und Magenschmerzen verursachte. Der Fall Feuerbach war abgeschlossen, und zurückgeblieben waren eine in ihren religiösen Grundfesten erschütterte alte Frau und ein Detektiv, der zwar herausgefunden hatte, dass ein gewisser Ludwig Feuerbach 1841 keinen Menschen getötet hatte, der aber das dumpfe Gefühl nicht ganz abschütteln konnte, dass dieser Mann vielleicht doch den folgenreichsten Mord der Weltgeschichte begangen haben könnte.

Ich stand auf, stapfte eine Weile ziel- und sinnlos durch mein Büro, ging schließlich zum Fenster und starrte hinaus in den prasselnden Regen. Es sah nicht so aus, als ob er jemals enden würde.

Vielleicht war das da draußen ja tatsächlich die Sintflut, die uns ein zorniger Gott schickte, um uns seine Existenz zu beweisen.

Heike Reiter

Lange Schatten

Theresa Vincenzo hatte Angst. In der Finsternis konnte sie hören, wie der Wind durch die Waldbäume rauschte. Das Plätschern des Tiefenbachs klang in ihren Ohren wie eine tödliche Melodie. Wenn es ihr nicht gelang, aus der Kapelle zu entkommen …

»Ich komme wieder«, hatte der Maskierte gesagt, als er sie ins Kircheninnere stieß. »Deine Schreie wird niemand hören.«

Theresa kletterte auf eine Kirchenbank und versuchte, an eines der Fenster heranzukommen. Es war unmöglich zu erreichen. Zudem hätte sie die Scheibe einschlagen und sich dann durch das Fenster irgendwie nach draußen winden müssen. Ein Unding, auch für jemanden, der vielleicht sportlicher war als sie.

Resigniert kehrte sie zur Tür zurück. Dass es nichts brachte, daran zu rütteln und zu schreien, wusste sie schon. Die Bruder-Klaus-Kapelle lag auf einer versteckten Waldlichtung zwischen dem mittelfränkischen Dörfchen Georgensgmünd und der Kleinstadt Spalt. Zwar wiesen Schilder an der Straße auf die verborgene Kapelle hin, doch es kam selten jemand her, und schon gar nicht an einem Wochentag, so spät am Abend.

Theresa versetzte der Tür einen Tritt. Sofort erinnerte sie sich daran, dass sie sich in einem Gotteshaus befand. Sie warf einen schuldbewussten Blick in Richtung der Christusfigur über dem Altar. Natürlich blieb alles ruhig. Sie war ja nicht Don Camillo. Sie war Theresa Vincenzo, die wie ein dummes Schaf zu der Kapelle gekommen war, im festen Glauben, ihr Auftraggeber – Rüdiger Reiner – würde sie hier erwarten. Weil er ihr diese SMS geschickt hatte. Und wenn er vorgeschlagen hätte, sich vom nächsten Kirchturm zu stürzen? Hätte sie das genauso gemacht? Theresa wurde wütend. Sie begrüßte das Gefühl, lenkte es sie doch von der Angst ab. Mit aller Kraft rüttelte sie doch wieder an der massiven Holzpforte. Sie klapperte, gab jedoch keinen Millimeter nach.

Theresas Wut verrauchte. Auf leisen Sohlen kam die Angst zurück. Die Furcht krallte sich in ihren Rücken, kroch den Nacken hinauf und blieb dort hocken.

Theresa verkrampfte die Hände ineinander. Sie hätte den Auftrag nicht annehmen, sondern auf ihr Bauchgefühl hören sollen. Es hatte sie von Anfang an gewarnt. Aber sie hatte nicht widerstehen können. Ein Auftrag! Der erste richtige Auftrag für sie als angehende Detektivin! Wie hätte sie da ablehnen können? Es war schon besser, dass ihr Mann Raphael nichts davon wusste. Allerdings … Theresa verzog das Gesicht … war damit auch ausgeschlossen, dass er ihr zu Hilfe kam.

Vorsichtig tastete sie nach der Beule an ihrem Kopf. Ihre Finger berührten getrocknetes Blut. Es tat immer noch weh. Der Kerl, der sie hinterrücks überfallen und niedergeschlagen hatte, war nicht zimperlich. Sie war nur halb bei Bewusstsein gewesen, als er sie in die Kapelle schleifte.

»Mach es dir bequem«, hatte der Maskierte geflüstert. »Ich komme wieder.«

Warum hatte er sie nicht gleich umgebracht? Warum das Katz-und-Maus-Spiel?

Wer sich irrt, der stirbt.

Jäh kam ihr der Satz in den Sinn, den sie irgendwo gelesen hatte.

Hatte sie sich geirrt?

Theresa kauerte sich in einer nach Kiefernholz riechenden Kirchenbank zusammen und versuchte, die Ereignisse der letzten Tage Revue passieren zu lassen. Wo hatte sie den Fehler gemacht? Wann? Und was war der Fehler gewesen? Was hatte sie übersehen?

Theresa wusste nicht, wie lange sie so da gesessen hatte. Ganz allein in einer Kapelle mitten im Wald. Ein Ort, den sie immer dann gern aufsuchte, wenn ihr nach Romantik war.

Doch jetzt drängten sich andere Bilder vor ihr geistiges Auge. Gewalt, Schmerzen, Blut, Tod. Sie war nicht länger die Jägerin, sondern die Gejagte.

Theresa hob den Kopf. Sie hörte Schritte. Verstohlene, leise Schritte, die die Monotonie der rauschenden Waldbäume störten. Sie kamen näher. Vor der Tür hielten sie inne.

Leise stand Theresa auf. Diese gute alte fränkische Haut würde sie so teuer wie möglich verkaufen!

Etwas kratzte am Schloss. Es schabte und ächzte.

Theresa schlug das Herz bis zum Hals. Die Tür schwang auf. Inmitten der Schwärze der Nacht stand ein Schatten, der noch dunkler war als die Finsternis.

Er trat ein und sah sich um.

Theresa sprang.

Sie trat nach ihm, schlug dorthin, wo sie sein Gesicht vermutete. Er taumelte.

»So leicht kriegst du mich nicht!«, schrie Theresa.

Sie wollte an ihm vorbei, hinaus, in die Freiheit, doch er packte sie und zog sie zurück.

»Frau Vincenzo!«

Sie hielt inne.

»Herr Reiner?«

Ihr Kunde starrte sie an.

»Wieso sind Sie hier drin? Hat man Sie etwa eingesperrt? Ich habe mich noch gewundert, weil außen der Schlüssel im Schloss steckte!«

Theresa überlegte nicht lange.

»Lassen Sie uns von hier verschwinden. Ihr Verfolger ist hier! Er hat mich überwältigt, als ich auf Sie wartete. Ich weiß nicht, was geschehen wäre, wenn Sie nicht gekommen wären!«

Im fahlen Licht von Mond und Sternen sah Theresa, wie Reiners Gesicht alle Farbe verlor.

»Um Gottes Willen! Dann wartete er wahrscheinlich droben an der Straße auf mich! Ich aber habe das Auto an der Sandgrube geparkt und bin durch den Wald gegangen! Wir müssen sofort von hier weg, bevor der Kerl wiederkommt!«

Er packte Theresa am Handgelenk und zerrte sie mit sich fort. Rüdiger Reiner lief, als ob die Heerscharen der Hölle hinter ihnen her wären. Vielleicht hatte er sogar recht damit.

Theresa war sich nicht ganz sicher, ob es eine so gute Idee war, mit Rüdiger Reiner zu sich nach Hause, nach Enderndorf am Brombachsee, zu fahren. Wenn sie wirklich verfolgt und aufgespürt wurden, waren sie in ihrem Haus nicht länger sicher. Doch während Reiner das Dorf verlassen und anderswohin fliehen konnte, musste sie dort bleiben. Wie ein Hase in der Falle?

»Jetzt haben wir also Gewissheit. Jemand ist hinter mir her. Jemand, der sogar diejenigen bedroht, die mit mir Kontakt haben. Es ist fürchterlich.« Reiner zitterte. Ob vor Wut oder vor Angst, konnte Theresa nicht ganz abschätzen.

»Ich hätte nicht gedacht, dass die Ermittlungen eine solche Wendung nehmen würden«, meinte sie. »Sie wollten doch nur, dass ich für Sie herausfinde, ob Sie verfolgt werden.«

Sie sah ihn abwartend an.

Reiner senkte den Kopf.

»Man will mich fertigmachen, weil ich mehr habe als die anderen. Weil ich erfolgreich bin, weil ich Geld habe. Neid, Frau Vincenzo, ist der kleine Bruder des Hasses.«

Theresa hatte ihn in die Wohnung im Erdgeschoss gebeten. Dort hatte ihre Vermieterin Madame Juliette de Régnier bis zu ihrem Tod gewohnt. Jetzt nutzte Theresa die Räumlichkeiten, um die de-Régnier-Künstlerstiftung zu führen – und als Büro für ihre Ermittlungsarbeit, wenn es denn welche gab. Mit ihrer scheinbar angeborenen Neugierde und der Unfähigkeit, sich aus Kriminalfällen herauszuhalten, brachte sie sich immer wieder in Schwierigkeiten. Seit Neuestem jedenfalls. Sie hörte die Schritte ihres Mannes Raphael, der in der gemeinsamen

Wohnung im ersten Stock herumging. Er würde Fragen haben, wenn Rüdiger Reiner weg war. Im Gegensatz zu ihr war Raphael nicht besonders begeistert von ihrem neuen Zeitvertreib.

»Der Neid, Herr Reiner, scheint eine große Rolle in Ihrem Leben zu spielen«, führte sie das angefangene Gespräch vorfort. »Sie haben schon oft davon gesprochen. Glauben Sie wirklich, dass Neid die Motivation dafür sein kann, jemanden zu verfolgen und zu bedrohen? Gibt es nicht eine andere, einleuchtendere Erklärung?«

Noch vor ein paar Stunden hätte sie auch Verfolgungswahn in Erwägung gezogen, jetzt war das nicht mehr möglich. Dass jemand hinter Rüdiger Reiner her war, hatte sie selbst erst schmerzlich erfahren müssen.

»Ich brauche mehr Informationen«, sagte sie. »Bisher stand es völlig außer Frage, dass ich mich selbst in Gefahr begeben könnte. Jetzt ist das anders. Haben Sie mir etwas verschwiegen?«

»Aber nein! Wo denken Sie hin? Ich habe Ihnen alles gesagt, was ich weiß!«

»Ihr Verfolger muss sich auch an meine Fersen geheftet haben. Anders ist es nicht möglich, dass er an der Kapelle auftauchte. Er ist mir gefolgt!«

Sie bekam eine Gänsehaut, als sie begriff, was das bedeutete: Wer immer Rüdiger Reiner im Visier hatte, war auch hinter ihr her. Aber warum? Sie hatte doch noch gar nichts herausgefunden.

Theresa stand auf und warf einen unauffälligen Blick zum Fenster hinaus. Einsam lagen die Straßen von Enderndorf da. In einiger Entfernung war der See wie ein riesiger, schwarzer Spiegel zu sehen. Sternfunken glitzerten auf der Wasseroberfläche. Vom gegenüberliegenden Ufer blinkten die Lichter von Ramsberg herüber.

Nicht weit von Theresas Haus entfernt, in direkter Nachbarschaft, befand sich der Bauernhof von Elsbeth Steiger.

Theresa konnte ihre Nachbarin in der hell erleuchteten Küche herumwerkeln sehen. Alles war wie immer, wie jeden Abend. Ruhig und friedlich. Harmlos.

Theresa öffnete das Fenster einen Spalt. Die kühle, würzige Luft füllte ihre Lungen und vertrieb das latente Gefühl der Angst, das sich noch immer in ihren Nacken krallte. Die vertraute Atmosphäre beruhigte Theresas aufgewühlte Sinne.

»Vielleicht wäre es besser, wenn Sie sich der Polizei anvertrauten.« Sie drehte sich zu ihrem Klienten um.

Rüdiger Reiner sah sie mit einem Gesichtsausdruck an, als ob sie ihm geraten hätte, sich vor den nächstbesten Zug zu werfen.

»Das kommt nicht in Frage! Mit der Polizei will ich nichts zu tun haben!«

»Warum eigentlich nicht?«

Wie beim letzten Mal, als Theresa ihrem Kunden vorgeschlagen hatte, zur Polizei zu gehen, erhielt sie für die Ablehnung keine Begründung.

Am nächsten Morgen setzte sie ein Vorhaben in die Tat um, das ihr den Schlaf geraubt hatte: Sie rief bei der Polizei an. Und wie das so ist – wenn man etwas wissen will, kontaktiert man die Leute, die man schon kennt. Auch wenn man sie nicht schätzt.

»Mein Gott. Sie schon wieder. Was ist es denn dieses Mal? Eine Leiche im Keller?«

Die Laune von Hauptkommissarin Elena Tauscher war – wie immer – abgrundtief schlecht.

Theresa hatte die Durchwahl von Hauptkommissar Ernst Abt gewählt, in der Hoffnung, nicht mit seiner griesgrämigen Kollegin sprechen zu müssen. Ein Trugschluss. Da sich die beiden ein Büro teilten, konnte es durchaus passieren, dass Elena an Ernsts Apparat ging und umgekehrt.

»Ich würde Sie gern etwas fragen«, begann Theresa vorsichtig.

Am anderen Ende herrschte eisiges Schweigen.

»Sind Sie noch dran?«

»Allerdings. Ich weiß aber nicht so recht, wieso eigentlich.«

»Ich habe einen Klienten, einen Kunden.«

»Ist es die Möglichkeit?!«

»Sein Name ist Rüdiger Reiner. Er wird seit einiger Zeit verfolgt und hat mich damit beauftragt, ihm zu helfen.«

»Fatal.«

»Wie bitte?«

»Die Entscheidung war fatal. Der Mann ist tot.«

Theresa merkte förmlich, wie ihr alles Blut aus dem Gesicht wich. Kraftlos sank sie auf den nächstbesten Stuhl.

»Das ist nicht wahr. Sie machen Witze!«

»Habe ich das jemals getan?«

»Nicht dass ich wüsste.«

Theresa war davon überzeugt, dass die Hauptkommissarin zu den Leuten gehörte, für die Lachen ein unaussprechliches Fremdwort war.

»Wie ist er gestorben? Wurde er ermordet?«

»Kann man so sagen. Ein sauberer Kopfschuss. Gelitten hat er nicht.«

»Wo ist es passiert?«

»In seiner Privatwohnung in Schwabach. Die Putzfrau hat die Leiche heute Morgen gefunden.«

Am anderen Ende der Leitung war ein Krachen zu hören. Offenbar hatte die Kommissarin mit der Faust auf den Schreibtisch geschlagen.

»Herrgott nochmal, Frau Vincenzo, kommt man in Mordsachen denn nie mehr an Ihnen vorbei?«

Theresa fühlte sich noch immer wie betäubt.

»Es war falsch, ihn gestern Abend gehen zu lassen«, flüsterte sie schockiert. »Ich hätte daran denken müssen, dass ihm etwas passieren könnte.«

»Wir müssen uns treffen!« Die Stimme der Hauptkommissarin klang mehr als genervt. Und ohne Theresa die

Chance zum Widerspruch zu lassen, fuhr sie fort: »Am besten, Sie kommen zu mir ins Kommissariat. Jetzt gleich!«

Unwillig vereinbarte Theresa einen Termin. Kurz nach dem Telefonat verließ sie das Haus. Sie war nervös. Und sie machte sich Vorwürfe. Vielleicht könnte Rüdiger Reiner noch leben, wenn sie nicht so naiv gewesen wäre. Jetzt war es zu spät. Er war tot. Und möglicherweise konnte nur sie herausfinden, was geschehen war. Immerhin war sie – zumindest bis sie mit der Kommissarin gesprochen hatte – die Einzige, die wusste, dass Rüdiger Reiner verfolgt worden war und Angst gehabt hatte.

Bevor sie in ihren »Laubfrosch«, einen grünen Kleinwagen, stieg, unterzog Theresa die Dorfstraße einer eingehenden Betrachtung. Sorgfältig inspizierte sie die am Rand geparkten Autos. Die meisten davon kannte sie. Aber natürlich waren auch einige fremde dabei. Es war ein milder Herbsttag. Am Brombachsee tummelten sich Touristen und Erholungssuchende. Sie konnte unmöglich feststellen, ob irgendwo ein Mörder auf der Lauer lag.

Theresas Laune sank bis in ihre Kniekehlen. Als sie hörte, wie jemand leise hinter sie trat, erstarrte sie fast vor Schreck. Wollte man sie auf offener Straße erschießen – oder kidnappen? Mitten in Enderndorf, ihrem kuscheligen Nest, in dem sie sich so wohl fühlte? Eine Hand legte sich auf ihren Arm. Theresa gingen die Nerven durch. Sie stieß einen gellenden Schrei aus. Ihr Hintermann schrie ebenfalls. Aus den Bäumen stoben sämtliche Vögel. In der Nachbarschaft begann ein Hahn zu krähen, Hunde bellten. Schwer atmend drehte sich Theresa um.

Hinter ihr stand Elsbeth Steiger, wie vom Donner gerührt.

»Was ist? Werden wir bedroht? Will man auf uns schießen? Frau Vincenzo!« Die alte Bäuerin mit der blühenden Phantasie war Theresas größter Fan. Manchmal war sie aber auch ihr Fluch, wenn sie zu anhänglich wurde.

Theresa stieß die Luft aus.

»Es ist alles in Ordnung, Frau Steiger. Wie können Sie mich so erschrecken!«

Elsbeth wühlte in der Tasche ihrer bunten Kittelschürze nach ihren Herztropfen.

»Das wollte ich nicht! Aber ich dachte, ich müsste es Ihnen erzählen, bevor Sie wegfahren.«

Sie fingerte das Medizinfläschchen hervor, sah es an und steckte es wieder weg.

»Sie haben wieder einen Fall, nicht wahr?«

»Nun ...«

»Mir können Sie die Wahrheit doch sagen!«

Als ob bei ihr etwas Vertrauliches in guten Händen gewesen wäre! Theresa lächelte gezwungen.

»Es läuft nicht sehr gut.«

»Das habe ich mir schon gedacht. Sie sehen so bedrückt aus. Aber da ist noch etwas, Frau Vincenzo. Man beobachtet Sie. Wissen Sie das?«

Der guten, alten, immer neugierigen Elsbeth Steiger entging wirklich nichts!

»Was haben Sie gesehen?«

»Da war einer, der ist gestern am späten Nachmittag vor Ihrer Gartentür herumgelungert. Er hat sich das Namensschild angesehen und Notizen gemacht. Ich habe ihn genau beobachtet.«

»Ein Vertreter?«

»Nein. Er hat sich nur Ihr Haus angesehen. Danach ist er weitergegangen. Bei mir hat er nicht geklingelt und bei den anderen in der Straße auch nicht.«

»Jemand, der sich für die Stiftung interessiert haben könnte?«

»Der sah nicht wie ein Künstler aus!«

Theresa musste wider Willen lachen. Bisher war sie keinem Künstler begegnet, dem man diese Profession schon an der Nasenspitze ansah. Sie wurde wieder ernst. Jetzt hatte sie Gewissheit, dass Reiners Verfolger auch sie beschattete. Aber warum?

»Ich danke Ihnen, Frau Steiger. Das war wirklich wichtig.«

Die alte Bäuerin bekam rote Wangen vor Aufregung.

»Und der Mann, der gestern Abend bei Ihnen war … der, der das Auto mit dem Schwabacher Kennzeichen fuhr.«

»Es war finster, als wir nach Hause gekommen sind«, bemerkte Theresa.

»Aber Sie haben ein paar Minuten gebraucht, bis Sie den Hausschlüssel gefunden hatten. So lange standen Sie im Lichtschein der Lampe vor der Tür.«

Gut sichtbar nicht nur für Elsbeth Steiger. Theresa ballte eine Hand zur Faust. Sie musste noch viel lernen!

»Frau Vincenzo, da ist jemand bei mir, der sich gerne mit Ihnen über Ihren Besucher unterhalten würde.«

Theresa blieb die Luft weg. Der Verfolger war bei Elsbeth?

»Was habe ich denn gesagt?« Die Bäuerin sah verdattert aus. »Meine Freundin Elvira ist seit gestern Abend zu Besuch. Sie war Lehrerin an der Berufsschule in Schwabach. Es hat sie verstört, den Mann zu sehen, der bei Ihnen war. Ich habe richtig Angst bekommen, so sehr hat sie sich aufgeregt. Sie ist ja auch nicht mehr ganz jung.«

»Warum hat es Ihre Freundin denn so aufgebracht, Herrn Reiner zu sehen?«

»Reiner? Sie hat ihn anders genannt.«

»Tatsächlich? Wie denn?«

»Matthias Erbmann. Ich würde schwören, dass er es war.«

Unbemerkt war eine gepflegte, ältere Dame zu Theresa und ihrer Nachbarin herangetreten. Die grauen Haare trug sie zu einem Knoten gesteckt, das Gesicht dezent geschminkt. Eine elegante, gut aussehende Dame.

»Elvira Severin.« Sie schüttelte Theresa die Hand.

Diese war irritiert.

»Wer ist Matthias Erbmann?«

»Einer meiner ehemaligen Schüler. Der Albtraum eines jeden Lehrers.«

Theresa schüttelte den Kopf. »Das muss eine Verwechslung sein. Der Mann heißt Rüdiger Reiner. Er hat mich beauftragt, in einer Sache für ihn tätig zu werden.«

»Rüdiger Reiner?« Elvira dachte nach. »Das war Rüdiger?«

Theresa horchte auf.

»Kannten Sie ihn etwa auch?«

»Allerdings. Rüdiger und Matthias gingen in die selbe Klasse.« Elvira stieß die Luft aus. »Gott, bin ich froh, dass ich mich getäuscht habe. Als ich den Mann sah, dachte ich, dass das nur ein Gespenst sein könne. Dabei habe ich ihn bloß verwechselt.«

»Ein Gespenst? Wie kommen Sie denn darauf?«

»Matthias ist seit fünf Jahren tot«, erklärte die ehemalige Lehrerin. »Er starb bei einem Autounfall. Die Lenkung seines Wagens hat versagt. Tragisch.«

Theresa verzog das Gesicht.

»Genauso tragisch wie Rüdiger Reiners Schicksal. Er wurde heute morgen erschossen.«

»Um Gottes Willen!«

Die beiden Damen waren entsetzt.

Theresa betrachtete sie resigniert.

»Ich konnte seinen Tod leider nicht verhindern. Frau Severin – bitte erzählen Sie mir, was Sie über Rüdiger Reiner wissen. Vielleicht gelingt es mir ja wenigstens, seinen Mörder zu fassen.« Sie fühlte sich grässlich.

»Wenn das jemand schafft, dann nur Sie!« Elsbeths Augen funkelten.

Theresa seufzte.

»Also Frau Severin, wie war das damals, als Rüdiger Reiner bei Ihnen in die Schule ging? Wie lange ist das überhaupt her?«

»Zwanzig Jahre. Im Gegensatz zu Matthias war Rüdiger ein Einzelgänger. Einer, mit dem nie einer etwas zu tun haben wollte. Seine Eltern waren sehr reich. Der Junge konnte sich alles kaufen – nur keine Freunde. Verstanden habe ich das nie. Mir war Rüdiger jedenfalls wesentlich lieber als Matthias. Der und seine Clique hatten einen üblen Ruf. Rabauken waren das. Tunichtgute, die sich um nichts und niemanden scherten.

Hingen in Casinos herum und was weiß ich noch. Bei den Anderen galten sie natürlich als »cool«. Rüdiger wollte unbedingt dazugehören.« Die alte Dame schüttelte betrübt den Kopf. »Dabei hatte er eine so schwere Kindheit. Wegen einer Erbkrankheit musste man ihm eine Niere entfernen.«

»Das alles wissen Sie als Berufsschullehrerin?« Theresa war erstaunt.

»Normalerweise kennt man solche Details natürlich nicht von seinen Schülern, aber ich war zufällig mit Rüdigers Tante befreundet. Sie hat es mir erzählt. Und jetzt ist er also tot. Der arme Junge.«

Wie sollte sie das aufklären? Theresa stand an Matthias Erbmanns Grab und fühlte sich ziemlich verwirrt. Er war tatsächlich vor fünf Jahren gestorben. Aber wie konnte es dann sein, dass Elvira Severin ihn wiedererkannt hatte? Matthias Erbmann und Rüdiger Reiner – zwei Männer, die nicht mehr lebten. Was war ihr Geheimnis?

Das Gespräch mit Kommissarin Elena Tauscher verlief zunächst anders, als sie erwartet hatte. Die normalerweise chronisch schlecht gelaunte Beamtin präsentierte sich für ihre Verhältnisse geradezu leutselig.

»Ihr Auftraggeber war ein medizinisches Wunder, wissen Sie das?«

Theresa sah sie fragend an.

»Wir haben erfahren, dass Rüdiger Reiner im Kindesalter eine Niere entfernt werden musste. Und jetzt, bei der Obduktion, hatte er wieder zwei völlig gesunde Nieren. Was sagen Sie dazu?«

Theresa starrte die Kommissarin fassungslos an.

»Dass Reiner Rüdiger in Matthias Erbmanns Grab liegt und Matthias nun anstelle von Rüdiger getötet wurde«, entfuhr es ihr.

»Sind Sie jetzt völlig durchgedreht? Ich verstehe kein Wort.«

Theresa erklärte es ihr.

»Matthias Erbmann hat Rüdiger Reiner umgebracht und ist in dessen Rolle geschlüpft. Er wollte dessen Leben, sein Geld ... dass die beiden sich sehr ähnlich sahen, hat er ausgenutzt. Vielleicht hat er sich auch operieren lassen, damit er ihm ähnlich sah. Heute ist ja alles möglich. Aber er muss etwas übersehen haben. Irgendein Detail aus Rüdigers Vergangenheit. Irgendjemanden, der Rüdiger genauso nach dem Leben trachtete wie Matthias und der von dem tödlichen Rollentausch natürlich nichts wusste. Dieser Jemand hat nun Matthias an Rüdigers Stelle getötet.«

»Mein Gott, muss das schön sein, wenn man so viel Phantasie hat!«

»Man muss nur den Toten, der in Matthias Erbmanns Grab liegt, exhumieren, obduzieren, DNA-fähiges Material isolieren und mit dem genetischen Fingerabdruck von Rüdiger Reiner vergleichen.« Theresa sah die Kommissarin triumphierend an.

Tauschers Begeisterung hielt sich in Grenzen.

»Träumen Sie weiter, Frau Vincenzo.«

Wutschnaubend verließ Theresa das Polizeipräsidium. Sie war so sicher, dass sie recht hatte. Aber wie sollte sie das beweisen?

Es gab nur eine Lösung. Sie musste in Rüdigers/Matthias´ Wohnung. Nachdenklich blieb sie stehen. Mit Sicherheit hatte die Polizei den Tatort versiegelt. Und nachdem Siegelbruch kein Kavaliersdelikt, sondern eine Straftat war, wie Kommissar Ernst Abt sie einst belehrt hatte, konnte sie sich den Weg sparen. Aber ... Theresas Augen begannen zu glitzern. Ob die Polizei auch von der Zweitwohnung in Schwabach wusste?

Entschlossen machte sich Theresa auf den Weg. Sie mochte Schwabach. Besonders das Wirtefest im Sommer hatte es ihr angetan. Dann war der Königsplatz übervoll mit Leuten und Ständen, an denen die feinsten Leckerbissen angeboten wurden. Theresa, die für ihr Leben gern gut aß, genoss es immer wieder aufs Neue, sich durch die Spezialitäten zu futtern, ohne einen Gedanken an Kalorien zu verschwenden. Aber auch ohne Wirtefest zog der Königsplatz sie an. Gern saß sie auf den Stufen des mächtigen Brunnens, ließ den Wind in ihrem Haar wühlen und genoss die Sonne auf ihrem Gesicht. Während ihre Gedanken spazieren gingen, betrachtete sie das Rathaus mit seinen romantischen Arkadenbögen oder die beiden Türmchen mit ihren von Blattgold überzogenen Dachziegeln, die in der Sonne funkelten wie zwei Krönchen. Jetzt war für derlei Träumereien keine Zeit. Theresa schaukelte in ihrem Laubfrosch durch die engen Gassen hinter der Fleischbrücke. Ganz in der Nähe der alten Synagoge fand sie einen Parkplatz. Das letzte Stück zu Reiners/Erbmanns Zweitwohnung konnte sie zu Fuß zurücklegen.

Es war ein herrlicher Herbsttag. Die Wolken zogen wie bauchige Schiffe unter weißen Segeln dahin. Der Himmel erstrahlte in einem hellen Blau. Der Wind war so sanft wie im Frühjahr. Von den Dächern pfiffen die Spatzen. In den Gärten blühten die letzten Rosen.

Theresa kam bis zum engen Silbergässchen. Als sie in den Häuserschatten trat, überfiel sie die Angst wie ein wildes Tier. Sie blieb stehen und sah sich um. Sie war allein. Trotzdem rannte sie die letzten Meter. Völlig außer Atem erreichte sie das Haus, in dem Reiner/Erbmann seine Zweitwohnung unterhalten hatte. Hinter sich hörte Theresa Schritte. Sie hallten unheimlich durch die Silbergasse. Theresa warf sich in die Sicherheit des Hauses. Glücklicherweise war die Haustür nur angelehnt. Drinnen klingelte sie an der erstbesten Wohnungstür. Ein Mann mittleren Alters öffnete.

»Können Sie mir sagen, wo ich den Hausmeister finde?« Theresa warf einen hektischen Blick zur Haustür. Nichts.

»Der steht vor Ihnen.«

»Das ist ja fabelhaft!«

»Ich bin Rüdigers Freundin und soll etwas aus seiner Wohnung holen. Leider habe ich den Schüssel vergessen. Würden Sie mir aufsperren?«

Theresa hasste es, lügen zu müssen, aber sie hatte jetzt einfach keine Zeit für langatmige Erklärungen.

Wortlos ließ der Mann sie stehen. Theresa fürchtete schon, einen Fehler gemacht zu haben. Wenn der Hausmeister wusste, dass Rüdiger nicht mehr am Leben war …

Er wusste es nicht. Nach kurzer Zeit kam er mit einem kleinen Schlüsselbund zurück.

»Den bekomme ich aber wieder!«

»Natürlich. Vielen Dank!«

Nachdem sich im Erdgeschoss keine weiteren Wohnungstüren befanden, stieg Theresa rasch die Treppe hinauf. Im ersten Stock wurde sie fündig. Neben einer der Türen entdeckte sie das Namensschild mit Rüdiger Reiners Namen. Rasch streifte sie sich Einmalhandschuhe über, sperrte auf und trat ein.

Die Wohnung war modern und teuer eingerichtet. Weiße Ledersessel, Stahlrohrmöbel, ein riesiger Fernseher, kaum Zierrat. Eine nüchterne Behausung, die mehr Kälte verströmte, als einladend zu wirken. Rasch inspizierte Theresa alle Räume. Viele waren es ohnehin nicht. Dies war mehr ein funktional und nüchtern eingerichtetes Büro als eine Wohnung.

Theresa durchwühlte den Schreibtisch, suchte in den Regalen, blätterte in Ordnern und fand endlich, wonach sie suchte. In einem kleinen Karton ganz hinten in der Schrankwand fand sie ungeordnete Unterlagen. Das passte nicht zu der peniblen Ordentlichkeit, die die wenigen Räume beherrschte. Interessiert betrachtete Theresa ihren Fund. Sie sog scharf die Luft ein, als sie feststellte, dass es sich dabei um Kontoauszüge von Rüdiger Reiner handelte – von vor fünf Jahren. Dazu eine Aufstellung diverser Vermögenswerte. Arm war er wirklich nicht gewesen!

Ganz unten entdeckte Theresa ein Foto. Es zeigte den Mann, der sich Rüdiger Reiner genannt hatte, mit einigen anderen Männern. Offensichtlich die Angehörigen der Clique, von der Elvira Severin gesprochen hatte. Theresa kramte noch einen Gesellenbrief hervor, ausgestellt auf Matthias Erbmann. Er war Kfz-Mechaniker gewesen. Theresa starrte blicklos auf das Dokument.

Was hatte Elvira Severin vorhin gesagt?

»Matthias starb bei einem Autounfall. Die Lenkung seines Wagens ist ausgefallen.«

In der Schachtel lagen außerdem die Papiere von Matthias Erbmann. Ausweis, Führerschein und dergleichen mehr. Auf dem Ausweisfoto erkannte Theresa wieder den Mann, der sich ihr als Rüdiger Reiner vorgestellt hatte ... es stimmte also tatsächlich. Die Schatten der Vergangenheit waren lang. In Matthias Erbmanns Grab lag die Leiche von Rüdiger Reiner. Während die Verwesung alle Spuren vernichtete, lebte Matthias Erbmann das ersehnte Leben von Rüdiger Reiner. Es war ungeheuerlich! Doch warum war der falsche Rüdiger Reiner jetzt getötet worden? War sein Schwindel aufgeflogen? Hatte sich jemand für den Mord vor fünf Jahren gerächt? Aber wer?

Theresa fuhr hoch. Da war doch etwas! Die Tür! Hastig stellte sie den Karton ins Regal zurück, schob die Ordner wieder davor. Als sie in den Flur hinauskam, war es zu spät. Die Wohnungstür ging auf. Theresa hatte nur eine Chance. In dem Moment, als der Fremde die Wohnung betrat, sprang sie nach draußen. Hals über Kopf rannte sie die Treppe hinunter.

Im Parterre stand der Hausmeister in der Tür. Theresa fiel ihm beinahe um den Hals.

»Helfen Sie mir! Ich ...«

Sie hörte, wie jemand die Treppe herunterkam. Eine Hand, so kalt und so unerbittlich wie ein Schraubstock, schloss sich um Theresas Arm.

»Aber Liebling, was machst du denn schon wieder?!«

Sie erkannte die Stimme des Mannes, der sie in der vergangenen Nacht in der Bruder-Klaus-Kapelle eingesperrt hatte. Am Abend war sie ihm entkommen. Jetzt aber ...

»Entschuldigen Sie die Störung«, sagte der Fremde zum Hausmeister. »Meine Frau ist manchmal ein wenig durcheinander. Dann denkt sie, dass die Wohnungen fremder Leute ihr gehören. Um hineinzukommen, denkt sie sich die wildesten Geschichten aus. Hier ist der Schlüssel. Bitte entschuldigen Sie die Störung.«

Der Hausmeister sah ratlos von einem zum anderen.

»Glauben Sie dem Mann kein Wort! Ich kenne ihn nicht! Rufen Sie die Polizei!« Theresas Stimme überschlug sich.

Wortlos zog sich der Hausmeister in seine Wohnung zurück und schloss die Tür.

»Noch einmal so etwas und ich mache dich auf der Stelle kalt.«

Die Stimme des Fremden war jetzt eisig. Er öffnete seine Jacke und zeigte Theresa den Revolver, den er darunter trug.

Widerwillig ging sie mit ihm zu seinem Auto. Auf der Fahrt unternahm sie trotz ihrer Angst einen Fluchtversuch. Als ihr Peiniger an einer roten Ampel halten musste, wollte sie versuchen, aus dem Wagen zu springen. Sie hatte noch nicht einmal die Beifahrertür ganz geöffnet, da fühlte sie, wie sich kalter Stahl an ihren Hals legte.

»Ich habe es dir schon einmal gesagt«, knurrte er. »Mach keine Dummheiten, Süße, sonst ist es aus mit dir!«

Mit einem kleinen, verzweifelten Laut sank Theresa in den Sitz zurück. Sie fühlte sich wie ein Lamm auf dem Weg zu Schlachtbank.

Er brachte sie dorthin, wo in der Nacht sein Werk unvollendet geblieben war, zur Bruder-Klaus-Kapelle. Dorthin, wo sie niemand hören würde, ganz egal, wie laut sie schrie.

Der Tiefenbach plätscherte über die beiden Steintreppen, die man ihm in den Weg gelegt hatte. Der schmale Steg, der darüber führte, flüsterte etwas von einer Flucht, doch Theresa wusste, dass es unmöglich war, ihrem Peiniger zu entkommen. Er war bewaffnet. Sie jedoch hatte als einzige Waffe nur ihren Verstand.

»Dieses Mal wird dich keiner retten«, zischte er.

»Sie machen einen Fehler!«

»Meinst du? Ich denke, ich bin ganz gut im Geschäft.«

»Sie hatten mit Rüdiger noch eine Rechnung offen«, redete Theresa aufs Geradewohl um ihr Leben. Warum nur verstand sie sich nicht besser mit der Kommissarin? Wenn Elena Tauscher ihr geglaubt hätte, säße sie nicht derartig in der Tinte!

Er zwang sie, mit ihm in die Kapelle zu gehen. Woher er den Schlüssel für das kleine Gotteshaus hatte, würde wohl immer sein Geheimnis bleiben.

»Es ist also eine alte Sache«, plapperte Theresa verzweifelt.

»Kluges Mädchen. Hat Rüdiger dir davon erzählt?«

»Natürlich nicht!«

»Dann bist du ganz allein auf die Idee gekommen? Alle Achtung. Du könntest Detektiv werden.«

Theresa war irritiert. Für wen hielt er sie?

»Wer sind Sie?«

»Es nützt dir nichts.«

»Ich will es aber wissen!«

»Martin Mohr. Und es sind Spielschulden, die Rüdiger bei mir seit langer Zeit hatte. Er war süchtig nach Glücksspielen. Aber das wusste keiner außer mir und seinem Schuldenberg. Auf einmal ist er verschwunden, dabei hatte er hoch und heilig geschworen, mir das Geld zurückzuzahlen. Ich habe Jahre gebraucht, um dieses Arschloch zu finden. Jetzt hat er bekommen, was er verdient.«

»Und das Geld?«

»Deshalb bist du hier. War eine günstige Gelegenheit. Rüdigers Liebchen hatten schon früher immer viel Kohle. Wenn du mir gestern nicht entwischt wärst, hättest du es schon hinter dir.«

Theresa starrte ihn an. Rüdigers Liebchen? Glaubte der Kerl etwa, sie wäre mit Reiner zusammen gewesen? Ihr Herz stolperte.

»Ja«, stotterte sie, »das stimmt. Rüdiger hatte einen guten Geschmack.« Tatsächlich brachte sie ein Grinsen zusammen. Es sah aus wie ein Zähne fletschen. »Wenn es um Geld geht, das ist kein Problem. Ich gebe Ihnen, soviel Sie wollen. Sie müssen mich nur telefonieren lassen.« Ihr Herz jagte so heftig, dass sie nach Luft schnappen musste.

»Telefonieren? Für wie blöd hältst du mich? Du gibst mir eine Vollmacht. Das reicht.«

Theresa trat der Angstschweiß auf die Stirn.

»Es ist alles falsch«, versuchte sie Zeit zu gewinnen. »Rüdiger ist schon seit fünf Jahren tot! Matthias hat ihn umgebracht und sich das Leben seines Freundes übergestülpt wie einen Regenmantel.«

»Na und?«

Das war es. Na und. Mehr nicht.

Ein Mörder war von einem anderen für eine Gaunerei in den Tod befördert worden, die das Opfer begangen hatte. Und kein Mensch konnte es beweisen.

»Die Vollmacht!« Er zerrte einen Block aus seiner Tasche und warf ihn ihr zusammen mit einem Kugelschreiber hin. Er diktierte ihr, was sie zu schreiben hatte. Fünfzigtausend wollte er. Er würde damit nicht durchkommen, das wusste Theresa. Spätestens bei dem Versuch, ihr Konto um den Betrag zu erleichtern, würde man ihn festnehmen. Aber dann war es für sie längst zu spät. Ihre Hand zitterte, als sie die Vollmacht unterschrieb.

Martin Mohr strich zärtlich über seine Waffe.

Theresa spürte, dass ihre Zeit ablief. Es war ein Gefühl, als ob sie Sand zwischen den Fingern hätte. Nichts konnte sie festhalten. Gar nichts. Nicht ein Sandkorn.

Mohr hob die Waffe.

Theresa verkrampfte sich.

Die Stille, die die Kapelle umgab, zersprang wie die Glasscheibe eines Fensters.

»Waffe weg!«

Elena Tauscher sprang in den Raum, hinter ihr Ernst Abt und andere Polizisten.

Martin Mohr war zu überrascht, um Widerstand zu leisten.

Theresa sank in eine Kirchenbank. Sie hatte das Gefühl, ihre Knie müssten aus Pudding sein.

»Sie haben mir also doch geglaubt!«

»Spätestens nach dem Anruf eines leicht entnervten Hausmeisters aus der Schwabacher Silbergasse, der uns von einer Verrückten erzählte, die sich in seinem Haus herumgetrieben hat. Offensichtlich haben Sie den Herrn so sehr verstört, dass er uns noch informieren musste, obwohl Sie doch schon Ihr ›Mann‹ eingesammelt und in ›Sicherheit‹ gebracht hatte.«

»Aber wie haben Sie mich gefunden?«

»Leichte Übung. Wir haben Ihr Handy orten lassen.«

Theresa fuhr sich über die Augen.

»Dieses Mal war es wirklich knapp!«

Elena Tauscher sah sie spöttisch an.

»Tja, meine Liebe, daran sollten Sie sich gewöhnen, wenn Sie in dem Metier bestehen wollen. Diese Arbeit macht man nicht vom Schreibtisch aus.«

Blanka Stipetić

Nebelungen

Feuchte Luft, milchig weiß wie junger Federweißer, empfing Werner, als er die Polizeidirektion verließ. Der Main floss nur wenige Häuserblocks entfernt. Er entließ Schwaden von Nebel, die den Würzburger Kessel ausfüllten, aber nicht genügend Kraft besaßen, ihn zu verlassen.

Sein Wagen stand in der hintersten Reihe. Als er die Autotür aufschloss, spürte er ein Ziehen am Ärmel. Blaue Mädchenaugen sahen zu ihm auf. »Du musst mir helfen«, sagte das Kind. Er machte die Tür auf und legte seine Aktentasche auf den Vordersitz. Bevor er sich aufrichtete, blickte er auf die digitale Zeitanzeige und wurde nervös. Auf dem Parkplatz war sonst niemand. Nur er und das Mädchen standen vor den hell erleuchteten Fenstern der Polizeidirektion in der Weißenburgstraße.

»Wie soll ich dir denn helfen?«

»Ich suche einen Mörder.«

Für einen Moment wusste er nicht, was er sagen sollte. Dann lächelte er. »Ich bin kein Kommissar wie im Fernsehen. Mörder gehören nicht zu meinem Spezialgebiet. Ich bin bei der Drogenfahndung. Außerdem macht man damit keine Scherze.«

Die Miene des Mädchens zeigte keine Regung. Ernst und unverwandt blickte sie ihm in die Augen. »Mein Papa ist tot.«

Er blickte sich um. »Was ist passiert? Wo ist er?«

»Im Grab.«

Werner sah die Kleine prüfend an. Machte sie Scherze?

»Wie lange ist er schon tot?«

Sie zuckte die Schultern und ihre Zöpfe hüpften. »Schon lange.«

Ungeduldig sah er auf seine Armbanduhr. Wenn er jetzt nicht fuhr, würde er es nicht schaffen. Aber er konnte die Kleine nicht einfach stehen lassen. Er lächelte wieder. »Ich mache dir einen Vorschlag. Wir gehen hinein und ich hole einen Kollegen. Einverstanden?«

Das Mädchen nickte. Als er sich in Bewegung setzte, spürte er, wie sie ihre Hand in seine schob und neben ihm herging. Etwas an ihr kam ihm vage vertraut vor, doch er konnte es nicht greifen. Ihre Hand war warm und weich. Als sie das Gebäude betraten, stellte er verärgert fest, dass der Pförtner nicht an seinem Platz saß.

»Du bleibst hier stehen. Ich bin gleich wieder da.«

Während er die Treppe hinaufstieg, überlegte er, wem er die Sache mit dem Mädchen übergeben sollte. Er entschied sich für Bärbel Rauch. Sie war noch neu und hatte Zeit, sich mit so einer Sache abzugeben.

Er erzählte seiner erstaunten Kollegin von dem Mädchen und bat sie, mit nach unten zu kommen.

»Wie heißt sie denn«, fragte Rauch, während sie ihm folgte.

»Ich habe nicht gefragt.«

»Seltsame Geschichte. Vielleicht macht sie sich nur einen Spaß.«

Als sie im Erdgeschoss ankamen, deutete er auf den Vorraum. »Da muss sie sein.«

Der Vorraum war leer, nur der Pförtner saß hinter einer dicken Glasscheibe. Doch er hatte kein Kind gesehen.

»Dunkle Haare, zu Zöpfen geflochten, blaue Augen, ungefähr acht Jahre alt, gelbe Jacke.«

Der Pförtner schüttelte den Kopf. Auch draußen keine Spur von ihr.

»Phantome jagen gehört eigentlich nicht zu meinem Aufgabengebiet«, witzelte Rauch.

»Sie war da«, sagte er.

Verärgert setzte sich Werner in seinen Wagen und fuhr die wenigen Kilometer zur Dreikronenstraße. Er fuhr zu schnell und hoffte, dass Marianne wie immer zu spät dran war. Er verlangsamte, als er unter dem Fenster seiner Wohnung vorbeifuhr, und stellte erleichtert fest, dass noch Licht brannte. Kurz vor der Alten Mainbrücke fand er einen Parkplatz und stieg aus.

Die Alte Mainbrücke war ihm der liebste Ort der Stadt. Hier würde er warten. Marianne musste zu Fuß gehen, und wenn sie wie angekündigt ins *Sandertorbäck* ging, musste sie hier vorbeikommen. Selbst wenn sie ihn entdeckte, konnte er behaupten, auf dem Heimweg zu sein. Er blieb beim Heiligen Kilian stehen, stellte sich neben die riesige Figur und stemmte seinen Blick gegen die heranfließenden Wasserfluten. Dann wechselte er die Seite und beugte sich neben dem Heiligen Johannes von Nepomuk über die steinerne Brüstung. Zu seiner Rechten strahlte die *Mainmühle* und ein Stück weiter der *Alte Kranen*. Im Sommer drangen Gelächter und Stimmen bis auf die Brücke, doch jetzt im Herbst wurden alle Geräusche vom Nebel gedämpft und gebremst. Nur die Stimme des Mains war deutlich zu hören. Fünfzehn Jahre hatte er in München verbracht, zwischen Beton und Glas, glänzendem Lack und stinkendem Müll. Fünfzehn Dienstjahre bei der Drogenfahndung in München hatten Würzburg in ein immer strahlenderes Licht getaucht. Er hatte sich gesehnt nach Provinzialität und Gutbürgerlichkeit.

Er erblickte Marianne lange, bevor sie an ihm vorüberging, drehte ihr den Rücken zu und folgte ihr dann mit reichlich Abstand. Als sie am *Sandertorbäck* ankamen, spähte er durchs Fenster und sah, wie sie ihre Freundin begrüßte.

Es war nicht so, dass er seiner Frau misstraute, doch hatte er in letzter Zeit immer öfter das Gefühl gehabt, dass sie sich ihm entzog. Sie wollte sich alleine mit Freundinnen treffen, hielt stur an ihrem Job fest, obwohl er sie drängte, ihn aufzugeben, damit sie endlich ein Kind bekommen konnten.

Er lief die Sanderstraße auf und ab, zwischendurch warf er immer wieder einen Blick ins Innere des Lokals.

Seit drei Jahren war er mit Marianne verheiratet. Vor einigen Monaten war die Angst zurückgekehrt. Diese Angst nagte an ihm. Angst, verlassen zu werden. Er hatte das schon einmal erlebt. Seine erste Ehe war daran gescheitert. Renate hatte ihn verlassen, war nach Würzburg zurückgekehrt und hatte nie wieder etwas von sich hören lassen. Er hatte sie acht Jahre lang nicht gesehen. Anfang des Sommers hatte er sie dann zufällig getroffen. War es dieses Treffen gewesen, dass die Angst wieder geweckt hatte? Das Treffen war kurz und eigentlich ganz entspannt gewesen.

Er hatte im *Unicafé* ein Bier getrunken und war aufgestanden, als er sie auf der gegenüberliegenden Straßenseite erkannt hatte. Sie hatte sich kaum verändert, klein und zart stand sie zwischen den anderen Passanten, nur die Haare waren länger. Diese Frau, die nicht mehr seine Frau war. Als die Ampel auf grün sprang, blieb er stehen und wartete, bis sie die Straße überquert hatte. Sie blieb neben ihm stehen.

»Du bist zurück.«

Er nickte. »Seit einem halben Jahr.« Er zögerte, wagte es. »Wollen wir einen Kaffee trinken?«

Sie zögerte auch, nickte dann. Zunächst saßen sie sich stumm gegenüber und rührten verlegen in ihren Kaffeetassen. Renate durchbrach das Schweigen.

»Wie ist es dir ergangen?«

Er bemühte sich, sein Leben schön und erfüllt erscheinen zu lassen. Erzählte von Marianne. »Wir wollen bald ein Kind«, fügte er am Ende hinzu, was nicht ganz stimmte. Er wollte ein Kind, Marianne wich aus, schob die Arbeit vor. »Und du?«, fragte er.

Sie zuckte die Schultern. »Es geht.« Sie blieb einsilbig. Er wünschte, nicht über die Vergangenheit reden zu müssen. Sie schien nicht bereit, an einem Punkt wieder anzuknüpfen, an dem sie sich noch vertragen hatten.

»Es tut mir leid wegen damals. Ich habe Fehler gemacht.«

Sie lächelte. »Ist in Ordnung. Es ist schon lange her.«

Das Lächeln war ein kleiner Erfolg, und er wusste, dass er auf dem richtigen Weg war. »Meine Eifersucht muss unerträglich gewesen sein.«

Sie nickte, das Lächeln wurde tiefer, erreichte auch ihre Augen. Er fuhr fort. Dann stellte er die Frage, die ihm seit Jahren nicht aus dem Kopf ging. »Warum bist du nicht zu mir zurückgekommen?« Als sie schwieg, konnte er nicht anders. »Markus war doch tot, warum bist du nicht nach Hause gekommen?«

Das Lächeln verschwand aus ihren Augen. Nur die Mundwinkel blieben nach oben gezogen, wie unter Zwang. Sie antwortete nicht, hob aber die Hand und rief den Kellner herbei. Er bestand darauf, zu zahlen, und sie ließ ihn gewähren. Zum Abschied nur ein Kopfnicken. Er hatte vergessen, nach ihrer Telefonnummer zu fragen. Aber wozu auch. Später ging ihm auf, dass er einen Fehler gemacht hatte. Aber es war egal.

Das war nun drei Monate her. Genauso lange, wie die Angst wieder an ihm fraß und ihn zwang, Marianne zu folgen und sie zu kontrollieren, um sich Gewissheit zu verschaffen. Dabei übersah er nicht, dass es diese Gewissheit nur geben konnte, wenn er Marianne in flagranti erwischte. Solange er das nicht tat, blieb der Zweifel.

Als er sah, dass Marianne und ihre Freundin sich zum Zahlen bereit machten, trat er mit schnellem Schritt den Heimweg an. Zuhause nahm er ein Bier aus dem Kühlschrank, goss einen kleinen Schluck in ein Glas und schüttete den Rest in den Ausguss. Die leere Flasche und das Glas stellte er auf den Couchtisch. Er sah, dass der Anrufbeantworter blinkte. Es rauschte, dann zuckte er zusammen. Eine Kinderstimme, flüsternd.

»Warum verfolgst du deine Frau?« Leises Rauschen. »Wenn du mir hilfst, sage ich dir, wer ich bin.«

Er ließ die Nachricht dreimal hintereinander laufen, dann löschte er sie. Er tippte auf den Tasten des Telefons herum. Die Nummer des Anrufers wurde nicht angezeigt. Ohne Licht zu machen, zog er sich aus, ging ins Bad und legte sich dann ins Bett. Er hörte, wie Marianne nach Hause kam, leise schimpfte, weil er sein Glas nicht in die Küche getragen hatte, und nach wenigen Minuten neben ihm ins Bett schlüpfte. Er zwang sich, nicht nachzudenken, und ließ sich vom eigenen, vorgetäuschten rhythmischen Atmen in den Schlaf tragen. *Wenn du mir hilfst, sage ich dir, wer ich bin.*

Am nächsten Morgen nahm er die Straßenbahn. In Fahrtrichtung war kein Platz mehr frei, und er blieb stehen. Am Dom fuhr die Bahn eine scharfe Linkskurve, und genau in dem Moment sah er sie. Ihre gelbe Jacke zog seinen Blick an und er erkannte sie sofort. Sie stand vor dem *Domcafé* und blickte genau zu ihm. Während die Bahn weiterfuhr, drehte er den Kopf und versuchte, sie nicht aus dem Blick zu verlieren. Er drängelte sich zur Tür und sprang vor dem *Hugendubel* als Erster hinaus. Nach wenigen Schritten hatte er das *Domcafé* erreicht, aber keine Spur von einer gelben Jacke. Er blickte in alle Richtungen, ergebnislos.

In der Polizeidirektion hatte sich die Geschichte schon herumgesprochen.

»Guten Morgen, Geisterjäger«, begrüßte ihn ein Kollege. Die Rauch hatte ihren Mund nicht halten halten können und aus einer Mücke einen Elefanten gemacht. Trotzdem fragte er jeden Kollegen, der am Abend zuvor noch anwesend gewesen war, ob er das Mädchen gesehen hätte. Es führte zu nichts, nur dazu, dass alle ihn seltsam ansahen und sich ganz offensichtlich fragten, was in ihn gefahren war. Er erzählte nichts von dem Anruf und auch nichts von seiner Suche am *Domcafé*.

Mehrere Tage vergingen, in denen er das Mädchen aus seinen Gedanken verdrängte. Wenn er doch wieder an sie dachte, hatte er das Gefühl, sich an einen Traum zu erinnern. Am fünften Tag machte er früher Feierabend. Er kochte Nudeln und machte eine Steinpilzsoße dazu, Marianne mochte das, er hätte etwas Deftigeres vorgezogen. Als er eine Flasche Silvaner entkorkte, begann das Telefon zu läuten, schrill und fordernd. Er seufzte. Der Gedanke, zurück in den Nebel zu müssen, ließ ihn frösteln. Er meldete sich.

»Wirst du mir helfen?«

Er nahm das Telefon mit in die Küche und setzte sich an den Tisch.

»Wo bist du?«

»Wirst du mir helfen?«, wiederholte sie.

Er stützte den Kopf in die Hand und rieb sich die Stirn.

»Ich kann dir nur helfen, wenn du mir hilfst. Wer bist du? Wo bist du? Warum verfolgst du mich? Und warum soll ausgerechnet ich dir helfen?«

»Ich bin Anne.«

»Anne wer? Wo bist du?«

»An einer Telefonzelle.«

»Wo?«

»Vor deinem Haus.«

Er sprang auf und lief ins Wohnzimmer, zerrte die Gardine beiseite und sah sie. Sie stand im dämmrigen Licht einer Straßenlaterne und blickte durch die Kunststoffscheibe der offenen Telefonzelle zu ihm hinauf.

»Bleib da stehen. Ich komme runter.«

Im Augenwinkel sah er noch, wie sie die Hand hob und winkte, dann griff er schon nach seinem Schlüsselbund und hastete die Treppe hinunter. Als er über die Straße rannte, hörte er ein Auto hupen, dann stand er vor der Zelle. Sie war leer.

Er stand mehrere Minuten mit hängenden Armen bewegungslos vor der Zelle und starrte hinein. Dann berührte er den Hörer. Er war kalt.

Als Marianne kurz darauf nach Hause kam, fand sie ihn in der Küche sitzend. Die Nudeln waren inzwischen zerkocht, die Pilzsoße kalt. Schuldbewusstsein schlich sich in ihre Augen. »Bin ich zu spät?«

Er erzählte, ließ nur Details aus. Schweigend und besorgt sah sie ihn an. »Merkwürdige Geschichte. Ich kann nicht glauben, dass ein so junges Mädchen alleine durch die Nacht spaziert. Bist du sicher, dass sie nicht älter war?«

Er nickte und beschrieb, wie sie beim ersten Treffen seine Hand genommen hatte.

Sie lächelte zaghaft. »Könnte es sein, dass du dir das einbildest? Du hast in letzter Zeit so oft von Kindern gesprochen. Vielleicht ist dein Wunsch so groß, dass du ...«

Er unterbrach sie. »Quatsch. So etwas bildet man sich doch nicht ein. Ich bin nicht verrückt.« Er blickte zur Uhr. »Wieso kommst du so spät? Wo warst du?«

Alles Zaghafte, Verständnisvolle wich aus ihrem Gesicht. Ihr Blick wurde kalt. »Fang nicht wieder an. Ich hatte einen Kunden und es hat länger gedauert.«

»War der Kunde ein Mann?«

Sie nickte. »Ein Mann. Ich kannte ihn nicht, habe ihm aber sofort die Kleider vom Leib gerissen und mich auf ihn gestürzt. Wie ich das mit jedem Mann mache, der in meiner Umgebung auftaucht.« Ihre Stimme war beißend. »Diese ständigen Verdächtigungen machen mich ganz krank. Genauso wie du dir einbildest, ich würde dich auf Schritt und Tritt betrügen, bildest du dir wahrscheinlich auch dieses Mädchen ein. Du solltest professionelle Hilfe suchen.« Sie stand auf und verließ die Küche.

Werner fühlte sich elend. Warum hatte er den Mund nicht halten können? Marianne würde ihm aus dem Weg gehen und es würde Tage dauern, bis sich die Stimmung weder normalisiert hätte. Mit Renate damals war es genauso gewesen.

Er konnte sich nicht mehr erinnern, wann in seiner ersten Ehe die Talfahrt begonnen hatte. Es musste die Angst gewesen sein. Sie war in ihn gekrochen aus dem Nichts. Er wachte nachts davon auf, musste Renate anfassen, um ganz sicher zu sein, dass sie noch bei ihm war. Wenn er im Dienst war, rief er sie mehrmals täglich an, wollte ihre Stimme hören, wissen, wo sie war und was sie tat. Anfangs fand sie es schön. Dann wurde sie zusehends gereizter und warf ihm vor, sie kontrollieren zu wollen. Sie entzog sich ihm bewusst, ging nicht ans Telefon und erzählte ihm nicht, wann und wohin sie ging. Er beschuldigte sie, ihn zu betrügen. Sie sah in seinem Verhalten Verfolgungswahn und krankhafte Eifersucht. Er begann systematisch nach Rivalen Ausschau zu halten, beobachtete ihr Verhalten in der Öffentlichkeit, verfolgte sie heimlich. Fast ein Jahr ging das so. Dann hatte sie ihm eröffnet, dass sie die Scheidung wollte, hatte die Koffer gepackt und war zu ihrer Mutter gezogen.

Werner hatte lange gelitten und gehofft, sie würde zurückkehren. So richtig gut ging es ihm erst, seit er Marianne kennengelernt hatte. Diese Ehe durfte nicht auch scheitern. Er ging ins Schlafzimmer und legte sich neben sie. An ihrem Atem hörte er, dass sie noch nicht schlief. Er wollte sie umarmen, aber sie schüttelte seinen Arm ab.

Am nächsten Morgen war Werner entschlossen, der Sache auf den Grund zu gehen. Das Mädchen hatte schon einmal angerufen. Vielleicht hatte sie beim ersten Anruf einen Festnetzanschluss oder ein Handy verwendet. Er rief bei der Telefongesellschaft an und verlangte die Nummer des Anrufers. Das ging nicht so einfach. Er wurde wütend. Er war schließlich Polizist.

Er holte sich einen Kaffee und wollte seine Brotdose aus der Tasche holen. Sein Blick wanderte zum Fenster und hinaus auf die Straße. Behutsam stellte er die Kaffeetasse auf seinem Schreibtisch ab und griff zum Telefon. »Draußen auf der Straße steht ein Mädchen mit gelber Jacke«, sagte er zum Pförtner. »Gehen Sie raus und halten Sie sie auf. Ich bin gleich unten.« Er ging rückwärts zur Tür, den Blick, solange es ging, nach draußen gerichtet, dann begann er zu laufen, packte unterwegs Rauch, die ihm entgegen kam, und zog sie mit. »Sie ist da draußen.« Er rannte einen Kollegen um, Papiere und

Aktenmappen flogen durch die Gegend. Der Pförtner saß an seinem Platz und telefonierte.

»Wieso sind Sie nicht da draußen?«, brüllte Werner ihn an und zog eine sich sträubende Bärbel Rauch weiter mit sich. Der Pförtner war aufgestanden und sah ihnen verwundert nach. Am Ende des Parkplatzes riss Rauch sich los. »Bist du völlig übergeschnappt?«

Er blickte die Straße rauf und runter, lief einige Schritte nach links, dann wieder nach rechts. »Sie war hier, genau hier. Ich habe sie doch gesehen.«

Rauch schüttelte den Kopf. »Hier ist weit und breit kein Kind. Was ist los mit dir? Glaubst du wirklich, ein Kind verfolgt dich, lauert dir auf? Und wieso das Ganze? Vielleicht solltest du dich mal untersuchen lassen.« Sie machte kehrt und stapfte wütend zurück ins Gebäude.

Als er zu seinem Büro zurück ging, verstummten die Gespräche der Kollegen, die er passierte. Er spürte ihre Blicke im Rücken. Kurz darauf rief sein Chef ihn zum Gespräch.

»Kann es sein, dass Sie überarbeitet sind«, fragte er. »Ich habe ein wenig rumgefragt. Niemand kann Ihre Angaben zu dem Mädchen bestätigen. Und sagen Sie bitte selbst. Wie wahrscheinlich ist es, dass ein achtjähriges Kind sich ohne Aufsicht abends in der Gegend herumtreibt? «

Er empfahl ihm, sich einige Tage frei zu nehmen.

Werner ging nach Hause und stellte sich eine halbe Stunde unter die heiße Dusche. Zum ersten Mal fragte er sich, ob er wirklich Wahnvorstellungen hatte. Ein Satz bohrte sich in sein Bewusstsein und wollte nicht mehr verschwinden. *Wenn du mir hilfst, sage ich dir, wer ich bin.* Warum sollte das so wichtig für ihn sein? Er stieg aus der Dusche, trocknete sich ab und stand nackt vor dem Spiegel. Seine Augen tasteten jeden Zentimeter seines Spiegelbildes ab. Er erinnerte sich an die vage Vertrautheit, die er beim Anblick des Mädchens verspürt hatte. Er betrachtete eingehend sein Gesicht, bis die Konturen zerfielen und er das Gefühl hatte, einen Fremden anzustarren.

Er setzte sich auf den Boden, zog die Knie an und legte den Kopf auf seine verschränkten Arme. Dann zuckte er zusammen. Vielleicht war er eingedöst und die Frage war im Traum entstanden. Er hatte sie aber ins Wachsein mitgenommen. Er rief sich das Aussehen, die Größe des Mädchens ins Gedächtnis, versuchte, sich über ihr Alter klar zu werden. Er rechnete. War das Mädchen seine Tochter?

Er konnte Renate nicht finden. Er wälzte Telefonbücher, suchte im Internet. Schließlich rief er bei ihrer Mutter in Randersacker an. Es meldete sich niemand, er fuhr hin. Von einer Nachbarin erfuhr er, dass Renates Mutter vor einigen Monaten gestorben war. »Die Renate war nur zur Beerdigung hier. Die lebt woanders. Wo genau, weiß ich nicht.«

Werner war verwirrt, musste sich aber eingestehen, dass Renate ihn nicht angelogen hatte. Er hatte einfach angenommen, sie würde immer noch in Randersacker leben.

Am nächsten Morgen ging er wieder zum Dienst. Nur von hier aus hatte er Zugriff auf die notwendigen Informationen. Die Kollegen grüßten ihn, hielten aber Abstand, als gelte es vorsichtig mit ihm umzugehen, wie mit einem Verrückten eben. Er fühlte sich isoliert. So etwas Ähnliches hatte er schon einmal erlebt. Damals waren die Kollegen auch vorsichtig mit ihm umgegangen, aber es war aus Rücksicht geschehen. Die Geschichte war der Alptraum eines jeden Polizisten. Schlimmer wäre nur gewesen, wenn es ihn selbst erwischt hätte. Auch heute noch konnte er die Ereignisse wie einen Film ablaufen lassen, manchmal in Zeitlupe. An jeder Stelle konnte er den Film anhalten und Standbilder betrachten.

Sie hatten einen kleinen Dealer beobachtet. Werner sah das Gesicht seines Partners und besten Freundes vor sich. »Da ist er«, sagte er. Sie duckten sich und beobachteten den Jungen, der sich nervös umsah. Er zündete eine Zigarette an und stand wartend da, eine Hand in der Hosentasche. Ein zweiter kam auf ihn zu. »Jetzt haben wir dich«, murmelte sein Partner. Sie beobachteten die Übergabe und stiegen aus dem Wagen. Als die beiden Dealer sie hörten, rannten sie, jeder in eine andere Richtung. Sie verfolgten den älteren.

Ein Schuss krachte und Werners Partner schrie auf. »Mein Bein.« Werner fluchte und ging in Deckung. Weitere Schüsse ertönten. Dann Schritte. Werner kam aus der Deckung und feuerte. Ein Schrei, dann nichts mehr. Langsam bewegte er sich vorwärts und sah ihn dann liegen. Er lebte noch. Als Werner seine Taschenlampe über den Körper wandern ließ, sah er das Blut. Er hatte ihn in der Körpermitte getroffen. Eine Blutlache bildete sich um den Körper und der Notarzt würde zu spät kommen.

»Hast du ihn erwischt?«, hörte er Markus hinter sich. Er hatte sich aufgerappelt und humpelte auf Werner zu.

»Ich hatte das Gefühl, er kommt auf uns zu«, hatte Werner später dem Staatsanwalt gesagt. »Ich hatte keine Zeit zu zielen, habe einfach nur in Richtung des Geräuschs geschossen.«

Seitdem war Werner nie wieder in eine solche Situation geraten. Und nun machte er Jagd auf kleine Mädchen.

Er durchforstete alle Register und Datenbanken, auf die er Zugriff hatte. Er ging davon aus, dass sie seine Tochter war, und versuchte es mit seinem Nachnamen, mit Renates Mädchennnamen. Aber fand kein Kind mit Namen Anne im Alter von sieben oder acht Jahren. Als er nicht mehr weiterkam, beschloss er, zunächst Renates Spur aufzunehmen. Aber sie kam ihm zuvor.

Sein Diensttelefon klingelte und Renate war dran. Gedankenübertragung, dachte er, Seelenverwandtschaft. Sie entschuldigte sich für ihren übereilten Aufbruch vor einigen Monaten. Inzwischen hätte sie nachgedacht, und vielleicht könnten sie das Treffen wiederholen. Er hörte ihr ungeduldig zu, dann platzte die Frage aus ihm heraus. »Hast du ein Kind?«

Er hörte, wie sie den Atem anhielt.

»Wie kommst du denn auf diese Idee?«

»Sag es mir einfach.«

»Nein.«

»Wieso willst du es mir nicht sagen?«

»Ich meinte nein. Mein Mann hat zwei Söhne aus erster Ehe und wollte keine Kinder mehr.

»Hast du, haben wir eine Tochter?«

»Bist du verrückt geworden? Wir haben kein Kind.«

»Bist du sicher?«

Sie lachte, und er konnte sehen, wie sich ihre Stirn in Falten legte, die alle oberhalb der Nasenwurzel zusammenliefen.

»So sicher, wie man sich nur sein kann. Wie kommst du darauf?«

Er zögerte. Dann erzählte er. Von dem Mädchen mit den Zöpfen und der gelben Jacke.

»Sie sagte, wenn ich ihr helfe, würde sie mir verraten, wer sie sei. Als ob das für mich von großer Bedeutung wäre, verstehst du. Und das wäre es, wenn sie meine Tochter ist.«

»Nun ja«, sie räusperte sich. »Ich war ja nicht die einzige Frau in deinem Leben. Nach mir gab es doch sicher andere. Vielleicht hast du ja recht und sie ist deine Tochter, nur bin ich nicht die Mutter. Allerdings kann ich mir nicht ganz erklären, wo diese Mutter die ganze Zeit steckt. Wer würde ein Kind nachts alleine durch die Gegend laufen lassen?«

Er wusste nicht, was er sagen sollte, wollte ihr auch nicht eingestehen, dass es nach ihr lange Zeit keine Frau in seinem Leben gegeben hatte, nicht einmal für kurze oder sehr kurze Zeit. Als er schwieg, sprach sie weiter.

»Ist mit dir alles in Ordnung, Werner?«

Sie verabredeten, in der nächsten Woche zu telefonieren und sich zu treffen. Nachdem er aufgelegt hatte, fiel ihm ein, dass er schon wieder nicht nach ihrer Telefonnummer und Adresse gefragt hatte.

Er hörte auf zu suchen und überließ sich dem Warten. Sie wollte etwas von ihm. Wenn es sie überhaupt gab. Aber auch wenn es sie nicht gab, sie hatte nach seiner Hilfe gefragt und würde es wieder tun. Er musste nur abwarten und sie würde sich melden.

Aber sie rief nicht an, zeigte sich auch nicht. Marianne redete kaum mit ihm, und er hatte für den Moment das Interesse daran verloren, ihr zu folgen und einen Beweis für ihre Untreue zu finden. Sie gingen sich aus dem Weg. Er hatte Urlaub genommen und verbrachte die Zeit mit Lesen und langen Spaziergängen. Das Wetter hatte sich geändert. De Sonne hatte den Nebel durchdrungen und ließ Würzburg in voller Pracht erstrahlen. Die Stadt ruhte im gelb leuchtenden Rahmen der Weinberge. Die Luft war mild, der Main glitzerte silbern. Abends ging er in den *Ratskeller*, wo er allein an einem Tisch saß und seinen Schoppen trank. Die Tage vergingen, er kam zur Ruhe und war nahe daran zu glauben, dass sich der Spuk aufgelöst hatte. Er dachte über sein Leben nach, sein Pech mit Frauen, kehrte immer wieder zu Renate zurück.

Es war damals ein dummer Zufall gewesen, der ihm die Augen geöffnet hatte. Er war zu einem Zahnarzttermin gefahren, um festzustellen, dass er sich im Datum geirrt hatte. Er fuhr zurück nach Hause. Es war reine Gewohnheit gewesen, dass er Renate gefolgt war, als er sie mit einem Einkaufskorb das Haus verlassen sah. Aber sie ging nicht zum Einkaufen. Eine Straßenecke weiter stieg sie in einen Wagen, den er kannte. Während er ihnen folgte, kämpfte er mit seiner Angst, die sich vom Magen her unkontrolliert ausbreitete. Er bekämpfte sie mit Erklärungen, Logik. Als er sie vor einer Pension aussteigen und hineingehen sah, half nichts mehr. Er musste aussteigen und sich übergeben.

Seine Frau betrog ihn mit seinem besten Freund. In seinem Körper breitete sich eine Kälte aus, wie er sie noch niemals gespürt hatte. Sie ließ ihn erstarren, und ein kleiner Schlag hätte genügt, um Risse in das Konstrukt seines Körpers zu treiben, die sich verzweigten und verästelten und ihn schließlich hätten zerpringen lassen, in tausend harte Kristalle, die sich klirrend auf dem Boden verteilten. Die zwei Menschen, die ihm am nächsten standen, die zwei einzigen Menschen, die ihm etwas bedeuteten, hintergingen ihn. Logen ihm ins Gesicht, verstellten sich und lachten hinter seinem Rücken über ihn, über seine Blödheit, seine Gutgläubigkeit. Wie oft hatte sie ihm beteuert, er bilde sich alles nur ein. Wie oft hatte Markus ihm gut zugeredet, er müsse Renate vertrauen, auf ihr Wort, ihre Liebe. Er fuhr nach Hause. Begrüßte sie, als sie mit gefülltem Einkaufskorb das Haus betrat.

Er hatte sich nie etwas anmerken lassen. Auch als sie ihn mit gepackten Koffern verließ, hatte er nichts gesagt. Weil er noch Hoffnung gehabt hatte.

Das Wetter passte sich seiner düsteren Stimmung an. Der Nebel kehrte zurück, und eines späten Abends, als er gerade den *Ratskeller* verlassen wollte, klingelte sein Handy.

»Hast du mich vergessen?« Ein leises, entferntes Flüstern.

Sein Griff um das Handy wurde fester. »Wenn du willst, dass ich dir helfe, müssen wir uns treffen.«

»Vielleicht gibt es mich gar nicht.«

»Dann kann ich dir auch nicht helfen.«

»Stimmt«, sagte sie. Dann fuhr sie fort. »Auf der Alten Mainbrücke. Da bist du doch so gerne, oder?«

»Wann?«

»Jetzt gleich. Ich warte auf dich.«

Er trat auf die Domstraße. Bevor er sich nach rechts wandte, hörte er einen Pfiff, dann sah er sie. Sie stand vor dem *Kiliansbäck,* ihm zugewandt. Die gelbe Jacke, ihre Zöpfe, das erkannte er, nur ihr Gesicht blieb im Nebel verschwommen. Er beschleunigte seinen Schritt, sah, wie sie sich umdrehte und in der Schustergasse verschwand. Er hörte nur noch ihre schnellen Schritte. Er bog um die Ecke und sah, dass sie schon fast den Marktplatz erreicht hatte und weiter rannte. Sie war zu schnell. Er keuchte und schaffte es nicht, den Abstand zu verringern. Am Petrinihaus bog sie in die Langgasse. Als er am Grafeneckart ankam, sah er sie auf die Alte Mainbrücke laufen. Er ignorierte sein pochendes Herz und seine Lunge, die zu zerspringen drohte. Der Abstand hatte sich verringert. Dann war sie auf einmal weg. Er sah sie nicht und hörte sie auch nicht mehr. Er verlangsamte seinen Schritt und blieb stehen. Beim Heiligen Kilian hatte er ihre Silhouette noch gesehen, da war er sich sicher. Er ging bis zu der Stelle und bog in die Einbuchtung.

Sie stand auf der Brüstung, das Gelb der Jacke ein leuchtender Fleck vor dem blauschwarzen Himmel. Er streckte die Hand aus, setzte langsam einen Fuß auf die Brüstung, um ihr näher zu kommen. Etwas stimmte nicht. Sie war zu groß. Als er sich aufrichtete, war Renates Gesicht vor ihm.

»Du hast ihn erschossen«, sagte sie, ihre Stimme bar jeder Emotion. Er verstand nicht gleich.

»Was ist mit dem Mädchen?« Er war verwirrt. Hatte er Renate für ein Kind gehalten. Nein. Ja. Vielleicht. Aber nicht beim ersten Mal. Das erste Mal hatte ein Kind ihn angesprochen.

»Sie ist meine Tochter«, sagte Renate.

»Ist sie meine Tochter?«, fragte er.

Ihr Lachen war höhnisch.

»Ich habe ein Recht, es zu wissen«, beharrte er.

»Du hast gar nichts. Außer einen unschuldigen Menschen auf dem Gewissen. Den Vater meiner Tochter.«

Werner erinnerte sich an die Frage, die er sich bei ihrem Wiedersehen nicht hatte verkneifen können. Natürlich hatte sie seinen Fehler sofort bemerkt. Hatte sich die Ereignisse zusammengereimt. Hatte sie den gleichen Film im Kopf wie er?

»Hast du ihn erwischt?«, hörte er Markus hinter sich. Er hatte sich aufgerappelt und humpelte auf Werner zu.

Werner konnte nie genau sagen, woher der Impuls kam. War der Gedanke schon in seinem Kopf gewesen und hatte nur auf die richtige Situation gelauert? War es ein Gedankenblitz, den er ausführte, wie unter Zwang? Er griff nach der Waffe des Dealers, drehte sich zu Markus und schoss. Dann wischte er den Griff ab, drückte sie dem bewusstlosen Dealer mehrmals in die Hand und legte sie genau so auf den Boden zurück, wie er sie gefunden hatte. Er fühlte den ersterbenden Puls des Mannes, ging zu Markus und leuchtete mit der Taschenlampe in sein zerfetztes Gesicht. Dann rief er den Notarzt und den Rest der Truppe. Er war nicht zersprungen, kein Klirren auf dem harten Betonboden. Die Kälte war aus seinem Körper gewichen, hatte sich aufgelöst. Aber Renate war nicht zurückgekommen. Jetzt kannte er den Grund.

Er leugnete. Aber in ihrem Gesicht war nicht der Anflug eines Zweifels zu erkennen.

»Ich bin nie auf die Idee gekommen, dass du von Markus und mir wusstest. Erst als wir in dem Café saßen. Du hast mich mit der Nase darauf gestoßen. Danach habe ich alles verstanden. Du hast ihn umgebracht. Aus krankhafter Eifersucht. Weil du es nicht ertragen hast, mich zu verlieren.«

»Dann gibt es dieses Kind wirklich?«

Sie lächelt ihr dünnes Lächeln, das niemals die Augen erreichen würde. »Du hast sie nur einmal getroffen, das erste Mal. Sonst hast du immer mich gesehen, meine Stimme gehört.«

»Was willst du?«

»Tut es dir leid?«

Er nickt. »Es war sinnlos. Du bist nicht zurückgekommen.«

»Manchmal tun die Menschen sinnlose Dinge«, sagte sie leise.

Er sah, wie sie ihre Hände hob und öffnete, so dass er ihre hellen Handflächen sehen konnte. Sie stieß ihn gegen die Brust, nicht fest. Er fühlte den Schlag. Es tat nicht weh, bewegte nur den Schwerpunkt seines Körpers leicht nach hinten, genug, um ihm das Gleichgewicht zu nehmen. Langsam kippte er nach hinten, seine Arme begannen mit Verzögerung in die Luft zu greifen. Wie ein Radfahrer, der mit Händen und Füßen in die Pedale tritt, fiel er die wenigen Meter von der Brüstung und landete unter der Alten Mainbrücke, wo sich im Herbst die Wellen des Mains einen tosenden Kampf liefern. Sie rissen seinen Körper in die Tiefe, trieben ihn in den schlammigen und sandigen Boden und schleiften ihn am Grund entlang, bis sie ihn irgendwo kurz hinter dem *Alten Kranen* als leblose Masse freigeben würden.

Die Frau sah ihm nicht hinterher. Langsamen Schrittes ging sie über die Brücke genau auf den Dom zu, der durch den Nebel nur zu erahnen war. Als sie das Ende der Brücke erreicht hatte, war sie nur noch eine schemenhafte Gestalt, Mann, Frau oder Kind.

Elmar Tannert

Fifty-fifty

»Ich weiß, es ist eine Strapaze für Sie. Aber wir müssen da jetzt noch einmal durch. Sie sind unsere einzige Augenzeugin.«

Martha Raab holt tief Luft. Nein, eigentlich darf sie gar nicht dran denken, was gestern passiert ist, sagt sie, mit zittrigen Händen kramt sie in ihrer Handtasche, stellt die Tasche auf den Schreibtisch, »bitte, Herr Kommissar, wenn Sie mir vorher noch meine Tabletten geben ... ich muss dreimal am Tag die Tabletten nehmen für den Blutdruck ... die verschreibt mir der Dr. Arnold immer ...«

Kommissar Rößner tastet sich durch Frau Raabs Handtaschenkosmos, Lesebrille, Hautcreme, Schlüssel, Erfrischungstücher, Zuckerportionen aus verschiedenen Cafés, findet schließlich eine grünweiße Packung, hält sie hoch, »Diese?« fragt er, »Genau die!« strahlt die alte Dame, und ob sie noch um ein Glas Wasser bitten dürfte?

Die Schellenberger, seine Schreibkraft, will aufstehen. »Lassen Sie nur«, sagt Rößner, holt eine Flasche Wasser und drei Gläser aus der Teeküche, geht dann ans Fenster und versucht, die Lamellenjalousie in ein Bollwerk gegen die Julisonne zu verwandeln.

Ohne das Beruhigungsmittel, sagt Frau Raab, das sie gestern von Dr. Arnold bekommen hat, hätte sie die ganze Nacht kein Auge zugetan, sonst ist sie ja gesund, außer ihrer Herzschwäche, jede Aufregung ist Gift für sie, und gestern, da muss sie einen Schutzengel gehabt haben, dass ihr Herz nicht versagt hat, auch Dr. Arnold hat das gesagt.

Die Schellenberger grinst schon wieder in sich hinein.

»Sie haben Glück gehabt, in jeder Hinsicht. Aber noch einmal zurück zu gestern Mittag.« Rößner bleibt unerschütterlich wie der Ventilator, der die stickige Luft von einer Ecke des Zimmers in die andere schaufelt. »Sie standen am Schalter. Ihnen gegenüber Herr Kliegel.«

Ja. In dem Augenblick muss sie gerade ihr Portemonnaie in der Handtasche gesucht haben, oder hatte sie es doch schon in der Hand und hat ihr Geld darin verstaut? Fünfzig Euro hat sie abgehoben, aber nicht in einem Schein, sie hat sich zehn Euro in Münzen geben lassen, da ist der Herr Kliegel immer so nett, fragt sie immer, ob sie Kleingeld braucht, und gestern hatte sie tatsächlich keine einzige Münze mehr im Portemonnaie, denn ihr letztes Kleingeld hatte sie am Vormittag ihrem Postler gegeben, dass er sich zwischendurch ein Eis gönnt bei der Hitze, und Rößner ertappt sich dabei, wie er mit Sehnsucht an den verstockten Tankstellenräuber denkt, den sie letzte Woche geschnappt hatten. Kaum, dass dem sein Name über die Lippen gekommen war. Er nimmt einige Schlucke Mineralwasser und spürt sie im nächsten Augenblick als Schweißfilm auf seiner Stirn und seinen Unterarmen.

»Also, Sie waren abgelenkt, und plötzlich stand der Mann neben Ihnen am Schalter. Frau Schellenberger, schreiben Sie bitte: In dem Augenblick, als der Täter die Bankfiliale betrat, war ich abgelenkt und habe ihn erst wahrgenommen, als er neben mir am Schalter stand.«

Ganz anders, als man sich das immer so vorstellt, bestätigt Frau Raab, wo einer in die Bank hineinrennt und »Überfall!« schreit, außer natürlich, dass er einen Strumpf über den Kopf gezogen hatte, aber ganz ruhig ist er gewesen, hat nur gesagt: »Los, das Geld! Und keinen Alarm!« Und hat eine ganz dünne, hohe Stimme gehabt.

»Der Täter war maskiert«, diktiert Rößner, »und sagte zum Kassierer: ›Los, das Geld! Und keinen Alarm!‹ Auffällig war seine hohe, möglicherweise verstellte Stimme. – Haben Sie eventuell einen ausländischen Akzent bemerkt? Nein? – Der Täter sprach akzentfreies – Dialekt? Kein Dialekt – der Täter sprach akzentfreies Hochdeutsch. – Und Sie sagten, er hielt eine Schusswaffe in der Hand?«

»Ja. Und wie der Herr Kliegel das Geld aus der Kasse nehmen wollte, hat er gesagt: Nicht das! Das, was hinten liegt – im Tresor!«

»Und dann?«

Sind der Maskierte und Herr Kliegel zur hinteren Tür gegangen, der Kliegel voran, Hände hoch, mit der Pistole im Rücken, und wenn ihm nur nichts passiert, hat sie nur noch denken können, wenn ihm nur nichts passiert, weil, den Herrn Kliegel, den kennt sie schon so lang, seit er als Banklehrling angefangen hat, damals, als noch drei Angestellte in der Filiale waren, und zwischendurch war er ein paar Jahre in der großen Filiale in der Kreisstadt, und dann ist er wieder zurückgekommen, und seit ein paar Jahren macht er alles ganz allein, immer so nett und immer so freundlich.

Rößner fasst zusammen, diktiert, fragt weiter.

»Der Täter und Herr Kliegel waren also auf dem Weg zum Nebenraum. Und was geschah dann?«

Jetzt bekommt Frau Raab wieder dieses Zittern in der Stimme.

Plötzlich, Herr Kliegel und der Räuber waren schon fast an der Tür, da kommt einer reingerannt, auch mit einem schwarzen Strumpf überm Kopf, und der hat »Überfall!« gerufen, und natürlich haben sich der Herr Kliegel und der Räuber umgedreht. Und da hat der Zweite auch schon geschossen.

Stimmt so ziemlich mit dem überein, denkt Rößner, was auf dem Videoband zu erkennen war. Aber jetzt kommt die Stelle, wo die Aufzeichnung abbricht.

Es ist so furchtbar, sagt sie. Sie sieht es wieder vor sich, wie der Mann – der maskierte Mann – zusammenbricht, und dann hat der andere noch einmal geschossen, nach oben, auf die Videokamera, ist dann auf den Herrn Kliegel losgestürmt, hat ihn am Arm gepackt und ihn in den Tresorraum gezerrt, und vielleicht nach einer Minute ist er rausgerannt, in der Hand eine Plastiktüte.

»Wo waren Sie in dem Moment?«

Fast an derselben Stelle wie vorher, also am Schalter, das heißt, ein Stück näher an der Wand, also eigentlich ganz dicht an die Wand hat sie sich gedrückt, aber sonst hat sie sich nicht von der Stelle gerührt.

»Konnten Sie sehen, was er danach gemacht hat?«

Nein, der muss aus der Bank raus und gleich nach links um die Ecke gerannt sein, und sie hat nur noch gehört, wie eine Wagentür zugeschlagen wurde, gleich danach ein aufheulender Motor, quietschende Reifen, und dann nichts mehr.

Als Martha Raab das Protokoll unterschreibt, ist es kurz nach zwölf und der Überfall liegt genau vierundzwanzig Stunden zurück.

*

»... vom Täter, der bei dem Überfall rund hunderttausend Euro erbeutete, fehlt noch immer jede Spur«, quakt die Stimme aus dem kleinen Transistorradio, und Costa muss sich sowas von beherrschen, dass er auch wirklich nur die Aus-Taste drückt, anstatt das Ding an die Wand zu schleudern und auf den Einzelteilen herumzutrampeln, und mit dem Handy, auf dem ihm jemand, und er weiß genau wer, im Halbstundentakt die Mailbox zumüllt, geht's ihm nicht anders. Costa Kalaschnikow ist übel gelinkt worden, aber sowas von, und jetzt trinkt er den dritten Nescafé und starrt immer noch zum Fenster hinaus auf den Containerbahnhof, und »Costa«, sagt die Stimme auf seiner Mailbox, »du hast bis morgen Zeit, die fünfzigtausend abzuliefern, und wenn nicht, ich krieg dich, darauf kannst du dich verlassen.« Costa fingert die letzte Zigarette aus der Packung, gestern noch war er sicher, so sicher gewesen, dass er das verstopfte Spülbecken und das muffige Sofa, auf dem er nächtigt, niemals mehr sehen und niemals mehr riechen wird.

Er schnappt sich den Walkman, unbedingt muss er jetzt mit Bushido raus aus seiner Wohnschlafküche, nicht nur zum Zigaretten holen, *Mama, bitte weck mich nicht auf, ich hasse die grauen Wände in diesem dreckigen Haus,* und die Stimme von innen gibt keine Ruhe, Costa, es gibt welche, die sind raffinierter als du, und die schaffen es, aber du schaffst es niemals. Er zieht die Wohnungstür hinter sich zu *Mama, ich kann das alles nicht mehr sehen, ich guck mir mein Leben an und kann es nich verstehn, Mama, das Wasser tropft von den Decken, sag mir, warum muss ich mich in diesem Loch verstecken* und geht zwei Treppen runter, im *fifty-fifty* wird er jetzt erst einmal auf Kredit frühstücken und den Sotiris fragen, ob er ihm seinen Wagen leiht.

*

Es gibt Sommermenschen und Wintermenschen; zu den letzteren gehört Kommissar Rößner, der sich in absoluter Konzentration am lebendigsten fühlt, und die erreicht man nur, wenn man von einer eisig-abweisenden Welt auf sich selbst zurückgeworfen wird. In der Hitze fließt man von sich weg, das ganze Leben zerflirrt in Freibadgeschrei, und was von den Gedanken übrigbleibt, dreht sich nicht um Ideen, nur um Eis und Schatten. Frau Raab auf dem Beifahrersitz schwärmt ausgerechnet von den heißen Sommern ihrer Kindheit in Masuren. Kurz vor dem Ortseingangsschild von Kirchaurach überholt sie ein Golf knapp vor einem entgegenkommenden Lastzug, eine Welle von Bassboosteremissionen schwappt in den Wagen, Rößner bremst, zieht nach rechts, fährt weiter, als wäre nichts geschehen. Die Raab schreit kurz auf, ihr Monolog bricht ab.

»Sie lassen sich nicht leicht aus der Ruhe bringen«, stellt sie einen Kilometer später fest. »Mein Mann hat bei so was immer getobt. Jetzt die nächste rechts, bitte!«

Noch ein paar Meter durch eine Reihenhaussiedlung, dann ist sie zu Hause und bedankt sich bei Kommissar Rößner überschwenglich für die Heimfahrt.

Rößner winkt ab.

»Ist schon in Ordnung. Ich musste ja sowieso rausfahren.«

»Glauben Sie, Sie kriegen den Bankräuber?«

»Bei Bankraub stehen die Chancen fifty-fifty«, sagt Rößner. »Die eine Hälfte kriegt man. Die andere nicht.«

*

Heute sieht er anders aus. Costa Kalaschnikow hat sich noch gestern Nachmittag den Schnauzbart abrasiert und die Haare abgeschnitten, kahl, alles runter vom Kopf. Wer sich verändern will, muss Opfer bringen. Kurz vor Kirchaurach überholt er einen beigen Audi *Kopf hoch denn morgen ist ein neuer Tag* und schert knapp vor einem Lastzug wieder ein *Kopf hoch Jungs morgen ist nicht euer Tag.* Der Fahrer betätigt ein ganze Fanfare von Drucklufthörnern und droht mit der Faust *ich mach es klar dass die Sonne und der Mond scheint.* »Spedition Vitzthum« steht in gelb auf der blauen Front und auf dem Kofferaufbau, ausgerechnet. *Wenn ich will mach ich dass die Sonne und der Mond weint* Hätte der fetten Sau am Ende noch gefallen, wenn einer seiner LKWs Costa niedermäht *guckt mich an ich mach den Rap von der Straße.* Aber Costa liefert Maßarbeit ab, und das eben war Maßarbeit, millimetergenau, mit einem Auge abgemessen *keiner von euch kriegt mich weg von der Straße.* Und sein Vater hat sich damals mit zwei Augen verschätzt. Der Idiot! Costa schlägt aufs Lenkrad und schreit *der Idiot der Idiot der Idiot!* Kurz vor dem Stadttor folgt er einem blauen Schild mit weißem »P« und Pfeil nach rechts und stellt den Wagen ab, heute wird er zu Fuß in die Innenstadt gehen. Costa ist ein Sommermensch, hinter einer Sonnenbrille kann man ein starres blindes Auge verbergen, nur die Gerüche packt er nicht, die die Menschen von sich geben, und dass er den Angstschweiß des Kassierers wieder riechen wird, sobald er bloß an der Bankfiliale vorbeigeht, weiß er jetzt schon.

*

»Haben Sie einen Termin bei Herrn Vitzthum?«

Hat Rößner nicht, aber er wird – »Rößner, Kriminalpolizei« – Herrn Vitzthum nicht lang aufhalten. Das Mädchen am Empfang bekommt große Augen, telefoniert quer durch die Firma, findet den Chef in der Lagerhalle. Drei Minuten später steht Rößner einem Mann mit fleischigem Metzgergesicht gegenüber, einen Kopf größer als er und ganz offensichtlich schlecht gelaunt. Auf dem Weg zum Büro klingelt sein Mobiltelefon.

»Was?«, fragt er ungläubig, schreit: »Wo steckst du? Was? Morgen? Aber spätestens! Allerspätestens morgen sehen wir uns!«, stopft das Telefon in die Gürteltasche, »Und was kann ich für Sie tun?«

»Ich habe ein paar Fragen, die mit dem Bankraub zu tun haben.«

»Da bin ich leider nicht dabeigewesen«, knurrt Vitzthum.

»Aber die hunderttausend Euro Bargeld sind für Sie bereitgelegen.«

»Stimmt.«

»Wofür brauchten Sie das Geld?«

»Letzte Woche haben wir zwei LKW verloren. Bei einem Unfall in Rumänien einen Kühltransportzug. Und dann ist uns noch eine Zugmaschine mit Motorschaden liegengeblieben. Wir brauchten dringend Ersatz.«

»Ziemliche Pechsträhne, was?«

»Kann man wohl sagen.«

»Aber eilig hatten Sie's nicht mit der Geldabholung, oder?«

»Was wollen Sie damit sagen?«

»Von der Bank haben wir erfahren, das Geld hätte gestern schon am Vormittag abgeholt werden sollen.«

»Bin aufgehalten worden. Sie sehen ja, man muss hier als Chef überall gleichzeitig sein. Dauernd ist was anderes los. Nach der Mittagspause war ich ja gestern dann gleich drüben in der Bank. Aber da hatte wohl schon jemand das Geld abgeholt.«

Er schnaubt und schaut dabei den Rößner an, als hätte der persönlich anwesend sein müssen, um den Bankraub zu verhindern.

»Die Frage ist, ob außer Herrn Kliegel und Ihnen noch jemand wusste, dass hunderttausend Euro bereitlagen.«

»Natürlich. Die Frau Vogelgesang von der Buchhaltung zum Beispiel.«

»Noch jemand? Ihre Vorzimmerdame vielleicht?«

»Klar. Die auch. Und natürlich auch die Putzfrau! Sagen Sie, eine bessere Spur haben Sie wohl nicht? Ich kann mich auf jeden in der Firma verlassen.«

»Es gibt Menschen, die tun sechzig Jahre lang keiner Fliege was zuleide. Und dann bringen sie jemanden um. Na schön. Vorerst habe ich keine weiteren Fragen.«

*

Ich bin Boom wieder da und es macht click clack boom
click clack ich hab wieder nichts zu tun guck hier

Costas heiles Auge starrt, hinter der Sonnenbrille getarnt, einer der Schülerinnen in den Blusenausschnitt, die zwischen ihm und dem Beamtentypen sitzen.

Boom jeder fragt mich jetzt wie machst du das
wie mach ich was ich mach einfach dass es passt geh raus

Ein Ausschnitt von einer Frau reicht. Eine ganze wird schnell zu anstrengend.

Boom sag den anderen ich bin wieder back
es ist so weit ich mach endlich wieder Rap ich weiß

Das größte Problem an den Weibern ist, dass sie sich nach dem Ficken nicht in ’nen Fernseher und ’nen Kasten Bier verwandeln können.

Boom ihr wünscht euch alle so ein Typen wie mich
kein Problem ich bleib einfach typisch ich

*

Das Leben spielt sich in Ausschnitten ab. Es gibt den Weltausschnitt, den Francesco Belli, Inhaber des Eiscafés *Siracusa*, Tag für Tag zu Gesicht bekommt, wenn er aus dem Fenster sieht, den Ausschnitt Marktstraße mit der Raiffeisenbank schräg gegenüber, und wenn Dienstag nicht Ruhetag wäre im *Siracusa*, hätte er vielleicht den Täter aus der Bank hinaus und zum Fluchtwagen rennen sehen, aber auch den Leuten von Radio und Zeitung hat er schon gesagt, sagt er zu Rößner, dass er nichts gesehen hat. Über ihnen ringt der Deckenventilator mit der schweren Luft.

Es gibt den Temperaturausschnitt, denkt Rößner, als er außen vor dem *Siracusa* sitzt, die Bank im Blickfeld, und lustlos in seinem gemischten Eis stochert. Über den Temperaturausschnitt kann einem ein Mensch, den man nackt der Welt aussetzt, viel erzählen. Darüber, wie klein der Ausschnitt ist, in dem man sich halbwegs wohlfühlt. Mit Kleidungsstücken und Häusern und Heizungen und Klimaanlagen etcetera kann man den Ausschnitt zwar in beide Richtungen ausdehnen. Bis, sagen wir, minus fünfzig auf der einen und plus fünfzig auf der anderen Seite. Immerhin ein Ausschnitt von hundert Grad, in dem der Mensch irgendwie überleben kann. Aber eben ein Ausschnitt. Nichts Ganzes. Und weil der Mensch nur in Ausschnitten sehen und denken und hören und fühlen und überhaupt alles nur in Ausschnitten kann, sieht und denkt und hört und fühlt er das Ganze nicht, und wenn er es könnte, würde ihn das Ganze augenblicklich erschlagen. Und so behilft er sich damit, immer das Gegenteil zu suchen von dem, wo und was und wie er gerade ist. Ist er allein, sehnt er sich nach Menschen, ist er unter Menschen, gehen sie ihm auf die Nerven, ist ihm kalt, trinkt er heißen Tee, ist ihm heiß, verlangt er nach Eiscafé oder kühlem Bier. Rößner hätte statt seines Eisbechers lieber eine andalusische Gazpacho vor sich stehen, auch das ein Grund für ihn, mit dem deutschen Sommer zu hadern; er ist kein Freund von Süßem und betrachtet die üblichen Sommererfrischungen als Beleidigung für seine Geschmacksnerven. Nächste Woche beginnt sein Urlaub, an die spanische Südküste wird er reisen mit seiner Frau, wie jedes Jahr seit wie viel Jahren? Seit damals ruft ihre Tochter wie jedes Jahr *kommt! kommt!* und wenn sie dort sind, zeigt sie sich nicht. Wie sie jetzt wohl, und jetzt weiß er nicht, soll er denken *aussieht* oder *aussähe?* An dieser Stelle verstummen die Worte, und nur die Bilder denken sich weiter. Rößner blickt von den Schülerinnen am Nebentisch weg, sie sind so alt wie Lara jetzt *wäre* oder *ist*, und fasst wieder die Bank schräg gegenüber der Eisdiele ins Auge, seit er im *Siracusa* sitzt, registriert er ein lebhaftes Kommen und Gehen in der Filiale, die sich in den Schauplatz einer Heldentat verwandelt hat. Was ein Bankräuber tut, möchte jeder tun, aber die wenigsten trauen sich, obwohl die Chancen geradezu grandios sind – jedes zweite Los gewinnt. Und jetzt steht der Südländer mit dem Walkman, der zwei Tische weiter einen Eiskaffee getrunken hat, auf und geht langsam hinüber und auf die Eingangstür zu.

*

Es macht klick klack klick klack boom, und die Kugeln fallen »Können Sie mir den Hunderter kleinmachen?« *klick klack klick und es braucht dir nicht zu gefallen* Wie blöd der ihn angeschaut hat. Den wird er fertigmachen *Ne schnelle Kugel ist besser, als vor den Zug zu fallen.* Allein für sein blödes Gesicht wird er ihn fertigmachen, aber sowas von *Ich bin der beste hier, der beste in Bezug auf allem.* Costa Kalaschnikow geht wieder raus aus der Bank *klick klack klick klack boom, und die Kugeln fallen,* und jetzt braucht er nur noch die Adresse zu dem Namen, den er von dem Schild am Revers von diesem Babyface abgelesen hat, und dann ist der Typ fällig *klick klack klick klack boom.*

*

Der Kliegel hätte sich freinehmen können. Hat er aber nicht. Hat bloß gesagt, dass er, statistisch gesehen, nach zwei Banküberfällen kurz hintereinander wohl so bald nichts mehr zu befürchten haben wird, und dazu den alten Spruch »Arbeit ist die beste Medizin«, nur, wogegen? Gegen Angst? Nein, Angst hat Kliegel nicht, nur an den Frauenknecht muss er andauernd denken. Hätte der ihm bloß nicht vor ein paar Wochen im Hausflur den Zeigefinger in den Rücken gebohrt und mit verstellter Stimme »Hände hoch, das ist ein Überfall!« gerufen, er wäre vielleicht nie auf diese Idee gekommen, und jetzt steht er hinter seinem Schalter, draußen flirrt die Hitze, und innen flirrt der Überfall durch die Bank und multipliziert sich mit sich selbst, heute geht keiner an den Automaten, heute hebt jeder persönlich ab, und dann steht ihm kurz vor Feierabend einer gegenüber und sagt »Rößner, Kriminalpolizei. Ich würde Sie gern nachher sprechen. Ich bin drüben im *Siracusa*.«

*

Die Bank schließt um sechzehndreißig. Im Eiscafé schräg gegenüber wartet Rößner. Eine Wespe summt hartnäckig um sein Colaglas, lässt sich nicht verjagen. Genau so, mutmaßt Rößner, der sich jetzt zurücklehnt und eine Mentholzigarette anzündet, genau so wird er von den anderen wahrgenommen, wie ein lästiges Insekt, alle wollen ihn loswerden, schlagen um sich, mehr oder weniger kontrolliert, würden ihn am liebsten mit einer zusammengerollten Zeitung erlegen, und alle wissen, Rößner lässt, wie die Wespe, nichts aus, ein Allesfresser, greift mit seinen Zangen nach allem, was ihm irgendwie verwertbar erscheint, und nichts und niemand kann ihn verscheuchen, wenn er sich einmal ein Beutestück in den Kopf gesetzt hat. Und dann gehen hinter den Eingangstüren der Bank die Jalousien herunter, und eine Viertelstunde später steht der Mann aus der Bank an Rößners Tisch.

»Sie hatten noch ein paar Fragen?«

»Nicht hier«, erwidert Rößner. »Vielleicht gehen wir einfach ein Stück durch den Park.«

Fünf Minuten später sitzen sie am Rand eines Springbrunnens, und Rößner sagt: »Der erste Bankräuber war der Frauenknecht.« Lässt dabei den Kliegel nicht aus den Augen.

»Der Frauenknecht?« Kliegel starrt ihn an. »Der Frauenknecht vom ersten Stock?«

»Genau der.«

Kliegel produziert Erstaunen auf seinem Kindergesicht. Rößner beginnt, sich das Ein-Zimmer-Appartement vorzustellen, das den Mann nach Feierabend umgibt, mit den Jugendzimmermöbeln eingerichtet, die er seit seinem zwölften Lebensjahr besitzt, Rößner stellt sich die Säcke voll Wäsche vor, die er einmal wöchentlich seiner Mutter bringt, die Tiefkühlpizzas und Tütensuppen, die er isst.

»Merkwürdig, dass Sie ihn nicht erkannt haben.«

»Der Mann war ja maskiert.«

»Und hat seine Stimme verstellt«, ergänzt Rößner. »Und hat eine ziemlich durchschnittliche Statur. Einsfünfundsiebzig groß. Siebzig Kilo schwer. Keine besonderen Merkmale.«

Kliegel spielt das Spiel weiter.

»Das würde ja bedeuten, dass ...« beginnt er.

»Genau. Das würde bedeuten, dass der Frauenknecht ganz raffiniert vorgehen wollte. Dass er sich gesagt hat: Ich muss eines der Hauptprobleme eliminieren, und zu den Hauptproblemen eines Bankräubers gehört der Fluchtweg. Also ist er auf den Gedanken gekommen, einen Überfall ohne Fluchtweg zu begehen. Eine Wohnung über einer Bank beziehen, eine Weile ganz normal darin wohnen, an einem geeigneten Tag die Bank überfallen und nach dem Überfall ganz gemütlich in die Wohnung zurückgehen. Aber ist dem Frauenknecht so was zuzutrauen?«

Der Kliegel zuckt die Schultern. »Ich kannte den Frauenknecht ja kaum. Ab und zu hab ich ihn gesehen, und wir haben uns gegrüßt. Das war alles. Ich weiß nur, dass er in einer Großbäckerei war. Wenn ich Mittagspause hatte, kam er von seiner Schicht zurück.«

»Kann kein Zufall sein, dass ein und dieselbe Bank fast gleichzeitig von zwei verschiedenen Tätern überfallen wird, oder?«

»Das wissen Sie bestimmt besser als ich.«

»Wenn es aber kein Zufall ist«, sagt Rößner, »liegt die Vermutung nahe, dass beide Täter von den hunderttausend Euro wussten. Einen der Täter kennen wir. Eben den Frauenknecht. Wie kann der von dem Geld gewusst haben?«

»Das fragen Sie mich? Was weiß ich denn. Vielleicht hat er Wanzen gelegt. Das Telefon angezapft. Irgendwie gelauscht von da oben.«

»Dafür haben wir bislang keinen Anhaltspunkt gefunden in seiner Wohnung.«

»Tut mir leid. Ich hab schon alles zu Protokoll gegeben. Ich kann Ihnen da nicht weiterhelfen.«

»Und wenn ich Sie ganz direkt fragen würde, ob er es von Ihnen wusste?«

»Würde ich sagen: Nein.«

»Na schön. Reden wir von was anderem. Wie geht es denn der Spedition Vitzthum?«

Der Kliegel zögert einen Augenblick.

»Erzählen Sie ruhig. Ich will das schließlich nicht privat von Ihnen wissen.«

»Dem Vitzthum geht's schlecht. Steuerschulden. Im Fernverkehr seit Jahren rückläufige Umsätze. Seine Villa drüben in Heroldsbach gehört mittlerweile der Bank.«

»Also nur mal angenommen, der Vitzthum hätte jemanden beauftragt, das Bargeld zu rauben, das er zur Abholung geordert hatte. Die hunderttausend Euro. Wenn die weg sind, muss er sie ja ersetzt bekommen. Und angenommen, er hat mit seinem Bankräuber ausgemacht: fifty-fifty, dann wäre er jetzt um fünfzigtausend Euro reicher. Mit dem Geld würde ich vielleicht zwei Jahre lang ganz gut leben. Aber würde dem Vitzthum eine solche Summe irgendwie weiterhelfen?«

Der Kliegel verzieht das Gesicht.

»Kurze Atempause vielleicht. Aber seine Probleme hat er damit noch lang nicht vom Tisch.«

»Also hätte es dem Vitzthum, Ihrer Einschätzung nach, nicht wirklich etwas gebracht. Naja. Dann will ich Sie nicht länger aufhalten, Herr Kliegel.«

*

Und wenn, denkt Rößner auf der Fahrt zurück in die Stadt. Und *wenn* der Kliegel mit dem Frauenknecht gemeinsame Sache machen wollte, und *wenn* alles abgesprochen war, fingierter Überfall, fünfzigtausend für jeden – wird man es jemals rauskriegen? Und wenn nicht – der Plan hat nicht hingehauen, der Frauenknecht ist tot, der Kliegel ist leer ausgegangen und wird in seinem Leben keinen Überfall mehr inszenieren. Ist kein Krimineller. Hat eine Chance gewittert. Ist gescheitert. Interessanter ist die andere Geschichte. Der zweite Täter muss ein guter Schütze gewesen sein. Ein Schuss für den Frauenknecht, ein Schuss für die Videokamera. Das sieht nach Profi aus. Vielleicht Osteuropa. Tscheche, Lette, Weißrusse. Vielleicht steckt wieder eine Bande dahinter. Mal sehen, ob demnächst noch was kommt.

*

Das mit dem Frauenknecht war ein Witz gewesen. Der hatte ihm einen Finger in den Rücken gebohrt, vor ein paar Wochen, mittags, im Hausflur, als er »Hände hoch!« und »Das ist ein Überfall!« sagte. Aber was der Kliegel, der eben sein Auto in der Tiefgarage abgestellt hat, jetzt im Rücken spürt, ist härter und größer als eine Zeigefingerspitze, das muss eine echte Pistole sein, und die Stimme macht keine Witze, das weiß der

Kliegel, er kennt die Stimme, er hat die heisere Stimme noch gut im Ohr, und jetzt sagt sie: »Wir gehen jetzt rauf in deine Wohnung. Du bleibst ganz still und gehst immer vor mir her. Los!« Kliegel geht zum Aufzug, Stimme und Pistole gehen mit. Im Aufzug ist ein Spiegel, jetzt kann er die Stimme sehen, sie sieht aus wie gestern, hat sich einen schwarzen Strumpf übergezogen. »Wenn du alles rausrückst, passiert dir nix.« Bloß hat der Kliegel nichts zum Rausrücken, und das will dem anderen nicht in den Kopf, der jetzt Schubladen aufzieht und auskippt und Schranktüren aufreißt, während der Kliegel mit einer Wäscheleine gefesselt auf dem Boden liegt, und die letzten Worte, die er in seinem Leben hört, sind »Du Drecksau! Du verfluchte Drecksau!« *klick klack klick klack boom, und die Kugeln fallen Klick klack klick und es braucht dir nicht zu gefallen*

*

Rößner frühstückt einen Kaffee und zwei Zigaretten und starrt mit Unbehagen auf sein Balkonthermometer. Achtundzwanzig Grad, und das schon am Morgen. Hat er geschlafen letzte Nacht? Er erinnert sich an einen Traum. Irgendwas mit Küken, die von der Hitze ausgebrütet werden und aus Supermarkteiern schlüpfen. Aber so, wie er sich fühlt, kann er nicht geschlafen haben. Er nimmt die U-Bahn in die Stadt. Auch in die Schächte und Stationen ist die Hitze eingesickert. Nach einer Viertelstunde ist er im Präsidium. Schon der erste Anruf, der kommt, trifft ihn unangenehm. Der Schilling, ausgerechnet der. Wünscht ihm einen guten Morgen, und Rößner erwidert nur: »Der Morgen ist nicht gut.«

»Ich weiß, Herr Kommissar«, lacht der Schilling und sagt: »Die Hitze, stimmt's? Man kann keinen klaren Gedanken fassen.«

»Machen Sie's kurz«, knurrt Rößner. »Was gibt's?«

Der Schilling hat gut reden von Hitze und Denken. Der sitzt jetzt wahrscheinlich hinter halbgeschlossenen Jalousien, die Füße in einer Schüssel kalten Wassers, einen Eisbeutel im Nacken, im Ohr die *Winterträume*-Symphonie von Tschaikowsky, und bringt seine grotesken Entstellungen des Polizeialltags zu Papier, die er einem verblödeten Publikum als Kriminalerzählungen unterjubelt.

»Nur ein paar kleine Detailfragen, was Ermittlungsarbeit betrifft. Sie wissen ja, Krimis sind Neuland für mich. Ich hab da gerade eine Story in Arbeit. Geht um einen Banküberfall.«

»Ausgerechnet.« Rößner verwünscht den Tag, an dem er diesem elenden Groschenautor seine Telefonnummer gegeben hat, und versucht ein letztes Aufbäumen.

»Hab keine Zeit jetzt. Ein andermal.«

»Heute Nachmittag vielleicht?«

»Also gut«, ächzt Rößner. »In Gottes Namen um vier auf einen Kaffee im *Kiosk*. Aber nur gegen Tantiemenbeteiligung. Fifty-fifty.«

»Sie verdienen besser als ich, Herr Kommissar!«, sagt Schilling und wirft einen Köder aus. »Übrigens geht's um einen doppelten Überfall. Oder vielmehr um zwei Überfälle, die zur selben Zeit in derselben Bank verübt werden. Wie finden Sie das?«

Rößner, der sich schon halb vorgebeugt hatte, um den Telefonhörer wieder aufzulegen, sitzt plötzlich senkrecht, als hätten ihn die Worte an die Rückenlehne seines Drehstuhls genagelt. Aber er raunzt: »Was haben Sie denn da für einen unglaublichen Zufall heraufbeschworen? Reichlich an den Haaren herbeigezogen, meinen Sie nicht?«

»Keineswegs!« sagt Schilling, und jetzt gibt er dieses Gekicher von sich, das Rößner an diesem Typen von Anfang an maßlos auf die Nerven ging. »Der Gag ist nämlich: Es handelt sich um zwei fingierte Überfälle. Der eine Täter ist ein Komplize vom Kassierer. Der andere wurde von einem Unternehmer beauftragt, der sich aus einer finanziellen Krise retten will. Und die beiden kommen einander in die Quere.«

»Und wer«, fragt Rößner mit trockenem Mund, »wer hat die Beute?«

Wieder kichert der Schilling.

»Das Geld hat der Bankangestellte schon vor dem Überfall seiner zweiten Komplizin übergeben. Einer alten Dame mit ihrem Einkaufswägelchen, die die harmlose Kundin spielt und das Geld raustransportiert, versteckt unter Kopfsalat, Tomaten, Eiern und Aufschnitt. Aber jetzt will ich Sie nicht länger aufhalten, Herr Kommissar. Bis später im *Kiosk*!«

Und noch während Rößner in einer unendlich langsamen Bewegung den Hörer auflegt, kommt die Helmreich rein und sagt: »Der Kliegel liegt tot in seiner Wohnung. Wir müssen sofort nach Kirchaurach.«

*

»Die Frau Raab?«, sagt die Nachbarin. »Die ist verreist. Vor einer Stunde hab ich sie mit zwei Koffern in ein Taxi einsteigen sehen. Aber fragen Sie lieber gegenüber bei der Frau Wendel. Die bekommt immer den Schlüssel zum Blumengießen und kann Ihnen bestimmt mehr sagen.«

Rößner und die Helmreich gehen nach gegenüber.

»Was willst du eigentlich von der alten Frau?«, fragt sie. »Wir haben den Vitzthum, und seinen Auftragsbankräuber, diesen Costa, kriegen wir auch noch. Der Vitzthum wird uns ein Phantombild basteln.«

»Nur so ein Gefühl.«

Rößner klingelt an der Haustür. Drei Minuten später wissen sie, ja, Frau Raab ist ein paar Tage verreist, ja, irgendein Dorf in Thüringen, Todesfall in der Familie, nächste Woche wird sie wieder da sein.

»Verflixt!«, sagt Rößner, als sie zum Auto zurückgehen, und das ist das höchste an Gefühlsausbrüchen, das er sich bei solchen Temperaturen leistet, »wir hätten gleich zur Raab fahren sollen. Der tote Banker wäre uns nicht weggelaufen. Der Vitzthum auch nicht.«

»Nächste Woche ist sie wieder da.«

»Glaubst du wirklich?« Rößner kramt in seinen Sakkotaschen nach dem Autoschlüssel, fördert Bonbonpapierchen zutage, Streichhölzer, zerknüllte Kassenbons, Taschentücher, zwei kleine Schraubenzieher und eine Portionspackung Ketchup.

Die Helmreich grinst.

»Herrensakkos sind, scheint's, so was Ähnliches wie Damenhandtaschen zum Anziehen.«

Rößner wirft ihr den Schlüssel zu.

»Fahr du. Ich bin völlig erledigt. Zuerst zum *Siracusa*, ich muss was trinken.«

»Wohin nochmal fährst du in Urlaub?«

»Spanien.« Rößner lässt sich matt auf den Beifahrersitz fallen. Seine Kollegin startet den Wagen.

»In Spanien hat es zur Zeit bis vierzig Grad«, bemerkt sie.

»Im Landesinneren, ja. In der Extremadura. Aber nicht an der Costa de la Luz. Und außerdem wäre jetzt in Spanien Siesta. Die sind nicht so wahnsinnig und fahren in der größten Hitze spazieren.«

»Trotzdem«, beharrt die Helmreich. »So einer wie du wäre in Finnland besser aufgehoben. Oder in Jakutsk.«

»Da sind mir die Sprachen zu kompliziert. Aber reden wir jetzt von was anderem.«

Die Helmreich beißt sich auf die Lippen. Natürlich weiß sie Bescheid. Alle Kollegen wissen, warum Rößner und seine Frau seit Jahren ihre Urlaube an der Costa de la Luz verbringen.

»O.k. Also die Raab. Warum interessiert die dich so?«

»Wir haben bis jetzt keine Ahnung, ob dieser Costa in der Wohnung vom Kliegel was gefunden hat. Kann gut sein, dass er aus Wut losgeballert hat. Und wer sagt uns denn, ob die Raab nicht eine Komplizin vom Kassierer war? Den Frauenknecht hat er womöglich nur gebraucht, um für die Kamera einen Überfall zu inszenieren, und dass der abgeknallt wurde, ist ihm wahrscheinlich sogar ganz recht gewesen – besser fifty-fifty als geteilt durch drei.«

»Du spinnst wieder einmal ganz schön. Aber mach dir keine Sorgen. Wir kümmern uns um die Raab.«

*

Das ist wie das Ende der Welt Und, Costa? Hast du deine große Sache erledigt? *Denn ihr habt nichts in der Hand, was den Rebellen noch hält* Ich krieg noch 'nen Hunni von dir, Mann. *Ich bin zum Töten verdammt* Costa, du Schwachkopf Kakerlaschnikow! Du sollst ihn nicht umlegen, du sollst rauskriegen, wo das Geld steckt! U*nd euer Plan mich aufzuhalten ist jetzt flöten gegangen* Du bist doch zum Brunzen zu blöd und zum Stinken zu faul *Oh mein Gott, das ist Hip Hop's Untergang* Nee, Costa, Ouzo bloß noch gegen Barzahlung *Es ist aus, ich spiel mit Hip Hop Boomerang* Costa, mach keinen Blödsinn *Guck dich an, du willst gern schwarz sein, Junge nein* Costa, trink erst mal einen und steck das Ding weg *Jeder weiß, ich bin der Staatsfeind Nummer eins*

*

Sie gehen nach der Siesta durch Straßen, die zu neuem Leben erwachen, an Bars und Cafés vorbei, kleinen Läden mit Schuhen, Korbwaren, Geschirr, in Richtung Strand. Rößner liebt die zweigeteilten Tage. Man steht morgens auf, wenn die Luft frisch ist, und ab Mittag, wenn die Hitze einen umzubringen droht, hält man Siesta und ist abends wieder ausgeruht und munter. Anders als in Deutschland, wo man sich ab Mittag durch den Rest des Tages quält und abends erledigt ins Bett fällt, ohne Schlaf zu finden. Ganz am Ende der Strandpromenade gibt es eine kleine Bar, nur dort sitzen jetzt und dem Einatmen und Ausatmen des gewaltigen Lebewesens Meer lauschen und an die Tiefen denken, die kein Mensch jemals sehen wird.

Als sie um eine Ecke biegen, steht ihnen unversehens ein Paar gegenüber. Eine alte Dame in Schwarz, mit Sonnenbrille,

Hut und Fächer. Ein Mann, etwas jünger als Rößner, in hellem Leinenanzug und geblümtem Hemd, mit Strohhut und Zigeunerbärtchen und einem Zigarillo in der Hand.

»Herr Kommissar!« sagt er freudestrahlend. »Ich wusste, dass wir uns begegnen würden. Eine hübsche kleine Stadt wie diese hier findet viele Freunde, nicht? Ihre Frau? Freut mich, Sie kennenzulernen! Schilling mein Name, Sebastian Schilling. Ich bin ein alter Bekannter von Ihrem Mann. Bestimmt hat er Ihnen schon von mir erzählt. Und darf ich vorstellen: meine Tante Martha.«

Rößner hat die Begegnung mit Schilling noch nicht verdaut, da nimmt die alte Dame ihre Sonnenbrille ab, und jetzt erst erkennt er Frau Raab, »Wie schön, Sie wiederzusehen, Herr Kommissar. Sie haben hoffentlich den Bankräuber vor Ihrem Urlaub noch fassen können? Wenn ich an den letzten Dienstag denke, bekomme ich immer noch Herzkrämpfe. Aber Gottseidank müssen wir nicht so bald wieder zurück. Hier bleiben wir erst einmal ein halbes Jahr ... vielleicht auch länger ...«

»Ihr Neffe hat offenbar einen Bestseller gelandet«, konstatiert Rößner.

»Von Nürnberg aus einen Bestseller? Das schafft keiner«, antwortet Schilling an ihrer statt. »Nicht einmal ein Krimiautor. Nein, meine Tante hat von ihrer Schwester hunderttausend Euro geerbt und hat mich eingeladen, mit ihr Urlaub zu machen.«

»Und wo ist die Beute aus der Bank?«

Schilling zieht die Augenbrauen hoch und macht eine wegwerfende Geste.

»Was weiß ich? Vielleicht hat sie der Costa Kalaschnikow. Rufen Sie Ihre Kollegen an. Der Costa sitzt garantiert im *fifty-fifty* in Gostenhof und knallt sich mit Ouzo zu, wenn er ihn bezahlen kann. Und wenn auch der das Geld nicht hat – quién sabe? Nette alte Damen, die unauffällig Geld in ihrer Einkaufstasche aus der Bank schmuggeln, gibt es nur in Krimis. Und wenn es sie in diesem Falle wirklich geben sollte – wer will es ihr jemals nachweisen? Der Kliegel ist der Einzige, der aussagen könnte, und den habe ich rechtzeitig sterben lassen.«

»Sie?«

»Natürlich ich. Herr Kommissar, *ich* schreibe die Geschichten, nicht Sie. Gut, ich werde Sie das mit der Erbschaft überprüfen lassen, und Sie werden feststellen, dass meine Tante wirklich und tatsächlich geerbt hat. Aber wenn Sie ehrlich sind – im Grunde interessiert Sie doch nur ein einziger Fall. Der ungelöste Fall Ihrer Tochter, die hier vor acht Jahren spurlos verschwunden ist. Deshalb schicke ich Sie jetzt ins *Rincón del Mar*. Fragen Sie nach Isabella.«

Die Autoren

Sigrun Arenz,

Jahrgang 1978, wurde in Nürnberg geboren und lebt heute in Altötting. Nach dem Studium der Germanistik und Theologie in Erlangen nahm sie den Beruf der Gymnasiallehrerin auf.

Als Schriftstellerin debütierte sie 2004 mit *Ahnungslos. Erzählungen.* 2005 war sie am Ausflugsverführer *Jakobswege in Franken* beteiligt. 2008 erschien bei ars vivendi ihr erster Kriminalroman *Das ist mein Blut,* ein Krimi aus dem Fränkischen Seenland. Der zweite Fall des Ermittlerteams Eva Schatz und Rainer Sailer ist bereits in Arbeit.

Sigrun Arenz ist auch als Kulturrezensentin für die *Fürther Nachrichten* vorwiegend in Konzertsälen unterwegs.

Achim Schnurrer alias Luc bzw. Lucas Bahl

wurde 1951 in Bergisch-Gladbach geboren und verbrachte seine Kindheit in Köln. Seit Anfang der 80er Jahre wohnt er in der Nähe von Erlangen.

1979-1985 arbeitete Lucas Bahl als freiberuflicher Schriftsteller und Journalist; 1984-1992 kannte man ihn als Initiator und Mitorganisator des Internationalen Comic-Salons in Erlangen. 15 Jahre lang betätigte er sich als Chefredakteur und Herausgeber im Comic-Bereich. Seit 2001 ist Bahl wieder freier Journalist und Schriftsteller, seit 2002 auch Executive Producer bei der Eins A Medien GmbH in Köln.

Er verfasste regelmäßig Romane für die SF- und Fantasy-Reihen *Bad Earth, Schattenreich* und *Sternenfaust* des Bastei-Verlags. Seinen ersten historischen Roman *Der Basilisk zu Forchheim* veröffentlichte er 2005. Im ars vivendi verlag sind die Krimis *Wenn der Berg ruft* (2007) und *Abseits!* (2008) erschienen.

Jan Beinßen,
1965 in Stadthagen geboren, arbeitet als Journalist und Autor in Nürnberg und war jahrelang leitender Redakteur der Abendzeitung. Er ist verheiratet und hat drei Kinder.

1997 erschien bei Reclam Leipzig sein Debütroman *Zwei Frauen gegen die Zeit*, 1998 folgte der Thriller *Die Genfalle*. 2001 erschien im verlag der criminale der Kriminalroman *Messers Schneide*.

2005 eröffnete *Dürers Mätresse* im ars vivendi verlag die erfolgreiche Reihe der Nürnberg-Krimis rund um den Fotografen Paul Flemming. Es folgten im September 2006 *Sieben Zentimeter* und im September 2007 *Hausers Bruder*. Seit Juli 2008 begegnet Paul Flemming seiner vierten Herausforderung in *Die Meisterdiebe von Nürnberg*. Der fünfte Band *Herz aus Stahl* folgt im Sommer 2009.

Veit Bronnenmeyer
wurde 1973 in Kulmbach geboren und wuchs in Lauf bei Nürnberg auf. Nach dem Abitur machte er eine Ausbildung zum Schreiner, von 1996 bis Ende 2000 studierte er Soziale Arbeit in Bamberg. Derzeit ist er Projektmanager im Schul- und Bildungsreferat der Stadt Fürth und schreibt regelmäßig für die *Fürther Freiheit*, eine literarische Rubrik der *Fürther Nachrichten*.

Beim ars vivendi verlag erschienen bisher die Kriminalromane *Russische Seelen* (2005) und *Zerfall* (2007). Der dritte Fall des Ermittlerduos Albach und Müller, *Stadtgrenze* (2009), erscheint in Kürze. 2009 gewann er mit dem Kurzkrimi *Eigenbemühungen* den ersten Preis beim Agatha-Christie-Krimiwettbewerb.

Peter Freudenberger
wurde 1960 in Aschaffenburg geboren, wo er auch heute mit seiner Frau und seinen drei Kindern lebt. 1988 wurde er Redaktionsleiter bei der in Aschaffenburg und im westlichen Unterfranken

erscheinenden Tageszeitung *Main-Echo* in der Außenstelle Miltenberg, 1997 Redaktionsleiter in Aschaffenburg. Seit dem Jahr 2007 ist er dort als leitender Redakteur beschäftigt.

Sein erster Kriminalroman *Stiller und die Tote im Bus* erschien 2008 bei Main Krimi. Er ist als Fortsetzungsroman angelegt, der zweite Band steht schon in Aussicht.

Anne Hassel

lebt als freie Autorin in Miltenberg am Main. Sie schrieb viele Jahre lang Kindergeschichten für eine größere Zeitung, veröffentlicht wurden zwei Märchenbücher. Zugleich ist sie eine leidenschaftliche Krimiautorin. Neben etlichen Beiträge in Anthologien, etwa *Wein und Leichen*, einer 2000 bei Plöger Medien erschienenen Sammlung von Kriminalgeschichten, veröffentlichte sie 2004 ihren ersten Kriminalroman *Grüningers Tod* bei Königshausen & Neumann. Sie ist Mitherausgeberin von zwei Krimianthologien, Mitglied bei den *Mörderischen Schwestern*, im *Syndikat*, bei *GEDOK* und im *AutorenVerband Franken*.

Tessa Korber,

bürgerlich Dr. Tessy Korber, ist freie Autorin und wurde vor allem mit ihren historischen Romanen bekannt.

Sie schrieb aber auch sechs Stadtkrimis um die Nürnberger Kommissarin Jeannette Dürer, in denen sie es genießt, nicht in ferne Zeiten und zu entlegenen Orten zu schweifen, sondern sich in sehr zeitgenössischer Weise mit ihrer fränkischen Heimat zu beschäftigen.

Sie studierte Literatur und Geschichte, arbeitete als wissenschaftliche Hilfskraft, Buchhändlerin, Stadtführerin und Werbetexterin im Großraum Nürnberg und lebt heute mit ihren Kindern und Katzen in der Nähe von Erlangen.

Dirk Kruse

wurde 1964 in Geesthacht geboren. Er wuchs in Schleswig-Holstein auf und machte in Schwarzenbek sein Abitur. Nach einer

Krankenpflegeausbildung in Hamburg studierte er in Erlangen Politikwissenschaft, Germanistik und Theaterwissenschaft. Seit 1995 arbeitet er hauptberuflich beim *Bayerischen Rundfunk, Studio Franken* sowie *Bayern 4 Klassik*. Dort ist er unter anderem als Literatur- und Theaterkritiker, Moderator und Nachrichtenreporter tätig. Als Schriftsteller hat er die Kriminalliteratur um den Nürnberger Gentleman-Detektiv Frank Beaufort bereichert. 2008 löste dieser bei ars vivendi seinen ersten Fall: *Tod im Augustinerhof*. Der Nachfolgeband *Requiem* ist bereits in Arbeit. Dirk Kruse ist außerdem als freier Moderator sowie als Dozent für Sozialkunde, Ethik und Deutsch in Erlangen und Nürnberg tätig.

Petra Nacke

wuchs in Norddeutschland auf. Später zog sie nach Nürnberg, machte dort ihr Abitur und studierte Theaterwissenschaften und Literaturgeschichte in Erlangen. In München absolvierte sie am »Performing Arts Center« eine Ausbildung in Schauspiel, Gesang und Tanz.

Heute lebt sie wieder in Nürnberg und arbeitet – neben zahlreichen Engagements und Autritten als Sängerin – als freie Autorin, Moderatorin und Rezitatorin. Seit 1997 ist sie feste freie Mitarbeiterin des Bayerischen Rundfunks. 2002 erhielt sie zusammen mit dem Ensemble *Feinton* den Kulturförderpreis der Stadt Nürnberg. 2008 publizierte sie zusammen mit Elmar Tannert den Roman *Rache, Engel!* und etablierte sich damit auch als Kriminalschriftstellerin.

Josef Rauch,

geboren 1968 in Eichstätt, studierte in Nürnberg und absolvierte eine Ausbildung in Fürth. Er wohnt mit Frau und Sohn im Landkreis Fürth und arbeitet im Klinikum Fürth. Seine literarische Vorliebe gilt dem Kriminalroman, in dem ein hartgesottener Privatdetektiv als Protagonist und Ich-Erzähler fungiert. Seinen eigenen Schnüffler Philipp Marlein hat der nach dem Vorbild von Raymond Chandlers Kultfigur Philip Marlowe gestaltet.

Detektiv Marlein ist bisher in zwei Romanen aufgetreten: in *Der Fall Urbas* (M. Naumann, 2007), der auf einer Erzählung des Schriftstellers Jakob Wassermann basiert, und in *Rickeracke* (M. Naumann, 2008), einem *»Max-und-Moritz«-Krimi*, der eine komplette Ausgabe von Wilhelm Buschs Klassiker beinhaltet.

Heike Reiter,

geboren 1969, lebt als freie Autorin in Franken.

Bisher liegen von ihr fünf Romane und eine Kurzgeschichtensammlung vor. Mit ihrem Debüt *Jenseits des Wächtersteins* (DüsselART, 2003) war sie für den deutschen Phantastikpreis nominiert. Seit 2007 ist sie auch mit ihrer Krimireihe »Mörderisches Franken« erfolgreich. Nach *Madame Juliette* (DüsselART, 2007), liegt mit *Lindenkönigin* (DüsselART, 2008) mittlerweile der zweite Band der Serie um Theresa Vincenzo vor.

Neben der Erzählung *Von Jule* (Rowohlt, 2006) und dem historischen Kurzkrimi *Das Totenglöckchen* (Jokers, 2008) veröffentlichte die Autorin zahlreiche Short-Krimis und andere Geschichten. In ihrer Freizeit beschäftigt sie sich mit Gartengestaltung und Alten Rosen.

Blanka Stipetić

wurde 1967 im ehemaligen Jugoslawien geboren und wuchs in einem kleinen Dorf in der Nähe von Stuttgart auf. Sie studierte Slawistik und Politik in Würzburg und arbeitete anschließend lange Zeit in der Erwachsenenbildung.

Seit 2007 lebt sie mit ihrer Familie in Berlin und arbeitet als freie Autorin und Literaturübersetzerin. Sie ist Mitglied der Gruppe *so-uebersetzen.net.*

Gemeinsam mit Roman Rausch schrieb sie den Kommissar-Kilian-Krimi *Der Bastard*, der 2007 bei Rowohlt erschien.

Elmar Tannert

wurde 1964 in München geboren. Nach einer kaufmännischen Ausbildung absolvierte er ein Studium der Musikwissenschaft und Romanistik. Von 1991 bis 2003 war er in verschiedenen Berufen tätig, u.a. als Datentypist, Zeitungsverkäufer, Postbote und Tankwart. Ab 1994 erfolgten erste Veröffentlichungen seiner Kurzgeschichten in diversen Zeitungen. Seit 2003 ist er freier Schriftsteller und arbeitet u.a. beim *Bayerischen Rundfunk* und bei der *Abendzeitung Nürnberg*. Für seine literarischen Arbeiten erhielt er 1999 den Kulturförderpreis der Stadt Nürnberg sowie des Freistaats Bayern und 2001 den Kulturförderpreis des Bezirks Mittelfranken.

Bei ars vivendi erschienen von ihm *Der Stadtvermesser* (1998), *Keine Nacht, kein Ort* (2002), *Ausgeliefert* (2005) und der gemeinsam mit Petra Nacke verfasste Kriminalroman *Rache, Engel!* (2008).

Weitere Krimis bei ars vivendi

Petra Nacke · Elmar Tannert
Rache, Engel!
Kriminalroman
ISBN 978-3-89716-405-5

Ein früher, kalter Morgen unter einer Eisenbahnbrücke in Nürnberg-Gostenhof. Eine Handvoll Menschen, deren Wege sich zufällig kreuzen. Und eine Leiche, die plötzlich keine mehr ist: Paula und Gregor werden Zeugen eines Mordes, doch weil sich ihre Geschichte für die Polizei zu unglaubwürdig anhört, sehen sie sich gezwungen, den Fall selbst aufzuklären und auf unorthodoxe Weise zu ermitteln. Als die Polizei endlich eigene Untersuchungen aufnimmt, geraten Gregor und Paula in die Schusslinie, denn sie haben bereits kräftig dazu beigetragen, dass der Fall noch rätselhafter geworden ist.

»Das wird der größte Edelstein im Schatzkästlein der fränkischen Krimiszene. Höchster literarischer Anspruch gepaart mit kurzweiliger Spannung. Glückwunsch an meine Kollegen!«
Veit Bronnenmeyer, Krimiautor

ars vivendi
Krimi

Veit Bronnenmeyer

Stadtgrenze

Albach & Müller: Ihr dritter Fall

Kriminalroman

ISBN 978-3-89716-929-6

Eine Tote liegt auf der Stadtgrenze zwischen Nürnberg und Fürth. Der Streit um die polizeiliche Zuständigkeit stellt anfangs beinahe die Ermittlungen in den Schatten, doch bald wird klar: Dieser Fall ist brisant! Das Opfer ist eine Geschäftsfrau aus der IT-Branche. Gehört der Täter zu einem Konkurrenzunternehmen oder hat der Mord mit den Daten zu tun, die in den Computerprogrammen verarbeitet werden – Zahlen zur Arbeitslosigkeit in Deutschland? Ein zweiter Toter in Wiesbaden scheint zunächst in keinem Zusammenhang mit den Nürnberger Ereignissen zu stehen, doch die Ermittler zählen zwei und zwei zusammen. Das harmloseste der dubiosen Zahlenspiele in diesem packenden Kriminalroman.

Veit Bronnenmeyer

Zerfall

Albach & Müller: Ihr zweiter Fall

Kriminalroman

ISBN 978-3-89716-714-8

Veit Bronnenmeyer

Russische Seelen

Albach & Müller: Ihr erster Fall

Kriminalroman

ISBN 978-3-89716-696-7

Sigrun Arenz
Das ist mein Blut
Kriminalroman
ISBN 978-3-89716-916-6

Aus einer Dorfkirche im fränkischen Seenland verschwindet das silberne Messgeschirr. Ganz in der Nähe wird auf offenem Feld ein Toter gefunden. In seinen erstarrten Händen: der Abendmahlskelch.
Das ungleiche Ermittlerteam Eva Schatz und Rainer Sailer tappt in diesem Mordfall im Dunkeln, während ein weiteres Verbrechen geschieht und der Kreis der Verdächtigen sich stetig erweitert. Wer hatte ein Interesse daran, den Journalisten Dietmar Kronauer aus dem Weg zu räumen? Und welche Rolle spielen dabei der kunstvolle Silberkelch und der jüdische Goldschmied, der im Jahr 1936 aus Deutschland fliehen musste?

Dirk Kruse
Tod im Augustinerhof
Kriminalroman
ISBN 978-3-89716-817-6

Ein grausamer Mord erschüttert Nürnberg. Der bekannte Vorsitzende von *ProNürnberg*, Hubert Pelzig, wird mit eingeschlagenem Schädel im Augustinerhof gefunden, und Frank Beaufort ist der Letzte, der ihn lebend gesehen hat. Gemeinsam mit der energischen BR-Journalistin Anne Kamlin stellt er eigene Nachforschungen an, und das gegen den Willen der Polizei. Aber ihre Ermittlungen bleiben nicht unbemerkt, und Frank Beaufort gerät bald selbst in Lebensgefahr.

Jan Beinßen
Die Meisterdiebe von Nürnberg
Paul Flemmings vierter Fall
Kriminalroman
ISBN 978-3-89716-915-5

Drei Mordfälle hat Hobby-Ermittler Paul Flemming nun schon aufgeklärt, doch dieses Mal wird es brenzlig für den Fotografen. Ein totes Model liegt in den Kerkern des Alten Rathauses. Der Hauptverdächtige der Polizei: Paul selbst.
Während ganz Nürnberg einer sensationellen Ausstellung entgegenfiebert, zieht sich die Schlinge um Pauls Hals enger. Mit Hilfe seiner Freunde versucht er, die Vorwürfe gegen ihn zu entkräften und den wahren Täter zu entlarven. Seine Nachforschungen führen ihn in die Kreise fanatischer Kunstsammler und skrupelloser Geschäftemacher. Doch noch immer fehlt ihm die entscheidende Erinnerung an die Mordnacht.

Jan Beinßen
Dürers Mätresse
Paul Flemmings erster Fall
Kriminalroman
ISBN 978-3-89716-695-0

Jan Beinßen
Sieben Zentimeter
Paul Flemmings zweiter Fall
Kriminalroman
ISBN 978-3-89716-710-0

Jan Beinßen
Hausers Bruder
Paul Flemmings dritter Fall
Kriminalroman
ISBN 978-3-89716-812-1

Lucas Bahl
Wenn der Berg ruft
Kriminalroman
ISBN 978-3-89716-715-5

Zuerst stolpert der eher erfolglose Radioreporter Ernst Pier über die Leiche des seit Monaten vermissten Brauereibesitzers Albert Adler, dann wird während der Vorbereitungen zur Bergkirchweih in einem Kellerstollen ein Massengrab entdeckt. Die Polizei vermutet im ersten Fall Suizid, im zweiten ein Verbrechen aus dem Zweiten Weltkrieg.
Doch als sich weitere unerklärliche Morde rund um Erlangen ereignen, werden Ernst Pier und sein Freund Nero Kaiser, seines Zeichens Privatermittler, in den Fall hineingezogen. Sie kommen dahinter, dass die Gründe aller Morde tatsächlich in der Vergangenheit liegen und die Brauereifamilie Adler im wahrsten Sinne des Wortes Leichen im Keller hat.

Lucas Bahl
Abseits
Kriminalroman
ISBN 978-3-89716-818-3

Kurz vor dem Derby des FC Bayern gegen den 1. FC Nürnberg: Die Sicherheitsexpertin Ilona Hall erhält von der Kriminalpolizei den Tipp, dass Rechtsextremisten während des großen Spiels einen Anschlag auf das Stadion planen. Als die frühere Polizistin selbst das Ziel eines Überfalls wird, erhärtet sich dieser Verdacht, doch sie ahnt noch nicht, wie tief sie bereits in die tödliche Intrige verstrickt ist, die weit in die Vergangenheit zurückreicht.